W0264951

Nina Röttger

Die grüne Fee und das rote Blut

Von der Autorin bisher bei KBV erschienen:

Die grüne Fee und der kalte Tod

Nina Röttger wurde am Freitag, den 13. September 1991, in Troisdorf geboren und lebt auch heute noch dort. Nachdem sie Germanistik an der Rheinischen Friedrich-Wilhelms-Universität Bonn studiert und sich dabei besonders auf mittelalterliche Literatur (und deren morbidere Aspekte) spezialisiert hat, schreibt sie nun an ihrer Doktorarbeit. *Die grüne Fee und das rote Blut* ist ihr zweiter Roman um die neugierige Gauklerin und Hobby-Detektivin Isa Bocholt.

Nina Röttger

Die grüne Fee
und das rote Blut

KBV

Originalausgabe

www.kbv-verlag.de
E-Mail: info@kbv-verlag.de
Telefon: 0 65 93 - 998 96-0
Fax: 0 65 93 - 998 96-20
Umschlaggestaltung: Ralf Kramp
unter Verwendung von: © woverwolf - Fotolia.com
und © Henri Bibow
Lektorat: Nicola Härms, Rheinbach
Druck: CPI books, Ebner & Spiegel GmbH, Ulm
Printed in Germany
ISBN 978-3-95441-414-7

*Für Talena, weil sie ein Herz
für im Laden herumlungernde Schreiberlinge hat.*

*Für meinen Verleger Ralf und meine Lektorin Nicola,
weil sie dieses Abenteuer mit mir bestreiten.*

*Für Yanicka, weil ich Xanten ohne sie
vielleicht nie kennengelernt hätte.*

*Und für Pascha, dem einst das gleiche Schicksal
widerfuhr wie Isas Katze.*

Werte Recken und holde Maiden, das Siegfriedspektakel in Xanten gibt es natürlich wirklich. Die Figuren in diesem Roman sind jedoch allesamt frei erfunden – sie haben nichts mit den echten Darstellern des Marktes zu tun.

Prolog

Es war die dritte Leiche, die Isa Bocholt in ihrem Leben zu Gesicht bekam. Und mit Abstand die blutigste.

Die erste war ihr Onkel Konrad gewesen. Sie erinnerte sich noch genau daran, wie sie als Neunjährige nach dem Trauergottesdienst heimlich zurück in die Kapelle geschlichen war, um einen Blick in den Sarg zu werfen, obwohl ihre Eltern es ihr verboten hatten. Die Neugier, wie wohl eine echte Leiche aussehen mochte, war einfach zu groß gewesen. Deshalb war sie in einem unbeobachteten Moment durch die Tür geschlüpft, wie hypnotisiert auf die mit Satin ausgekleidete Holzkiste zugegangen und hatte den leblosen Körper betrachtet, der einmal ein Oberstaatsanwalt mit fatalem Hang zu stinkenden Zigarren gewesen war.

Diese Leiche hatte ihr keine Angst gemacht. Wächserne Haut, nikotingelbe Finger, ein schlecht sitzender Anzug – der tote Onkel Konrad unterschied sich nicht sehr von der lebendigen Version, nicht einmal vom Geruch her. Aber tot war tot, und der Reiz des Unbekannten, des Verbotenen hatte Isa damals in seinen Bann geschlagen. Deshalb war sie in der Kapelle geblieben, obwohl ihr von dem Duft des Weihrauchs und der vielen Lilien fast schlecht geworden war, und hatte ihren kleinen Akt der Rebellion in vollen Zügen genossen.

Zumindest bis ihre ältere Schwester sie schließlich erwischt und mit dem größten Vergnügen verpetzt hatte.

Die zweite Leiche war Isa vor nicht allzu langer Zeit in Gestalt eines ermordeten Schankwirts begegnet. Der Anblick des toten Oliver Katz, der in einem Pranger auf dem mittelalterlichen Weihnachtsmarkt zu Siegburg hing, hatte sich ihr nur so lange geboten, bis sie von ein paar ziemlich verärgerten Polizisten vom Tatort eskortiert worden war. Trotzdem hatten die blau gefrorenen Glieder und die offenen, blind ins Jenseits starrenden Augen des Mannes einen ziemlichen Eindruck hinterlassen. Er hatte ausgesehen wie eine erbärmlich schlechte Kopie seiner selbst, nicht gemacht aus lebendig warmem Fleisch und Knochen, sondern aus dünnem Porzellan und bereit, beim kleinsten Windhauch zu zerspringen. Doch selbst dieses unheimliche Bild hatte Isa nicht davon abhalten können, ihrer Neugier ein weiteres Mal nachzugeben. Die Stimme in ihrem Inneren, die sie jedes Mal an die Orte lockte, vor denen andere die Flucht ergriffen, hatte wieder einmal alle Bedenken übertönt. So wie damals, am Sarg ihres Onkels. Mit einem Unterschied: Am Ende hatte ihre Neugier sie fast selbst ins Grab gebracht und außerdem zu einem Mörder geführt.

Trotzdem bereute sie nichts.

Doch dieses Mal war es anders.

Dieses Mal überzog eine Gänsehaut ihren gesamten Körper, obwohl die Hitze des Tages das Zelt in eine Sauna verwandelt hatte. Es war dunkel; Feuerschein drang von außen durch die roten Stoffwände und warf unheimliche, tanzende Schemen auf die Gegenstände im Inneren: auf schwere Kisten und mit Fellen verhangene Holztruhen. Auf den Ständer mit den Schwertern und Lanzen, deren eiserne Klingen kalt und silbern schimmerten. Und auf das Gerüst, in dem die

Spieße mit den falschen Menschenköpfen aus Plastik steckten, die die Ritter manchmal bei ihren Aufführungen benutzten, um das Publikum zu erschrecken.

Isas Herz hämmerte in ihrer Brust. Ihr Verstand hatte sich kurz dagegen gesträubt zu akzeptieren, was sie da im schwachen Lichtschein sah, doch dann hatte er mit einem mentalen Schrei des Entsetzens kapituliert. Die mittelalterliche Laterne, die sie am ausgestreckten Arm vor sich hielt und einfach nicht absenken konnte, zitterte leicht.

Nur zwei der Köpfe waren unecht.

Der dritte war aus Fleisch und Blut.

Als sie langsam den Blick senkte, entdeckte sie nicht nur den auf dem Bauch liegenden schlaffen Körper am Boden, sondern auch eine dunkelrot schimmernde Lache, in die sie aus Versehen getreten war. Mechanisch hob Isa einen Fuß und sah, wie das Blut glänzend von der Sohle ihres Schnabelschuhs herunterrann. Dunkler, zäher Lack, dessen Geruch nach rostigem Metall mit einem Mal das ganze Zelt erfüllte.

In diesem Augenblick bekam Isa es zum ersten Mal in ihrem Leben in Gegenwart einer Leiche mit der Angst zu tun. Was aber nicht an dem Toten lag, sondern an dem Mörder, der aus der Dunkelheit hinter den Truhen huschte und mit ausgestreckten Armen auf sie zukam.

Kapitel 1

DONNERSTAG
Zehn Stunden zuvor.
Noch neunundfünfzig Stunden bis zum Tod.

Immer wieder schlug die Axt zu. Immer wieder fand sie mit einem hässlichen Knirschen ihr Ziel. Isa versuchte wegzusehen, doch sie konnte es nicht. Eine Stimme in ihrem Inneren schrie sie an, dass sie sich umdrehen und davonlaufen sollte – weit, weit fort –, doch ihr Körper war zu Stein erstarrt.

Hitze und Helligkeit machten das, was sich vor ihren Augen abspielte, nur noch unerträglicher. Erneut ließ der Mann die Axt mit einem Schwung nach unten sausen und lachte, als das Krachen ertönte. Eisen schimmerte im Licht der gleißenden Sonne, und Leinenstoff wurde nass. Färbte sich dunkelrot.

Als sich der Wind drehte, wurde der Geruch bis zu ihrem Versteck getragen, und Isa drehte sich der Magen um. Aber sie war zu dicht dran, als dass sie es wagen konnte, auch nur das leiseste Geräusch zu machen. Wenn sie das tat, würde er sie ganz sicher hören. Er würde wissen, dass sie ihn beobachtete. Und dann würde er die Axt nehmen, langsam auf sie zugehen und sich ihr in aller Ausführlichkeit widmen …

»Isa, was treibst du denn hier? Wir haben gleich einen Auftritt!«

Erschrocken riss die junge Gauklerin den Blick von dem schauderhaften Spektakel los, das sich vor ihr auf der Wiese abspielte.

Neben ihrem grün-schwarz gestreiften Zelt, in dessen Eingang sie gerade verharrte, stand Lena, ihre beste Freundin und Bandkollegin, und schaute sie fragend an.

»Schhh!«, machte Isa und zog Lena an ihrem Rock ein Stück zurück. »Sei leise oder willst du, dass mein neuer Nachbar uns hört und auf ein kleines Schwätzchen vorbeikommt?«

Mit diesen Worten zeigte sie auf den Mann, den sie die ganze Zeit beobachtet hatte. Keine zehn Meter von ihnen entfernt stand er mit freiem Oberkörper zwischen zwei Zelten und hackte Holz für das große Kochfeuer des Heerlagers. Auf seiner roten, viel zu engen Stoffhose breiteten sich großflächig dunkle Schweißflecken aus. Darüber quoll ein gigantischer käsebleicher Bauch aus dem Bund wie ein schottischer Haggis, den man in ein Kindersöckchen gestopft hatte, und schwabbelte rettungslos, wenn das Axtblatt einen Holzscheit traf und der Aufprall den ganzen Körper in Wallung brachte. Auf dem Kopf trug der behaarte Koloss eine speckige Bundhaube, unter der sein Hirn langsam von der Frühlingssonne gebraten wurde.

Lenas Augen weiteten sich entsetzt. »Iiih!«, machte sie. »Das ist ja eklig.«

Eigentlich hatte Isa ihr Zelt rechtzeitig für den Auftritt mit ihrer Band verlassen wollen. Zumindest rechtzeitig für ihre Verhältnisse, denn die junge Spielfrau mit den Dreadlocks, die unter dem Namen »die grüne Fee von Absinth« von Mittelaltermarkt zu Mittelaltermarkt zog, war nicht gerade für ihre Pünktlichkeit bekannt. Doch der Anblick, der sich ihr beim Zurückschlagen der Zeltplane geboten hatte, war einfach zu paradox gewesen, um ihn zu ignorieren: Zu ihrer Linken ragten die runden, gemauerten Eulentürme des Klever Tors ehrwürdig in den strahlend blauen Himmel über Xanten. Von diesem äußeren Teil des Doppel-Stadttors aus führte eine Steinbrücke, auf der sich Besucher in mittelalterlichen und neuzeitlichen Gewändern tummelten, zum zweiten, inneren Tor und zum Nord- und Westwall, die die Grenze zum Stadtkern markierten. Blühende Bäume standen davor, duftend und voller zwitschernder Vögel; das Heerlager, das sich nach rechts über die Wiese hin ausbreitete, sah prachtvoll aus mit all den weißen und bunten Zelten, den Feuerkörben, Wimpeln, Heuballen und geschäftigen Gestalten. Von der anderen Seite der Brücke, die das Gelände wie eine Schwertklinge in zwei Teile spaltete, ging ein geschäftiges Brummen aus. Der Markt des großen Siegfriedspektakels zu Xanten hatte zwar erst vor wenigen Stunden seine Pforten geöffnet, war allerdings schon gut besucht. Donnerstag. Christi Himmelfahrt. Der Beginn eines wundervoll langen, sonnigen und mittelalterlichen Wochenendes im Mai.

Und ausgerechnet vor dieser Kulisse, die Isa seit Jahren liebte, reckte eine Mischung aus Troll und Bierfass voll blindem Vertrauen in die eigene maskuline Ausstrahlung ihre pelzige Wampe in die Sonne. Gnädigerweise änderte der Wind in diesem Moment die Richtung, sodass der Körpergeruch des Axtschwingers, der ein ganzes Heer für Stunden hätte außer Gefecht setzen können, in Richtung Innenstadt davongetragen wurde.

»Wenn der Kerl abends rüberkommen sollte, um mich zu fragen, ob ich seinen Spießbraten probieren will, muss ich ihn vermutlich mit einer Silberkugel erlegen«, murmelte Isa, drehte sich um und fing an, im Inneren ihres Zelts nach ihrer Trommel zu suchen.

Lena – auch »die wilde Helena« genannt – kicherte, wurde aber schnell wieder ernst. »Apropos, du und die Männer.« Sie verschränkte die Arme vor der Brust und hob die Augenbrauen, ihre typische Körperhaltung bei Standpauken oder Krisengesprächen. Schnell versuchte Isa abzuschätzen, zu welcher Kategorie der nächste Satz gehören würde.

»Ich habe gesehen, wie du Lennox vorhin begrüßt hast.«

Die grüne Fee seufzte innerlich. Eindeutig eine – ach was, *die* Standpauke. »Und?«, fragte sie betont unschuldig.

»Nichts ›und‹. Ich wollte nur anmerken, dass wir seit nicht einmal vier Stunden in Xanten sind und du dir schon wieder einen neuen Kerl geangelt hast. Das ist neuer Rekord.«

Wenn sie nicht gewusst hätte, dass ihre beste Freundin es im Grunde gut mit ihr meinte, wäre Isa in diesem Moment vermutlich ziemlich beleidigt gewesen. Seit sie sich ein halbes Jahr zuvor auf dem mittelalterlichen Weihnachtsmarkt zu Siegburg als Hobbydetektivin betätigt und dabei ihren eigenen Freund als Mörder entlarvt hatte, war die grüne Fee zugegebenermaßen nicht besonders scharf darauf gewesen, sich wieder auf eine ernsthafte Beziehung einzulassen. Ihrer Meinung nach hatte sie nach Marek und der Nacht, in der er ihr ein Messer an die Kehle gehalten hatte, durchaus ein bisschen Spaß verdient. Lena sah das allerdings anders und schwadronierte bei jeder sich bietenden Gelegenheit über Verdrängung, Bindungsängste und andere, ähnlich furchterregende Fachbegriffe.

»Was spricht dagegen?«, fragte Isa und zog die Trommel und eine grüne Umhängetasche aus dem Chaos, das sie beim Auspacken im Zelt veranstaltet hatte. »Lennox ist süß.«

»Er verkauft an seinem Stand LARP-Waffen für einen Großunternehmer! Du kannst weder Schaumstoff-Schwerter noch diese Mittelalter-Kaufhausketten leiden!«

»Ja und? Er soll nur gut aussehen und nett sein, nicht für die nächsten sechzig Jahre unser gemeinsames Reihenhäuschen finanzieren. Sei nicht so spießig.«

Lena legte ihr eine Hand auf den Arm. »Isa, ich mache mir Sorgen um dich. Du bist ja mittlerweile fast so schlimm wie Alex.«

Wie aufs Stichwort ertönte von der Brücke her ein langgezogenes Tuten, das jeden hochnäsigen Engländer bis in die letzte Ahnenreihe schmerzen musste und über das gesamte Marktgelände schallte. Auf der brusthohen Mauer, die die erhöhte Brücke zwischen den Stadttoren zum Heerlager hin absicherte, stand ein großer, gut gebauter Kerl mit langem Haar und blies kräftig in einen Dudelsack. Alexander Grün alias Alec MacPipe vom Clan der MacPipes, selbsternannter Highlander und Frauenversteher, hatte an diesem heißen Tag ebenfalls auf sein Oberteil verzichtet und trug nichts weiter als einen rot karierten Kilt. Im Gegensatz zu dem axtschwingenden Werwolf stand ihm dieser Look aber, was ihm leider nur zu bewusst war. Breitbeinig wie ein Krieger kurz vor der Schlacht stand er da, wo ihn alle Maiden im Umkreis von einem Kilometer hören und sehen konnten, ließ den Ton langsam ausklingen und gab dann seinen beiden Bandkolleginnen mit einem auffordernden Winken zu verstehen, dass sie sich ein bisschen beeilen sollten. Dann grinste er, hüpfte von der Mauer zurück auf die Brücke und verschwand außer Sicht.

Isa schulterte ihre Tasche und tätschelte Lena beruhigend den Arm. »Wenn ich eines Tages auch oben ohne auf dieser Mauer stehe, um potenzielle Partner anzulocken, *dann* darfst du dir Sorgen machen. Vorher nicht.«

Die große Wiese, auf der das Siegfriedspektakel jedes Jahr seine Zelte aufschlägt, schmiegt sich an Xantens Nordwall wie ein Kätzchen an einen warmen Ofen. Sie erstreckt sich abseits der beschaulichen Innenstadt vom Klever Tor aus fast bis zu den Ausläufern des Archäologischen Parks.

Als die beiden Gauklerinnen die Mauern der Eulentürme umrundeten, wuselten bereits unzählige Besucher zwischen den verschiedenen Buden hin und her. Bärtige Metalheads schlürften Undefinierbares aus riesigen Trinkhörnern, während weißer Rauch unter der Zeltdecke des Hanffladen-Ladens hervorquoll und sich in den Himmel kringelte. Mütter schoben ihre Kinderwagen über den Kiesweg, der einmal längs über das ganze Marktgelände führte. Väter hielten den krakeelenden Nachwuchs davon ab, mit Holzschwertern unschuldige Passanten zu massakrieren. Am ersten Stand, an dem Lena und Isa vorbeikamen, versuchte eine Gruppe gewandeter Edeldamen kichernd, in Fett gebackene ungarische Langosch-Fladen zu essen, ohne sich die Samtroben mit Knoblauchsoße vollzukleckern. Bei den Eulentürmen hatte ein Händler seine Waren – Glasflaschen voll Met – in kleinen Holzkisten auf der Wiese verteilt. Die bauchigen Gefäße mit den langen Hälsen schimmerten im Sonnenlicht und enthielten praktisch alles von feurig scharfem Chili-Met bis hin zu giftgrünem Waldmeister-Met.

Zu beiden Seiten des Kieswegs blieben viele der Besucher neugierig stehen und bildeten eine Gasse, als das rhythmische Geläut einer Handglocke erklang. An der Spitze einer kleinen, dafür umso skurrileren Prozession ging ein Bader, der sich so scheußlich zurechtgeschminkt hatte, dass er aussah wie frisch von der Beulenpest befallen. Sein Gewand, eine monströse Robe mit Dutzenden von Taschen und scheinbar ein paar mehr Ärmeln als nötig, umwogte seine schmächtige Gestalt. Mit der einen Hand schwenkte er eine Glocke, während er in der anderen drei feingliedrig geschmiedete Ketten hielt. Diese führten zu ledernen Halsbändern an den Kehlen zweier junger Männer und einer jungen Frau. Allesamt steckten sie in kratzigen Leinenhemden, die bis knapp über die nackten Füße reichten, und während die beiden Jungs etwas verschämt grinsten, giggelte das Mädchen die ganze Zeit und unterhielt sich mit ihren vor Lachen kreischenden Freundinnen, die der Prozession am Rand des Weges hinterherliefen.

»Büßer! Frische Büßer!«, rief der Bader wichtigtuerisch und beäugte schelmisch die Zuschauer, während er vorbeimarschierte. »Na, möchte sich noch jemand anschließen und ein reinigendes Bad im kühlen Nass nehmen? Hm? Wie wäre es mit dem Weibsvolk vom Spielleutewagen? Wollt ihr euch nicht ein paar Sünden abwaschen und die Mannsbilder damit erfreuen? Natürlich *nur* zum Wohle des Herrn!«

Die grüne Fee rollte mit den Augen. Natürlich konnte der Anführer der kleinen Mittelalter-SM-Parade nicht an ihnen vorbeigehen, ohne einen seiner Sprüche loszulassen. Doch so gern es sich Isa auf Mittelaltermärkten in einem Badezuber gut gehen ließ – herrlich heißes Wasser, nette Menschen, Honigwein –, bei der Show, die der Bader veranstaltete, um das Marktvolk zu unterhalten und Kunden anzulocken, wollte sie ausnahmsweise einmal nicht im Mittelpunkt stehen. Manche Besucher fanden es unterhaltsam, sich auf Mittelaltermärkten probeweise in Pranger stecken zu lassen. In diesem Fall aber wurden die »Büßer« nach einem Rundgang über das ganze Gelände nacheinander am Badehaus gut sichtbar auf eine Art Schaukel aus grober Jute gesetzt, die über einem tiefen, gefüllten Zuber angebracht war. Dann betätigte der Bader einen Mechanismus, die Schaukel löste sich aus der Halterung, und unter dem Gelächter des Pöbels plumpste der Delinquent ins Wasser.

Vor der dem Marktgelände zugewandten Längsseite der Brücke hatten die Veranstalter ein Stück Wiese zum Tanzen freigelassen, weil sich direkt neben dem Stadttor die große Marktbühne befand. Und das feierwütige Volk, das sich bereits dort versammelt hatte, scharrte schon ungeduldig mit den Hufen.

»Komm, wir sind spät dran!« Ungeduldig zupfte Lena an Isas Bluse. Doch die hatte etwas entdeckt, nach dem sie schon seit ihrer Ankunft in Xanten Ausschau gehalten hatte, und vergaß mit einem Mal, warum sie sich eigentlich so abhetzten. »Guck mal, da ist Felix!«

Statt auf die Bühne lief Isa geradewegs am Met-Stand vorbei auf ein kleines, aus allen Nähten platzendes Marktzelt zu. Sie hörte, wie Lena entnervt aufseufzte, aber das kümmerte sie wenig. Bei Mittelalterfestivals wie dem Xantener Siegfriedspektakel konnte man vorher nie genau wissen, welche Händler und Musiker auftauchen würden und welche nicht. In einem Jahr entdeckte man nur ein paar bekannte Gesichter, während einem im nächsten ständig Leute um den Hals fielen wie alte Kriegskameraden, die man seit den Dschungeln Vietnams nicht mehr gesehen hatte. Deshalb musste man jede Gelegenheit nutzen, einen alten Freund zu begrüßen, fand Isa. Und Felix Falk, Herr über einen Stand mit Büchern, CDs und Filmen rund ums Mittelalter und außerdem absoluter Ober-Nerd, war ein solcher Freund.

Sein Zelt hatte blau-weiße Streifen und war im Inneren mit Plakaten verschiedener Mittelalterbands dekoriert. Inmitten all der Banner, Romane und magischen Silberscheiben mit Musik hockte ein junger Mann mit Brille und zerzaustem blonden Haarschopf. Als er die grüne Fee entdeckte, sprang er auf, stieß fast einen Aufsteller mit Zeitschriften um und wedelte aufgeregt mit einer CD. »Ich hab heute schon zehn davon verkauft! Und dabei seid ihr noch gar nicht aufgetreten!«, rief er ihr zu. Sein Grinsen war breiter als der Hintern einer alten Straßendirne.

Isa kannte das Cover der CD nur allzu gut. Ganz oben zierte der verschnörkelte Manus-Furis-Schriftzug das Bild. Darunter waren alle fünf Mitglieder der Band in einem finsteren Kerker zu sehen: Isa selbst mit ihren grünen Röcken und den Dreadlocks, Alex in seinem Schottenrock, Lena in einem gefährlich eng geschnürten Korsett, der schlaksige Kevin alias »Herr Ludger der Verderbte« und schließlich Valentin, der Bandleader, der sich wegen seines gefiederten Baretts und der Pluderhosen den Spitznamen »Graf Galgenstrick« gegeben hatte. Auf dem Bild holte er gerade mit einem Henkersbeil zum Schlag aus, während seine Freunde die Hand des protestierenden Scharfrichters auf einem Richtblock festhielten. Darunter prangte der Name des Opus: *Diebeslohn.* Es war das erste richtige Studioalbum der Band. Oder des Grafen Erstgeborener, wie Isa die Scheibe im Stillen nannte. Valentin hatte tatsächlich wie ein stolzer Vater ein paar Tränchen vergossen, als er die fertige CD zum ersten Mal in der Hand gehalten hatte. Aber auch sie selbst fühlte jedes Mal ein aufgeregtes Kribbeln im Bauch, wenn sie daran dachte, dass die Leute die Musik, die sie auf Mittelaltermärkten zum Besten gaben, jetzt auch zu Hause hören konnten.

Erfreut ging Isa auf Felix zu. »Die Leute hier wissen eben, was gut ist. Ein Glück, dass wir uns auf diesen Titel geeinigt haben. Kevin wollte das Album wegen des Covers ›Lieber arm dran als Arm ab‹ nennen, aber wir haben ihn am Ende doch noch überzeugen kö–« Als sie eben in den Stand schlüpfen wollte, um Felix zu umarmen, wurde sie von einem Kläffen unterbrochen und blieb erschrocken stehen. Eine kleine, braun-schwarze Kanonenkugel mit riesigen Ohren und einer wahnwitzig nassen Zunge schoss unter der Decke aus geschecktem Kuhfell hervor, die vom Tisch herabhing, und fiel ungefähr auf Kniehöhe über sie her.

»Verdammt!« Blitzschnell griff Felix nach einem Seil, das ans Halsband der Kanonenkugel geknotet war. Die versuchte derweil freudig wedelnd, Isas Beine hochzuspringen, und jaulte dabei laut vor sich hin.

»Darf ich vorstellen?«, keuchte Felix und deutete auf das quirlige Fellbündel. »Mein neuer Geschäftspartner.«

Isa betrachtete den kleinen Bluthund-Welpen, der mit seinen Pfötchen feine feuchte Abdrücke auf den grünen Stoffpartien ihres Rockes hinterließ. Er schien fast nur aus knuddeligen Fellfalten zu bestehen und bemühte sich redlich, zu heulen wie ein böser Wolf. Oder wenigstens wie ein richtiger Wachhund, allerdings mit mäßigem Erfolg. Vorsichtig ging sie in die Knie, was sofort zu einem Freudentanz und noch mehr Gejaule führte. Eigentlich mochte Isa Katzen lieber als Hunde, aber ihr Herz schmolz trotzdem schneller dahin als eine Kugel Pistazieneis auf einem Scheiterhaufen. Die kleine, raue Zunge kitzelte auf der nackten Haut an ihren Armen. »Hat dein Bodyguard auch einen Namen?«, fragte sie Felix.

Der nickte. »Er hört auf den Namen Sandor«, antwortete er und grinste erwartungsvoll.

Isa hob die Augenbrauen. »Sandor?«

»Jep.«

»Wie Sandor Clegane, der riesige, brutale Ritter mit dem verbrannten Gesicht aus *Game of Thrones*? Der auch ›der Bluthund‹ genannt wird?«

Felix nickte mit vor Stolz geschwellter Brust.

Spöttisch blickte Isa auf den Welpen hinab und kraulte den kleinen Kerl hinter den Ohren. »Du bist also ein Krieger, hm? Ein blutrünstiger, erbarmungsloser Schlächter, der mordend und plündernd durch die Lande zieht und seine Opfer tötet, ohne auch nur ein einziges Mal mit der Wimper zu zucken? Ja? Bist du das?«

Sandor hechelte sie an, warf sich auf den Rücken und präsentierte ihr seinen kleinen, pfirsichfarbenen Bauch. Dabei streckte er auffordernd die Vorderpfoten nach ihr aus. Isa kicherte. »Stimmt. Ein kaltblütiger Killer.«

Felix seufzte resigniert und ließ sich zurück auf seinen Schemel fallen. »Wir arbeiten noch daran.« Er wollte noch etwas hinzufügen, zuckte jedoch zusammen, als plötzlich ein durchdringender Pfiff ertönte. Sandor, der Schrecken von Xanten und Westeros, setzte sich abrupt auf und guckte verdutzt.

Isa drehte sich um. Vorne auf der Bühne stand Valentin und pfiff auf den Fingern nach ihr. Als er sah, dass sie ihn gehört hatte, deutete er auf eine imaginäre Armbanduhr an seinem Handgelenk. »Wer zu spät kommt, darf vom Publikum mit Kohl beworfen werden!«, schrie er über den Platz. Die anwesenden Zuschauer, die das Ganze mitverfolgten, lachten.

Felix sah die grüne Fee verschmitzt an. »Mir geht es gut. Aber ich glaube, du fliegst gleich aus der Band.«

Isa strich sich ungerührt eine ihrer Dreadlocks hinters Ohr. »Ach, das ist noch gar nichts. Kevin hat mal damit gedroht, mich an einem Seil hinter seinem Bus herzuschleifen, wenn ich noch einmal zu spät zur Abfahrt komme.«

Trotzdem wusste sie, dass sie ihre Kollegen und das Publikum nicht ewig warten lassen konnte. Deshalb schnappte sie sich ihre Trommel, bevor Sandor noch auf den Geschmack kam und den mit Rohhaut umwickelten Haltegriff anknabberte.

Felix runzelte nachdenklich die Stirn. »Kevins Bus ... ist das dieses bunt angemalte Ungetüm mit dem schlechten

Wortspiel auf der Motorhaube, das hinten auf dem Parkplatz steht? Der ›ExcaliBus‹?«

»Wie hast du das nur erraten? Seine Witze sind doch sonst so geschmackvoll und von hoher Qualität.«

»Och, war bloß so ein Gedanke ... Sehen wir uns später noch?«

»Na klar!«, antwortete Isa, wirbelte herum, um flugs hinüber zur Bühne zu laufen – und sah plötzlich nur noch verbeultes Metall in der Sonne blitzen.

»Vorsicht!«

Eine große raue Hand schaffte es gerade noch so, sie mit überraschend sanftem Griff in der Senkrechten zu halten, andernfalls wäre sie rücklings in einen Stapel Mittelalter-Kochbücher gefallen. Isa taumelte ein Stück zurück, fand ihr Gleichgewicht aber schnell wieder und blickte auf. Direkt vor ihr stand, wie aus dem Nichts erschienen, ein fremder Ritter in voller Rüstung. Seinen Helm hatte er sich unter den Arm geklemmt, sodass man sein wettergegerbtes Gesicht und die schwarz-grau melierten Haare sehen konnte. Seine bernsteinfarbenen Augen funkelten belustigt.

»Alles in Ordnung?«, fragte er mit tiefer, sonorer Stimme.

Obwohl sie mit der Grazie eines einbeinigen Wikingers in ihn hineingerannt war und sich an seinem Harnisch fast eine blutige Nase geholt hatte, wollte sich Isa doch noch ein kleines bisschen Würde bewahren. Deshalb löste sie sich schnell aus seinem unterstützenden Griff, aber bevor sie etwas Schlagfertiges erwidern konnte, kam ein zweiter Ritter hinter dem ersten zum Vorschein. Und dessen dunkler Lockenkopf war der grünen Fee alles andere als fremd.

»Habt ihr euch etwa im Anschleichen geübt, Jasper?«, begrüßte sie Felix' Freund sarkastisch. »Normalerweise hört man euch in der Plattenrüstung doch noch in drei Kilometer Entfernung scheppern.«

Jasper Straat, der bei den Turnieren auf dem Xantener Mittelaltermarkt den starken Prinz Siegfried spielte, verdrehte in gespielter Empörung die Augen. »Was, wir und scheppern? Wie kommst du denn darauf?« Er stellte sich vor seinen gerüsteten Kumpan, und die beiden Ritter sprangen sich gegenseitig krachend vor die Brust wie zwei Handballer nach einem Siegestreffer. Der fremde Schaukämpfer lachte dabei übermütig. Zuerst hatte er ruhig, beinahe ernst gewirkt, doch nun blitzte der Schalk in seinen Augen. »Ich schleiche, weil ich Jagd auf kleine Gauklerinnen mache. Hat sich das noch nicht herumgesprochen? Ich hab ja schon viel erlegt, aber so eine Spielfrau, die fehlt mir noch.« Selbstsicher legte er die Hand auf das Schwert an seiner Hüfte.

Wow, dachte Isa. Egal, was für eine Art Anmache das hatte werden sollen – sie war völlig in die Hose gegangen. Abschätzig hob sie die Augenbrauen. »Mein Lieber, so wie ich die Kerben in deinem Bettpfosten einschätze, hast *du* garantiert noch nicht viel *erlegt.*«

Mit Genugtuung sah sie, wie dem Ritter die Gesichtszüge entgleisten. Dann fing Jasper an zu lachen, und auch Bernsteinauge verzog den Mund zu einem Grinsen.

»Leg dich lieber nicht mit der grünen Fee von Absinth an, Dom. An dem Mundwerk sind schon ganz andere gescheitert.« Jasper ging zu Felix hinüber und gab ihm einen Kuss. Als ein paar Teenager vor dem Stand daraufhin komisch guckten, feuerte er einen seiner berühmten »Ja, der Ritter hat einen Kerl geküsst. Kommt nur her mit euren Fackeln und Forken, wenn's euch nicht passt«-Blicke auf sie ab. Danach verkrümelten sie sich ziemlich schnell.

Der fremde Ritter namens Dom deutete eine Verbeugung an, was gut zu seinem leicht ergrauten Haar und dem eleganten, aber verwegenen Musketierbart passte. »Entschuldige. Das war wirklich nicht sehr ritterlich von mir. Ich bin zum ersten Mal hier dabei und spiele beim Turnier den Schurken. Vielleicht färbt die Rolle langsam ab«, brummte er. Dann hielt er der grünen Fee seine Hand hin. »Ich bin Dom. Also, eigentlich Dominik. Oder auch der schwarze Oswald von Worms.«

Dass er sich für seinen blöden Spruch entschuldigte, beeindruckte Isa. Die meisten Männer waren entweder eingeschnappt, polterten los wie wildgewordene Schimpansen oder jammerten herum, wenn sie ihre spitze Zunge zu spüren bekamen. Dass einer seine Niederlage eingestand, kam selten vor.

»Ich bin Isa«, erwiderte sie deshalb versöhnlich, ergriff seine Hand und schüttelte sie.

Die Innenseite seiner Finger fühlte sich rau und vernarbt an. Verheilte Schwielen vom stundenlangen Training mit Schwert und Schild, überlegte die grüne Fee im Stillen. Zu einer weiteren schlauen Vermutung kam sie allerdings nicht, weil plötzlich ein halbnackter Dudelsackspieler vor ihr auftauchte und ohne ein weiteres Wort seine Schulter in ihren Bauch schob. Im nächsten Moment verlor Isa auch schon den Boden unter den Füßen und keuchte erschrocken auf.

»Alex! Lass mich runter!«, rief sie, aber er schulterte sie einfach wie einen Hafersack und ließ sich auch nicht davon beeindrucken, dass sie ihm mit der Faust gegen den Rücken boxte. Unter ihr wippten Gras und Kilt hin und her, während er sie ohne viel Federlesens zur Bühne schleppte.

»Ich dachte, Mylady braucht eine deutlichere Aufforderung.« Isa konnte das fette Grinsen in seinem Gesicht zwar nicht sehen, aber sie wusste, dass es da war.

»Ist ja gut, ich hab's verstanden! Ich bin spät dran! Jetzt lass mich runter!«, verlangte sie noch einmal und spürte, wie ihr

Gesicht rot anlief, weil sie fast kopfüber hing und Pfiffe aus der Menge vor der Bühne kamen.

Der große Alec MacPipe vom Clan der MacPipes dachte allerdings gar nicht daran, sie loszulassen, sondern trabte seelenruhig weiter. Jedenfalls so lange, bis Isa eine Idee hatte, sich streckte und eine Handvoll karierten Stoff zu fassen bekam. »Lass mich sofort runter oder wir lüften das große Geheimnis, ob Schotten wirklich nichts unter ihren Röcken tragen!«

Abrupt blieb er stehen, hielt ihre Beine aber noch immer mit einem Arm umschlungen. »Das traust du dich nicht.«

»Bist du sicher?«

»Ganz sicher – he, Finger weg!«

Durch das Gejohle der Zuschauer hörte Isa den schwarzen Oswald von Worms und Siegfried von Xanten miteinander schachern.

»Fünf Euro auf den Dudelsackspieler.«

»Ha! Die Wette gilt.«

Kapitel 2

Der straffe Zeitplan, der die einzelnen Auftritte der Bands, Gaukler und Schaukämpfer auf dem Siegfriedspektakel regelte, erlaubte Isa und ihren Freunden danach eine zweistündige Pause bis zum nächsten Konzert. Damit blieb ihnen gerade genug Zeit für ein paar Vorbereitungen, den ein oder anderen Besuch und, in Isas Fall, für ein längst überfälliges zweites Frühstück.

Die Frühlingssonne brannte immer noch ungewöhnlich heiß vom Himmel. Kurz überlegte die grüne Fee, dass sie mit ihrer schulterfreien Bluse wahrscheinlich einen Sonnenbrand riskierte, aber im Grunde kümmerte sie das wenig. Zu sehr genoss sie das Gefühl von warmem Kies unter ihren nackten Füßen, während sie, die Schnabelschuhe in der einen Hand, eine Portion Spanferkel vom Spieß in der anderen, an Verkaufsständen mit indischen Gewürzen, Langbögen und Silberschmuck vorbeischlenderte. Als sie bei der großen Turnierbahn ankam, waren die Ränge zu beiden Seiten des Platzes bereits voll besetzt. Martialische Mittelaltermusik drang aus Lautsprechern, und an den Absperrseilen bewegten sich bunte Wimpel träge im Wind. Die Atmosphäre fühlte sich aufgeheizt an, beinahe elektrisiert. Nur noch wenige Minuten, dann würden zum ersten

Mal in diesem Jahr Lanzen brechen und Schwerter klirren. Knappen in Rüstungen und Wappenröcken liefen zwischen zwei Zelten hin und her, holten Waffen und schafften Requisiten herbei.

»Deine Ähnlichkeit mit einem Hobbit beschränkt sich wirklich nicht nur auf deine Größe«, stichelte Lena, die nahe der Absperrung auf sie wartete. Anklagend zeigte sie auf das Stück Spießbraten, in das ihre Freundin gerade herzhaft hineinbeißen wollte. »Wie kann eine dermaßen kleine Person nur so viel essen?«

Isa streckte ihr die Zunge heraus und schob sich geschickt durch eine Lücke zwischen zwei Tempelrittern, bis sie freie Sicht auf die Turnierbahn hatte. Dort ließ sie ihre Tasche zu Boden fallen. »Das ist Arbeitsteilung. Ich esse, und du bildest dir ein, schon allein vom Anblick zuzunehmen.«

»Ich habe zugenommen! Da und da!« Entrüstet zeigte Lena auf ihren Bauch und auf ihr Kinn, wo scheinbar irgendetwas Imaginäres schwabbeln sollte. Isa rollte mit den Augen und vertiefte sich wieder in das köstliche tote Tier auf ihrem Brot. »Lena, wenn du nicht damit aufhörst, kriegst du zum Geburtstag einen Exorzismus.«

Hinter ihnen gluckste es plötzlich vergnügt.

»Jedes Jahr dasselbe mit euch beiden ... wie die kleinen Kinder. Nur mit größeren Komplexen.« Ein Wanderstab schob sich zwischen den Templern hindurch, und Walburga vom See, ein Urgestein der Mittelalter-Szene, bahnte sich majestätisch einen Weg durch den gerüsteten Pöbel.

So manche alte Dame strickt hässliche Pullover für ihre Enkel, belauert hinter der Gardine ihre Nachbarn und verströmt diesen typischen Geruch, der nach Katzenfutter, staubigen Platzdeckchen und Gevatter Tods ungelüfteter Kutte duftet. Walburga dagegen war eine kugelrunde, herzensgute, aber auch exzentrische Lady, deren knallharter Geschäftssinn schon so manchen konkurrierenden Zünftler zum Heulen gebracht hatte. Gerüchten zufolge war sie schon mit Burgfräulein-Hüten, geflochtenen Jungfernkränzen und anderen Klein-Mädchenträumen auf Mittelaltermärkten unterwegs gewesen, als gerade die ersten Kreuzzüge zu Ende gingen; Isa jedenfalls konnte sich an kein Siegfriedspektakel ohne Walburgas kleine Bude mit den Korkenzieher-Haselzweigen an den Zeltpfosten erinnern. Sie mochte ihre raue, aber herzensgute Art.

»Das sind keine Komplexe«, murrte Lena und zupfte an dem Tuch, das sie sich über dem Rock um die Hüften gebunden hatte. »Das sind schwerwiegende Fakten.«

Die grüne Fee knuffte sie freundschaftlich in die Seite. »Eher eine schwerwiegende Meise, würde ich sagen.«

Walburga paffte eine Pfeife mit langem gebogenen Stiel und umhüllte ihren spitzen Filzhut mit einer Wolke aus duftendem weißen Rauch. »Hört jetzt auf euch zu zanken. Ich will mir in Ruhe die starken Kerle ansehen, und da schnattert ihr mir nicht dazwischen. Heute Morgen haben mir schon zwei von den hübschen Knappen beim Aufbauen geholfen … ein paar Sachen hätte ich wirklich selbst geschafft, aber wer kann zu so was schon Nein sagen, hm?«

Ausnahmsweise hörte Isa wirklich mit der Stichelei auf. Versonnen betrachtete sie stattdessen Walburgas schwarzen Wanderstock, dessen Spitze ein geschnitzter Rabenschädel zierte. »Toller Stab.«

Liebevoll tätschelte die Händlerin den Schnabel mit ihren dick beringten Fingern. »Danke, Schätzchen. Gehhilfen und Pillendöschen sind was für alte Schachteln. Ich brauche ein bisschen mehr Extravaganz.« Mit einem kräftigen Ruck bohrte sie das Ende des Stabs in die trockene Erde. Der Ritter neben ihr reagierte entsprechend und rückte stumm ein wenig ab, damit sie besser sehen konnte.

Plötzlich verstummte die stampfende Musik, und aus den Lautsprechern ertönte eine Fanfare. Fast augenblicklich wurde es still im Publikum.

Eingequetscht zwischen Lena, der voluminösen Walburga und einem Templer mit einem Topfhelm auf dem Kopf ließ Isa den Blick über die Menge schweifen. Offenbar hatten viele Händler und Darsteller beschlossen, dem ersten Turnier des Jahres einen kurzen Besuch abzustatten. Auf der anderen Seite des Platzes, nahe der beiden Zelte, entdeckte sie die rothaarige Emmy, die vorn auf dem Marktplatz mit ihrem Ehemann Thorbjörn die kleine Langosch-Bude unterhielt. Ein junger Knilch mit blonder Wallemähne und einem schwarzen Schnürhemd ohne Ärmel, auf dessen Rückenpartie ein roter Drache prangte, schien ohne Pause auf sie einzureden. Isa überkam Mitleid, als sie erkannte, dass es Kris war, der nervige und wenig heiße Kollege des wiederum ziemlich heißen LARP-Waffen-Verkäufers Lennox.

Neben dem ungleichen Paar stand eine Gruppe Leute mit einheitlichen weißen Hemden, schwarzen Kopftüchern und dicken schwarzen Lederbeuteln an den Gürteln. Isa kannte zwar ihre Gesichter nicht, aber sie wusste trotzdem, wer sie waren: Verkäufer vom »Sau am Spieß«-Stand, an dem sie ihr Essen organisiert hatte. Dort versorgte ein gutes Dutzend dieser Gestalten die hungrigen Gäste, und alle trugen die gleiche Gewandung.

Nachdem die Fanfare für Ruhe gesorgt hatte, wurde die Wand des roten Turnierzelts mit Schwung zurückgeschlagen und heraus kam Gerrick, der Herold und Moderator der Show. Die Größe seines Backenbartes wurde im Allgemeinen nur noch von der seines Egos übertroffen.

»Ich begrüße das Xantener Volk zu unserem großen Turnier!«, rief er, wobei seine Stimme durch das Mikro an seinem Ohr um ein Vielfaches verstärkt wurde. So konnten ihn nicht nur die Zuschauer in der letzten Reihe, sondern vermutlich auch noch die toten Römer im Boden unter der Stadt hören.

»Heute werden vier edle Kämpen um eine Auszeichnung fechten, wie es sie noch nie zu erringen galt in dieser schönen Stadt!« Salbungsvoll schritt Gerrick bis zur Mitte der Turnierbahn, wobei die Fasanenfeder an seinem Hut auf und ab wippte. »Unser junger Prinz, der prächtige Siegfried von Xanten, wurde auf das Niederträchtigste herausgefordert und hat deswegen einen Schatz aus seinen eigenen Besitztümern als Preis ausgelobt. Ihr Recken, verbeugt euch tief und Mägdlein, macht einen ordentlichen Knicks – begrüßt mit mir seine Majestät, Prinz Siegfried von Xanten!«

Erneut erklang die Fanfare und Applaus brandete auf, als Jasper auf einem Schimmel zwischen den beiden Turnierzelten hindurchpreschte. Seine dunklen Locken wehten im Wind, während er einmal die gesamte Turnierbahn abritt und das Pferd schließlich direkt neben Gerrick steigen ließ. Ganz locker, so als sei es die leichteste Übung von der Welt, sich bei so einem Manöver in Kettenhemd und Rüstung im Sattel zu halten, winkte er ins Publikum.

Lena lehnte sich zu Isa hinüber. »Ich habe gehört, dass Jasper und seine Truppe dieses Jahr auch eine Frau dabeihaben«, rief sie ihr über den Lärm hinweg ins Ohr, während die beiden applaudierten.

Das war der grünen Fee neu. Neugierig sah sie zu den beiden Turnierzelten hinüber, vor denen ein großes Gerüst mit verschiedenen Lanzen stand. Davor lehnten nebeneinander vier bunt bemalte Schilde mit den Wappen der kämpfenden Ritter. Jaspers Schild war der erste in der Reihe. Er zeigte einen Falken auf blauem Grund. Isa musste daran zurückdenken, wie der junge Holländer ihr vor Jahren erklärt hatte, dass der Falke für ihn nicht nur das klassische Symbol Siegfrieds aus dem *Nibelungenlied* war, sondern auch für Felix und seinen Nachnamen Falk stand. Schon damals fand sie diese Geste ziemlich süß, und Isa fragte sich gerne, was ihre eigenen Eltern wohl zu dieser versteckten Liebeserklärung gesagt hätten. Beide waren Professoren für mittelalterliche Literatur und so erzkonservativ, dass sie bei der Erkenntnis, dass Siegfried nicht Kriemhild, sondern den Nerd drei Zelte weiter liebte, wahrscheinlich kreischend zu Staub zerfallen wären wie Vampire im Sonnenlicht.

Der zweite Schild war schwarz und mit verbeulten Metallbeschlägen versehen. In der Mitte prangte ein grimmig aussehender Wolfskopf. Der schwarze Oswald von Worms ... Das musste Doms Wappen sein. Ein für einen Bösewicht mehr als passender Schild, das musste man ihm lassen. Daneben lehnte der gelbe Schild mit dem aufgemalten Pfeil von Jaspers Kumpel Sagi, doch das vierte Motiv am Ende der Reihe sagte Isa nichts. Es war eine weiße Rose auf eisengrauem Grund. Kriegerisch, aber feminin. Vielleicht hatte Lena ja recht.

Inzwischen hatte sich Jasper aus dem Sattel geschwungen und stand neben Gerrick, der mit großen Gesten weiterdeklamierte. »Sperrt Ohren auf! Prinz Siegfried bietet demjenigen, der heute als Sieger aus dem Turnier hervorgeht, sein Wunderschwert Balmung als Lohn. Ja, ganz recht, verehrtes Publikum. Mit dieser unzerstörbaren Klinge wurden nicht nur Hunderte und Aberhunderte Gegner gerichtet, nein, auch einen großen, Feuer speienden Drachen hat der heldenhafte Siegfried damit erschlagen. Mein Prinz, wenn ich bitten darf: Zeigt Euer Schwert!«

Die Zuschauer applaudierten, als Jasper einen wunderschön gearbeiteten Anderthalbhänder aus der Scheide zog. Blitzend glitt das Sonnenlicht über die messerscharfen Kanten der Klinge, tanzte über die stählerne Blutrinne und blieb schließlich funkelnd am Schwertknauf hängen. Der Griff war mit dunklem Leder umwickelt und der Knauf wie ein Drachenkopf geformt, dessen grüne Edelsteinaugen selbst auf die Entfernung noch geheimnisvoll zu glitzern schienen. Isa hörte, wie einer der Templer neben ihr anerkennend durch die Zähne pfiff.

Jasper übergab die Zügel seines Schimmels an Gerrick und lief einen kleinen Kreis ab, während er das Schwert in die Höhe hielt, sodass es jeder im Publikum sehen konnte. Dabei setzte die Dudelsackmusik aus den Lautsprechern leise wieder ein. Sie vermischte sich mit dem Klirren von Jaspers Rüstung und dem Summen, das nur über hundert Menschen erzeugen können, die gespannt darauf warten zu sehen, wie andere Leute sich endlich die Schädel spalten. Isa war sich sicher – wenn Gerrick die Zuschauer in diesem Moment aufgefordert hätte, zu den Waffen zu greifen und sich unter Jaspers Befehl den Armeen Mordors entgegenzustellen, hätte es kaum jemanden auf dem Sitz gehalten.

Als Jasper auch an ihnen vorbeikam, zwinkerte er den drei Frauen zu, bevor er, das Schwert mit dem Drachenkopf-Knauf weiterhin in der hoch erhobenen linken Hand, in sein Headset sprach. »Ich habe diese Waffe dem König der Nibelungen abgenommen!« Breitbeinig blieb er in der Mitte der Bahn stehen. Direkt neben dem Tilt – der hölzernen Schranke, die die aufeinander zureitenden Ritter bei Turnieren voneinander trennt – war eine aus Pflöcken, Sandsäcken und Rüstungsteilen zusammengebastelte Ritterfigur aufgebaut. Die Musik wurde lauter, doch Jasper übertönte sie noch immer mühelos. »Balmung wurde aus dem stärksten Stahl geschmiedet und durchdringt die Rüstung eines jeden Mannes, der sich mir in den Weg stellt. Seht selbst!«

Der junge Kämpfer packte den Griff des Schwerts mit beiden Händen, holte aus und schlug der Figur mit einem einzigen kraftvollen Hieb einen der Holzarme ab. Den Schwung ausnutzend, wirbelte er einmal um die eigene Achse, hackte den zweiten Arm mit einem eleganten Schlag von unten ab und ließ die Klinge dann herunter auf den Brustpanzer sausen. Balmung schnitt durch die eiserne Rüstung, als bestünde sie aus Esspapier. Funken flogen, als Metall auf Metall traf, und der Panzer fiel scheppernd in das zertrampelte Gras, sauber in zwei Hälften geteilt. Einen Herzschlag lang verharrte das Publikum in ungläubigem Erstaunen. Dann jubelte die Menge lauter als bei einer geglückten Hinrichtung.

Isa applaudierte auch, obwohl sie den Trick hinter dem Kunststück kannte. Weder war Jaspers Schwert wirklich magisch noch war der Harnisch ein richtiger Harnisch. Jasper und Gerrick hatten vor Jahren mit einer befreundeten Bühnenzauberin aus Maastricht herumexperimentiert und schließlich diese kleine Nummer entwickelt, bei der die angebliche Wunderklinge den dünn gearbeiteten Brustpanzer an einer unsichtbaren Bruchstelle zerteilte. Ein wenig Pyrotechnik lenkte die Zuschauer dabei von dem ab, was sie nicht sehen sollten, sodass sie im entscheidenden Moment nur das vor Augen hatten, was sie sehen *wollten*. Einfach, aber wirkungsvoll.

»Und wegen dieser sagenumwobenen Klinge«, rief Gerrick über die Musik und den Applaus hinweg, »veranstalten wir heute dieses schöne Turnier. Denn vor einiger Zeit hat ein Ritter bei Hofe deswegen einen Streit vom Zaun gebrochen und behauptet, dass der Prinz jeden Kampf, den er bisher ausgefochten hat, nur wegen der Zauberkräfte seines Schwerts gewonnen habe! Um diese freche Behauptung zu widerlegen, wurde für das heutige Turnier eine besondere Regel aufgestellt: Ich werde Balmung in Verwahrung nehmen. Kann unser Prinz beweisen, dass er auch ohne sein Kleinod den Sieg zu erringen vermag, erhält er es zurück; unterliegt Siegfried aber, erhält sein Gegner den Preis. Und diesen Preis, da bin ich sicher, will vor allem der Mann für sich gewinnen, dessen Beleidigung der Stein des Anstoßes war. Begrüßt einen entfernten Verwandten des finsteren Hagen von Tronje: Hier kommt der schwarze Oswald von Worms!«

Gerrick hatte die Worte kaum in sein Mikro gesprochen, als Dom auch schon auf einem pechschwarzen Hengst zwischen den Zelten hindurchflog. Obwohl sie wusste, dass alles nur Show war, erschrak Isa doch ein wenig, als er in vollem Galopp mit einem Morgenstern ausholte und nach Jasper schlug, der sich erst im letzten Moment wegduckte.

»Na na, edle Herren!«, rief Gerrick und stellte sich mit ausgebreiteten Armen zwischen Siegfried und den schwarzen Ritter, der sein Pferd wendete und auf der Stelle tänzeln ließ. »Spart euch eure Kräfte, denn es kommen noch zwei weitere Kämpfer, die es auf die Trophäe abgesehen haben. Und einer von ihnen ist zufällig der beste Bogenschütze der Gegend: Rudolf vom Dämmerwald!«

Die grüne Fee hatte keine Ahnung, wie Sagi eigentlich wirklich hieß. Von Beginn an kannte sie ihn nur unter seinem Spitznamen, der sich von »Sagittarius«, dem lateinischen Wort für Schütze, ableitete. Und den hatte er sich verdient, wie er wieder einmal unter Beweis stellte. Mindestens so schnell wie Dom ritt er auf die Turnierbahn, doch anstelle eines Morgensterns hielt er einen Bogen in der Hand. Er war leichter gerüstet und trug mehr dickes Leder als Metall unter dem gelben Wappenrock. Ohne langsamer zu werden, preschte er am Tilt entlang, griff über die Schulter nach einem Pfeil aus seinem Köcher und jagte das gefiederte Geschoss in einen hölzernen Eber, der direkt neben der kaputt geschlagenen Ritter-Figur stand. Das schaffte er ganze fünfmal, bevor er am anderen Ende der Bahn ankam, wobei er sich für die letzten beiden Schüsse auf dem Pferd gefährlich weit nach hinten lehnen musste. Danach verbeugte er sich im Sattel und sonnte sich in dem aufbrandenden Applaus.

Wie einige andere Darsteller, die in Xanten, einer Stadt in der Nähe der Grenze, auftraten, kam auch Sagi aus den Niederlanden. Obwohl er mit der Weisheit und Unverblümtheit eines angriffslustigen Sechzigjährigen gesegnet war, hatte er in Wahrheit gerade einmal zweiundzwanzig Sommer erlebt, wirkte wegen der Aknenarben auf Stirn und Wangen aber wie sechzehn. Dass er es deshalb umso mehr genoss, wenn die Leute ihn wegen seiner Schießkünste feierten, fand Isa nur gerecht.

Vielleicht geht es uns ja allen irgendwo darum, dachte sie in einem Anflug von Melancholie: um Anerkennung. Sagi mit dem Pizzagesicht, Jasper, der schwule Krieger, Lena, das Blondchen – und die grüne Fee, die kaum über einen Tavernentresen gucken kann. Und was sind wir trotz alledem geworden? Rampensäue. Selbstbewusste Narren im Gaukelspiel des Lebens.

Als sie den letzten Reiter zwischen den Zelten entdeckte, erkannte Isa, dass ihre innere Philosophin bei dieser Überlegung eine wichtige Figur vergessen hatte: die feine Dame, die ihrem Gatten die Rüstung klaut, ihm zum Abschied Bibel und Spitzenhäubchen um die Ohren schlägt und ins ferne Abenteuer reitet, um Kerlen die Ärsche aufzureißen.

Gerrick hatte inzwischen Jaspers Waffe an sich genommen. »Aber sagt mal, Prinz Siegfried: Ihr habt vorhin behauptet, dass Euer Schwert die Rüstung eines jeden Mannes durchdringen könne, der sich Euch in den Weg stellt, richtig?« Als Jasper nickte, kratzte sich der Herold scheinbar nachdenklich am Bart. »Nun, dann würdet Ihr der Person, die ich nun ankündigen darf, damit wohl nicht beikommen. Denn der vierte und letzte Kämpfer, und ich wage kaum, diese unerhörte Tatsache laut auszusprechen – ist gar kein Mann! Sehet und staunet: Aus dem kalten Norden kommt hier die starke und schöne Aslaug von Dänemark!«

»Siehst du?«, rief Lena, während sie applaudierte.

Eine junge, ziemlich große Frau in einer silbern schimmernden Rüstung ritt auf einem zweiten Schimmel auf den Platz. Ihr hellbraunes Haar war zu einem Zopf geflochten, der fast bis auf den Sattel hing. Die Armpartien ihres Panzers zierten nordische Symbole, die das Metall in der Sonne zum Funkeln brachten. Ein Raunen ging durch die Menge, und Isa bemerkte vergnügt, wie einem Templer an ihrer Seite der blöde Spruch, den er der Kämpferin wohl hatte zurufen wollen, beim Anblick ihres Schwerts und ihrer grimmigen Miene im Hals stecken blieb.

»Gut, dass Alex nicht hier ist«, spottete sie. »Bei diesem Traum in Eisen würde er wahrscheinlich sofort in Ohnmacht fallen.«

Alle vier Reiter lenkten ihre Pferde zu dem Ende der Turnierbahn, an dem Isa und ihre Freunde standen. Die Tiere schnaubten und schlugen mit den Schweifen, während sie in eine Reihe dirigiert wurden. Ihre Hufe stampften den Duft von zertrampeltem Gras aus dem Boden. Dann erklang zum letzten Mal das Scheppern der Fanfaren aus den Lautsprechern. Gerrick breitete die Arme aus wie Kate Winslet am Bug der *Titanic*, nur bärtiger. »Lasst das Turnier beginnen!«

Was dann folgte, war ein einziges furioses Spektakel. Lanzen splitterten, und Schwerter tanzten wilde, verschlungene Tänze miteinander, während die Zuschauer jubelten und Kinder so laut kreischten, dass es jeden Drachen im Umkreis von zehn Kilometern aus dem Schlaf gerissen hätte.

Die junge Kriegerin mit dem Zopf fegte Sagi geradezu vom Feld und entschied das erste Lanzenstechen damit für sich. Doch nach den übrigen Tjosten standen sich im finalen Kampf – wie hätte es anders sein können – Jasper und Dom gegenüber. Siegfried von Xanten musste gegen seinen schurkischen Widersacher antreten.

Beide Reiter stellten sich an den gegenüberliegenden Enden der Bahn in Positur. Der Rappe tänzelte bei den Zelten hin und her, während sich der Schimmel dicht bei Isa unter seiner gescheckten Couverture schüttelte. Für den Tjost hatten die Ritter Helme aufgesetzt, um ihre Köpfe zu schützen. Jaspers blank polierter Stahl funkelte bei jeder Bewegung, während das schwarz brünierte Metall von Doms Rüstung nur ab und zu schwach einen Sonnenstrahl zurückwarf. Über das Publikum senkte sich angespannte Stille, denn jeder wollte sehen, wie der Held den Bösewicht in seine Schranken wies.

Gerrick hob die Hand. Als er sie nach unten fallen ließ, ritten die Kämpfer los.

Beschlagene Hufe knallten auf den Boden, als ein schwarzer und ein blau-weißer Blitz am Tilt entlang aufeinander zuschossen und dabei die Lanzen absenkten. Einen Herzschlag später ertönte ein Krachen, und Jasper schleuderte Dom mit seiner Waffe aus dem Sattel.

Alle applaudierten frenetisch.

Nur Isa nicht.

Vielleicht lag es daran, dass sie kleiner war als viele Zuschauer und das, was passierte, deshalb aus einem anderen Blickwinkel beobachten konnte. Vielleicht war es aber auch ihr verdrehter Verstand, der von jeder Ungereimtheit angezogen wurde wie die Motte vom Licht. Er ließ sie bestimmte Dinge wahrnehmen, während andere lachten und nicht wussten, dass direkt vor ihren Augen etwas Schlimmes geschah.

Isa hatte keine Ahnung, warum ausgerechnet sie als Einzige bemerkte, was wirklich passierte. Sie wusste nur, dass sie das Knirschen förmlich hören konnte, mit dem Doms Knochen brach.

In der Sekunde, in der er krachend auf dem Boden aufschlug und das Pferd wiehernd weitergaloppierte, verdrehte sich sein linkes Handgelenk zwischen Armschutz und Panzerfäustling in die falsche Richtung. Es knickte um wie ein Zweig, den man über dem Knie in Stücke schlägt, bevor er mit seinem ganzen Gewicht darauffiel und regungslos liegen blieb. Das Ganze war nur einen Wimpernschlag lang zu erkennen gewesen, aber doch lange genug, dass Isa sich die Nackenhaare sträubten. Aufgeregt stieß sie Lena in die Seite. »Hast du das gesehen?«

Nur widerwillig löste die wilde Helena ihre Aufmerksamkeit von der Szene. Der Jubel hatte auch sie mitgerissen. »Was?«

»Was da gerade passiert ist, der Sturz! Das war nicht Teil der Show.«

Mittlerweile lag Dom nicht mehr wie ein Haufen schwarzen Altmetalls auf dem Rasen. Er hatte sich aufgerappelt und hielt den Arm an die Seite gepresst, doch ansonsten verriet nichts, dass er sich verletzt hatte. Sein Mienenspiel blieb unter dem Helm verborgen. Aufrecht stand er da, während ein Knappe das Pferd wieder einfing und der siegreiche Jasper eine Ehrenrunde drehte.

»Jaha, Jubel! Damit ist der ehrenwerte Siegfried von Xanten der Gewinner unseres Turniers!«

Gerricks Fasanenfeder wackelte wie wild, als er zurück zur Mitte der Bahn stolzierte. Isa musterte sein Gesicht, doch sie wusste, dass er sich nicht einmal dann etwas hätte anmerken lassen, wenn während einer Vorstellung Dschingis Khan mit seinen Truppen eingefallen wäre. Von dem, der auf der Bühne steht, wird erwartet, dass er abliefert, komme, was da wolle. Sie kannte das nur zu gut.

»Oswald, du wirst das Wunderschwert Balmung heute nicht bekommen«, rief Gerrick und hob mahnend den Zeigefinger. »Ich hoffe, dass dir das eine Lehre ist und du dem heldenhaften Siegfried in Zukunft ein bisschen mehr Respekt zollst.«

Das Publikum begann, Dom bei diesen Worten genüsslich auszubuhen. Der schwarze Ritter nahm den Helm nicht ab, sondern machte mit dem gesunden Arm nur eine verächtliche Geste und trottete, scheinbar geschlagen und enttäuscht, unter den Pfiffen der Zuschauer in das rote Zelt.

»Seine Hand ist nach innen weggeknickt, und zwar richtig übel. Hast du das nicht gesehen?« Isa starrte ihre beste Freundin fassungslos an, aber die schaute ebenso verwirrt zurück.

»Alles, was ich gesehen habe, war ein ziemlich überzeugender Stunt. Dieser schwarze Ritter ... wie heißt der noch mal?«

»Oswald, der einarmige Bandit?«

»Isa!«

Die grüne Fee hob ihre Umhängetasche vom Boden auf und wandte sich ab. »Dom. Er heißt Dom.«

»Genau. Der ist gut, mit dem hat Gerrick wirklich einen Glückgriff ... wo willst du hin?«

»Ich weiß, was ich gesehen habe«, beharrte Isa.

Seufzend wandte sich Lena an Walburga. »Sag ihr bitte, dass sich vor unseren Augen gerade *kein* Drama abgespielt hat und dass sie langsam paranoid wird durch die vielen Krimis, die sie immer mit sich rumschleppt.«

Der Blick der alten Zünftlerin war durch die dicken Brillengläser schwer zu deuten. Sie musterte erst Isa, dann Lena und machte dann ein belustigtes Geräusch, das die grüne Fee irgendwo zwischen Lachen, Schnauben und Ersticken einordnete. »Was würde das denn schon nützen?«, fragte sie.

Isa zwinkerte ihr dankbar zu, bevor sie sich durch die Templer aus dem Gedränge schob. »Überhaupt nichts.«

Kapitel 3

Der schwere Stoff, aus dem die rote Zeltwand bestand, fühlte sich warm unter ihren Fingern an. Vorsichtig zog Isa das Tuch beiseite.

Sie hatte sich nicht geirrt. Dom saß auf einer mit Eisen beschlagenen Holzkiste. Seinen Helm hatte er achtlos in eine Ecke geworfen. Mit zusammengebissenen Zähnen versuchte er, sich den linken Panzerfäustling auszuziehen, und obwohl er keinen Laut von sich gab, sah Isa, dass er Schmerzen hatte. Sie wollte ihn nicht erschrecken. Deshalb sprach sie leise, als sie ins Zelt hineinschlüpfte. »Brauchst du Hilfe?«

Ruckartig hob er den Kopf. Er brauchte einen Moment, um zu erkennen, wer da auf ihn zukam. Dann senkte er den Blick wieder. Wie er da in seiner Rüstung saß, groß, die verschwitzten Haare halb im Gesicht, sah er eigentlich ziemlich gut aus. Seine Bernsteinaugen glommen in dem rot eingefärbten Licht. »Du hast es bemerkt, hm?«, knurrte er. »Ich habe gehofft, es überspielen zu können. Hat wohl nicht funktioniert.«

Ohne darauf zu warten, dass er ihre Frage beantwortete, setzte sich die Gauklerin neben ihn auf die Truhe. Draußen ebbte der Jubel langsam ab, und durch die Zeltwände war zu hören, wie sich die Menschenmenge allmählich auflöste. Vorsichtig nahm Isa seinen gepanzerten Arm und legte ihn auf ihren Schoß. Das brünierte Metall strahlte wegen der Sonne und Doms Körperwärme eine fast fiebrige Hitze aus. Das Handgelenk, ungeschützt durch die schmale Lücke zwischen der Armschiene und dem dicken Lederhandschuh unter dem Panzerfäustling, war schon ziemlich angeschwollen. Dom fixierte mit der anderen Hand seinen Unterarm und zog eine Grimasse, als ihm der Schmerz durch die Glieder schoss.

»Vielleicht sollte ich rüber zu Martell gehen«, brummte er unwillig. »Der kann mich einfach aus dem Ding rausschneiden.«

Sanft bewegte Isa den Metallhandschuh. Ein bisschen rührte er sich noch, deshalb schüttelte sie den Kopf. »Dafür brauchst du keinen Schmied. Halt einfach still.«

Sie hörte, wie er neben ihr scharf Luft holte, als sie ihre Finger um die Stelle legte, an der die beiden Stahlplatten des Handschuhs miteinander vernietet waren. Die Form, die das Metall bildete, erinnerte an eine Sanduhr, und die schmalste Stelle saß genau vor Doms Gelenk.

Um ihn auf andere Gedanken zu bringen, tat Isa das, was sie am besten konnte: reden. »Außer mir hat übrigens niemand mitbekommen, was passiert ist.«

»Und woran hast du es gemerkt?« Seine sonst schon tiefe Stimme wurde ein wenig heiser.

»Keine Ahnung. Ich hatte wohl einen günstigen Blickwinkel.« Sie schaute ihn von der Seite an. »Wag es ja nicht, jetzt so was wie: ›Den hatten die anderen kleinen Mädchen unter ein Meter fünfzig auch‹ zu sagen. Dann kannst du dich von deiner Hand verabschieden.«

Der Spruch war blöd, aber er brachte ihn zum Lachen, und das war es, was sie gewollt hatte. In der Sekunde, in der sich sein Mund zu einem Grinsen verzog, zog sie ihm mit einem Ruck den Panzerfäustling von der Hand. Doms Fluchen hätte selbst einem gestandenen Seeräuber die Schamesröte ins Gesicht getrieben. »Das war gemein«, keuchte er, als er wieder Luft bekam. »Du bist eine fiese, fiese Gauklerin.«

»Soll ich mich jetzt beleidigt oder geschmeichelt fühlen?«

Die Farbe seiner Augen wurde durch das rötliche Licht noch intensiver. Wo vorher zwei honigfarbene Tropfen Met gefunkelt hatten, loderten auf einmal magmafarbene Flammen. Isa wurde sich plötzlich bewusst, wie eng sie auf der Truhe nebeneinander saßen: Seine linke Seite, teils Stoff, teils Leder, teils hartes Metall, schmiegte sich an sie, seine verletzte Hand ruhte auf ihrem Schoß. Noch immer starrte er sie an. Nagelte sie fest mit einem Blick, der ihr Herz überraschend schnell zum Rasen brachte. Dann lehnte er sich plötzlich zu ihr nach vorne.

Ein heller Streifen Sonnenschein durchschnitt das Dämmerlicht im Zelt, und der Bann zwischen ihnen brach so abrupt, wie er entstanden war. Die Zeltplane wurde zurückgeschlagen und Jasper stürmte herein, die junge Kriegerin Aslaug im Schlepptau. »Hey Dom, ist alles okay mit … Isa? Was machst du denn hier?«

Blitzschnell rückte der schwarze Ritter von ihr ab. Er richtete den Blick scheinbar ungerührt auf seine Freunde, und Isa strich sich blinzelnd eine ihrer Dreadlocks hinters Ohr. Sie hatte keinen Schimmer, was da gerade zwischen ihm und ihr passiert war, aber eines wusste sie mit Sicherheit: Davon durfte sie Lena auf keinen Fall erzählen. Die Litaneien darüber würde sie sich sonst bis zu ihrer Beerdigung anhören müssen.

»Euer Kollege hat sich bei seinem Sturz das Handgelenk gebrochen«, erklärte sie ein wenig schnippischer als beabsichtigt und zog Dom kurzerhand den dicken Lederhandschuh von den Fingern. Sozusagen als kleine Rache dafür, dass er den Schalter so schnell wieder umgelegt hatte.

»Au! Verdammt!«

Obwohl das flexible Leder nicht so sehr schmerzen konnte wie das Metall davor, zog Dom seinen Arm an sich und funkelte sie böse an. »Ich dachte, du wolltest mir helfen!«, protestierte er. Doch während er sprach, glaubte Isa zu erkennen, wie er ihr unter seinen schwarzen Haarsträhnen zuzwinkerte.

Das wurde ja immer verwirrender.

»Lass mich mal sehen, Dom.« Aslaug von Dänemark, deren holländischer Akzent eher an Tulpen und Käse erinnerte als an Wikinger und Drachenboote, schob sich trotz ihrer Größe und ihrer schweren Rüstung erstaunlich graziös an Jasper vorbei. Die Metallschienen an ihren Beinen klirrten leise, als sie sich vor Dom hinkniete und seine Hand abtastete. Ihre Miene verriet ein gewisses fachliches Verständnis und kühle Konzentration. Nicht mehr, nicht weniger. So stellte sich Isa den unbeteiligten Gesichtsausdruck einer Pathologin vor, die ausnahmsweise keine Leiche sezieren, sondern einem weinenden Dreijährigen ein Pflaster aufs Knie kleben sollte.

»Wieso bist du überhaupt vom Pferd gefallen?«, fragte die Reiterin.

»War meine Schuld, nicht Jaspers. Hab mich ablenken lassen.«

»Von was?«

Dom zuckte mit den Schultern. »Dem Lärm, der Sonne – was weiß ich. Ich hab nicht aufgepasst, Roos. Scheiße, ich hab gekämpft wie ein blutiger Anfänger.«

Isas Verstand brauchte wegen der stickigen Luft im Zelt einen kurzen Moment, bevor er verarbeiten konnte, was sie gerade gehört hatte. Dann aber fiel der Groschen: Roos. Deshalb also die weiße Rose auf dem Schild.

Hinter ihnen flappte die Zeltplane zum zweiten Mal auf. Eine wippende Fasanenfeder kitzelte den roten Stoff.

»Super Show, Leute. Su-per Show! Vor allem diese spontane Einlage – Dom, ernsthaft, ich hätte mir fast in die Hosen gemacht vor Schreck, mach das bitte nie wieder. Oder doch, den Leuten hat's gefallen. Und, mal ehrlich: Du sahst absolut *spektakulär* aus! Wenn das so weitergeht, sind wir für die nächsten drei Jahre ausgebucht. Das nenne ich einen gelungenen Auftakt.« Gerrick klopfte zufrieden einen Trommelrhythmus auf seinen Oberschenkel. Erst als niemand auf sein Geschwätz reagierte, bemerkte er, dass etwas nicht stimmte. Sein Blick glitt erst über die ernsten Gesichter der Anwesenden, dann über Dom und die vor ihm kniende Roos. »Was soll das? Was ist hier los?«

Roos stand auf. »Dom ist verletzt. Er wird in den nächsten Tagen wohl ausfallen«, erklärte sie nüchtern.

»Wie bitte? Willst du mich verarschen?« Gerricks Geduldsfaden war schon immer ziemlich dünn gewesen, und Isa beobachtete fasziniert, wie ihn diese einfache Information mit einem lauten »*Schnipp!*« zum Reißen brachte. Der Herold wurde erst rot und dann bleich wie ein Leichentuch.

»Er kann nicht ausfallen!«, rief er so laut, als könnte er die feststehenden Tatsachen ins Gegenteil verkehren, wenn er sie nur autoritär genug leugnete. Als müsste sich die Realität vor ihm beugen wie der Knecht vor seinem König. »Er ist der schwarze Ritter! Jedes gute Turnier braucht einen schwarzen Ritter. Ohne ihn können wir einpacken!« Er sah hektisch von einem zum anderen und blieb schließlich an Isa hängen. »Und was macht *die* überhaupt hier?«, rief er anklagend und zeigte mit dem Finger auf sie.

Isa verschränkte die Arme. »Freut mich auch, dich zu sehen, Gerrick. Besonders deine charmante Art hat mir das ganze Jahr über gefehlt.«

Ohne auf ihre Worte zu achten, rauschte er auf Dom zu, der noch immer auf der Truhe hockte. »Komm schon, Mann, rede mit mir. Dir geht's gut, oder? Roos hat nur einen Witz gemacht, ja?«

»Sieht das für dich nach einem Witz aus?« Doms tiefe Stimme klang wie das Knurren eines wütenden Wolfs. Er hielt Gerrick sein angeschwollenes, blau verfärbtes Handgelenk unter die Nase. Mit der gesunden Hand deutete er auf Isa. »Und lass die Kleine in Ruhe. Sie wollte bloß helfen.«

»Du Idiot! Ich dachte, du wärst ein Profi! Wie kann man denn als Profi am ersten Tag vom Pferd fallen?«

Alles Licht schien aus dem Zelt zu weichen, als geschwärzter Stahl klirrte und Dom sich erhob. Sein Gesicht verzog sich zu einer Grimasse, die nicht den Schmerzen geschuldet war, und seine Augen wirkten mit einem Mal wesentlich dunkler. »Nenn mich noch einmal einen Idioten. Noch *einmal.*«

Gerrick hatte plötzlich einen Gegner vor sich, der ein ganzes Stück größer und kräftiger war als er selbst. Isa konnte sehen, wie die Zahnräder hinter seiner Stirn arbeiteten und den Selbsterhaltungsmechanismus in Gang brachten. Schnell wich er einen Schritt zurück, doch es war zu spät. Die verletzte Hand an die Brust gepresst, packte Dom ihn blitzschnell mit der anderen vorne am Kragen. Seine Finger gruben sich in den Stoff des Wamses, und er zog den Herold so nah zu sich heran, dass sie fast Stirn an Stirn standen.

»Dom, nicht!« Roos versuchte ihn zurückzuhalten, doch er schüttelte sie ab wie eine lästige Fliege. Die Kriegerin taumelte zurück und stieß gegen Jasper, der ebenfalls versucht hatte, an Dom heranzukommen.

»Ich lasse mich von so einem Lappen wie dir nicht beleidigen!«

Wie angewurzelt saß Isa auf der Truhe und glaubte zu sehen, wie der schwarze Ritter Gerrick mit nur einer Hand ein paar Zentimeter über den Boden hob, bevor er ihn von sich wegstieß. Gerrick flog nach hinten und landete wie ein nasser Sack Mehl in einem Haufen alter Schilde, die krachend unter ihm zusammenbrachen. Benommen blieb er liegen, doch das war scheinbar nicht genug, denn Dom ging auf ihn zu und hob die Faust.

Isa reagierte, bevor ihr klar werden konnte, dass sie etwas wirklich, wirklich Blödes machte: Mit einem Satz sprang sie von der Truhe und stellte sich vor Gerrick. »Es reicht!«

Im selben Moment schlug Dom zu, genau auf Höhe ihres Gesichts. Hinter ihm keuchte Jasper entsetzt auf.

Doms Faust stoppte nur wenige Millimeter vor Isas Kinn.

Schwer atmend starrte er sie an. Ihr Herz schlug bis zum Hals, doch sie wich keinen Schritt zurück, sondern breitete die Arme aus, als wollte sie ihm noch mehr Angriffsfläche bieten. Kaum merklich schüttelte sie den Kopf. »Ich denke, dein Standpunkt ist deutlich geworden.«

Für einen Moment war es totenstill. Doms Faust, mitten in der Bewegung eingefroren, hing noch immer viel zu nah vor ihrem Gesicht in der Luft. Dann löste sich Jasper endlich aus seiner Schockstarre. Schnell schob er sich nach vorne, stellte sich zwischen Dom und Isa und legte dem schwarzen Ritter beide Hände flach auf die Brust. »Sie hat recht, Dom, komm wieder runter! Egal was Gerrick gesagt hat, du kannst nicht einfach auf Leute einschlagen!« Seine Stimme klang so eindringlich wie selten.

Hinter der grünen Fee raschelte es. Als sie einen Blick über die Schulter riskierte, sah sie, wie Gerrick sich mühsam wieder aufrappelte und dabei Sägespäne, Dreck und Staub vom Wams klopfte. Halb rechnete sie damit, dass er wegen seines angekratzten Egos den Streit erneut anfachen würde, aber stattdessen setzte er ein künstliches Lächeln auf. »Keine Sorge, Jasper. Das war bloß ein … Missverständnis.« Behutsam bewegte er sich an Isa vorbei. Es war faszinierend, wie der Mann es schaffte, gleichzeitig unterwürfig und gönnerhaft auszusehen. »Unser großer Oswald hat nur schlechte Laune, aber in Wahrheit sind wir zwei die besten Freunde. Oder, Dom?«

»Du kannst mich mal.«

»Seht ihr?«

Isa dachte an das, was Gerrick nur Minuten zuvor hinausposaunt hatte: *Jedes gute Turnier braucht einen schwarzen Ritter.* Daher wehte also der Wind. Der Herold wollte die Wogen glätten, um seine Show nicht zu gefährden, und nahm dafür sogar ein paar Beulen in Kauf. Angewidert beschloss sie, dass es Zeit wurde, zu verschwinden. »Ich glaube, ich gehe jetzt besser«, murmelte sie. »Bevor Gerrick sich noch mal um Kopf und Kragen redet.«

»Na, vielen Dank«, blaffte Gerrick. »Verschwinde ruhig, keiner kann dich gebrauchen. Du stiftest nur Unruhe.«

»Kann nicht sein. Ich bin hier nämlich nicht der heuchelnde Herold.« Sie warf ihm spöttisch einen Luftkuss zu und schlüpfte aus dem Zelt, bevor ihm eine passende Erwiderung einfallen konnte.

Kapitel 4

Wisst ihr, woran mich das erinnert? Bei den Dreharbeiten zu *Zurück in die Zukunft 3* sollte Michael J. Fox für eine Szene an einem falschen Galgen gehängt werden, aber die haben den armen Kerl dabei leider tatsächlich aufgeknüpft. Die Crew stand davor, filmte die Szene und bewunderte Michael für sein großartiges Spiel, bis endlich jemand gemerkt hat, dass er wirklich um sein Leben kämpfte.«

Felix' Augen blitzten hinter den Brillengläsern. Er saß mit untergeschlagenen Beinen auf einem Hocker, der eigentlich viel zu wenig Platz für seine langen Stelzen bot, und nippte ab und zu an einem Glas mit kaltem Pfefferminztee.

Isa saß vor ihm auf dem Boden. Ihre Schultern lehnten an seinen Knien. Sie war immer noch nicht überzeugt davon, dass Sandor schon in der Lage war, als Wachhund allein auf Felix' Marktstand aufzupassen (»Glaub mir, wenn er will, wird der Kleine zur Bestie!«), aber das behielt sie für sich und genoss stattdessen die Zeit, die sie mit ihrem Freund verbringen konnte.

Es war später Nachmittag, aber immer noch brütend heiß.

Nach der Sache mit Dom und der Prügelei im Turnierzelt war die grüne Fee wieder Lena in die Arme gelaufen, die zunächst ziemlich ungläubig auf ihre Geschichte reagiert hatte.

Als ihr dann allerdings dämmerte, dass sie wirklich einen Unfall gesehen hatte, ohne es zu merken, war sie ziemlich schockiert gewesen.

»Unglaublich. Und ich habe auch noch Beifall geklatscht«, sagte sie gerade bereits zum zweiten Mal und ließ ihre Beine über die Armlehne des Scherenstuhls baumeln, den sie sich mit Kevin als Sitzplatz teilte. »Wobei, viel unglaublicher ist, dass du dich diesem Kerl in den Weg gestellt hast. Und das für *Gerrick.*« Ungläubig schüttelte sie den Kopf.

Neben ihnen thronte Walburga in ihrem Verkaufsstand auf einem mit Fellen gepolsterten Hocker. In der Auslage ihrer Bude türmten sich Jungfernkränze aus echten und falschen Blumen neben kleinen Feenfiguren und mit Rosen verzierten Filzbeutelchen. An den ineinander verschlungenen Korkenzieher-Haselzweigen, die die alte Dame an den vorderen Stützpfeilern des Standes befestigt hatte, hing glitzernder Schmuck: kleine silberne Sonnenuhren an Lederbändern, mit winzigen Edelsteinen gefüllte Fläschchen und in Kunstharz konservierte Blütenblätter. Die Kinder, die mit ihren Familien an Walburgas Stand vorbeikamen, waren allerdings am meisten von der rötlich schimmernden Drachenstatue fasziniert, die vorne am Rand der Auslage hockte. Im Gegensatz zu dem großen mechanischen Drachen, der auf dem Siegfriedspektakel für die Kleinen alle paar Stunden fauchte und Feuer spuckte, spie dieser Seifenblasen aus dem weit aufgerissenen Maul, wenn Walburga einen verborgenen Mechanismus bediente. Gerade im Moment blubberte es wieder, und ein kleines blondes Mädchen mit einem spitzen Burgfräulein-Hut, das auf dem Arm seines Vaters vorbeigetragen wurde, quietschte aufgeregt. Walburga schenkte ihr ein verschmitztes Lächeln. Obwohl sie manchmal schroff wirkte, waren Kinder von ihr so verzaubert, als könnte sie Kürbisse in Pferdekutschen und Brokkoli in Schokolade verwandeln. Und das lockte natürlich auch die zahlungskräftigen Eltern an den Stand, die den lieben Kleinen keinen Wunsch abschlagen konnten, wenn sie sie mit großen Kulleraugen anstarrten.

Bevor sie Lena antwortete, zupfte die grüne Fee Felix am Hosenbein, damit er ihr das Glas mit Tee reichte. Von dem vielen Gerede und der Hitze war ihr Mund ganz trocken geworden. »Im Gegensatz zu Marty McFly hat Dom aber nicht vor unseren Augen um sein Leben gekämpft«, erklärte sie zwischen zwei Schlucken. »Er schien sich durch die Verletzung und sein Missgeschick eher blamiert zu fühlen. Und nur deswegen bin ich dazwischengegangen, Lena. Nicht wegen dieser Sackpfeife Gerrick. Ich wollte nicht, dass Dom sich wegen ein bisschen verletztem Stolz in Schwierigkeiten bringt.«

»Und du wolltest schon immer mal eigenhändig eine Schlägerei beenden.«

»Na ja. Das auch.«

Das Gespräch wurde unterbrochen, als ein junges Pärchen an den Stand herantrat und die Blumenkränze in Augenschein nahm. Schließlich erstand der Recke mit dem federweichen Flaum am Kinn einen Kranz aus Blättern und cremefarbenen Blüten für seine Maid. Nachdem Blumen und Silberlinge die Besitzer gewechselt hatten und die beiden wieder außer Hörweite waren, hob Lena unheilvoll die Augenbrauen. »Du magst diesen schwarzen Ritter, oder?«

Isa stöhnte genervt auf. »Darf ich jetzt nicht mal mehr mit Männern *reden*? Du bist schlimmer als jede Anstandsdame.«

»Ich meine ja nur. Er passt in dein Schema.«

Unwillkürlich ging Isas Blick auf Wanderschaft. Nahe der Kriemhildmühle konnte sie von ihrem Sitzplatz aus gerade noch so die Ecke eines ganz bestimmten Zelts ausmachen. Es befand sich zwischen einer Rüstkammer, an der Messer,

Schwerter und Äxte verkauft wurden, einem Drechsler und dem großen Wikinger-Karussell und gehörte zu einer Ladenkette, die mit LARP-Ausrüstung handelte. Der Mann, der dort arbeitete und sich Lennox nannte, hatte alles, was Isa attraktiv fand: schöne Augen, eine tiefe Stimme und einen gepflegten Bart. Sie stockte innerlich, als ihr auffiel, dass alle drei Kriterien im Grunde auch auf Dom zutrafen. Auch, wenn er um die Schläfen schon etwas grau wurde.

»Hallo? Erde an Isa?«

Ein sanfter Schubser von Felix holte die grüne Fee zurück in die Realität. »Hmm?«, machte sie und blickte in die Runde. Walburga blinzelte sie über ihre mittelalterliche Brille hinweg an. So ein klobiges Ding, gefertigt aus zwei Stücken Glas, deren Einfassungen wie schräg an den Stielen zusammengenietete Lupen aussahen, hatte auch Sean Connery in *Der Name der Rose* getragen, wie Felix gern von Zeit zu Zeit erwähnte.

»Ich habe dich gefragt, warum dieser … dieser Tim oder Tom überhaupt vom Pferd gefallen ist«, wiederholte Walburga.

»Er meinte, er hätte sich ablenken lassen«, sagte sie. »Jasper hatte keine Schuld.« Sie bog den Kopf nach hinten, um Felix anzusehen.

Der zuckte nur mit den Schultern. »Das war mir klar. Jasper ist zu erfahren, um so einen üblen Fehler zu machen. Dom und Roos dagegen sind zum ersten Mal dabei, und wenn das so weitergeht, wird sich Gerrick in der nächsten Saison wieder nach einem neuen schwarzen Ritter umsehen müssen.«

»Klar. Weil Dom entweder sich selbst oder ihm den Hals bricht.«

Walburga horchte auf, als Felix die Namen erwähnte. Ein leises Gurgeln ertönte, und die Drachenstatue spuckte schillernde Seifenblasen, die trudelnd zwischen Bäume und Zelte getrieben wurden. »Roos? Ist das diese Rittersfrau? Ein hübscher Name. Die Hauptfigur in dem Buch, das ich gerade lese, heißt ganz ähnlich. Rose McIrgendwas.« Sie langte in eine Tasche aus weichem Leder, die neben ihr an einem Holzbalken hing, und zog ein zerfleddertes Taschenbuch hervor. Isa schauderte, denn der Titel kam ihr auf schreckliche Weise vertraut vor, ebenso wie das ineinander verschlungene Pärchen auf dem Einband, dessen spärliche Kleidung vor einer Highland-Kulisse im Wind wehte.

Lena saß plötzlich kerzengrade auf ihrem Stuhl. »Das Buch habe ich auch gelesen!«, rief sie begeistert.

Nun erinnerte sich die grüne Fee voller Entsetzen, warum ihr *Ein Schwert für einen Kuss* so bekannt vorkam. Sie und Lena hatten sich über die Jahre hinweg auf vielen Mittelaltermärkten ein Zimmer oder Zelt geteilt, und im Gegensatz zu Isa, die immer ein paar Krimis im Gepäck hatte, schmökerte die wilde Helena leidenschaftlich gerne in historischen Liebesromanen. Das allein wäre nicht allzu dramatisch gewesen, wenn Lena es nicht für nötig befunden hätte, die besonders romantischen Passagen mit ihrer Freundin zu teilen (»Isa, hör dir das an: ›Godfrey zerschlug die Ketten mit einem einzigen Hieb und fing Lady Arianna in seinen starken Armen auf. Die dunklen Augen der Befreiten weiteten sich voller Dankbarkeit, als sie ihren Geliebten erkannte. In dem dunklen Kerker des bösen Lord Chamberley loderte das Feuer der Liebe auf, als sich ihre Lippen‹ – hey, nimm das Kissen von meinem Gesicht!«).

Walburga seufzte verträumt. »Eines der wenigen Dinge, die mich am Alter wirklich stören, ist diese ewige Schlaflosigkeit. Stellt euch vor, ihr liegt nachts wach, Stunde um Stunde, findet keine Ruhe und spürt jedes einzelne verdammte Lebensjahr bis in die Knochen. Mein vertrottelter Arzt gibt mir zwar Medikamente dagegen – man kriegt ja Pillen und Pülverchen für alles, wenn man nur alt genug ist –, aber die helfen natürlich nicht.« Sie tätschelte liebevoll den Mann auf dem Buchcover, dessen Bizeps wie eingeölt im Licht der aufgedruckten untergehenden Sonne glänzte. »Aber mit diesen Büchern werden die langen Nächte schon fast zum Vergnügen.«

Isa starrte sie an. »So einen Schund liest du?«, fragte sie entsetzt.

»Ja, Schätzchen. Und ich will dir auch verraten, wieso. Diese ganzen Thriller und der andere schaurige Kram, den du immer mit dir herumschleppst, sind mir viel zu aufwühlend. Davon kriegt man Albträume. Und in den Nächten, in denen ich wenigstens ein bisschen schlafen kann, muss ich mich nicht auch noch im Geist mit Mördern herumschlagen.«

Die grüne Fee schüttelte sich. »Ein ordentlicher Axtmörder ist mir lieber als so ein säuselnder Muskelprotz, der irgendwelche schwächlichen Weibsbilder aus den Fängen ihrer bösen Stiefväter befreien muss und anschließend mit ihnen quer durch die Highlands vögelt.«

Bis dahin auffallend still, strich sich Kevin grinsend über den Ziegenbart. »Deswegen hast du dich in Siegburg auch in den einzigen Psychopathen weit und breit verguckt, was?« Er ächzte laut, als Lena ihm schockiert einen Schlag in die Rippen verpasste. »Kevin! Das war absolut unpassend!«

Doch Isa streckte ihm nur unbekümmert die Zunge heraus. »Jaja, so kennen wir Herr Ludger den Verderbten. Selbst ein Clown auf einer Trauerfeier wäre feinfühliger. Wenigstens hat mich mein Ex nur ein einziges Mal bedroht; unter deinem Humor leide ich dagegen schon seit Jahren.«

»Da fällt mir ein, hab ich euch den schon erzählt? Sagt König Marke zu Isolde: ›Schatz, heute nicht. Ich hab Brangäne.‹«

Stille.

»Och, kommt schon, Leute! Brangäne? Die Dienerin, die in Isoldes Hochzeitsnacht mit deren Mann schlafen muss, weil Isolde selbst wegen ihrer Affäre mit Tristan keine Jungfrau mehr ist? Deren Name wie ›Migräne‹ klingt?! Das ist lustig!«

Betretenes Schweigen.

Enttäuscht schnalzte Kevin mit der Zunge. »Kunstbanausen.«

Walburga hielt ihren Schmöker immer noch an sich gepresst wie den neugeborenen Jesus persönlich, warf Isa unter ihrem Filzhut aber einen nachsichtigen Blick zu. »Lassen wir den Romantik-Verweigerern ihren Willen, Lena«, sagte sie. »Jeder hat so seine Vorlieben, und das Fräulein von Absinth sieht die Dinge eben ein bisschen anders als wir beide. Ein bisschen morbider vielleicht. Aber eben auch nur anders.«

Spontan begannen die anderen eine Diskussion darüber, was eigentlich romantisch war und was nicht. Isa musste blinzeln, als eine Brise, die den Bäumen auf dem Markt schon den ganzen Tag ab und an die Zweige zerzauste, einem Sonnenstrahl den Weg freimachte, der ihr direkt in die Augen schien. Als sich die Knospen und Blüten wieder zwischen sie und die glühende Kugel am Himmel schoben, wirkten die Farben um sie herum für wenige Sekunden so, als betrachtete sie sie durch einen Filter. Blautöne traten stärker hervor und ließen alles ein wenig künstlich aussehen: Die geschnitzten Drachen und Rundschilde an der Sitzfläche des Karussells, die sich dank geschickt gespannter Taue an einem Pfahl hoch und runter schraubte und dabei um sich selbst drehte, bis die lachenden Gesichter der Kinder darauf verschwammen. Das Sonnensegel über dem umzäunten Platz der Falkner, wo sich die Leute zwischen duftenden Heuballen mit einem Falken, Adler oder Uhu auf der Faust ablichten lassen konnten. Sogar die Kriemhildmühle, deren große, ledrige Flügel sich träge im Wind drehten. Unten, vor ihren steinernen Mauern, tummelten sich Menschen vor einem Verkaufsstand, an dem Brot und frisches Gebäck feilgeboten wurde; oben, auf der Aussichtsplattform direkt bei den Flügeln, genossen andere den Ausblick auf das wilde Treiben zu ihren Füßen.

Eine Person dort starrte besonders angestrengt auf den Marktplatz hinunter. Isa erkannte den Mann sofort, aber sie legte trotzdem eine Hand über die Augen, um ihn besser sehen zu können. Er trug keine Rüstung, sondern einfache mittelalterliche Gewandung, und sein linker Unterarm steckte in einem schwarzen Stützverband. Offenbar war Doms Knochenbruch nicht so kompliziert gewesen, dass die Behandlung in der nahe gelegenen Heeswaldklinik besonders lange gedauert hätte. Doch glücklich sah der schwarze Oswald trotzdem nicht aus. Im Gegenteil. Er stand dort oben, den gesunden Arm und den Oberkörper auf das modrig grüne Holz der Brüstung gestützt, und fixierte irgendetwas auf dem Platz vor der Mühle. Seine Miene war aus Stein.

Dann, plötzlich, flackerte sein Blick wie eine Fackel im Wind und blieb an Isa hängen. Für einen kurzen Moment bohrten sich seine bernsteinfarbenen Wolfsaugen in die ihren hinein, als wollten sie ihr etwas mitteilen. Schrilles Kinderlachen durchschnitt die Luft, und der Blickkontakt riss so plötzlich ab wie schon vor einer kleinen Ewigkeit im Zelt. Isa kehrte mit einem Ruck in die Wirklichkeit zurück. Sie hörte wieder Lenas helle Stimme, die etwas über Blumen und Pralinen sagte, und in ihrem Rücken spürte sie Felix' warme Knie.

Pass auf, ermahnte sie sich innerlich. An Dom ist irgendetwas faul. Also reiß dich zusammen, grüne Fee.

Kapitel 5

Stunden später wirbelte ein Feuerball hinauf in den sternenklaren Xantener Nachthimmel.

Die aufsteigende Hitze prickelte Isa im Gesicht. Ein Raunen lief durch die Menge, als sie noch einmal einen halben Mund voller Bärlappsporen gegen die brennende Fackel pustete und so eine weitere zischende Feuerwolke über die Köpfe der Zuschauer jagte. Hinter ihr ließen Alex und Lena langsam die letzten Töne aus ihren Dudelsäcken entweichen. Für einen Moment herrschte Stille, dann fing das Publikum vor der großen Bühne an zu applaudieren. Im Licht der Scheinwerfer, die die Dunkelheit vor dem inneren Klever Tor durchschnitten, konnte man jeden einzelnen Fan ausmachen, der gekommen war, um beim großen Abendkonzert von Manus Furis zu feiern.

Isa war außer Atem und ihr Mund durch das feine Pflanzenpulver staubtrocken. Trotzdem genoss sie jede Sekunde. An den Gesichtern ihrer Freunde sah sie, dass es ihnen genauso ging. Valentin, der mit seiner Laute einen halben Schritt hinter ihr gestanden hatte und nun nach vorne an den Bühnenrand trat, strahlte mit den Scheinwerfern um die Wette. »Das, verehrtes Volk zu Xanten, war Manus Furis!«, rief er und verbeugte sich schwungvoll. »Wir hoffen, dass unsere

Musik euch wohl gefallen hat. Wenn dem so ist, dann habe ich noch einen Rat für die besonders Klugen und Eilfertigen unter euch: Unsere engelsgleichen Stimmen …« An dieser Stelle brummte Kevin wie ein halskranker Bär in sein Mikro, was die Zuschauer zum Lachen brachte. Graf Galgenstrick verdrehte die Augen. »Unsere *zumeist* engelsgleichen Stimmen könnt ihr jetzt auch mit nach Hause nehmen. Wie ihr wisst, schließt mit dem Ende unseres Konzerts auch der Markt für heute seine Tore, doch gleich hier neben der Bühne wird euch noch ein wenig Zeit gewährt, um unser neues Album *Diebeslohn* zu erwerben. Lasst euch diese Gelegenheit nicht entgehen! Wir werden außerdem in den nächsten drei Tagen immer wieder auf dem Gelände zu sehen und zu hören sein. Besucht uns zahlreich und denkt dabei immer daran: Wir nehmen die Taler auch gerne gefaltet.« Mit diesen Worten waren die Feierwütigen und die müden Gaukler entlassen.

Zufrieden hüpfte Isa an der Seite von der Bühne und nahm einen tiefen Zug aus ihrer Wasserflasche. Trotz der Feuershow, die die Turnierreiter parallel zu ihrem Konzert am anderen Ende des Marktplatzes abgehalten hatten, waren die Reihen vor der Bühne lückenlos gefüllt gewesen. Egal was die größeren Bands machen würden, die den Besuchern am Freitag und am Samstag einheizen durften: An diesem Abend hatte Manus Furis einen bleibenden Eindruck hinterlassen.

Als sie den Kopf reckte, sah sie, dass genügend Leute wegen der CD vor Felix' Bude standen, um ihn noch mindestens eine Stunde auf Trab zu halten. Ein paar Meter von ihr entfernt hatte sich Alex bereits den ersten Mittelalter-Groupie geschnappt. Seine Eroberung – eine Piratenbraut mit Dreispitz und extrem knapp geschnittenen, schwarz-rot gestreiften Hotpants – hing an seinen Lippen, während er sich lässig auf sein nachgemachtes Claymore-Schwert stützte und seinen fragwürdigen Charme spielen ließ. »Wenn du willst, kann ich dich ein bisschen backstage herumführen. Normalerweise tue ich so was ja nicht, aber für dich mache ich eine Ausnahme.« Er strich sich eine Strähne aus der Stirn und grinste schief. Die grüne Fee wusste, was das bedeutete: Er holte zum vernichtenden Schlag aus. »Wusstest du eigentlich, dass hier in Xanten auch ab und an Highland-Games abgehalten werden? Da werden Baumstämme geworfen und solche Sachen, wie in Schottland. Nichts für schwache Jungs, glaub mir. Ich habe da schon öfter mitgemacht.«

»Wirklich?«, hauchte die Seeräuberin.

»Natürlich. Bei uns Clansmen ist das eine Sache der Ehre.«

Kurz überlegte Isa, ob sie hinübergehen und Alex' Flirt darüber aufklären sollte, dass er genau *einmal* bei diesen Spielen mitgemacht und sich beim Baumstammwerfen einen Hexenschuss geholt hatte, entschied sich aber dagegen. Ihr war nicht nach Gemeinheiten zumute an diesem schönen Frühlingsabend.

Neben ihr schwang Kevin seinen schlaksigen Körper von der Bühne. Er sah zu seinem Kumpel und der Piratin hinüber. »Wie macht der Mann das nur?«, fragte er. Ausnahmsweise klang er dabei nicht enttäuscht oder neidisch, sondern eher amüsiert.

Isa klopfte ihm auf die Schulter. »Mach dir nichts draus. Komm, wir gehen auch *backstage*.«

Er lachte und folgte ihr hinter die Bühne, wo sie auf einem spärlich ausgeleuchteten Flecken zwischen Stadtmauer und Stadttor begannen, ihre Instrumente zu verstauen.

»Gut gemacht, Mann. Wirklich gut.«

Dom roch den Schweiß der Pferde und den Geruch nach verbranntem Gras, der in der Luft lag. Er spürte auch, wie ihm sein bester Freund Thijs dafür, dass er trotz des gebrochenen Handgelenks bei der Feuershow mitgeritten war, anerkennend auf die Schulter klopfte. Innerlich war er jedoch ganz woanders.

»War das Einzige, was ich tun konnte, um Gerrick zum Schweigen zu bringen«, antwortete er leise, um den Schein zu wahren.

Den ganzen restlichen Tag hatte er sich das Gejammer und Geschleime anhören müssen. Auf der Fahrt zum Krankenhaus, auf der Fahrt zurück zum Markt und darüber hinaus. Bis er es nicht mehr ausgehalten und sich zum zweiten Mal ganz, ganz dicht vor seinen Herold gestellt hatte. »*Halt. Den. Mund.*« Dom hatte beinahe geflüstert, doch Gerrick war trotzdem erschrocken einen Schritt zurückgewichen. »Du willst einen schwarzen Ritter? Bitte, kannst du haben. Freihändig durch eine Feuerschneise reiten oder einhändig mit der Lanze Lampions zerstechen, das kann ich. Damit ist deine geliebte Feuer-Reitshow schon mal gerettet. Und für die restlichen Turnierkämpfe, bei denen ich eigentlich mit der Linken den Schild halten müsste, darfst du dir was ausdenken. Irgendetwas, ist mir völlig egal. Aber halt den Mund und lass mich in Ruhe oder ich werfe dich beim nächsten Mal nicht in einen Haufen Schilde, sondern von der Mühle da.« Dann hatte er auf dem Absatz kehrtgemacht und war gegangen, bevor er wieder etwas tat, was er hinterher bereuen würde.

Nun lehrten sich die Ränge an der Turnierbahn ziemlich schnell. Die Knappen bauten das Holzgerüst ab, an dem die verkohlten Überreste der mit Bärlappsporen gefüllten Lampions flatterten. Eine Viertelstunde zuvor hatten Dom und die anderen Reiter die Dinger unter großem Jubel mit brennenden Lanzen zum Explodieren gebracht. Für das Treffen, das er noch vor sich hatte, war seine Wahl allerdings auf eine andere Waffe gefallen.

Jaspers Schwert war das einzige, das nicht für den Schaukampf gedacht und deshalb nicht stumpf, sondern scharf geschliffen war. Balmung konnte Stoff durchtrennen und Lederriemen, aber auch Adern, Sehnen und Fleisch.

Thijs kramte eine Armbanduhr aus dem schwarzen Lederbeutel an seiner Hüfte. »Ich muss Sunny noch helfen, den Stand zu schließen«, murmelte er. »Kommst du danach auf ein Kirschbier vorbei?«

Dom schluckte. Heimlichkeiten lagen ihm nicht. Aber diesmal ging es nicht anders. »Vielleicht. Ich hab noch was zu erledigen.« Eine erbärmliche Ausrede.

Doch Thijs sah ihn nur fragend an und zuckte dann mit den Schultern, als keine Erklärung kam. »Okay. Dann bis später.«

Während er seinem Freund nachsah, verspürte Dom den Zorn, der seit dem Unfall auf der Turnierbahn in seinem Inneren brannte. Was er gesehen hatte, als er auf Jasper zugeritten war, hatte ihn so aus dem Konzept gebracht, dass er vor aller Augen vom Pferd gefallen war. Doch mittlerweile hatte er das Gesehene nicht nur akzeptiert, sondern sich auch einen Plan zurechtgelegt.

Alte, unbändige Wut loderte in ihm. Und es wurde Zeit, die Flammen zu löschen.

Isa kniete auf dem Boden zwischen zwei Kisten mit Equipment und leuchtete mit einer mittelalterlichen Laterne umher, die die Nacht allerdings eher dunkler zu machen schien als heller. Nichts. Nur zertrampeltes Gras, abgebrochene Zweige und ein paar von Alex' Zigarettenstummeln.

»Hier ist es auch nicht!«, rief sie Kevin über die Schulter zu, der ein paar Meter weiter ebenfalls den Platz hinter der

Bühne absuchte. Langsam wurde ihr doch etwas mulmig zumute. Es war nicht so, dass sie sonderlich an ihrem Handy hing. Es war steinalt – das gleiche Modell hatte vermutlich schon die englische Königin Anne Boleyn benutzt, um vor ihrer Hinrichtung 1536 im Tower von London aus Langeweile *Snake* zu spielen – und Isa hatte ganz allgemein wenig für Technik übrig. Aber sie brauchte es für ihren Job und ihre privaten Angelegenheiten, und ein neues kostete Geld, das sie nicht hatte.

Neben einem Baum, der seine Äste über den Nordwall reckte, raschelte es. Herr Ludger der Verderbte erhob sich mit einem lauten Ächzen. Die Wirbel in seinem Rücken knackten hörbar, als er sich streckte. »Wo hast du es denn zuletzt gesehen?«, fragte er, kratzte sich ratlos am Bart und blickte im Halbdunkel umher. Mit dieser Frage legte er den Finger zielsicher in die Wunde: Isa hatte keine Ahnung. Der Tag war turbulent gewesen und sie selbst nicht besonders aufmerksam. Das Einzige, woran sie sich erinnern konnte, war, es am Morgen in die Umhängetasche geworfen zu haben, nachdem ihr Zelt aufgebaut und ihr Zeug verstaut gewesen war.

»Kannst du mich nicht einfach kurz anrufen? Wenn es dann klingelt und das Telefon hier irgendwo liegt, müssten wir das doch hören.«

Kevin brummte zustimmend und holte ein Smartphone hervor. Isa war sich nicht sicher, wo genau er das die ganze Zeit in seinen hautengen Beinlingen versteckt gehalten hatte, wollte es aber im Grunde auch gar nicht so genau wissen.

Er wählte, dann lauschten beide in die Nacht.

Nichts.

Kevin zuckte mit den Schultern. »Mach dir keine Sorgen«, sagte er leichthin. »Das findet sich schon wieder.«

»Was findet sich wieder?«

Neben ihnen schob sich eine Gestalt durch die Lücke zwischen Bühne und Mauer. Lenas blondes Haar schimmerte wie eine Krone im spärlichen Licht, das eine Straßenlaterne von der Brücke auf den Platz hinter der Bühne warf.

»Isa hat ihr Handy verbummelt«, antwortete Kevin.

»Nicht verbummelt. Vorübergehend verlegt«, korrigierte ihn die grüne Fee.

Ihre beste Freundin hatte sich ein blaues Schultertuch übergeworfen, an dessen Zipfeln kleine Glöckchen hingen. Es klingelte leise, als sie sich neben Kevin stellte und er ihr das Tuch fürsorglich zurechtzupfte.

»Du hast doch heute Vormittag am Turnierplatz deine Tasche ins Gras gelegt«, überlegte die wilde Helena laut.

Isa runzelte die Stirn. »Und auch wieder mitgenommen.« Sie hielt die Umhängetasche demonstrativ am Henkel in die Höhe.

»Schon, aber vielleicht ist es rausgefallen und jemand hat es bei einem der Knappen abgegeben. Du solltest mal nachsehen, ob noch jemand bei den Turnierzelten herumläuft und dann dort nachfragen.«

Durch das Leinen der roten Zeltwände hörte Dom nur noch vereinzelte Geräusche, als er sich auf die Lauer legte.

Die Marktbesucher waren mittlerweile verschwunden, und auch die Knappen hatten ihre Aufgaben erledigt und sich auf den Weg in ihre Betten gemacht. Während es draußen immer leiser wurde, pochte das Blut in seinen Schläfen immer lauter. Es rauschte wie kochendes Wasser in seinen Ohren und übertönte das leise Schaben von Metall auf Leder, als er sich, noch immer in der leichten Rüstung, die er bei der Feuershow getragen hatte, im Halbdunkel auf eine der Truhen setzte und sich Jaspers Schwert quer über die Knie legte. Die blanke Klinge schimmerte ganz schwach.

Neben ihm ragten Lanzen wie kahle Äste aus dem Gerüst, das für die Nacht ins Zelt getragen worden war. Nur auf den Spitzen der schweren Eisenspieße zeichneten sich große, ballähnliche Umrisse ab. Die albernen Plastikköpfe mit dem Kunstblut und dem falschen Haar jagten Dom weder bei Tag noch bei Nacht einen Schrecken ein. Aber der Gedanke, dass die Person, auf die er wartete, vielleicht nicht so abgeklärt war, erfüllte ihn mit einer gewissen Befriedigung. Nachdenklich öffnete er den kleinen Lederbeutel, den er vorhin aus seinem Gepäck geholt hatte, und betrachtete den Inhalt. Prüfend wog er ihn in der Hand, dann rückte er das Schwert auf seinem Schoß zurecht, als er plötzlich etwas hörte.

Draußen näherten sich Schritte.

Wie ein dunkelgrüner Geist huschte Isa über den Rasen zwischen den Marktständen. Die Laterne mit den milchig trüben Scheiben aus dünn geschliffenem Horn tanzte hin und her, während sie an Martell vorbeikam, der die letzten Werkzeuge in seiner Schmiede verstaute und die Hand zum Gruß hob, als er sie sah. Isa passierte einen Schießplatz, auf dem sich die erwachsenen Besucher am Tag an einer Armbrust versuchen konnten, und lief an einem verrammelten Marktstand vorbei, der trotz dicker Planen stark nach Zimt und Nelken duftete.

Bei den Turnierzelten rührte sich nichts. Kein Mensch war zu sehen, kein Vogel mehr zu hören. Nur eine einsame brennende Fackel steckte mitten auf einer der Reiterbahnen im Boden. Isa runzelte die Stirn und hob die Laterne, während sie näher heranging. Die Flamme der Fackel war schwach, rußte aber heftig. Vermutlich war sie so gut wie erloschen gewesen, weshalb sich die Knappen beim Abbau nicht weiter darum gekümmert hatten, doch der Wind, der mit der

Dämmerung aufgefrischt war, hatte sie erneut zum Lodern gebracht.

Isa trat noch dichter heran. Das Feuer machte seltsame Geräusche. Es fauchte und pochte leise, wie ein gefangenes Tier in einer zu kleinen Schachtel. Als eine überraschend milde Brise die Wimpel an den Absperrseilen zum Tanzen brachte, spuckte es eine neue Rußfahne pechschwarz in die Nacht. Ungewollt schoss Isa eine Erinnerung durch den Kopf. An einen anderen Abend, eine andere Stadt und an Flammen, die ihrem Willen *nicht* gehorchten.

Der Geruch nach verkohlter Wolle stieg ihr so schnell in die Nase und fühlte sich so real an, dass Isa beinahe husten musste. Erschrocken stolperte sie einen Schritt zurück. Die Wucht der Erinnerung war heftig und kam völlig unerwartet. Sie sah Mareks Gesicht so deutlich vor sich wie damals, als er sie gepackt und mit falscher Besorgnis in der Stimme gefragt hatte, ob ihr etwas passiert war, nachdem eine falsch präparierte Jonglierfackel ihr fast das Gesicht verbrannt hätte. Die Stichflamme, an der er schuld gewesen war, hatte sie damals in Siegburg glücklicherweise nicht verletzt. Etwas anderes offenbar schon.

Isa schüttelte den Kopf und holte tief Luft. Das war ja lachhaft. Sie konnte mit Fackeln jonglieren und Feuer spucken, seit sie mit zwanzig Jahren ins Geschäft eingestiegen war. Diese Dinge machten ihr keine Angst. Und wenn sie sonst an den Siegburger Mord und an Marek zurückdachte, fühlte sie bloß den Nachgesang des Nervenkitzels, der sie dazu gebracht hatte, sich als Detektivin zu betätigen. Manchmal, zugegeben, vielleicht ein leichtes Unbehagen. Aber so etwas war noch nie vorgekommen, und schon gar nicht an einem Ort wie Xanten. Hier gab es nichts, absolut nichts, wovor sie sich fürchten musste.

Glaubte sie zumindest. Bis sich plötzlich eine Hand auf ihre Schulter legte. Mit einem Schrei wirbelte Isa herum. Doch es war nur Gerrick, der hinter ihr stand und sie angrinste. »Musst du mich so erschrecken, du Penner?«, fauchte sie wütend.

Offensichtlich war er ziemlich zufrieden damit, sie so kalt erwischt zu haben. »Ach, halt die Luft an, Isa. Ich habe dich nur hier stehen sehen und wollte fragen, was dich herführt. Schon wieder.«

»Jedenfalls nicht die unbändige Sehnsucht nach dir«, gab sie zurück.

Er lachte gekünstelt. »Sehr nett. Aber ich sag's dir gleich: Wenn du dir einbildest, bei Dom Chancen zu haben, irrst du dich gewaltig.«

»Oh, Liebestipps von einem Mann, der sich den Künstlernamen Gerrick gegeben hat, weil das ›mächtiger Speer‹ bedeutet?« Sie drehte ihm den Rücken zu. »Danke, ich verzichte.«

»Jetzt warte doch mal! Ich bin auch gekommen, um dir was auszurichten.«

Als sie sich ihm widerwillig zuwandte, sah sie, dass er einen zerknitterten Zettel aus der Tasche zog.

»Jemand vom Veranstalter-Team hat mich vorhin angesprochen. Irgendein komischer Sekretär hat bei ihm angerufen – den Namen hat er wohl nicht verstanden. Zuerst dachte er, der Typ wollte mit eurer Band wegen eines Engagements Kontakt aufnehmen, aber es ging speziell um dich. Jedenfalls sagte er, er würde für einen gewissen … Prof. Dr. Bocholt anrufen.« Gerrick reichte ihr den Zettel. Das Papier war schmierig, und die Schrift sah aus, als wäre ein Vogel mit Tinte an den Füßen qualvoll darauf gestorben. »Heißt du nicht Bocholt? Bist du mit dem verwandt?«

Isas Herz machte einen Sprung. Der Einzige aus ihrer Familie, der mit ihr redete, war Tristan. »Das ist mein Bruder«, sagte sie mehr zu sich selbst als zu Gerrick. »Aber wieso ruft er mich nicht einfach direkt …« Sie stöhnte, als ihr wieder einfiel, weshalb sie überhaupt auf dem Turnierplatz war. »Natürlich. Mein Handy ist ja weg.«

Gerrick runzelte die Stirn, als er das hörte. »Einer unserer Knappen hat heute ein Handy neben der Absperrung gefunden, das liegt jetzt irgendwo im roten Zelt. Falls es deins ist, dann pass in Zukunft besser darauf auf. Ich bin zwar Herold, aber nicht dein privater.«

Seiner Aufgabe entledigt, wandte er sich zum Gehen, blieb aber noch einmal stehen. Isa sah im schwachen Schein ihrer Laterne, wie seine Nasenflügel vor Missbilligung bebten, als er über ihre Schulter auf die Turnierbahn sah. »Und lösch die Fackel, bevor du gehst. Herrgott, das verstößt so ziemlich gegen alle mir bekannten Brandschutzverordnungen … Der Knappe, der die vergessen hat, kriegt von mir morgen einen Ritterschlag, dass es knallt.«

Als er zwischen den Bäumen und Zelten verschwand, hielt Isa den Zettel noch immer fest in der Hand. Ihr Bruder rief selten an, aber diesmal schien es dringend gewesen zu sein. Vielleicht, nur vielleicht, hatte er ja vor, sie in Xanten zu besuchen. Beim Gedanken daran spürte sie ein freudiges Kribbeln im Bauch. Entschlossen packte sie den Griff ihrer Laterne fester, marschierte an der Zuschauertribüne vorbei über die Wiese und betrat das rote Zelt.

Wo Dominik »Dom« Schneider bereits auf sie wartete. Oder, besser gesagt, sein aufgespießter Schädel.

Kapitel 6

Isa sah den Kopf und den Leichnam. Das war schon schlimm genug, aber als sich plötzlich ein Schatten aus der Dunkelheit löste und wie ein schwarzer Vorhang auf sie zu rauschte, erschreckte sie fast zu Tode.

Etwas rammte sie an der Schulter, sodass sie das Gleichgewicht verlor. Unsanft landete sie teils im Gras, teils in etwas Nassem und verlor dabei die Laterne, die ausging und zwischen ein paar Kisten kullerte. Sofort wurde es nahezu stockfinster. Isa konnte allerdings spüren, was da Feuchtes an ihrer Haut klebte; bei dem Versuch, sich im Fallen abzufangen, war sie mit Händen und Armen in der Pfütze gelandet, die Doms Blut gebildet hatte. Es fühlte sich noch warm an. Warm und unfassbar eklig. Hinter ihr wurde die Zeltwand aufgerissen und fiel sofort danach wieder schwer zurück an ihren Platz.

Einen Herzschlag lang erstarrte Isa in stummem Entsetzen. Dann schaltete sich ihr Gehirn wieder ein. Das Blut an ihren Händen jagte ihr einen Schauer über den ganzen Körper, der sie wachrüttelte wie ein Stromstoß. Hektisch rollte sie sich von der Pfütze weg auf den Rücken.

Sie brauchte Licht. In blinder Hektik tastete sie nach der Laterne, doch sie fühlte nur Erde, Metall und dann plötzlich

Haut. Isa zuckte zusammen. Es war Doms unbandagierte Hand, die zu einer Faust geballt im Gras lag.

Natürlich, sagte eine zynische Stimme in ihrem Inneren. Die verdammte Laterne findest du nicht, aber nach dem Blut fasst du auch noch zielsicher an die Leiche. Wunderbar.

Ob sich Doms Hand noch warm anfühlte, weil die Hitze im Zelt so unerträglich oder weil er erst vor wenigen Augenblicken gestorben war, konnte Isa nicht sagen. Aber beim ersten Kontakt hatte sie gespürt, dass sich seine Finger um etwas Weiches krümmten, das sich wie gegerbtes Leder anfühlte. Flach atmend und mit zusammengebissenen Zähnen tastete sie weiter, bis sich das Bild in ihrem Kopf zusammenfügte: Es war ein kleiner Lederbeutel. Kurz entschlossen nahm sie Dom das Ding aus der Hand und rappelte sich auf. Um sie herum herrschte unheimliche Schwärze, doch an einer Stelle schlitzte ein dünner, heller Spalt die Dunkelheit auf. Isa beschloss, dem trotteligen Knappen, der vergessen hatte, die Fackel auf der Turnierbahn zu löschen, am nächsten Tag einen Präsentekorb zu bringen.

Sie konnte kaum länger als vier, fünf Sekunden am Boden gelegen haben, doch als die grüne Fee aus dem Zelt rannte und sich suchend um die eigene Achse drehte, war niemand zu sehen. Nur Bäume, Zelte, Häuser und Sträucher, der verschlossene Toilettenwagen und die abgedunkelten Wohnwagen auf dem großen Parkplatz hinter der Hecke. Selbst die Rheinstraße am Ende des Marktplatzes lag verwaist da; kein Auto erhellte mit seinen Scheinwerfern die Nacht.

Isa fluchte. Der Schatten aus dem Zelt war verschwunden.

Plötzlich hörte sie Schritte auf dem Weg, der vom Rest des Marktgeländes zu ihr führte. Einen Moment lang glaubte sie, dass der Mörder kehrtgemacht hatte, um seine potenzielle Zeugin aus dem Weg zu räumen, doch dann ertönte ein Kläffen, das sie an diesem Tag schon einmal gehört hatte.

Sandor, der Schrecken von Xanten. Und wenn Sandor da war, dann war dort mit Sicherheit auch ...

»Felix? Felix!«

Isa rannte über den staubigen Weg und auf die Stimmen zu, die sich mit dem Gebell des Bluthunds vermischten. Im Licht einer fernen Straßenlaterne konnte sie im Laufen dunkle Flecken auf ihren Händen sehen. Sie spürte auch die klebrige Feuchtigkeit. Das Gesicht zu einer Grimasse verzogen, griff sie sich mit den verschmierten Fingern an den Rock, raffte ihn höher und rannte weiter, schneller diesmal. »Felix!«

»Ruhe da draußen!«, kam es gedämpft aus dem verrammelten Marktstand des Pfeilmachers, der sich offensichtlich schon zum Schlafen hingelegt hatte. Ohne auf seine Verwünschungen zu achten, sauste Isa vorbei – und bremste scharf, als sie zum zweiten Mal an diesem Tag von Felix Falks kleinem Welpen angefallen wurde. Doch das andere Ende der Leine hielt jemand anders.

»Hey, hast du dein Handy gefunden?« Kevin schlenderte gelassen neben Lena daher und machte gar nicht erst den Versuch, den Hund zu bändigen. Die beiden sahen entspannt aus und völlig im Reinen mit der Welt. »Felix hat noch genug zu tun. Deswegen gehen wir heute mit ...« Er unterbrach sich und runzelte die Stirn, als er zuerst ihren Gesichtsausdruck und dann den verunstalteten Rest von ihr bemerkte. »Großer Gott, was ist denn mit dir passiert?«

Isa rang nach Luft. Mit einer Hand umklammerte sie immer noch den Lederbeutel, den sie Dom abgenommen hatte. Mit der anderen versuchte sie, Sandor wegzuschieben, der sich immer wilder gebärdete und an ihr hochsprang. Offensichtlich weckte der Geruch des Blutes doch noch seine gut verborgenen Killer-Instinkte.

»Frag lieber, was mit Dom passiert ist«, keuchte sie. »Der liegt da drüben im Zelt.«

Lenas Augen wurden groß wie Schildbuckel. »Was? Geht es ihm gut?«

Mit einer demonstrativen Geste streckte Isa ihre fleckigen Hände aus. »Sein Kopf steckt einen Meter von seinem Körper entfernt auf einem Spieß. Also nein, ich würde sagen, es geht ihm nicht gut.«

Normalerweise wurden die Bäume auf dem hinteren Teil des Marktgeländes abends von bunten Scheinwerfern angestrahlt. Dann leuchteten die Wipfel sanft in Rot, Gelb und Violett vor dem tintenschwarzen Himmel. Doch alles, was die hellen Unterseiten der Blätter in dieser Nacht reflektierten, war das Zucken der Blaulichter.

Die Beamten hatten nicht mehr als zehn Minuten gebraucht, um mit dem größten Aufgebot, das die Kripo Xanten zu bieten hatte, auf dem Marktplatz einzufallen wie die Horden Mordors in Neonwesten. Den Diensthabenden vorher erst einmal am Telefon von dem zu überzeugen, was passiert war, hatte allerdings eine Ewigkeit gedauert. Wobei Isa die Schuld daran eindeutig bei Kevin sah. Der Satz: »Bitte schicken Sie jemanden zur Wiese am Nordwall, einer unserer Ritter hat den Kopf verloren«, war wirklich nicht der beste Gesprächsanfang gewesen.

Doch nun bevölkerten gut drei Dutzend Dorfbullen den Markt, sperrten die Umgebung um den Tatort mit flatternden Bändern ab und stritten sich mit ein paar müden Zünftlern, die es gar nicht schätzten, nach einem langen Tag in der Sonne aus den Schlafsäcken geholt zu werden. Die meisten von ihnen beruhigten sich wieder, sobald sie gehört hatten, was passiert war. Nur ein einziger Krawallbruder, der immer wieder versuchte, sich mit den Uniformierten anzulegen, musste zur Räson gebracht werden. Die grüne Fee hörte nicht genau, was Martell von der Schmiede und einer der Jungs aus dem Heerlager zu ihm sagten, aber danach war er ziemlich kleinlaut. Sie lächelte. Einen Idioten gab es immer, aber wenn es darauf ankam, hielten Marktleute zusammen.

Sie selbst stand nur wenige Meter vom Tatort entfernt unter einem Baum. Einer der Schutzpolizisten, die zuerst an Ort und Stelle eingetroffen waren, hatte ihr schließlich erlaubt, sich im Toilettenwagen das Blut von den Armen zu waschen; danach war sie jedoch mit der strikten Anweisung zurückbeordert worden, sich nicht von der Stelle zu rühren, bis man ihre Aussage aufgenommen hatte. Das war Isa nur recht, denn von ihrem Platz aus hatte sie perfekte Sicht auf alles, was die Polizisten und ihre Hilfstruppen so taten. In den beiden Turnierzelten tanzten die Lichter von Taschenlampen und Scheinwerfern, sodass man alles, was drinnen geschah, von außen beobachten konnte wie bei einem stark verzerrten Schattentheater.

Rechts und links von Isa standen Lena und Kevin. Felix war gekommen, sobald sich die Nachricht von Doms Tod bis zu ihm herumgesprochen hatte – was selbst für Marktverhältnisse erstaunlich schnell gegangen war –, hatte Sandor auf den Arm genommen und war dann wieder davongeeilt, um nach Jasper zu suchen. Die anderen historischen Darsteller saßen und standen in Grüppchen um den Tatort herum, unterhielten sich leise oder schauten schweigend und mit bleichen Gesichtern auf das Geschehen.

Dicht an die Absperrung gedrängt entdeckte Isa auch Roos und Sagi. Ohne ihre verzierte Rüstung hätte sie die Kriegerin beinahe nicht erkannt. Während Sagi sich schwer auf die mit Polizeiband umwickelte Umzäunung der Turnierbahn stützte und immer wieder mit einem Kopfschütteln auf die Fragen reagierte, die ihnen ein Uniformierter stellte, wirkte Roos' Miene so steinern, dass sie im Halbdunkel der Nacht aussah wie eine Statue. Die Arme vor der Brust verschränkt starrte sie auf den Eingang des roten Zelts, ohne sich ein einziges Mal zu rühren.

Lena dagegen sprang zum wiederholten Male auf, weil sie einfach nicht still sitzen konnte. Nervös fummelte sie an einer losen Haarsträhne herum. »Wo sind bloß Alex und Valentin?«, fragte sie. Ihr Blick glitt über die Polizisten und Marktleute zu den dunklen Ecken zwischen Bäumen und Sträuchern, so als könnte der Mörder plötzlich aus dem Nichts auftauchen, in je einer Hand den Kopf eines toten Spielmannes.

»Mach dir keine Sorgen«, versuchte Isa sie zu beruhigen. Mit sanfter Gewalt zog sie die wild gewordene Helena wieder neben sich, bevor die noch loslaufen und einen Suchtrupp samt Hundestaffel organisieren konnte. »Den beiden ist nichts passiert. Alex hat wahrscheinlich in irgendeinem Zelt diese Piratenbraut geentert, und Valentin hat vermutlich noch gar nichts mitgekriegt. Du weißt doch, wie zerstreut er manchmal ist.«

Ihre Worte schienen nicht sonderlich zu helfen. Lena sah immer noch so aus, als wäre sie den Tränen nahe. Isa drehte sich zu Kevin um. »Kannst du nachsehen, wo die beiden stecken?«, bat sie leise.

Er nickte nur, ausnahmsweise ohne jeden unpassenden Kommentar. Das Geklingel der Schellenbänder an seinen Knöcheln wurde leiser und verstummte, als er sich entfernte.

»Danke«, murmelte Lena und atmete ein paarmal tief durch. »Du hast ja recht, ich benehme mich albern. Aber der

Gedanke, dass hier ein Mörder frei herumläuft, der Leute auf so grausame Art ...« Sie verstummte und schüttelte sich, als liefe ihr ein kalter Schauer über den Rücken.

»Keine Sorge.« Isa blickte gedankenverloren auf das Treiben der Polizisten. »Den Kerl finden wir schon.«

Diese Antwort riss Lena aus ihren Fantasien. »Moment. Was heißt ›wir‹?«

»Habe ich ›wir‹ gesagt? Ich meinte natürlich ›die‹. Die Polizei. Die Gesetzeshüter und Büttel der Neuzeit.«

»Nein, nein, nein, spiel jetzt nicht die Unschuldige. Du willst etwas auf eigene Faust unternehmen, oder?«

»Wie kommst du denn darauf?«, wich die grüne Fee aus und achtete darauf, die Hand, in der sie noch immer Doms Lederbeutel hielt, hinter ihrem Rücken zu verstecken.

»Weil du deine Nase aus so etwas nicht heraushalten kannst. Genau wie in Siegburg. Mit dem Unterschied, dass *du* Dom sogar gefunden hast.«

»Das mag ja sein. Aber in Siegburg wollte mir niemand glauben, dass es überhaupt einen Mord gegeben hat. Da war ich sozusagen gezwungen, etwas zu unternehmen. Hier sieht die Sache doch ganz anders aus.« Demonstrativ machte Isa eine Geste, die die gesamte Turnierbahn, das Zelt, die Wache stehenden Schutzpolizisten und die herumlaufenden KTU-Beamten mit einschloss. »Die Polizei in Xanten kommt anscheinend ohne mich klar.«

In diesem Moment wurde der Eingang des roten Turnierzelts aufgeschlagen. Ein besonders junger Dorfbulle – grün hinter den Ohren und noch grüner im Gesicht –, der das Zelt erst vor wenigen Sekunden betreten hatte, stürzte heraus und rannte mit vor den Mund gepresster Hand zu ein paar nahe gelegenen Büschen. Die Würgelaute, die er von sich gab, waren selbst bis zu den beiden Gauklerinnen zu hören.

»Okay«, sagte Isa. »Vielleicht auch nicht.«

Lena verzog das Gesicht zu einer Grimasse. »Aber du weißt schon noch, was passiert ist, als du das letzte Mal Detektivin gespielt hast, oder? Dein Exfreund hat versucht, dir die Kehle aufzuschlitzen!«

»Ach, bitte. *Das* kommt doch in Beziehungen ständig vor.«

In diesem Augenblick bemerkte Isa, wie sich eine massige Gestalt aus dem roten Zelt schob und gemessenen Schrittes auf den Rand der Turnierbahn zuging. Der Statur nach war es ein Mann. Er packte sich einen vorbeikommenden Uniformierten an der Schulter und schien ihm eine Frage zu stellen. Die Antwort bestand aus einer simplen Geste. Mit ausgestrecktem Zeigefinger wies ihm der Schutzpolizist den Weg zu der Stelle, wo Isa und Lena standen.

Es war nicht so, dass Isa sich bewusst dafür entschied, eventuell wichtiges Beweismaterial zurückzuhalten und dafür Untersuchungshaft oder dreißig Peitschenhiebe zu riskieren. Doch sobald sie ihm den Lederbeutel erst brav ausgehändigt hatte, würde sich der Bulle zu einem gnädigen Lächeln herablassen und sie dann bei den restlichen Ermittlungen todsicher ignorieren. Wie der Inspector in den *Miss Marple*-Filmen. Deshalb ließ sie den Mann nicht aus den Augen und drückte Lena den Beutel hinter ihrem Rücken in die Hand. Normalerweise konnte man dieses Manöver wunderbar im Schutz mittelalterlicher Umhänge durchführen, aber wegen der Hitze trugen die beiden Mädchen keine. Isa hoffte, dass es in der Ecke, in der sie standen, einfach dunkel genug war.

»Halt das! Und zeig es ihm nicht, auch wenn er danach fragt!«, zischte sie.

Lenas Hand zuckte zuerst überrascht zurück, schloss sich aber dann fest um das Leder.

Keine Sekunde zu früh.

»So. Sie haben also die Leiche gefunden.«

Vor ihnen baute sich ein Mann in den Fünfzigern auf, der aussah wie ein riesiger, in eine Picknickdecke eingewickelter Schinken. Er wirkte außerordentlich kompakt, und wirklich jedes seiner Kleidungsstücke war kariert; für ein Jackett mit Lederflicken an den Ärmeln war es zu heiß, aber Isa hätte sich nicht gewundert, wenn er trotzdem eines getragen hätte. Seine schiere Masse strahlte Ruhe, aber auch unumstrittene Autorität aus.

»Mein Name ist Harry Winkelmann, ich bin Kriminaloberkommissar der Polizeiwache Xanten und leite diese Ermittlungen.« Da er in der rechten Hand einen dampfenden braunen Plastikbecher hielt, deutete er nur mit einem ausgestreckten Zeigefinger auf Isa. »Meinem Kollegen zufolge ist unsere Zeugin eine junge Dame mit einem grünen Rock?«

»Detaillierte Personenbeschreibung, Herr Kommissar. Aber ja, Sie haben mich gefunden.«

»Und Sie heißen?«

»Isa Bocholt.«

Der Zeigerfinger wanderte weiter zu Lena. »Und Sie sind?«

Die wilde Helena öffnete den Mund, aber Isa war schneller. »Das ist Lena. Sie ist mein seelischer Beistand.«

Ihre Freundin warf ihr einen etwas verdutzten Seitenblick zu, nahm den Faden aber auf. »Jaah, ich ... kümmere mich ein bisschen um Isa. Der ... der Mörder wäre beinahe auch auf sie losgegangen. Sie war völlig verstört.« Noch ein Seitenblick, diesmal mit einer deutlichen Spur Sarkasmus. »Ist sie eigentlich immer noch, deswegen der schnippische Tonfall. Wenn ich jetzt nicht ein Auge auf sie habe, stellt sie *nur Unsinn an*.«

Man konnte von seinem Gesicht ablesen, dass er kein Wort von dem glaubte, was sie sagten, doch er erlaubte Lena trotzdem, bei der Befragung dabeizubleiben.

»Ich habe allerdings nur einen Kaffee, nicht zwei«, sagte er entschuldigend und drückte der grünen Fee den Plastikbecher in die Hand. Die schaute ihn fragend an.

»Es ist mitten in der Nacht, und ich mag meine Zeugen wach und konzentriert. Trinken Sie.« Sein Ton duldete keine Widerrede. Also nahm Isa einen Schluck. Bevor ihr Verstand überhaupt kapierte, wie ihm geschah, segelten bereits Geschmacksnerven wie getroffene Propellerflugzeuge auf das Licht am Ende des Tunnels zu. Es schmeckte grauenhaft. Nur mit Mühe zwang sie sich, den – nein, zum Henker, Kaffee würde sie das Zeug nicht nennen – bitteren Mix aus Kondensmilch und Super Bleifrei hinunterzuschlucken.

»Gut?«, fragte Winkelmann.

»Sehr gut«, sagte sie. »Wenn Sie das Ganze noch mit etwas leichengiftdurchsetzter Friedhofserde abschmecken, ist es perfekt.«

Neben ihr stöhnte Lena leise auf. Unerklärlicherweise wurde sie immer etwas nervös, wenn Isa sich mit Polizisten anlegte.

Doch der Kommissar gab nur ein schnaubendes Lachen von sich. Er klang dabei wie ein asthmatischer Fleischerhund und nahm der grünen Fee den Becher wieder ab. »Sie haben recht, schmeckt furchtbar. Aber wach macht's, und ich bin leider süchtig danach.« Mit diesen Worten kippte er den Rest der Brühe in einem Zug hinunter. Isa stellten sich die Nackenhaare auf.

»Also gut, Frau Bocholt.« Winkelmann knüllte den Becher in seiner Pranke zusammen und tupfte sich mit einem karierten Stofftaschentuch den Schweiß vom stoppelkurz rasierten Haar. »Dann erzählen Sie mir bitte von Anfang an, was Sie heute Nacht hier erlebt haben. Ich bin sehr gespannt«, fügte er hinzu. Isa glaubte, einen ironischen Unterton gehört zu haben.

»Entschuldigung, aber warum vernehmen Sie als Kommissar mich eigentlich? Nicht, dass ich mich nicht geschmeichelt fühlen würde. Aber haben Sie dafür nicht Ihre Laufburschen?«

»Ich mache mir gerne selbst ein Bild. Nicht nur vom Tatort, sondern auch von beteiligten Personen.«

Ihre Frage hatte ihn kein bisschen aus der Ruhe gebracht. Gelassen schaute er sie an. »Fangen Sie jetzt bitte an, die Ereignisse zu schildern.«

Also erzählte Isa von ihrem verlorenen Handy, Gerricks unerwartetem Auftauchen und dem Moment, in dem sie erkannt hatte, was sie da im Zelt von einem Spieß aus anstarrte. Nur die Sache mit der Fackel und Marek behielt sie für sich. Bei dem Gedanken daran, einem völlig fremden Kommissar oder, noch schlimmer, Lena davon erzählen zu müssen, bekam sie trotz der Hitze eine Gänsehaut. Da schilderte sie doch lieber ihren unfreiwilligen Sturz in eine Blutpfütze.

Dann aber sah die grüne Fee, wie sich hinter Winkelmann ein paar Leute in Overalls bereitmachten, das rote Zelt zu betreten. Sie wusste nicht, was das zu bedeuten hatte. Brachte man etwa Doms Leichnam weg? Winkelmann war nicht der Einzige, der sich möglichst selbst ein Bild von der Situation machen wollte. Es gab sicher Spuren, die sie vorhin im Zelt nicht hatte sehen können. Und die wanderten nun alle in sterile Beweismittelbehälter – es sei denn, ihr blieb noch Zeit, einen Blick darauf zu werfen, bevor alles weggeschafft wurde.

Es gab nur einen Weg, das herauszufinden. Also beschloss Isa, ein bisschen Bewegung in Winkelmanns Befragung zu bringen. »Wissen Sie was? Am besten zeige ich Ihnen einfach, was passiert ist.«

Sie ließ den verblüfften Kommissar und Lena stehen und lief ein paar Schritte, bis sie neben der erloschenen Fackel mitten auf der Turnierbahn stand. Jetzt war es nur noch halb so weit bis zum Zelt, und den Eingang hatte sie viel besser im Blick.

Isa drehte sich um, stellte sich demonstrativ in Positur und sah Winkelmann an. »Also, bevor Gerrick weggegangen ist, standen wir ungefähr hier.«

Der Polizist hatte keine andere Wahl, als seiner Zeugin langsam und mit misstrauisch hochgezogenen Augenbrauen hinterherzutrotten. Die wilde Helena trippelte hinter ihm her, wobei sie versuchte, Isa verstohlen ein Zeichen zu machen. Entweder hatte sie heftige Kopfschmerzen in der Schläfengegend und wollte ein Aspirin, oder – und das war wahrscheinlicher – sie wollte sagen, dass ihre Freundin nicht mehr alle Tassen im Schrank hatte und sofort mit dem aufhören sollte, was auch immer sie da gerade tat.

Isa hatte allerdings nicht vor, einen Rückzieher zu machen – nun, wo all das, was sie wissen wollte, zum Greifen nahe war.

»Frau Bocholt, ich denke, ich habe schon beim ersten Mal verstanden, was Sie gesagt haben …«, setzte Winkelmann an, aber die grüne Fee unterbrach ihn. Nun kam es auf Tempo und ein gewisses Maß an Dreistigkeit an.

»Aber ich will auf etwas ganz Bestimmtes hinaus, Herr Kommissar«, plapperte sie dazwischen und huschte schon wieder weiter, bevor er erneut den Mund aufmachen konnte. »Sehen Sie, ich dachte, dass es sich bei dem Telefon, von dem Gerrick gesprochen hat, vielleicht um meines handeln könnte. Also bin ich mit meiner Laterne«, sie hob den Arm, als würde sie eine unsichtbare Leuchte vor sich hertragen, »hier entlang zum roten Zelt gegangen.«

Eilig lief sie über die Wiese. Weil Kommissar Winkelmann nur ein paar Meter hinter ihr herstampfte, wussten die herumstehenden Schutzpolizisten offenbar nicht so recht, ob sie ihr den Weg freimachen oder sie niederknüppeln sollten, und schauten stattdessen verwundert drein. Aber Isa strahlte sie selbstbewusst an, ohne langsamer zu werden. Damit befolgte sie eine der vielen Lebensweisheiten, die Felix im Laufe der Jahre mit ihr geteilt hatte und die aus einem Buch seines Lieblingsautors Terry Pratchett stammte:

»*Wer gewinnen wollte, musste so aussehen, als hätte er das Recht und sogar die* Pflicht, *dort zu sein, wo er sich aufhielt.*«

»Frau Bocholt!« Nun klang Winkelmann doch etwas genervt.

Isa blieb vor dem Eingang des Zelts stehen. Eine Polizistin in Uniform stand davor Wache.

»Ich muss da rein«, behauptete die grüne Fee mit so viel Überzeugung in der Stimme, wie sie nur aufbringen konnte.

Die Beamtin runzelte die Stirn. Sie war blond und hatte einen leichten Überbiss, weshalb sie Isa stark an Jaspers Pferd erinnerte. Als sie den Mund auftat, blieb das Wiehern allerdings aus. »Kein Zutritt für Unbefugte«, leierte sie stattdessen. Offenbar war der Kelch des Kantinenkaffees an ihr vorübergegangen, denn sie wirkte müde und unkonzentriert. Eine dreiste Gauklerin, die aus dem Nichts auftauchte und Einlass von ihr verlangte, schien sie jedenfalls zu überfordern.

Isa machte einen Schritt zur Seite, aber das Pferd spiegelte ihre Bewegung, sodass sie nicht vorbeikam.

»Hören Sie, ich bin eine Zeugin.«

»Kein Zutritt für Unbefugte.«

Vielleicht muss man ihr auf den Bauch drücken, dachte Isa. Dann sagt sie bestimmt noch andere Sätze – darunter die Klassiker *Gehen Sie weiter, es gibt nichts zu sehen* und *Führerschein und Fahrzeugpapiere, bitte.*

Es wurde Zeit für das Mittel, das im Normalfall bei jedem Beamten zog. Die grüne Fee deutete mit dem Daumen über ihre Schulter nach hinten. »Ihr Vorgesetzter hat das aber angeordnet.«

Von einem Moment auf den anderen war das Pferd verunsichert und zog ein noch längeres Gesicht. Ihr Blick glitt über Isas Kopf hinweg zu Kommissar Winkelmann, dessen Schnaufen schon ganz nah war. »Äh …«, sagte sie.

Das genügte. Isa machte sich schmal und schob sich an ihr vorbei ins Zelt, bevor sie wieder zur Besinnung kommen konnte.

Drinnen war es taghell. Drei große tragbare Scheinwerfer standen auf dem Boden und auf zwei stabilen Equipment-Kisten und leuchteten jedes grausame Detail der Szenerie aus. Die grüne Fee hatte versucht, sich innerlich auf den erneuten Anblick von Doms abgetrenntem Kopf vorzubereiten, doch das war gar nicht nötig gewesen: die Polizisten hatten ihn gnädigerweise bereits entfernt. Ein morbider kleiner Teil von ihr fragte sich, ob der Schädel nun auf Eis lag wie eine groteske, überdimensionierte Cocktail-Olive oder ob er von einem berittenen Beamten ganz wie in alten Zeiten in einem Boten-Beutel aus Leder auf die Wache transportiert wurde.

Die entsetzten Gesichter derjenigen, die gerade den Rest von Doms Leichnam untersuchten, brachten Isa allerdings sehr schnell dazu, sich wieder auf das Geschehen zu konzentrieren.

Offenbar hatte man gerade so viele Beamte wie nötig ins Zelt gelassen, damit sie auf dem beengten Raum nicht alle Beweise zertrampelten wie ein Haufen wildgewordener Bonobos in Uniformen. Ein einzelner, stämmiger Schutzpolizist mit kantigem Kinn und Dreitagebart stand neben den Gerüsten. Seine Hände steckten in Gummihandschuhen. Er hatte gerade den Eisenspieß, auf dem Doms Kopf gesteckt hatte, aus seiner Halterung herausziehen und als Beweis sichern wollen, doch Isas Auftauchen hatte ihn wohl abgelenkt.

Neben dem Torso, wo das Licht leider am hellsten war, hockten zwei weitere Männer. Isa fiel auf, dass sie es geschafft hatten, die blutigen Fußabdrücke im Gras nicht zu verwischen, obwohl es sehr viele waren. Tatsächlich sah es so aus, als hätten sie und der Mörder um die Leiche herum einen irischen Volkstanz aufgeführt; die grüne Fee war sich sicher, dass die kleinen, etwas spitzeren Abdrücke von den Sohlen ihrer Schnabelschuhe stammten. Die anderen Spuren sahen größer aus. Das passte zu der Statur des Schattens, der an Isa vorbeigerannt war – obwohl sie ihn nur kurz gesehen hatte, glaubte sie sich doch zu erinnern, dass er sie deutlich überragt hatte. Es konnte also ein Mann gewesen sein. Oder eine hochgewachsene Frau, dachte Isa, als ihr Roos einfiel, die draußen vor dem Zelt stand.

Die Fußabdrücke des Täters führten nicht nur gerade von seinem Versteck hinter den Equipment-Kisten zum Ausgang, sondern waren überall um die Leiche herum im Gras verteilt. Offenbar hatte Isa ihn nicht unmittelbar nach seiner Tat gestört: Nachdem Dom gestorben war, hatte der Mörder noch Zeit gehabt, irgendetwas mit ihm anzustellen – und zwar nicht nur mit seinem Kopf, wie die vielen Spuren neben den Füßen und Beinen der Leiche zeigten. Einige von ihnen wirkten fast so, als hätte sich der Mörder neben Dom auf den Boden gekniet.

Die beiden Männer, die nun neben dem Opfer hockten, sahen distinguiert, aber übernächtigt aus. Der Jüngere von beiden hatte einen Fotoapparat in der Hand und kniete am oberen Ende von Doms Leiche. In dem Moment, als er die grüne

Fee bemerkte, ging der Blitz los. Ob mit Absicht oder aus Versehen, wusste sie nicht. Für den Bruchteil einer Sekunde leuchtete er die schreckliche Wunde am Hals aus. Isa spürte, wie sich ihr Magen zusammenzog, doch sie zwang sich, trotzdem hinzuschauen. An der Rückenpartie von Doms Kleidung befand sich nämlich erstaunlich wenig Blut, verglichen damit, wie der Rest des Zelts aussah.

Der ältere Mann – offenbar der Chef-Pathologe oder der dorfälteste Landarzt – trug ein gestärktes blaues Hemd, eine Anzughose und wenig Haar über erschreckend viel Glatze. Seine behandschuhten Finger schwebten ein paar Zentimeter über der Leiche. Trotz des Blitzes schien er gar nicht zu bemerken, dass etwas nicht stimmte. Versonnen vor sich hin murmelnd betrachtete er das blutige Grauen. »Hmm, ja ... hat ein paar Anläufe gebraucht, würde ich sagen. Kein sauberer Schnitt. Erinnert mich an meine Kindheit ... musste früher in der Metzgerei meines Vaters helfen. Hab es auch nie geschafft, die Stücke so zu schneiden, wie der alte Herr es wollte.«

Unangenehm sorglos fummelte er an dem herum, was von Doms Nacken übrig geblieben war. Plötzlich wurde ihm die Stille im Zelt bewusst, und sein Kopf ruckte nach oben wie der eines alten Täuberichs. Leicht verwirrt blinzelte er Isa über seine randlose Halbmondbrille hinweg an. »Kann ich Ihnen helfen, junge Frau?«, fragte er langsam. Es klang, als wäre er sogar über seine eigene Stimme verwundert.

Die Gedanken in Isas Kopf überschlugen sich, als sie verstand, was diese Frage für eine Gelegenheit war. »Ist die Leiche nach dem Tod bewegt worden, Doktor?«

Der ältere Mann blinzelte sie erneut an und öffnete dann langsam den Mund wie ein Goldfisch auf dem Trockenen. »Nun ja, ja. Ganz recht. Sie ist umgedreht worden«, fing er an, doch dann ließ der Schutzpolizist den Eisenspieß plötzlich Eisenspieß sein und ging dazwischen.

»Wer zum Teufel sind Sie? Das ist unbefugtes Betreten eines Tatorts!«, herrschte er sie an und machte einen langen Schritt auf Isa zu. Dabei latschte er zielsicher in einen der blutigen Fußabdrücke am Boden.

»Ach ja? Und das, was Sie tun, ist unbedachtes Zertreten von Beweisen«, gab Isa zurück, aber das schien ihn komischerweise nur noch wütender zu machen. Er starrte erst zu Boden, dann wieder auf sie, und seine Augen verengten sich zu Schlitzen. »Raus hier!«

In diesem Moment spürte Isa hinter sich einen schwachen Luftzug. Eine Hand legte sich auf ihre Schulter, groß und schwer wie die Pranke eines Bären. »Ich denke, wir sind hier fertig, Frau Bocholt.« Winkelmanns Stimme war vollkommen ruhig. Als sie sich umblickte, sah Isa, wie er den zornigen Uniformierten geradeheraus anschaute. »Vielen Dank, dass Sie sich um meine Zeugin gekümmert haben, Jensen. Ab hier übernehme ich wieder.«

Für einen Augenblick sah es so aus, als wollte Jensen auch den Kommissar anschnauzen. Doch dann schrumpfte er in sich zusammen. »Kein Problem, Herr Kommissar«, murmelte er zu Isas heller Freude und verzog sich wieder neben das Gerüst, bei dem er zuvor gestanden hatte.

Winkelmann nickte ihm zu. Dann sah er zu Isa hinunter. »Wollen wir?«, fragte er. Es war keine Bitte. »Das nächste Mal lasse ich Sie nicht so einfach davonkommen«, raunte er ihr zu, als er sie – die Hand noch immer fest auf ihrer Schulter – aus dem Zelt und quer über die Turnierbahn manövrierte. »Sie werden es vielleicht nicht glauben, aber wir kommen auch ohne Ihre Einmischung sehr gut zurecht. Das ist nicht meine erste Mordermittlung.«

»Dann haben Sie also schon Hinweise darauf, wer Dom umgebracht hat? Und mit was?«

Er ging nicht darauf ein, sondern schob sie einfach weiter. »Konkrete Ergebnisse werden so bald wie möglich auf meinem Schreibtisch liegen, seien Sie dessen versichert. In der Zwischenzeit können Sie Ihr fröhliches Ratespiel im Kreis Ihrer Freunde weiterspielen, aber nicht an meinem Tatort.«

»Ratespiel?« Sie schnaubte beleidigt. »Oberst von Gatow mit der Hellebarde in der Drachen-Hüpfburg – das wäre geraten. Sie nehmen nicht ernst, was ich –«

»Oh, ich nehme Sie sehr ernst, Frau Bocholt.« Isa glaubte, ihn hinter sich kurz und leise lachen zu hören. »Darum sorge ich auch persönlich dafür, dass Sie jetzt von hier verschwinden.«

Als Lena Isa und den Kommissar sah, schoss sie sofort auf die beiden zu. »Sehen Sie, was ich meine? Völlig mit den Nerven am Ende, die Arme. Sie weiß nicht mehr, was sie tut!«, sprudelte es aus ihr heraus, aber Winkelmann brachte sie mit einer Geste zum Schweigen.

»Und sorgen Sie dafür, dass Frau Bocholt ihre Aussage bei einem unserer Beamten zu Protokoll gibt, und machen Sie dann beide, dass Sie hier wegkommen. Es ist spät. Versuchen Sie zu schlafen.« Streng blickte er Isa ein letztes Mal an, dann drehte er sich um und stapfte zurück zu den Turnierzelten.

»Musste das sein?« Lena verschränkte die Arme vor der Brust und starrte Isa so vorwurfsvoll an, dass die einen kurzen Moment Angst hatte, allein von der Intensität des Blickes in Flammen aufzugehen. Doch der stechende Schmerz blieb aus, und die grüne Fee war eigentlich ganz zufrieden mit sich. »Ja, musste es«, gab sie zurück. »Hast du noch den Beutel, den ich dir gegeben habe?«

»Klar.« Vorsichtig holte die wilde Helena das kleine Säckchen hinter ihrem Rücken hervor. Anstatt es Isa zu geben, musterte sie das dunkle Leder kritisch. »Was ist das überhaupt?«

»Dom hatte den Beutel in der Hand, als ich ihn gefunden hab.«

»Iiih!« Lena ließ den Beutel fallen.

»Hey, das ist Beweismaterial!« Schnell bückte sich Isa und hob ihn wieder auf. Ein rascher Blick zur Seite; keiner der Polizisten in der Nähe schien bemerkt zu haben, was sie beide da machten. »Ich weiß gar nicht, wieso du dich so anstellst. Dom war ja noch nicht mal kalt, als ich ihm das –«

»Iiiiih!«

»Was treibt ihr denn da?«

Erschrocken fuhr Isa herum und verbarg die Hände hinter dem Rücken. Doch es war nur Alex, der vom Weg her auf die beiden zukam. Er trug immer noch kein Oberteil, dafür aber ein paar Kratzer auf der Brust. Die grüne Fee erinnerte sich vage daran, dass die halbnackte Piratenbraut ziemlich lange Fingernägel gehabt hatte. »Kevin hat mir schon alles erzählt. Furchtbar.« Er stellte sich zwischen die beiden Mädchen, nickte zu Isa hinüber, sprach aber Lena an. »Wie geht's ihr?«

»Sie hat gerade ein paar Polizisten beleidigt und an einem Toten herumgefummelt.«

»Dann kann's ja nicht so schlimm sein.«

Entnervt wedelte Isa mit der flachen Hand vor seiner Nase herum. »Hallo? Könntet ihr aufhören, von mir in der dritten Person zu reden, während ich dabei bin?«

»Entschuldige. Aber mal im Ernst ...« Er deutete auf das Treiben der Gesetzeshüter. »Erst Siegburg, jetzt ein Mord in Xanten ... mit dir kann man auch nirgendwo mehr hingehen.«

»Natürlich. Weil ich die Leichen ja vorbestelle, passend zu den Terminen unserer Konzerte.«

Mit immer noch vor Ekel verzerrter Miene suchte Lena nach etwas, woran sie sich die Finger abwischen konnte, nachdem sie Doms Lederbeutel angefasst hatte. Sie probierte es mit Gras, doch das Ergebnis schien sie nicht zufriedenzustellen. »Könnte man aber meinen«, murrte sie. An Alex gewandt fügte sie hinzu: »Isa will wieder ermitteln.«

»Oh nein, nicht schon wieder.«

»Ich will ja bloß die Ermittlungen verfolgen!« Die grüne Fee runzelte entnervt die Stirn. »Das hier ist ... anders als in Siegburg. Wenn ich mit dem, was ich bisher vermute, richtig liege, dann ist der Täter kein x-beliebiger Psychopath vom Land, der sich Dom nur zufällig ausgesucht hat. Dann gehört er als Besucher oder sogar als Darsteller zu diesem Markt, und damit hat die Polizei ein Zeitlimit, denn das Siegfriedspektakel ist am Sonntagabend vorbei. Nur noch drei Tage, dann sind Markt und Mörder weg.«

Der Anblick von Lena, die immer noch herumstand und wirkte, als hätte man sie gezwungen, Doms abgetrenntem Schädel ohne Handschuhe ein Make-up zu verpassen, riss sie aus ihren schönsten detektivischen Fantasien. »Süße, der Toilettenwagen ist offen. Geh dir doch einfach die Hände waschen.«

»Im Dunkeln, während der von dir gerade erwähnte Mörder auf dem Gelände herumgeistert? Vergiss es.«

Gönnerhaft ließ sich Alex zu einer wahren Heldentat herab. »Ich kann dich begleiten.«

»Was? Und dann lassen wir Isa hier alleine?«

»Glaub mir, die kommt schon klar.«

Die grüne Fee sah ihren beiden Freunden nach, als sie gingen. Dann wandte sie sich um und ließ den Blick langsam über die Turnierbahn schweifen. Schon wieder ein Mord, dachte sie. Und schon wieder wollte sie den Täter unbedingt fassen. Beim ersten Mal hatte dem Opfer kaum jemand eine Träne nachgeweint. Doch dieses Mal gab es viele Menschen, die litten. Sie selbst konnte kaum glauben, dass sie und Dom sich erst vor wenigen Stunden beinahe geküsst hätten. Und als sie die umstehenden historischen Darsteller betrachtete – vor allem Sagi, Roos, Felix und Jasper, die inzwischen alle vier an der Absperrung versammelt waren –, erkannte sie nichts als Trauer, Wut und Fassungslosigkeit.

Plötzlich kam Isa sich wahnsinnig allein vor. Sie spürte, wie müde sie eigentlich war, und wünschte sich, Alex und Lena wären nicht weggegangen. Da hörte sie das leise Rascheln von Stoff. Halb erschrocken spürte sie, wie ihr jemand einen dünnen Umhang um die Schultern legte, und drehte sich um.

»Es hat sich also herumgesprochen, dass ich ihn gefunden habe?«, fragte sie Lennox. Jemand, mit dem sie nicht gerechnet hatte. Trotzdem entspannte sie sich. Dankbar zog sie den Umhang ein wenig enger um sich; kalt war es zwar wirklich nicht, aber es fühlte sich gut an.

»Klar. Der Buschfunk läuft gerade ziemlich heiß.« Er trug ein weites Schnürhemd und eine an den Seiten geschnürte Lederhose. Mit dem Rücken lehnte er sich an einen Baum, bevor er erst sie und dann das Durcheinander auf der Turnierbahn musterte. »Armer Kerl. So was verdient keiner.« Er räusperte sich. »Geht es dir gut?«

»Wenn ich heute Abend für diese Frage jedes Mal einen Silberling bekommen hätte, wäre ich jetzt Edeldame.«

Er grinste schief. Es wirkte ein wenig spitzbübisch, und Isa spürte, wie ihre Müdigkeit dank ihm verflog. Ihr Bedürfnis, nicht allein zu sein, wurde so stark, dass sie es nicht länger ignorieren konnte. Aus den Augenwinkeln suchte sie den Weg ab, der zurück zum Rest des Marktgeländes führte. Lena und Alex waren noch immer nicht zu sehen.

»Ich wollte nur fragen, ob ich was für dich tun kann.« Lennox senkte den Kopf, hielt aber Blickkontakt.

Isa entschied, dass jeder seine persönliche Art von Trauerbewältigung hatte. Und dass sie sich für ihre nicht verurteilen lassen musste.

»Du kannst mich zu meinem Zelt bringen«, sagte sie.

Kapitel 7

FREITAG
Noch einundvierzig Stunden bis zum Tod.

Die Sonne war bereits am frühen Morgen so hell und warm, dass ihre Strahlen die gestreiften Wände von Isas kleinem Zelt mühelos durchdrangen. Die grünen und schwarzen Leinenbahnen färbten das Licht und malten schwache Muster auf Lennox' nackten Rücken.

Dabei gab es gerade dort auch so schon genug zu entdecken. Isa streckte träge den Arm aus und zeichnete mit dem Finger das Tattoo zwischen seinen Schulterblättern nach. Es war ein großer, mystisch aussehender Wolfskopf, der in der Mitte eines Traumfängers prangte.

Sie hörte Lennox leise lachen. Er hatte sich auf den Rand ihres Lagerbettes gesetzt, während sie noch immer unter der dünnen Flickendecke lag. Als ihre Hand langsam tiefer wanderte, die Wirbelsäule hinab, griff er plötzlich nach hinten. Seine Finger verschränkten sich mit ihren, dann drehte er sich mit einer geschmeidigen Bewegung zu ihr um und küsste sie.

Isa presste ihren Körper an seinen und genoss das Gefühl seiner warmen, verschwitzten Haut. Mit einer Hand hielt er ihre immer noch fest, während er die andere unter die Decke schob.

»Ich muss rüber, mich um den Stand kümmern«, murmelte er. Es klang widerwillig, und Isa hörte, wie sein Atem schneller wurde.

Sie kicherte. »Armer kleiner Angestellter.«

»Musst du denn nicht aufstehen?« Mit einem Bein schob er die Flickendecke zur Seite. Darunter war sie auch nackt. Seine Hose, die er eben noch im Durcheinander ihres Zelts gesucht hatte, war schon wieder vergessen.

»Ich bin Musikerin. Ich kann kommen, wann ich will.«

Er löste seine Lippen von ihrem Hals und grinste. »Hab ich gemerkt.«

Erneut küssten sie sich, und ein paar Herzschläge lang überließ sich Isa ganz dem Kitzeln seines Barts an ihren Wangen und seiner Hand, die ihr Bein hinaufwanderte. Dann, kurz bevor er das gelobte Land erreichte, schob sie ihn von sich weg. »Wenn wir jetzt weitermachen, wo wir heute Nacht aufgehört haben, müssen sie das Zelt anzünden, um uns aus dem Bett zu kriegen.«

Er wirkte überrascht, beinahe ein bisschen enttäuscht. Also stützte sie sich auf einen Ellbogen und krallte die Finger in sein dichtes Haar. Seine Lippen schmeckten salzig, als er sich nach vorne ziehen ließ und den Kuss erwiderte.

»Los«, flüsterte Isa, als sie nach einer Weile wieder Atem holen musste. »Geh. Jetzt. Arbeiten.«

Selbst in dem zartgrün gefärbten Licht sah Lennox immer noch unverschämt gut aus, als er resigniert aufseufzte und sich dann in all seiner unbekleideten Pracht erhob.

Isa ließ sich wieder auf die dicken, weichen Schafsfelle sinken, die ihr, zusammen mit ein paar darunter versteckten Isomatten, als Schlaflager dienten. Sie sah zu, wie er erst in seine Hosen stieg, dann das Leinenhemd über den Kopf zog und schließlich seine Schuhe einfach in die Hand nahm, statt sie anzuziehen. Bevor er durch den Schlitz im Zelt nach draußen ging, drehte er sich noch einmal zu ihr um. »Vielleicht wiederholen wir das mal.«

Isa lächelte. »Vielleicht.«

Im Zelt wurde es kurz richtig hell, weil die Sonne ungefiltert ins Innere fiel, als er den Stoff zur Seite schlug. Dann war er draußen, und Isa hörte, wie er plötzlich jemanden anredete. »Hey, Lena.«

Ein paar Sekunden der Stille vergingen. Man hörte nur eine Andeutung seiner Schritte, als er fortging, aber die konnte Isa sich auch einbilden. Was man von der Stimme ihrer besten Freundin, die fast sofort danach durch die Zeltwand ertönte, nicht behaupten konnte.

»Im Ernst? Gestern ist auf dem Markt jemand gestorben, und du konntest nicht mal *eine* Nacht warten?«

Isa drehte sich missmutig auf die Seite. Dann zog sie sich die Decke über den Kopf. »Niemand zu Hause!«, rief sie laut, aber trotzdem wurde die Zeltwand ein zweites Mal zurückgeschlagen. Selbst unter der Flickendecke merkte sie, wie ein Schatten auf ihr Gesicht fiel, dann traf sie etwas Kleines, Schweres an der Schulter.

»Hey!«

»Können wir reden oder willst du dich für immer da drunter verkriechen?«

Seufzend schlug Isa die Decke zurück und kegelte dabei das Säckchen mit kandierten Kokoswürfeln vom Bett, das sie am Tag zuvor bei der Bude mit byzantinischem Naschwerk gekauft und das Lena gerade nach ihr geworfen hatte. »Was?«, fragte sie Lena entnervt.

»Isa, du musst damit aufhören! Du gabelst ständig irgendwelche Kerle auf und hast ein ... na ja, du schleppst sie halt ab, und an sich ist da nichts Verkehrtes dran, aber danach schickst du sie weg, damit sie dir ja nicht zu nahe kommen. Das hast du früher nie gemacht. Du kapselst dich emotional ab, weil du die Sache mit Marek nicht verarbeitet hast.«

Unwillkürlich musste Isa an ein Gespräch denken, dass sie ein knappes halbes Jahr zuvor mit Alex geführt hatte. Sie und er hatten vor einem Holzkarussell gestanden, auf dem Kinder kreischten, und er hatte sie mit diesem seltsam ernsten Blick angeschaut.

»Du bist in ihn verliebt, oder?«

»Es war nur ein Kuss, Alex. Dass das nicht immer was mit Liebe zu tun hat, müsstest du doch am besten wissen.«

»Schon, aber du bist im Gegensatz zu mir nicht der Typ für so was.«

»Ihr Dudelsackleute seid wirklich geborene Beziehungsexperten«, murmelte sie sarkastisch, setzte sich auf und klemmte sich die Decke unter die Achseln.

»Was?«

»Ach, nichts.«

Mit einem Seufzer strich sich Lena eine verirrte blonde Strähne hinters Ohr. Eine Weile sah sie unentschlossen aus, dann setzte sie sich kurzerhand ungebeten zu Isa auf die Bettkante. »Süße, deine Affären sind genau wie die LARP-Schwerter, die Lennox verkauft«, sagte sie, und in ihrer Stimme lag ein Hauch von Pathos. »Sie sind wie LARP-Schwerter, denn sie können dich nicht verletzen.«

»Oh, bitte. Mir wird gleich schlecht.« Isa verschränkte die Arme vor der Brust und sah ihre beste Freundin an. »Ich finde es ja nett von dir, dass du dich um mein Wohlergehen sorgst und dir Gedanken darüber machst, ob ich mal als einsame, alte, jonglierende Katzenmutti ende, Lena. Aber wir kennen uns jetzt lange genug, dass ich einen gewissen Vertrauensbonus verdient habe. Dir habe ich den auch gewährt.«

»Was? Wieso?«

»Weil du heimlich mit Kevin zusammen bist.«

Vielleicht lag es nur an dem grünlichen Licht im Zelt, aber Lenas Gesicht schien plötzlich alle Farbe zu verlieren. Dass die Kinder draußen auf der Wiese im selben Augenblick mit dem Gejohle aufhörten, verstärkte den dramatischen Effekt.

»Was, welcher – ich meine, wie kommst du denn darauf?«, stammelte sie, aber Isa verdrehte bloß die Augen. »Mag ja sein, dass Valentin nichts von dem mitbekommt, was direkt vor seiner Nasenspitze passiert, aber ich bin nicht blind, Lena. Seit wir vor fast einem Monat bei der Hexennacht auf Burg Satzvey gespielt haben, klebt ihr beide praktisch aneinander. Nach den Auftritten hängt ihr ständig zusammen herum oder macht mit Felix' Hund einen romantischen kleinen Mondscheinspaziergang, so wie gestern Abend. Außerdem hat Kevin plötzlich kein Interesse mehr daran, Alex beim Aufreißen nachzueifern. Ich kann mich nicht erinnern, dass die Jungs vorher *jemals* keinen Wettstreit daraus gemacht hätten. Aber jetzt lacht Kevin bloß, wenn er sieht, wie Alex eine halbnackte Piratin an Land zieht. Und da er ansonsten keine neuartige geistige Reife an den Tag legt oder uns ein anderes Mädchen vorgestellt hat, kann es nur einen einzigen Grund dafür geben. Dich.«

Lena starrte mit unbewegtem Gesicht auf die Flickendecke. Sie zupfte an einem kleinen Loch im Stoff herum, ohne wirklich zu bemerken, was sie da tat. »Wieso hast du nichts gesagt?«, fragte sie leise, ohne Isa anzuschauen.

»Valentin sagt immer, dass Beziehungen innerhalb der Band nur Ärger bringen. Und jetzt, wo wir gerade unser erstes Studio-Album herausgebracht haben und als Gruppe etwas populärer in der Szene werden, habe ich gedacht, dass ihr das mit euch deshalb vielleicht vor uns geheim haltet. Deswegen wollte ich eigentlich warten, bis du es von dir aus erzählst.«

Es raschelte, als Isa sich ein wenig gerader hinsetzte und dabei die Packung Kokoswürfel mit dem Fuß anstieß. Lena sah aus wie das sprichwörtliche Häuflein Elend, und obwohl sie ihr mit ihren Gardinenpredigten manchmal furchtbar auf die Nerven fiel, hatte Isa das eigentlich nicht gewollt. Also streckte sie die Hand aus und schnippte ihr sanft mit dem Zeigefinger gegen das Kinn, damit sie hoch und ihr in die Augen sah. »Zwei Dinge«, sagte sie. »Nummer eins: Du bist wie eine Schwester für mich. Gut, wie eine Schwester, die ich nie wollte –« Sie ächzte, als Lena ihr einen Knuff in die Rippen gab, und kicherte. »Aber ich vertraue dir, und wenn ich dich nicht hätte, wäre ich wahrscheinlich schon zigmal verprügelt, verhaftet, verklagt oder von einem wütenden Mob gelyncht worden. Das heißt nicht, dass ich in Bezug auf Lennox mit dir einer Meinung bin. Aber wir sind Freundinnen und können über alles reden – von mir aus auch über mein verkorkstes Liebesleben. Das ich allerdings sehr gut im Griff habe, glaub mir.«

Nun schlich sich auch in Lenas Gesicht wieder ein Lächeln. »Es tut mir leid«, sagte sie, und mit einem Mal sprudelte es nur so aus ihr heraus. »Vielleicht habe ich ein bisschen überreagiert. Natürlich hätte ich dir von mir und Kevin erzählt, aber dieses ganze Versteckspiel vor Valentin und überhaupt ... das hat mich einfach verrückt gemacht. Ich war besorgt um dich. Und hatte Angst, dass Valentin hinschmeißt oder Kevin nichts mehr von mir wissen will.« Sie rieb sich mit der flachen Hand über die Augen und schaffte es dabei auf magische Weise, ihr Make-up nicht zu verwischen. »Du sagtest was von zwei Dingen. Was ist Nummer zwei?«

»Können wir was essen gehen? Ich sterbe vor Hunger.«

Die wilde Helena seufzte, aber sie klang dabei trotzdem wieder ganz munter. »Was für ein Themenwechsel.«

»Danke.«

Lena stand auf, nahm Isas Bluse von der Lehne eines Scherenstuhls und warf sie ihr zu. »Hast du gestern Abend wenigstens noch daran gedacht, deine Aussage aufnehmen zu lassen, wie dieser Kommissar gesagt hat?«, fragte sie.

Verdammt. Isa ließ sich auf den Rücken fallen und hielt sich die Bluse vors Gesicht. »Na ja …« murmelte sie, durch den Stoff etwas gedämpft. »Nicht wirklich.«

»Und dein Handy? Hast du dir das wiedergeholt?«

Verdammt, verdammt, verdammt. Mit einem wütenden Stöhnen über ihre eigene Unfähigkeit, irgendeine Art von Termin auch nur ansatzweise im Kopf zu behalten, nahm die grüne Fee die Bluse wieder vom Gesicht und starrte erst Lena, dann die schwarz-grün gestreifte Zeltdecke an. Der Morgen hatte so gut begonnen, aber nun sprach alles dafür, dass dies ein sehr, sehr langer Tag werden würde.

Sie hatte ja keine Ahnung.

Kapitel 8

Nachdem Isa gegen einen kleinen Obolus die Regenwasserdusche benutzt hatte, die eine hilfsbereite Xantener Imbissbuden-Besitzerin extra für die Marktleute zur Verfügung stellte, flimmerte die Luft bereits heiß über dem Asphalt. Für Ende Mai war es ungewöhnlich warm, aber die grüne Fee kannte es vom Siegfriedspektakel kaum anders. Manchmal holte man sich einen Sonnenbrand, manchmal fegten heftige Gewitter über das Marktgelände. Eigentlich mochte sie Sturm und warmen Sommerregen, hoffte aber trotzdem, dass Blitz und Donner dieses Jahr ausblieben.

Eine Portion Pommes aus dem Imbiss in der Hand, wanderte sie langsam die Rheinstraße hinauf. Lena hatte es vorgezogen, loszuziehen und sich in der Innenstadt ein paar gesunde Körnerbrötchen mit Chiasamen oder etwas ähnlich Perverses zum Frühstück zu besorgen. Bevor sie sich wieder am Markt trafen, wollte Isa bei der Xantener Polizeiwache vorbeischauen. Dort konnte sie drei Fliegen mit einer Klappe schlagen: Erstens wollten die Büttel immer noch ihre Aussage. Zweitens hatten sie in ihrem Eifer, alles an Beweisen einzutüten, was nicht schnell genug weglaufen konnte, vielleicht auch das ominöse Handy mitgenommen, das laut Gerrick im Turnierzelt gelegen hatte. Und drittens wollte sie unbedingt erfahren, ob der Kommissar schon eine Spur hatte.

Die glatten Pflastersteine fühlten sich warm unter ihren Füßen an. Durch das viele Blut waren ihre grünen Schnabelschuhe völlig ruiniert, deshalb lief sie barfuß.

Während sie ging und aß, bemerkte Isa ohne großes Erstaunen, das offenbar nicht nur die Temperaturen, sondern auch die Nachrichten in der städtischen Gerüchteküche überkochten. Normalerweise war Xanten keine sonderlich belebte Stadt; wunderschön und an fast jeder Ecke historisch bedeutend, aber ruhig. Ein beschaulicher Kurort eben. Doch an diesem Morgen schienen die Einheimischen schon vor dem ersten Kaffee vollzählig auf den Beinen zu sein. Auf den Gesichtern spiegelte sich Sorge, Angst und ein kleines bisschen Sensationsgier. Ein Mord, ein richtiger Mord – und noch dazu ein derart scheußlicher!

Die Polizeiwache wirkte mit ihren schlichten, roten Mauern etwas prosaisch inmitten der geschichtsträchtigen Xantener Kulisse. Als Isa die Reste ihres Frühstücks in einem Mülleimer entsorgte hatte und dann durch die Tür in den klimatisierten Eingangsbereich trat, hätte sie am liebsten geflucht: Hinter dem Schalter saß die blonde Polizistin mit dem Pferdegesicht. Ihre großen braunen Kaltblüter-Augen verengten sich zu Schlitzen, als sie die junge Gauklerin erkannte. Isa wünschte sich spontan eine schusssichere Weste. Oder wenigstens einen schönen, soliden Rundschild.

Doch die Beamtin hackte lediglich aggressiv auf die Tastatur ein, als sie Isas Daten ins System eingab. Dann führte sie sie in ein schäbiges kleines Büro, in dem es kein Fenster und noch weniger frische Luft gab. Dort nahm sie die Aussage der grünen Fee auf, wobei sie die Fragen mit der ganzen Freundlichkeit eines spanischen Inquisitors formulierte, dem schon am Morgen jemand in den Hirsebrei gepinkelt hat. Das Ganze dauerte nicht länger als eine halbe Stunde, fühlte sich aber an wie eine Ewigkeit.

Während des unangenehmen Frage-und-Antwort-Spiels saß Isa wie auf heißen Kohlen. Sie hatte keine Ahnung, wie sie unter diesen Umständen an den Kommissar oder an neue Informationen herankommen sollte. Selbst auf ihre zaghafte Frage, ob im roten Zelt vielleicht ein Telefon gefunden worden war, reagierte die Polizistin, als ob sie von ihr den heiligen Gral, die Weltherrschaft und eine Packung Kekse verlangt hätte. Als sie sich endlich doch zu einer Antwort herabließ, verwirrte Isa die nur noch mehr: Die Kripo hatte in keinem der beiden Turnierzelte ein Handy sichergestellt. Entweder hatte der Mörder es mitgenommen oder, und das erschien ihr wahrscheinlicher, Gerrick hatte sie angelogen.

Endlich erklärte das Pferd die Befragung für beendet.

»Vielen Dank für Ihre Zeit«, schnappte die Beamtin und schob Isa aus dem Büro hinaus auf den Flur.

Der Gang war schmal und mit abgewetztem Linoleum ausgelegt, das sich unter Isas nackten Füßen ein bisschen eklig anfühlte. Plötzlich sah sie, wie sich am Ende des Flurs die Glastür zum Eingangsbereich öffnete und ihnen eine massige, in übermäßig viel karierten Stoff gekleidete Gestalt entgegenkam. Mit ihrer Präsenz füllte sie den ganzen Flur aus.

»Ja. Ich verstehe.« Kommissar Winkelmann hielt sich mit der einen Hand ein Telefon ans Ohr, mit der anderen wischte er sich den Schweiß von der Stirn. »Natürlich werde ich das berücksichtigen. Nein, keine Behinderung des Betriebs. Habe verstanden. Jawohl, ich erstatte Bericht. Ja. Wiederhören.« Mit einem ungeduldigen Schnalzen klappte er das Handy zu. Dann registrierte er, wer da an ihm vorbeigeschoben wurde, und blieb stehen. »Sieh an. Haben Sie meine Kollegen doch noch mit Ihrer Anwesenheit beglückt?«, fragte er sarkastisch. Offenbar hatte er schlechte Laune.

»Sitzen Ihnen Ihre Vorgesetzten im Nacken?« Isa ignorierte seine Frage und deutete auf das Telefon.

Winkelmann seufzte. »Sie können Ihren Leuten ausrichten, dass das Siegfriedspektakel heute wie geplant um elf Uhr weitergeht. Auf persönliche Anordnung des Bürgermeisters.«

Innerlich jubelte die grüne Fee, doch sie hielt es für klüger, ihre Freude nicht laut zu äußern. Winkelmann musste ziemlichen Druck von oben bekommen haben. Offenbar wollte die Stadt ihre zahlungskräftigen Besucher nicht wegen so etwas Banalem wie Mord vertreiben.

Müde quetschte der Kommissar das Handy in seine Hosentasche und nickte ihr zu. »Wie dem auch sei, ich habe zu arbeiten. Guten Tag.« Er steuerte auf eines der Büros auf der rechten Seite des Flurs zu.

Isa spürte, wie die Polizistin fordernd nach ihrem Oberarm griff und sie mit sich ziehen wollte. Wenn sie etwas herausfinden wollte, war *das* ihre einzige Chance. »Der Mörder hat etwas gesucht, bevor ich ihn gestört habe. Aber er hat es nicht gefunden. Wussten Sie das?«

Winkelmann blieb wie angewurzelt stehen. Seine Hand schwebte wenige Millimeter über der Türklinke. Langsam drehte er sich wieder zu ihr um. »Wieso glauben Sie, dass er etwas gesucht hat?«, fragte er lauernd.

Doch Isa lächelte nur wie eine kleine, grüne Sphinx und schwieg.

Ein paar unangenehme Sekunden lang wägte der Kommissar ab, was er tun sollte. Dabei musterte er sie kritisch. Er wandte seinen Blick selbst dann nicht ab, als er das blonde Pferd ansprach. »Danke, Vogt, Sie können jetzt wieder an die

Arbeit gehen. Ich denke, die junge Dame und ich haben noch etwas zu besprechen.«

Winkelmanns Büro war größer als das, in dem Isa zuvor gewesen war. Es hatte ein kleines Fenster, war aber dafür nicht mit überquellenden Aschenbechern und Fotos von Pin-up-Girls dekoriert, wie sie es von den hartgesottenen Ermittlern in einigen Kriminalromanen kannte. Dafür gab es das klassische durchgelegene Sofa, einen nierenförmigen Schreibtisch voller Plastikbecher und Akten und eine große Pinnwand. Es roch nach kaltem Kaffee und Lufterfrischer.

»Wow. Wo sind der Schlapphut und der Trenchcoat?«

»Die bewahre ich in der Schublade für billige Klischees auf. Also, was ...« Winkelmann hatte sich umgedreht, doch sie war schon an ihm vorbeigeschlüpft und stand vor der Pinnwand. Ihr Rock raschelte leise, als sie sich die Fotos vom Tatort ansah. Im unbarmherzigen Licht, mit dem die Kamera den Tatort ausgeleuchtet hatte, sah das, was von Dom übrig geblieben war, ganz unwirklich aus. Trotzdem zuckte Isa zurück, als ihr Blick auf das Bild von seinem Schädel auf dem Spieß fiel. Das einzig Gute an dem Foto war, dass jemand seine zu Lebzeiten so faszinierenden Augen im Tod geschlossen hatte.

Dann erkannte sie etwas auf einem der anderen Bilder, und mit einem Mal wurde ihr kalt.

»Wieso hängt das hier?«, fragte sie und deutete auf die Nahaufnahme von Jaspers Schwert Balmung. Die stählerne Klinge hatte den Blitz der Kamera reflektiert, doch Isa erkannte den Knauf, der die Form eines Drachenkopfs hatte. Seine grünen Edelsteinaugen funkelten selbst auf der Fotografie.

An der Schneide des Schwerts klebte Blut.

Der Kommissar ging nicht auf ihre Frage ein. Mit seiner ganzen, nicht unbeträchtlichen Masse baute er sich zwischen ihr und der Pinnwand auf, damit sie nicht auch noch seine Notizen lesen konnte, und blickte grimmig auf Isa hinab. »Heraus mit der Sprache. Woher wollen Sie wissen, dass der Mörder etwas gesucht hat? Und dass er es nicht fand?«

»Machen wir einen Deal. Sie sagen mir, ob dieses Schwert die Tatwaffe ist und wenn ja, ob Sie Fingerabdrücke darauf gefunden haben. Und ich beantworte Ihre Frage.«

Er schnaubte. »Sie zuerst.«

Die grüne Fee biss sich auf die Lippe. Das Bild von Jaspers Schwert war das einzige Foto auf der Pinnwand, das eine einzelne Waffe zeigte. Das Blut konnte auch darauf gelandet sein, als der Mörder Dom mit etwas anderem enthauptete, aber wenn nicht, dann steckte Jasper in gewaltigen Schwierigkeiten. Sie musste den Kommissar bei Laune halten und mehr herausfinden.

»Na ja«, begann sie und steckte die Hand in ihre Umhängetasche. »Wenn jemand ermordet wird, dann hat ein Gegenstand, den der Tote zum Zeitpunkt seines Ablebens mit aller Kraft umklammert hat, vermutlich eine gewisse Bedeutung, finden Sie nicht?«

Langsam zog sie eine zusammengeknüllte, braune Papiertüte hervor. In so etwas wurden auf Mittelaltermärkten normalerweise Federkiele, Duftkerzen oder Seifen für die Kundschaft eingepackt. Aus dieser jedoch holte Isa einen schmutzigen Beutel aus dunklem Leder. Sie ließ ihn an den Schnüren, mit denen man ihn verschließen konnte, hin und her baumeln.

Winkelmanns breites Gesicht verfinsterte sich. »Sie machen es mir wirklich nicht leicht«, brummte er. »Erst unerlaubtes Betreten eines Tatorts, jetzt Unterschlagung von Beweismitteln.«

Isa wischte seine Einwände mit einer Handbewegung beiseite. »Viel wichtiger ist doch, was uns dieser Lederbeutel über den Täter verrät. Offenbar haben wir es nicht mit einem abgebrühten Killer zu tun, sondern mit jemandem, der für einen Mörder ziemlich schwache Nerven hat.«

Der Kommissar sah noch immer böse aus, als er zu seinem Schreibtisch hinüberging. Dort wählte er erst einen der Plastikbecher mit Kaffee aus und kippte den abgestandenen Inhalt hinunter wie einen Kurzen. So gestärkt holte er dann ein Paar Gummihandschuhe aus einer der Schubladen und zog sie sich über die Pranken. Vorsichtig nahm er ihr den Beutel aus der Hand. »Ich nehme an, Sie haben schon hineingesehen?«

»Die Ehre wollte ich ganz Ihnen überlassen.« Was natürlich eine glatte Lüge war.

Das Leder war an den Stellen, an denen das Blut getrocknet war, ganz starr geworden. Die Schnüre schabten hörbar am Material, als sie durch die Löcher gezogen wurden.

Winkelmann runzelte die Stirn. »Was soll das denn sein?« Mit Daumen und Zeigefinger holte er erst einen rostigen alten Schlüssel und dann die Stücke einer kleinen, zerbrochenen Steinfigur aus dem Säckchen.

Isa hatte den Inhalt des Beutels schon auf dem Weg zur Polizeiwache begutachtet. Die Gegenstände sagten ihr genauso wenig wie dem Kommissar, der mit zusammengekniffenen Augen versuchte, zwei Bruchstücke der Figur zusammenzusetzen, um zu erkennen, was sie darstellen sollte.

»Ist das ein Hund? Nein ... ein Elefant mit langem Schwanz? Und er hat irgendwas im Maul ...«

Isa hob die Augenbrauen. »Brauchen Sie vielleicht eine Brille?«

»Passen Sie bloß auf, was Sie sagen, sonst stecke ich Sie doch noch in U-Haft«, brummte er unwirsch. Trotzdem hielt er ihr die Stücke unter die Nase. Sie waren aus schwarz-rot geflecktem Rhodonit, der an den Bruchstellen etwas heller schimmerte. Auch wenn sie ihn verspottete, wusste Isa, was der Kommissar meinte: Es handelte sich offenbar um ein Tier, aber die Figur war an zu vielen Stellen gesplittert, als dass man hätte erraten können, um welches. Isa konnte bloß erkennen, dass die Kreatur auf einem kleinen Sockel saß, der zur Hälfte fehlte. Er war aus der gleichen Sorte Stein gefertigt, und jemand hatte ein rundherum fortlaufendes, keltisches Knotenmuster in ihn eingraviert.

»Sagt Ihnen das etwas?«, fragte Winkelmann.

Sie schüttelte den Kopf. »Leider nicht. Genauso wenig wie der Schlüssel.«

Der Kommissar steckte die zerbrochene Figur, den Schlüssel und auch das Ledersäckchen vorsichtig in etwas, das wie ein Gefrierbeutel aussah, wohl aber der Beweissicherung diente. Nach guter alter Polizeitradition beschloss er daraufhin, das, was er nicht wusste, erst einmal zu ignorieren und stattdessen seine Zeugin ordentlich in die Mangel zu nehmen. »Und nun zu Ihrer Theorie von vorhin. Die über den Mörder.« Er setzte sich auf die Schreibtischkante, und das Holz ächzte wie ein Statist, der in einem alten *Robin-Hood*-Streifen vom Pferd geschossen wird. »Bitte sehr, ich bin ganz Ohr.«

Isa rief sich in Erinnerung, was sie im Zelt gesehen hatte – sowohl bevor als auch nachdem die Behörden eingetroffen waren.

»Ich verstehe nichts von Forensik, aber der Tatort sah aus, als hätte der Mörder einen Freudentanz um die Leiche aufgeführt, statt ihm bloß den Kopf abzunehmen. Außerdem gab es an den Rückenpartien von Hose und Hemd verhältnismäßig wenig Blut, obwohl er doch auf dem Bauch lag und diese Körperstellen so vor Spritzern nicht geschützt waren.

Deshalb habe ich Ihren Pathologen gefragt, ob Dom bewegt worden ist, und er hat meinen Verdacht bestätigt: Der Körper wurde umgedreht.«

Während sie sprach, deutete sie an Winkelmann vorbei auf die entsprechenden Fotos auf der Pinnwand. Der Kommissar hörte ihr aufmerksam zu und schwieg, als sie eine kurze Pause machte. Isa deutete das als stumme Aufforderung, weiterzureden.

»Die Frage ist nur: Warum sollte der Täter Dom herumdrehen? Warum ihn überhaupt bewegen? Der eigentliche Mittelpunkt der Szene war doch der Kopf. Den hat er so auf dem Spieß arrangiert, dass er jedem, der nach Tagesanbruch das Zelt betreten hätte, sofort einen riesigen Schrecken eingejagt hätte. Darauf lag der Fokus, nicht auf dem … na ja, auf dem Rest.«

»Vielleicht wollte er den Körper aus dem Zelt schaffen?«

»Aber wieso, wenn er den Kopf sowieso dort lassen wollte? Außerdem stehen die Zelte auf dem Marktplatz dicht nebeneinander, und viele Händler schlafen in ihren Buden. Es wäre sicherer für ihn gewesen, die Leiche einfach im Turnierzelt zu lassen und im Schutz der Dunkelheit zu verschwinden, statt einen Ritter ohne Kopf quer über das Areal zu schleifen und am Ende von einem Seifensieder erwischt zu werden, der nur mal kurz aufs Klo wollte.« Sie schüttelte den Kopf. »Um die Leiche herum waren doch Fußabdrücke vom Täter, richtig? Vor allem auf der Höhe der Beine, wo ein verrückter Möchtegern-Henker eigentlich nichts verloren hat. Jemand, der die Taschen seines Opfers durchsucht, dagegen schon.«

Isa tippte auf eines der Fotos, die der jüngere Pathologe von Dom gemacht hatte. Auf ihm konnte man erkennen, dass am Gürtel des toten Ritters hinten eine breite, hellbraune Ledertasche mit einem silbernen Knopf befestigt war. »Der Mörder hat zuerst die Taschen durchwühlt, die vorne an Doms Kleidung waren. Als er nicht fand, was er suchte, hat er ihn herumgewälzt, um an die Ledertasche hinten am Gürtel zu kommen. Ich glaube, dass Dom diesen Lederbeutel mit dem Schlüssel und der Figur mitgebracht hat und dass er ihn in der Hand hielt, der Täter das aber nicht wusste. Entweder war es zu dunkel oder er hat ihn getötet, noch bevor Dom ihm den Beutel zeigen konnte. *Danach* hat der Mörder danach gesucht und war so nervös dabei, dass er nicht an die naheliegendste Lösung gedacht und in die Faust seines Opfers geschaut hat. Das würde übrigens auch erklären, warum er mich nur wegstieß, als er aus dem Zelt rannte. Für jemanden, der kaltblütig und stark genug ist, einen erwachsenen Mann zu köpfen und seinen Schädel aufzuspießen, hätte es doch eigentlich kein Problem sein dürfen, sich auch meinen Kopf zu holen. Aber er – oder sie – hat einfach zum zweiten Mal die Nerven verloren.«

Eine ganze Weile starrte der Kommissar schweigend auf die Bilder an der Pinnwand, so als müsste er nach Hinweisen suchen, die Isas Worte widerlegen konnten. Langsam knetete er seine Unterlippe zwischen Daumen und Zeigefinger. Erst als die grüne Fee sich fragte, ob Winkelmann ins Wachkoma gefallen war, bequemte er sich doch noch zu einer Reaktion. »Hm ja«, machte er nachdenklich. »Damit könnten Sie vielleicht wirklich recht haben.«

»Dann kommen wir jetzt zu Ihrem Teil der Abmachung.« Fordernd tippte Isa mit dem Finger auf das Foto von Jaspers Schwert. »Wieso ist dieses Schwert für Sie von Interesse? Wurde Dom damit ermordet?«

Winkelmanns Stirn, in die zuvor noch tiefe Denkfalten eingegraben gewesen waren, glättete sich plötzlich. Er stand auf, nahm das Bild von Balmung und einen dicht beschriebenen Notizzettel von der Pinnwand und studierte beides. Dann legte er die Papiere in eine beigefarbene Akte auf dem Schreibtisch. »Wissen Sie, was das Schöne am Dasein als Polizist ist?« Er lächelte, und sein ganzer Körper, von den rot-weißen Karos auf dem Hemd bis zu den grün-gelben auf seinen Socken, lächelte mit. Die Farbkombination allein schmerzte beim Hinsehen, aber als sie hörte, was er sagte, tat es doppelt so weh. »Wenn wir Deals aushandeln, dürfen wir lügen. Zivilisten nicht.«

»Aber ich habe Ihnen gesagt, was ich weiß!«

Was Winkelmann nun tat, war ein großer, großer Fehler. Er hätte Isa aus der Tür schieben und ihr hinterherrufen können, dass sie sich zum Teufel scheren sollte. So was passierte ihr mehrmals am Tag und hätte sie nicht weiter gestört. Doch stattdessen legte er ihr eine seiner Bärenpranken auf die Schulter und sah sie an wie ein Vater, der einem Kleinkind mit milder Strenge zu erklären versucht, warum es nicht mit Messern spielen darf.

»Ich denke, es ist besser so für Sie. Ich weiß, es geht um Ihre Freunde, und das, was Sie da eben gesagt haben, klingt wirklich ganz plausibel. Bravo. Aber ich werde Sie nicht noch ermuntern, sich in den Fall einzumischen, indem ich Ihnen irgendwelche Informationen zukommen lasse. Für den Rest sind wir von der Polizei zuständig, und nur wir.« Er zwinkerte. *Der Kerl zwinkerte tatsächlich.* »Nun kommen Sie, schauen Sie mich nicht so beleidigt an. Ihre Aussage war wirklich hilfreich. Jetzt gehen Sie wieder, halten auf dem Spektakel die Leute bei Laune und lassen mich in Ruhe meine Arbeit machen. Ich bin sicher, dass ich diesen Fall bald abschließen kann. Aber das kann ich nur, wenn mir keine junge Dame dazwischenfunkt, die versucht, Detektivin zu spielen, um später am Lagerfeuer etwas zum Tratschen zu haben.«

Für eine Sekunde fühlte sich Isa wie paralysiert. Er hatte sie reingelegt. Und das gab er nicht nur offen zu, sondern behandelte sie dabei auch noch derart von oben herab, dass einem schlecht davon werden konnte. Fehlte nur noch, dass er ihr zum Trost die Wange tätschelte.

Mit Daumen und Zeigefinger umfasste sie einen seiner fleischigen Finger und hob seine Hand von ihrer Schulter wie eine gammelige Bananenschale. »Was gut für mich ist, entscheide ich immer noch selbst, danke.« Ihr Blick erinnerte lebhaft an den der Medusa. »Ich schlage Ihnen vor, dass Sie sich in den nächsten Tagen gut an Ihren Kaffeebechern festhalten, Herr Kommissar. Ich mag meine Polizisten nämlich wach und konzentriert, wenn ich ihnen den Mörder auf einem Silbertablett serviere.«

Mit diesen Worten rauschte sie aus dem Büro.

Kapitel 9

Jasper. Sie musste mit Jasper reden.

Der Bürgermeister hatte den Behörden anscheinend wirklich Dampf gemacht, damit das Spektakel nach Plan weitergehen konnte. Als Isa über die Brücke zwischen den Stadttoren flitzte, waren die Recken und Maiden vom Veranstalter-Team am Eingang bereits hektisch bei der Arbeit. Rolf, der Älteste, bellte Anweisungen in fünf verschiedene Funkgeräte, während Heidi, die für die Technik auf den Bühnen zuständig war, zwei Helfern etwas auf einem Tablet erklärte. Ständig kamen Leute und verschwanden gleich darauf wieder. Es ging zu wie in einem Bienenstock.

Die Stimmung auf dem Marktplatz war anders nach dieser Nacht. Einzig die Schwalben benahmen sich wirklich ausgelassen, als sie im Sturzflug um die Eulentürme sausten. Die meisten Händler waren entweder dabei, ihre Buden wieder für den Verkauf vorzubereiten, oder unterhielten sich mit Kollegen, während sie ihr Frühstück verzehrten. Doch Isa hatte das Gefühl, dass jedes Lachen ein wenig verhalten, jedes Gespräch ein bisschen leiser klang als sonst. Als sie zwischen einem Stand mit Duftseifen und dem mit dem Mittelalter nicht ganz zu vereinbarenden Kartoffelhaus hindurchspähte, sah sie sogar, dass auf dem Platz, an dem tags zuvor noch eine Bude mit historischen Brettspielen gestanden hatte, ein Schmuckhändler sein Zelt aufbaute. Die vorherigen Besitzer des begehrten Platzes ganz vorne auf dem Markt waren offenbar abgereist; vielleicht abgeschreckt von der Tatsache, dass ein Mörder zwischen ihnen allen sein Unwesen trieb.

In der Sonne war es bereits sommerlich heiß. Bis zur Mittagshitze würde es nicht mehr lange dauern, und beim Gedanken daran spürte Isa, wie durstig sie war. Daran waren ihr salziges Frühstück und der Streit mit dem Kommissar schuld, ebenso wie der Geruch nach abgestandenem Filterkaffee in seinem Büro, den sie immer noch auf ihrer Zunge schmecken konnte. Sehnsüchtig dachte sie an einen Krug eiskalter, frisch gezapfter Honiglimonade. Doch der musste warten. Im Wettlauf mit Kommissar Winkelmann zählte jede Sekunde.

Felix' Verkaufsstand war noch verschlossen gewesen, als sie daran vorbeigeeilt war. Deshalb machte sie sich auf den Weg zu dem Ort, an dem man einen Ritter auf dem Siegfriedspektakel logischerweise suchen würde. Noch bevor sie freie Sicht auf die Turnierbahn hatte, wusste sie, dass das die richtige Entscheidung gewesen war.

»Das kann doch wohl nicht Ihr Ernst sein!«

»Gerrick, doe niet zo lullig ...«

»Dat is zwaar klote!«

Das Gebrüll mehrerer Männer, die sich auf halb auf Deutsch, halb auf Niederländisch anschrien, war schon von Weitem deutlich zu hören. Die eine Stimme gehörte zu Gerrick, die zweite zu einem völlig entnervten Jasper.

Der Anblick, der sich Isa bot, hätte kaum grotesker sein können. Die Polizei hatte den Mittelaltermarkt zwar geräumt, aber die Turnierbahn scheinbar noch nicht wieder freigegeben. Noch immer flatterte Absperrband an der Umzäunung, und zu ihrer Überraschung erkannte die grüne Fee den Polizisten, der in der letzten Nacht wegen ihr im Zelt auf einen blutigen Fußabdruck getreten war. Jensen hieß er, erinnerte sie sich. Er stand breitbeinig vor dem Eingang des roten Zelts, hatte die Arme vor der Brust verschränkt und trug eine Fliegersonnenbrille, in der sich das Licht spiegelte. Obwohl Gerrick vor ihm hin und her tobte wie ein Springteufel, rührte er keinen Muskel. Alles, was an seinem Auftritt noch fehlte, war eine körperlose Stimme, die passend zu seiner steinernen Ermittler-Miene ankündigte: »Sehen Sie in der nächsten Episode von *CSI Niederrhein* ...«.

Vor dem Super-Dorfbullen hatten sich über ein halbes Dutzend Leute zusammengerottet. Gerrick, offenbar so übermüdet, dass er sein reich besticktes Heroldswams verkehrt herum angezogen hatte, stand auf der Innenseite der Absperrung. Wieder fluchte er und versuchte, an Jensen vorbeizukommen, doch der Beamte ließ ihn nicht ins Zelt.

»Sie können nicht einfach unsere Turniere absagen! Ich werde mich beschweren!«, jammerte Gerrick.

Den Polizisten ließ das völlig kalt. »Von mir aus, beschweren Sie sich ruhig. Ich habe meine Befehle, und die besagen, dass Sie *Ihren* Arsch von *meinem* Tatort fernhalten sollen.«

»Krijg de pest!«

Der Herold schimpfte wie ein Rohrspatz, während Jasper und ein etwas ängstlich aussehender Felix versuchten, ihn zurückzuhalten, bevor er noch etwas Dummes anstellen konnte. Hinter ihnen standen Sagi, Roos und ein junger Mann, dessen breiter Kiefer so aussah, als hätte er Mumps. Dem weißen Schnürhemd und dem schwarzen Kopftuch nach zu urteilen, gehörte er zu den Verkäufern vom »Sau am Spieß«-Stand. Für Isas Geschmack stand er bemerkenswert nah neben Roos, deren kühle Fassade Risse bekommen hatte; ihre Augen waren rot und verweint. Als der Kerl mit dem Kopftuch plötzlich den Arm um ihre Schultern legen wollte, entzog sie sich ihm mit einer ungestümen Bewegung und machte einen Schritt von ihm weg.

Zu guter Letzt entdeckte Isa Walburga vom See. Entspannt auf ihren Wanderstab gestützt und ihre Hobbit-Pfeife schmauchend, stand die alte Zünftlerin ein paar Schritte hinter der Gruppe und beobachtete in aller Seelenruhe das Szenario. Isa grinste. Vielleicht hatte sie unrecht, und Walburga war doch gar nicht so anders als die Großmütter, die den ganzen Tag mit Lockenwicklern im Haar aus dem Fenster schauten und gespannt darauf warteten, dass ein Ferrari den kleinen Timmy von nebenan erwischte oder der Nachbar endlich den Geliebten seiner Ehefrau im Schrank entdeckte.

»In der wievielten Runde sind die beiden?«, fragte die grüne Fee im Vorbeigehen.

Walburga blickte auf. Ihr faltiges Gesicht verzog sich zu einem Lächeln. »Ach, das geht jetzt schon seit ein paar Minuten so«, sagte sie, wurde aber augenblicklich wieder ernst. »Auch wenn es Gerrick nicht gefällt, die Behörden müssen ihre Arbeit machen. Das ist im Augenblick wichtiger als alles andere. Es wäre sogar verständlich, wenn sie den Rest des Spektakels abgesagt hätten.«

»Natürlich wäre das verständlich. Nur nicht für den Holzkopf von Herold.«

Jasper hatte sich inzwischen vor Gerrick gestellt und ihm beide Hände flach auf die Brust gelegt, als wollte er ihn wegschieben. Genau dasselbe hatte er am Tag davor mit Dom gemacht, fiel Isa wieder ein. Im Gegensatz zum schwarzen Oswald ließ Gerrick sich aber nicht beruhigen, sondern wurde puterrot im Gesicht. Unwirsch versuchte er, Jasper wegzuschlagen, doch der packte ihn kurzerhand am Arm und hielt ihn fest. »Das hier ist ein Tatort, Mann! Lass die Polizisten ihre Arbeit machen, das sind wir Dom schuldig!«, schnauzte Jasper. Er wirkte, als würde er langsam ernsthaft wütend. »Zeig ein bisschen Respekt, verdammt noch mal.«

»Ich pfeife auf Dom!«, fauchte Gerrick, und alle Anwesenden zuckten zusammen. Sagi wurde bleicher als ein Stück reines Leinen. Roos schlug die Hand vor den Mund, und der pausbäckige Spießbratenverkäufer guckte, als hätte man ihm mit einer schweren Pfanne vor den Kopf geschlagen.

Der Herold blickte trotzig von einem zum anderen. »Jaja, jetzt tut mal nicht so! Ich spreche doch nur aus, was alle denken. Dom war ein kleiner Choleriker. Gestern hat er mich tätlich angegriffen. Wer weiß, was er noch so alles angestellt hätte im Laufe der Zeit! Glaubt mir, ohne ihn sind wir besser dran.«

Jaspers Augen funkelten zornig unter seinen Locken, die ihm bis in die Stirn hingen. Er hielt Gerricks Arm noch immer gepackt, doch nachdem er diesen Ausbruch gehört hatte, stieß er ihn mit einer Verachtung, die ihresgleichen suchte, von sich weg und trat einen Schritt zurück. Geringschätzig musterte er seinen langjährigen Weggefährten von Kopf bis Fuß. »Früher warst du mal ein guter Mensch, Gerrick«, sagte er. Seine Stimme war eiskalt. »Damals, als wir uns kennengelernt haben, da warst du ein richtig netter Kerl. Einer mit Herz. Aber jetzt hast du an dieser Stelle«, er schlug sich selbst wütend mit der Hand vor die Brust, »nur noch einen Geldbeutel und ein gerahmtes Bild von dir selbst und holst dir auf beides täglich einen runter.«

Wütend schwiegen sich die beiden Männer an. Im Hintergrund rührte sich Jensen immer noch nicht von der Stelle, blickte aber trotz Sonnenbrille peinlich berührt zur Seite.

Isa hätte sich eine angenehmere Situation gewünscht, um mit Jasper zu reden, aber sie wusste, dass sie keine Wahl hatte. Schnell huschte sie hinter Roos und dem Verkäufer entlang und zupfte Felix am Ärmel. »Ich muss mit euch reden«, sagte sie leise. »Mit dir und Jasper. Sofort.«

Ihr Freund sah sie zuerst verwirrt über seine Brille hinweg an, aber etwas in ihrem Blick verriet ihm wohl, dass etwas nicht in Ordnung war, denn er nickte, ging und flüsterte Jasper etwas ins Ohr. Der wirkte überrascht, kam aber bereitwillig mit. Allerdings nicht ohne Gerrick noch ein letztes Mal vernichtend anzusehen.

Die drei verzogen sich nach hinten zu Walburga, wo sie im Schatten eines Baumes ungestört reden konnten.

Während Isa von dem Foto und Jaspers Schwert erzählte, wurde der sonst so selbstsichere Siegfried von Xanten erst rot, dann leichenblass. »Aber … ich habe Balmung gestern Abend nach der Feuershow im Zelt gelassen, bei den anderen Waffen. Das mache ich öfter.« Er sah aus, als würde ihm schlecht. »Isa, glaubst du wirklich, dass jemand Dom mit meinem, … meinem Schwert …? Oh Gott.«

Die grüne Fee schaute ihn mitfühlend an. »Kannst du dich erinnern, wo du gestern Nacht warst? Felix musste dich erst suchen gehen, nachdem die Polizei das Gelände erreicht hatte. Vielleicht hat dich ja zur Tatzeit jemand gesehen, dann wärst du aus dem Schneider.«

Jasper fuhr sich mit der flachen Hand übers Gesicht. »Ich habe nach meinem Pferd gesehen. Nach meinem Ritt durch die Feuerwand bei der Show gestern Abend hatte ich das Gefühl, dass er mit dem linken Vorderbein nicht richtig auftritt, und wollte mich vergewissern, ob alles in Ordnung ist.«

Isa blickte über die Schulter. Hinter der Hecke, die das Marktgelände abgrenzte, konnte man nicht nur Xantens Archäologischen Park und den großen Parkplatz erkennen, auf dem die Wohnwagen und Transporter der historischen Darsteller standen. Daneben gab es auch eine Wiese, die die Turnierreiter als Koppel für ihre Pferde benutzten. Auf sie gelangte man über einen schmalen Pfad, der vom Hauptweg des Marktes abzweigte und der durch ein Gatter mit der Aufschrift »Notausgang« versperrt wurde. Wenn das Siegfriedspektakel geöffnet hatte, wurde das Gatter nur aufgeschoben, wenn die Reiter sich mit den Tieren auf den Weg zum Auftritt machten oder die Pferde danach wieder auf die Koppel gebracht wurden. Passanten oder verirrte Marktbesucher konnten Jasper also dort kaum gesehen haben, und um ihn von einem der Wohnwagen aus zu beobachten, war es zur Tatzeit vermutlich schon zu dunkel gewesen.

»Hast du jemanden getroffen?«, fragte sie ihn.

Zu ihrer Überraschung nickte Jasper. Doch glücklich sah er trotzdem nicht aus. Als er antwortete, verstand Isa auch, wieso.

»Gerrick kam zu mir. Zweimal sogar. Beim ersten Mal hat er gefragt, was ich denn da mache, und als ich ihm sagte, dass alles in Ordnung sei, ist er wieder gegangen. Aber offenbar hatte er Schiss, dass ich ihn anlüge, denn er kam noch mal wieder und fragte, ob Bayard wirklich nicht verletzt sei, denn wir könnten uns ja nicht noch mehr Probleme leisten, blabla. Ich habe ihm erklärt, dass er sich keine Sorgen zu machen braucht, und dann ist er endgültig verschwunden.«

Isa atmete erleichtert auf, und auch Felix machte ein Geräusch wie ein Reifen, aus dem die Luft rausgelassen wird. Als Verdächtiger war Jasper sicher ein gefundenes Fressen für den Kommissar: Eigentümer der Tatwaffe, versiert im Umgang mit Schwertern. Doch so, wie er die Ereignisse beschrieb, musste der Herold unmittelbar bevor und nachdem er mit Isa gesprochen hatte, bei ihm auf der Pferdekoppel gewesen sein. Damit konnten weder Jasper noch Gerrick der Täter sein.

Über ihnen im Baum raschelte ein Vogel in den Zweigen. Isa sah aus den Augenwinkeln zu der Gruppe vor dem Turnierzelt hinüber und bemerkte, dass Jensen telefonierte. Wegen der Sonnenbrille war seine Mimik nicht zu erkennen, doch er nickte ein paarmal knapp wie jemand, der klare Befehle erhält. Dann steckte er sein Handy weg, schnauzte Gerrick und die anderen an, sich gefälligst von dem Zelt fernzuhalten, und steuerte dann direkt auf Jasper, Felix, Walburga und Isa zu. Vielleicht täuschte sie sich, doch sie glaubte zu erkennen, dass Jensens Mundwinkel hämisch zuckten.

»Jasper Straat?« Seine Stimme war scharf und sehr laut. Felix zuckte regelrecht zusammen, obwohl er nichts zu befürchten hatte.

»Das bin ich«, sagte Jasper. »Und bevor Sie weiterreden –«

»Können Sie mir erklären, wieso wir einen blutverschmierten Umhang in Ihrem Wohnmobil gefunden haben?«

Isa glaubte sich verhört zu haben.

»Was?«, fragten sie, Felix, Jasper und Walburga wie aus einem Mund.

Jensen deutete auf das Gatter hinter ihnen. Als sie sich umdrehten, wurde es von der anderen Seite her von einer jungen Polizistin aufgeschoben. Sie blinzelte in der grellen Sonne, entdeckte dann ihren Kollegen und kam auf die Gruppe zu. Dabei hielt sie etwas in die Höhe. Es war ein langes, schwarzes Kleidungsstück, eindeutig mittelalterliche Gewandung. Ein Umhang mit Kapuze. Isa erinnerte sich daran, wie der Schatten im Turnierzelt an ihr vorbeigerauscht war – wie ein schwarzer Vorhang. Er musste einen Umhang getragen haben, als er Dom ermordete.

Diesen Umhang.

»Sie waren in meinem Wohnmobil?« Jasper war aschfahl im Gesicht geworden und starrte Jensen ungläubig an.

Hinten am Zelt beobachteten Sagi, Roos und die anderen fassungslos, was passierte, und kamen eilig auf sie zu.

Der stämmige Polizist nahm die Sonnenbrille ab und klappte sorgfältig die Bügel zusammen. »Jawohl, mit einem Durchsuchungsbefehl«, konterte er, wobei er das letzte Wort betonte, als müsste er es einem Idioten erklären. »Es gab einen berechtigten Verdacht, weil das Opfer mit einem Schwert enthauptet wurde, das Ihnen gehört. Und jetzt haben wir den endgültigen Beweis gefunden. Das war nicht besonders schlau von Ihnen, Herr Straat.« Er steckte die Brille in seine Hemdtasche. Dann deutete er auf den Umhang. Obwohl der Stoff aus mitternachtsschwarzem Samt war, konnte man darauf überall große, dunkle Flecken erkennen. Blut.

»Aber das ist kompletter Blödsinn! Ich habe ein Alibi!«, wehrte Jasper sich verzweifelt.

Auf Sagis Gesicht stand absolute Verwirrung, als er sich neben Isa stellte und gerade noch mitbekam, was Jasper sagte. Empört wandte er sich an Jensen. »Sie können doch nicht im Ernst glauben, dass Jasper Dom ermordet hat. Das ist Bullshit!«

Auf einmal redeten alle durcheinander. Nur einer war bemerkenswert leise, wie Isa nicht entging. Gerrick, vorher der Lauteste von allen, stand ein paar Schritte abseits und nestelte schweigend am Saum seines Wamses herum. Als er ihren Blick bemerkte, wich er ihm aus.

Jaspers Stimme wurde immer eindringlicher. »Bitte, hören Sie«, sagte er zu Jensen. »Sie müssen mir glauben, da will mir jemand was anhängen. Ich war zur Tatzeit bei meinem Pferd auf der Koppel dahinten, ich kann es gar nicht gewesen sein.«

Der Polizist hob skeptisch die Augenbrauen. »Und kann das auch jemand bezeugen? Oder soll ich Ihnen das einfach so glauben?«

Jasper wandte sich um und suchte Gerricks Blick. Die anderen gaben unwillkürlich den Weg frei, sodass sich die beiden Männer plötzlich wieder gegenüberstanden. Einen Herzschlag lang passierte überhaupt nichts. Dann hob der Herold trotzig den Kopf. »Was guckst du mich so an?«, fragte er, und in seiner Stimme lag ebenso viel Verachtung wie in der von Jasper nur wenige Minuten zuvor. »Ich habe dich den ganzen Abend nicht gesehen.« Dann kehrte er ihnen allen den Rücken zu und ging davon.

»Was? Warte! Gerrick, warte!«, brüllte Jasper hinter ihm her, doch es hatte keinen Zweck. Fassungslos starrte er dem Herold hinterher.

Jensen gab dem jungen Polizisten ein Zeichen. Isa interpretierte das als Signal zum Aufbruch und schluckte. Was Jensen – nein, was Kommissar Winkelmann – da machte, war falsch. Sie kannte Jasper, aber vor allem kannte sie Felix, und der irrte sich nie in Menschen. Niemals.

Der Polizist packte Jasper am Arm. »Sie werden uns jetzt aufs Revier begleiten.«

»Sie können ihn nicht einfach mitnehmen!« Felix sprach die Worte aus wie eine unumstößliche Tatsache. Er war eigentlich kein aufbrausender Typ, ganz im Gegenteil. So wütend wie in diesem Moment hatte Isa ihn jedoch noch nie erlebt. Seine Augen funkelten gefährlich hinter den Brillengläsern, als er sich schützend vor Jasper stellte, schmal, zerzaust, die Brille schief auf der Nase, aber zu allem bereit.

Jensen blies entnervt die Wangen auf. »Ich kann auch Sie *beide* wegen Widerstand gegen die Staatsgewalt verhaften, verstanden? Also halten Sie die Klappe. Kommen Sie besser freiwillig mit, Herr Straat, sonst ziehe ich andere Saiten auf.«

Bevor Felix noch etwas sagen konnte, legte Jasper ihm plötzlich eine Hand auf den Arm. »Ist schon okay, Schatz«, sagte er sanft.

»Aber …« Felix sträubte sich, aber Jasper gab ihm einen Kuss. Dann löste sich der Ritter von seinem Freund und schaute Isa an. Sein Blick traf sie bis ins Mark. Er wollte mutig wirken, aber man konnte seine Angst deutlich sehen. »Ich will, dass er hierbleibt und du auf ihn aufpasst«, sagte er und deutete auf Felix. Seine Stimme war so eindringlich, dass sie automatisch nickte. Zufrieden mit der Antwort straffte er den Rücken und versuchte, Felix anzulächeln, bevor er ging. »Keine Sorge. Ich bin zum Abendessen wieder zu Hause.«

Isa musste Felix am Arm festhalten, während sie zusahen, wie Jasper, von Jensen eskortiert, das Marktgelände verließ.

»Aber … jeder könnte das Schwert aus dem Zelt genommen haben.« Felix sprach leise, seine Stimme war belegt.

»Sie haben diesen Umhang bei ihm gefunden … ich weiß, er ist unschuldig, aber das sieht übel aus, Felix«, brummte Walburga hinter ihnen und schickte nachdenklich ein paar Rauchwölkchen gen Himmel. »Es tut mir so leid.«

»Er hat doch kein Motiv!« Wie ein Ertrinkender klammerte sich Felix an diesen Gedanken. Seine Hände zitterten, als er die Brille abnahm und sie mit einem Zipfel seines Hemdes putzte.

Auch wenn sie sich noch so sehr für Felix wünschte, dass dies ausreichen würde – Walburga hatte recht. Es *sah* übel aus. »Das wird den Kommissar vermutlich nicht sonderlich interessieren. Kein Alibi ist immer noch kein Alibi, wie ein berühmter belgischer Detektiv sagte.«

Sagi spuckte aus. »Daran ist Gerrick schuld. Habt ihr gesehen, wie er Jasper angeguckt hat? Der lügt wie gedruckt!

Aber das werd' ich ihm schon austreiben, diesem dreckigen Sohn einer flandrischen Hure ...«

Die grüne Fee zwirbelte eine ihrer Dreadlocks zwischen den Fingern, während sie nachdachte. Sagi mochte mit seiner direkten Art zwar den Nagel auf den Kopf getroffen haben, doch sie kannte ihn. Er mochte so wütend und besorgt sein, wie er wollte – er würde es nie über sich bringen, Gerrick auch nur ein Haar zu krümmen. Ganz abgesehen davon wirkte er nicht gerade einschüchternd, und sein pickliges Gesicht erinnerte nur mit viel Fantasie und nach ein oder zwei Bechern Met an Freddy Krüger.

»Ich glaube nicht, dass du unseren Herold so aus der Reserve locken kannst«, sagte sie. »Er ist nicht nur eingebildet, sondern auch verdammt stur. Und Jasper hat sein Ego angekratzt.«

»Hast du denn eine bessere Idee?«

Hinter ihnen klapperte es, als ein Windhauch das Gatter, das die Polizistin nur angelehnt hatte, in Bewegung versetzte. Niemand rührte sich. Erst als das Metall durchdringend quietschte wie ein Türscharnier, erbarmte sich Roos und ging hinüber, um es zu schließen.

Isa schaute zu Felix. Er sah so elend aus, dass es ihr fast das Herz brach. »Ja, ich denke, die habe ich«, sagte sie, und sein Gesicht hellte sich ein ganz kleines bisschen auf. »Wenn wir wollen, dass er seine Aussage vor dem Kommissar widerruft, dann brauchen wir jemanden, der ihn so sehr erschreckt, dass er seinen Stolz vergisst. Jemanden, der ihn dazu bringt, sich vor Angst in die Beinlinge zu machen.« Die grüne Fee grinste, als ihr ein Gedanke kam. »Und ich weiß auch schon genau, wen wir fragen können.«

Kapitel 10

Schon bei ihrem ersten Streifzug über das Gelände am Tag zuvor hatte Isa jemanden entdeckt, den sie schon seit längerer Zeit nicht mehr auf einem Mittelaltermarkt gesehen hatte. Darüber, wo er geblieben war, hatten die verschiedensten Gerüchte kursiert: Die meisten behaupteten, er wäre zu den reinen Gothic-Festivals übergelaufen, weil die Leute dort empfänglicher für sein ganz spezielles Warensortiment wären. Einige waren froh, dass er von der Bildfläche verschwunden war, denn sie hielten ihn für gefährlich; andere bezeichneten ihn als Genie. Ein kleiner Schwertkampf-Trainingszirkel aus Lohmar verbreitete hartnäckig das Gerücht, er sei ein blutrünstiger Vampir, der nur nachts und zum Halloweenspektakel auf Burg Satzvey unter den Menschen wandele. Alle übrigen hielten ihn schlicht für verrückt.

»Den Alchemisten? Du willst den Alchemisten fragen?« Felix stellte Isa diese Frage nun schon zum dritten Mal, und der Grad des Entsetzens in seiner Stimme war mit jedem Mal größer geworden. Trotzdem lief er hinter ihr her, während sie dem Weg über den Markt folgte.

»Deine Reaktion auf meinen Vorschlag beweist doch nur, dass er genau der richtige Mann für unseren Plan ist, meinst du nicht?«, fragte sie über die Schulter gewandt.

Das brachte ihn zum Schweigen.

Ein paar Meter hinter dem Nebengebäude der Kriemhildmühle machte der Pfad auf der anderen Seite des Platzes einen Knick. Dort hatte die Stadt Parkbänke für müde Spaziergänger zwischen den Bäumen aufgestellt, aber beim Siegfriedspektakel durften Händler auch dort ihre Buden aufbauen. Der Stand am äußeren rechten Rand gehörte in diesem Jahr einem Mann, den Isa nur unter dem Namen »Alchemist« kannte. Niemand wusste, wie er in Wirklichkeit hieß.

Zwischen moosig grünen Zeltwänden, die von knorrigen Wurmholz-Pfeilern gestützt wurden, wuselte ein Mann mit schulterlangem, schlohweißem Haar herum. Er trug ein Schnürhemd, weite Hosen und einen hauchdünnen Umhang von undefinierbarer Farbe. In seinem Gesicht prangten Augenbrauen, neben denen selbst die Dornenhecke um Dornröschens Schloss wie frisch gestutzt wirkte. Er redete gerade mit einer jungen Zünftlerin, die sich offenbar brennend für einen seiner Verkaufsschlager interessierte – getrocknete Hühnerfüße, die als Anhänger von Lederbändern baumelten und deren Klauen wahlweise Kristalle oder gläserne, mystisch schillernde Kugeln hielten. Auf einem Tischchen unter dem Vordach des Zeltes konnte man in einem Korb mit Räucherwaren stöbern, wenn man sich von dem menschlichen Totenschädel daneben, von dessen Falschheit Isa nicht ganz überzeugt war, nicht stören ließ.

Isa ging forschen Schrittes unter das Vordach. Felix folgte ihr etwas zögerlicher. Während sie darauf warteten, dass der Alchemist sein Gespräch beendete, beugte sich Felix, die Augen fest auf den seltsamen alten Kerl gerichtet, zu Isa hinunter. »Der Typ sieht aus wie ein Morlock!«, flüsterte er. »Wenn die Zeit reif ist, führt er uns vermutlich unter die Erde in sein Reich und frisst uns auf.«

Sie kicherte. In einem Punkt hatte Felix sicherlich recht: Der Alchemist war die mit Abstand merkwürdigste Erscheinung, die ihr je auf einem Markt begegnet war. Wenn man ihn allerdings zu nehmen wusste, stellte er sich als äußerst aufgeschlossener Gesprächspartner und als wahres Füllhorn an morbiden mittelalterlichen Anekdoten heraus. Er war ein passionierter Geschichtenerzähler; alles, was er hörte und sah, wurde in seinem Wirrkopf gespeichert und bei der nächsten Gelegenheit zur Belustigung des Publikums wiedergegeben. Hübsch ausgeschmückt natürlich.

Endlich hatte der Alchemist eine Hühnerklaue, die einen Amethyst umklammert hielt, gegen ein Fuchsfell eingetauscht, und die Zünftlerin tänzelte beglückt mit ihrem Schmuckstück aus freilaufender Haltung davon. Als er sich herumdrehte und sah, wer ihn da erwartete, glätteten sich die Kraterfalten in seinem Gesicht. »Wen haben wir denn da!«, rief er fröhlich. »Wenn das nicht die grüne Fee von Absinth ist. Kommt herein, kommt herein, Kinder! Setzt euch, ich verstaue nur schnell den alten Reineke hier.«

Er drehte sich um und ließ seinen Umhang dabei schwingen wie Graf Draculas bekloppter Großvater. Felix warf Isa hinter seinem Rücken einen höchst unwilligen Blick zu, aber die Gauklerin bedeutete ihm ebenso eindringlich und stumm, sich gefälligst nicht so anzustellen. Mit einem leisen Seufzer gab er sich geschlagen und machte Anstalten, sich in den einzigen freien Scherenstuhl fallen zu lassen.

»Nicht dahin!«, bellte der Alchemist plötzlich, ohne aufzublicken.

Felix konnte gerade noch so die Balance halten und verhindern, dass er in den Stuhl plumpste.

»Was? Wieso?«, fragte er erschrocken.

Der alte Mann lächelte nachsichtig. »Da sitzt doch die Katze.«

Sowohl Isa als auch Felix starrten auf den völlig leeren Stuhl.

»Äh ... okay. Klar.« Ganz langsam machte Felix einen Schritt zurück und setzte sich vorsichtig im Schneidersitz auf den Boden. Weil das keine neuerliche Ermahnung nach sich zog und der Alchemist sich wieder darauf zu konzentrieren schien, das Fuchsfell in einer Holztruhe zu verstauen, entspannte er sich wieder ein bisschen.

»Wisst ihr, man kann mit Tauschwaren oder anderen Wertsachen gar nicht vorsichtig genug sein.« Der Alchemist schwafelte gut gelaunt weiter, während er die Truhe verschloss, hinter seine Verkaufstheke huschte und begann, ganze Krähenflügel, die mit Gefieder und allem an Lederbändchen hingen, aus einem Kasten zu holen. Ein paar von den Flügeln hingen bereits an einem Balken an der hinteren Zeltwand. Er machte sich daran, die Lücken zu füllen, die das Geschäft des ersten Markttages hinterlassen hatte.

»Für Geld gilt dasselbe. Wisst ihr, was man im Spätmittelalter mit Geldfälschern gemacht hat? Damals, das muss man dazusagen, haben betrügerische Münzmeister und andere habgierige Gesellen versucht, viele Münzen aus viel zu wenig Silber zu prägen, um sich an dem Überschuss zu bereichern. Um zu verschleiern, dass das Geld kaum Silber enthielt, wurden die Pfennige dann in verschiedenen Säurebädern ›weiß gesotten‹.«

Mit einem meckernden Lachen kramte der Alchemist in seinem Kasten herum, wobei ein paar Federchen aufstoben. »Nun ja. Da man Verbrechern damals gerne Strafen angedeihen ließ, die ihre Untaten spiegelten – Dieben hackte man bekanntlich die Hand ab, mit der sie gestohlen hatten, und Lästerern schnitt man die Zunge heraus –, hat man Münzfälscher *mit dem Kessel gerichtet*: Man stellte einen riesigen Kessel voll siedendem Öl auf und tauchte die arme Seele mit den Füßen voran hinein, bis der Tod eintrat. Wenn die Richter gnädig waren, hat man den Delinquenten nur einmal hineingeworfen – *zisch* – und gut war es. Aber wenn der Fälscher wirklich, wirklich übel dran war, dann haben sie ihn Stück für Stück ins Öl getaucht, zwischendurch wieder herausgezogen und mit Wasser abgekühlt, bis er schließlich nach stundenlanger Qual sein Leben ausgehaucht hat.«

Der Kasten verschwand wieder unter der Verkaufstheke, und der Alchemist hatte plötzlich eine große Tonflasche in der Hand. Er lächelte breit. »Limonade?«

Isa dachte an ihr Frühstück zurück und ermahnte sich, in nächster Zeit nichts mehr zu essen, was aus einer Fritteuse kam. »Gerne«, sagte sie und nahm dem Alchemisten einen gefüllten Tonbecher ab. Felix, leicht grün im Gesicht, lehnte dankend ab.

Der Alchemist setzte sich auf die Kante des kleinen Tischchens mit Räucherwaren, was den Totenschädel zum Kippeln brachte. »Also, was kann ich für euch tun? Habt ihr Interesse an rotem Drachenblut-Pulver? Oder an meinen ausgestopften Storchenköpfen?«

»Alchemist, hast du mitbekommen, was gestern Nacht passiert ist?«

Sein merkwürdiges Gesicht fiel in sich zusammen. »Natürlich«, murmelte er. »Schlimme Sache.« Dann verengten sich seine Augen zu Schlitzen, und in seiner Stimme flackerte eine Spur Neugierde. »Ist der Junge wirklich enthauptet worden?«

Sie hatte es gewusst. In dieser Hinsicht ähnelten sich der Alchemist und Isa: Man musste ihnen beiden nur einen Brotkrumen, der blutig genug war, vor die Füße werfen, und sofort fingen sie an zu suchen, zu wühlen und zu graben, bis sie das Lebkuchenhaus und die psychopathische Märchenhexe am Ende der Spur gefunden hatten.

»Ja, ist er. Sein Kopf steckte auf einem Eisenspieß«, antwortete sie.

Seine buschigen Augenbrauen wackelten nachdenklich, während er sich mit dem Zeigefinger gegen das Kinn tippte. »Hmm, hmm, hmm. Ein höchst dramatisches Verbrechen.« Schwungvoll stand der Alchemist von dem Tisch auf. Dabei zog er den Umhang um sich wie ein alternder Schauspieler vor dem großen Monolog. »Im Mittelalter hat man manchmal die Köpfe seiner Feinde auf Spieße gesteckt und an den Zinnen der Burg befestigt, als abschreckendes Mahnmal für alle, die es wagen sollten, den Herrscher herauszufordern. Diese Praktik erzeugte Furcht, wenn nicht blankes Entsetzen!« Er nahm den Totenschädel auf, der neben ihm auf dem Tisch stand.

In einer Art verschrobener Hamlet-Parodie hielt er ihn auf Augenhöhe, während er weiter vor sich hin redete. »Ein Junge, der dazu bestimmt war, den Beruf des Henkers zu ergreifen, musste jahrelang üben, bevor er es schaffte, Delinquenten richtig mit dem Schwert hinzurichten. Ein hartes Brot, dieser Beruf. Schlechte Bezahlung, Ausschluss aus der Gesellschaft, ständig die Flecken auf der Kleidung … kein Wunder, dass die Scharfrichter sich gerne was dazuverdient haben. So ein hübsches Schädelchen zum Beispiel konnte man zu Mumia verarbeiten. Das waren Heilmittel aus menschlichen Körperteilen, denen magische Kräfte nachgesagt wurden und die sich die feinen Pinkel gerne auf die Wänste schmierten, während sie den Henker sonst mit dem Allerwertesten nicht anguckten. Ungerecht, nicht wahr?« Die letzte Frage galt mehr dem Totenschädel als den beiden lebendigen Zuhörern.

Die grüne Fee stutzte, denn die Worte des Alchemisten erinnerten sie an die Aussage des älteren Pathologen, der Doms Leiche untersucht hatte. Ihm zufolge hatte der Mörder mehrere Anläufe benötigt, um den schwarzen Oswald von Worms einen Kopf kürzer zu machen. »Wieso ist es denn so schwierig, jemanden zu enthaupten?«, fragte sie den Alchemisten. »Ich meine, alles, was man dafür braucht, sind doch dicke Muskeln, oder?«

Er schüttelte den Kopf, dass seine weißen Locken nur so flogen. »Falsch, meine Liebe. Wie so oft kommt es auch hier auf die richtige Technik an.« Ruckartig stand er auf, rauschte unter dem Vordach heraus auf den Kiesweg und verschwand.

Isa sah Felix perplex an, der nur verständnislos mit den Schultern zuckte. Doch bevor die grüne Fee aufstehen und dem Alchemisten nachgehen konnte, kam er schon wieder um die Ecke gefegt. In der Hand hielt er einen dicken Wanderstab mit einem Pentagramm aus Holz an der Spitze. Offenbar hatte er sich zwei Buden weiter schnell eine Requisite für eine kleine Vorführung ausgeliehen.

Der Alchemist zog den überraschten Felix auf die Füße, manövrierte ihn in die Mitte zwischen dem kleinen Tisch und der Verkaufstheke und brachte ihn in Positur: Auf dem Boden kniend, Oberkörper gerade. Dann stellte er sich selbst hinter ihn und packte den Wanderstab mit beiden Händen wie ein Schwert.

»Präzision, Geschick und ja, ein gewisses Maß an Stärke sind erforderlich«, fuhr der Alchemist fort. In den Augen des alten Mannes lag ein Funkeln, das zeigte, dass er an der Sache viel zu viel Spaß hatte. »In ihrer Ausbildung im Mittelalter mussten die angehenden Henker an Tieren üben und mit sechzehn, siebzehn Jahren eine Meisterprüfung ablegen. Sie bestanden, wenn der Delinquent am Ende hübsch sauber hingerichtet auf dem Schafott lag. Hackte man dem armen Kerl dagegen aus Versehen in den Kopf oder brauchte mit einer rostigen Klinge mehrere Anläufe, um ihm das werte Haupt von den Schultern zu schlagen, fiel man durch die Prüfung und durfte nie wieder ein Richtschwert anfassen.« In Zeitlupe führte der Alchemist einen geraden Hieb von der rechten Seite gegen Felix' Hals aus. Obwohl das Holz seine Haut nur ganz vorsichtig berührte, äugte der junge Verkäufer trotzdem nervös zur Seite.

In Isas Kopf ratterte es, während der Alchemist sprach. Jasper war ein guter Schwertkämpfer. Er hätte es im Gegensatz zum echten Mörder sicher geschafft, Dom mit nur einem Hieb zu töten. Noch ein Umstand, der klar für seine Unschuld sprach.

Diese kleine Demonstration war höchst aufschlussreich gewesen, doch eigentlich hatten sie den Alchemisten ja wegen etwas anderem aufgesucht. Also erlöste sie Felix, indem sie die Spitze des Wanderstabes sanft von seiner Kehle wegschob und ihm aufhalf.

Als der Alchemist den Wanderstab an sich ziehen wollte, hielt Isa das andere Ende fest. So konnte sie sicher sein, dass seine flatterhafte Aufmerksamkeit ausschließlich ihr galt. »Alchemist, ich möchte dich um einen Gefallen bitten. Felix' Freund Jasper wird beschuldigt, den anderen Ritter ermordet zu haben. Er war es aber nicht. Jemand will ihm den Mord anhängen, aber um das beweisen zu können, brauchen wir deine Hilfe.«

Der Alchemist legte den Kopf schräg. »Und was genau soll ich tun?«

Sie grinste diabolisch. »Was du am besten kannst. Jemandem einen gehörigen Schrecken einjagen.«

Ganz am Ende des Marktplatzes, wo nur noch ein paar Händler und Heerlager-Leute ihre Zelte längs des Bauzauns aufgeschlagen hatten, der das Areal von der Außenwelt trennte, lauerte das wahre Grauen des Siegfriedspektakels. Eine riesige, unförmige Kreatur bewegte sich dort auf und ab und hin und her, wie von wilden, scheußlichen Krämpfen geplagt. Sie reckte ihren mit Stacheln bewehrten Rücken in die Sonne, sodass ihre fleckige, rote Haut glänzte. Das Maul mit der langen Zunge und den spitzen Zähnen gähnte weit offen. Aus seinem Inneren drangen immer wieder schreckliche Laute: Es quietschte und kreischte, als würden dort drin unschuldige Seelen in den ewigen Feuern der Hölle gemartert. Wenn es richtig heiß war und man sich nahe genug herantraute, entströmte dem Biest, dessen Krallen immer wieder über den trockenen Boden schabten, ein giftiger Geruch.

Gerrick stand mit verschränkten Armen da und betrachtete stirnrunzelnd die Drachen-Hüpfburg, in der eine Horde Kleinkinder mit ohrenbetäubendem Gekreisch herumtobte. Das Monstrum war ihm schon lange ein Dorn im Auge. Es war hässlich und stank nach Gummi, aber es zog Familien an wie ein übergroßer, aufblasbarer Magnet. Die Sprösslinge konnten spielen und sich gegenseitig die Rutsche im Maul des Ungeheuers hinunterschubsen, während sich die Erwachsenen ein Päuschen gönnten oder in aller Ruhe die Sachen auf dem Markt betrachteten, die nicht für Kinderhände gedacht waren: Morgensterne, hochprozentigen Haselnusslikör oder den geschnitzten Kampf-Bikini aus Olivenholz, der vorne am Stand des Drechslers ausgestellt war. Deshalb wurde die Hüpfburg jedes Jahr aufs Neue aufgestellt und verschandelte die Aussicht, die man von der Turnierbahn aus Richtung Nordosten hatte.

Mit einem resignierten Seufzer wandte sich Gerrick ab. Einer der Handwerker vom Heerlager hatte ausrichten lassen, dass er ihn wegen eines möglichen Engagements sprechen wollte. Natürlich war es genau der Kerl, der sein Zelt am äußersten Ende des Marktes aufgeschlagen hatte, aber Gerrick wollte sich nicht beklagen. Nach der Sache mit Dom – und der mit Jasper, dachte er und gestattete sich ein befriedigtes Brummen – konnte er über jeden Auftritt froh sein, den man ihm anbot.

Gerrick wollte das Gespräch schnell hinter sich bringen und dann noch einmal mit diesem Polizisten reden. Nun, wo der beschäftigt war, würde er sich wegen der Turniere sicherlich erweichen lassen. Im Geiste suchte der Herold schon nach passenden Ersatzmännern für Siegfried von Xanten und den schwarzen Oswald von Worms. Thijs de Strycker, der Freund von Dom, der bei der Spanferkel-Lady arbeitete, hatte sich am Morgen freiwillig angeboten, im Notfall einzuspringen. Ein netter Junge; nicht die hellste Fackel im Kerker, aber stark und talentiert. Das ewige Hochwuchten ganzer Schweine am Spieß hatte ihm Armmuskeln beschert, bei denen man blass vor Neid werden konnte. Gerrick nahm sich fest vor, ihn mitreiten zu lassen, wenn er bei seinem Gespräch mit dem Kommissar Erfolg hatte.

Plötzlich umwehte seine Nase ein Hauch von Myrrhe und Kampfer.

»Seid Ihr der Mann, den sie Gerrick nennen?«, fragte eine tiefe, samtige Frauenstimme.

Erstaunt drehte Gerrick sich um. Sein Weg hatte ihn direkt an zwei Zelten vorbeigeführt, auf denen in großen, mystisch aussehenden Buchstaben die Worte »Celtic Tarot« geschrieben standen. Im Eingang des einen Zelts stand eine junge Frau. Ihr Haar floss wie glänzendes Pech über ihre weißen

Schultern. Sie hatte sich ein geprägtes Lederband um den Kopf gebunden, an dem ein kleiner Kristall hing; er funkelte auf ihrer Stirn, direkt auf Höhe des dritten Auges. Ihr ärmelloses Sommerkleid war über und über mit fein gezeichneten, keltischen Symbolen bedeckt.

Das Mädchen lächelte, als es Gerricks verwunderten Blick bemerkte. Ihre Stimme war wie dunkler, süßer Wein, der einem schnell zu Kopf steigt. »Seid Ihr der Mann, den sie Gerrick nennen?«, wiederholte sie ihre Frage.

Der Herold schaute über seine Schulter, doch hinter ihm stand niemand sonst. Vorsichtig nickte er. »Kennen wir uns?«

»Wir sind uns nie begegnet. Aber ich habe dich trotzdem schon gesehen.«

Anmutig streckte sie ihren schlanken, weißen Arm aus und deutete vor sich auf einen kleinen Tisch, der aus einem einzigen, blank polierten Stück Baumstamm bestand, an dessen Außenseiten noch die Rinde zu sehen war. Darauf lagen, wild durcheinandergewürfelt, kleine weiße Plättchen aus Horn. In jedes der Plättchen waren Zeichen eingraviert, simple Symbole aus mehreren Strichen, die wie fremdartige Buchstaben aussahen.

»Ich habe von den Runen etwas über dich erfahren«, sagte die junge Frau. »Es wird dich sehr interessieren. Komm herein, ich werde dir alles verraten.« Einladend zog sie die Plane ihres Zelts ein Stück zur Seite. Durch den Spalt konnte man erkennen, dass im Inneren ein ebensolcher Tisch stand wie vor dem Zelt. Auf ihm lagen keine Runensteine, doch dafür dampfte es geheimnisvoll aus einer Räucherschale. Hinter dem Schleier aus weißlichem Rauch verbargen sich ein paar Sitzkissen und ein großes Tuch mit dem Zeichen des Lebensbaumes, das die Rückwand des Zelts verzierte.

Verwirrt rieb Gerrick sich über den Backenbart. Er hatte nicht den leisesten Schimmer, was für Visionen das seltsame Weibsbild von ihm gehabt hatte, doch er bezweifelte, dass sich solch eine Unterredung für ihn lohnen würde. »Jaha ... also, nein danke«, sagte er und lächelte gezwungen. »Das ist wirklich nett, aber ich habe kein Interesse. Außerdem bin ich verabredet.« Schnell wandte er sich ab.

»Ich habe deinen Erfolg gesehen.«

Ruckartig blieb der Herold stehen. Langsam, so als glaubte er, sich verhört zu haben, drehte er sich wieder zu dem Mädchen um. Sie lächelte noch immer auf diese tiefsinnige, wissende Art. »Meinen Erfolg?«, fragte Gerrick, wobei er sich umsonst bemühte, desinteressiert zu klingen.

Die Wahrsagerin zauberte einen kleinen Beutel aus gelbem Samt hervor. Mit ihren zierlichen Fingern schnürte sie ihn auf und begann dann langsam, die Runensteine einen nach dem anderen vom Tisch aufzusammeln. Dabei berührte sie jeden Stein so, als handelte es sich um einen kostbaren, direkt von den keltischen Göttern gesandten Schatz.

»Die Runen haben mir verraten, dass ein Mann, der sich Gerrick nennt, sehr bald erreichen wird, was er sich immer erträumt hat«, sagte sie, als sie beim letzten Stein angekommen war und Gerrick es vor lauter Ungeduld kaum noch aushielt. Dann schnürte sie den Beutel wieder zu. »Wenn er den richtigen Weg wählt.«

»Und du kannst mir diesen Weg zeigen?«, fragte der Herold. Er hatte wohl an irgendeinem Punkt des Gesprächs vergessen, dass er Dinge wie Tarot, Kristallkugeln und dergleichen Zeit seines Lebens als Humbug abgetan hatte. Beim Gedanken an das, was ihm die junge Frau in Aussicht stellte, schmolz er dahin wie Bienenwachs unter der ägyptischen Wüstensonne.

Statt zu antworten, machte die Wahrsagerin nur eine erneute, einladende Geste in Richtung des geöffneten Zelts.

Drinnen war der schwere Duft nach Weihrauch und Kampfer noch viel intensiver. Er umhüllte Gerrick förmlich, als er sich im Schneidersitz auf einem der Sitzkissen niederließ. Hinter ihm trat die junge Frau ins Zelt, völlig geräuschlos auf ihren nackten Sohlen, und schloss den Eingang wieder.

Dann lächelte sie ihn an. »Dein Schicksal erwartet dich«, hauchte sie. Mit ihrem langen Finger deutete sie auf eine Stelle hinter seinem Rücken. Erwartungsvoll drehte der Herold sich um – und fiel mit einem Schrei fast rücklings vom Kissen.

In Ermangelung eines Drehstuhls und einer weißen Perserkatze hatte Isa damit vorliebgenommen, sich hinter einem klimpernden Vorhang aus Holzperlen zu postieren, mit dem die Wahrsagerin einen kleinen Teil des Zelts als Privatbereich abgetrennt hatte. Dort stand sie nun und verbiss sich krampfhaft das Lachen, als Gerrick den Alchemisten erblickte. Sie musste zugeben, dass der alte Mann in dem schummrigen Licht, das durch die Zeltwände fiel, und inmitten der tanzenden Rauchschwaden einfach zum Fürchten aussah. Er stand nur da, kerzengerade, und verschmolz dank seines Umhangs, in den er sich gewickelt hatte, fast vollständig mit der Wand des Zelts. Nur sein Kopf mit dem schlohweißen Haar und dem Grinsen, das perfekt in eine Irrenanstalt gepasst hätte, leuchtete wie der Vollmond vor dem nächtlichen schwarzen Himmel.

Gerrick hatte sich nach dem ersten Schrecken von seinem Kissen hochgekämpft. Abwechselnd starrte er den Alchemisten und die Wahrsagerin an. »Was will der denn hier?«, fragte er.

»Er will dich fragen, wieso du den Polizisten angelogen hast«, sagte Isa und trat hinter dem Perlenvorhang hervor ins Licht.

Gerrick wirbelte herum. Mit offenem Mund starrte er sie an, vor lauter Überraschung unfähig, etwas zu sagen. Er sah aus wie ein Spanferkel, nur ohne den Apfel im Maul.

Auf dem Gesicht der Wahrsagerin spielte noch immer dieses unergründliche Lächeln, als sie zu Isa hinüberhuschte. Die kramte daraufhin eine Handvoll Silberlinge und eine eingeschweißte CD von Manus Furis aus der Tasche. »Danke, Brigid. Das war perfekt.« Sie überreichte der jungen Frau ihre Bezahlung.

Die gab einen höchst unmystischen Kiekser der Freude von sich, als sie das Album in ihren Händen betrachtete. Flink verstaute sie die CD in einer Schatulle und ließ das Geld in einer unsichtbaren Tasche an ihrer Gewandung verschwinden. Unter ihren langen Wimpern warf sie einen letzten Blick auf den völlig verwirrten Gerrick.

»Macht nichts, was sich nicht hinterher wieder wegputzen lässt«, hauchte sie lieblich. Dann schwebte sie aus dem Zelt.

Für einen kurzen Moment herrschte zwischen den drei Personen vollkommenes Schweigen. Dann platzte Gerrick mit seiner Empörung heraus. »Was soll das, Isa?«, blaffte er. »Hast du diese Keltentrulla etwa bestochen, damit sie mich hier hereinlockt? Warum zum Teufel, wenn die bescheidene Frage gestattet ist?«

»Das weißt du sehr genau.«

Er wich ihrem Blick aus. »Ich habe nicht die geringste Ahnung, wovon du redest.«

Wie ein Gespenst schoss der Alchemist nach vorne, packte Gerrick bei den Schultern und drückte ihn, obwohl der Herold sicher zweimal so viel wog wie er selbst, ohne viel

Federlesens auf den Baumstammtisch. Dabei verfehlte Gerricks Hintern das Räuchergefäß nur knapp. Bei dem Manöver erschrak auch Isa ein bisschen, denn plötzlich holte der Alchemist ein kleines Beil unter seinem Umhang hervor. Sie konnte sich nicht erinnern, irgendetwas von Waffen gesagt zu haben, als sie den Plan mit ihm durchgesprochen hatte.

»Du hast einen deiner Freunde betrogen, und der sitzt jetzt wegen dir unschuldig hinter Gittern!«, zischte der alte Mann. Dabei hielt er die Axt unheilvoll in die Höhe, berührte sein Gegenüber damit aber nicht. Isa beruhigte sich wieder; er würde Gerrick nicht wirklich etwas antun.

Hoffte sie zumindest.

Der Herold fixierte den Alchemisten und das Beil in seiner Hand mit weit aufgerissenen Augen.

»Gerrick, alle wissen, dass du Jasper absichtlich in die Pfanne gehauen hast. Ihr habt euch gestritten, und du kannst dir selbst nicht eingestehen, dass er recht hat mit dem, was er über dich sagt. Aber dir muss doch klar sein, was du da tust! Er wird vielleicht wegen Mordes angeklagt, und das nur, weil *du* eingeschnappt bist!«

Zornig funkelte Gerrick Isa an, trotz des Hackebeils, das vor seiner Nase in der Luft schwebte. »Du kleines Miststück, wenn du jetzt glaubst, dass du mich bei den Eiern hast …«

»Sei bloß vorsichtig«, säuselte der Alchemist und ließ seine Waffe in Richtung Schritt wandern. »So was passiert schneller, als man denkt.«

Gerrick wurde leichenblass.

Isa ließ sich auf einem der Sitzkissen nieder und betrachtete scheinbar sehr interessiert die hübschen Stickereien darauf. »Ich an deiner Stelle würde auf den Alchemisten hören. Du weißt ja, was man so über ihn sagt. Letztens hat er mir übrigens eine interessante Geschichte über einen mittelalterlichen Mönch erzählt, der den fleischlichen Gelüsten für immer entsagen wollte und sich deshalb selber mit zwei Backsteinen die –«

»Mir macht ihr keine Angst!« Die Stimme des Herolds strafte seine Worte Lügen, indem sie sich zweimal überschlug. Der Alchemist dagegen grinste wie ein Honigkuchenpferd. So eine Show abzuziehen, entsprach genau seinem morbiden Sinn für Humor, und Isa war durchaus gewillt, ihn die Situation noch ein wenig auskosten zu lassen. Natürlich nur um Jaspers willen.

»Alchemist«, sagte sie in gespieltem Ernst. »Wenn du ihn kastrierst, wird das nicht nur dich, sondern uns beide in Schwierigkeiten bringen.«

»Dann dreh dich um und halt dir die Ohren zu.«

»Okay.«

»Was?«, rief Gerrick und riss panisch den Kopf hoch. »He, Isa, nein – das kannst du doch nicht machen! Schaff mir diesen Verrückten vom Hals!«

Doch die grüne Fee rutschte mit einem gleichgültigen Schulterzucken von ihrem Kissen und stellte sich mit dem Rücken zu den beiden. Dann steckte sie sich die Finger in die Ohren und begann, die Erkennungsmelodie von *Miss Marple* zu summen.

»Nun zu uns, Gerrick«, erinnerte der Alchemist. Sein Gesichtsausdruck ähnelte stark dem einer durchgeknallten Grinsekatze.

»Okay, es tut mir leid! Es war falsch von mir, Jasper reinzulegen! Ich gehe sofort zur Polizei und stelle das richtig, in Ordnung?«

»Das ist ein guter Anfang.«

»Was willst du denn noch hören, zum Teufel?«

Der alte Mann überlegte. »Deine lauten Schmerzensschreie?«

Isas Gesumm wurde von einem amüsierten Glucksen unterbrochen.

»Ich will wissen, Gerrick, was du in der Nacht, in der Dominik Schneider getötet wurde, kurz vorher auf der Turnierbahn zu suchen hattest. Und wieso du Isa wegen eines Handys in das Zelt mit der Leiche geschickt hast, obwohl dort drin überhaupt kein Telefon lag.«

Schwer atmend versuchte Gerrick, seine Chancen abzuwägen. Er leckte sich etwas Schweiß von der Oberlippe. Dann machte er den Mund wieder zu und schwieg.

Fast ein wenig verträumt betrachtete der Alchemist sein Beil, das er noch immer an einer für Gerrick mehr als unangenehmen Stelle positioniert hatte. Die schartige silberne Schneide, die zum Schaft hin in geschwärztes Metall überging, hielt er so dicht an die Beinlinge des Herolds, dass kein Haar mehr dazwischengepasst hätte. »Da fällt mir eine interessante Geschichte ein … wenn sich ein Wikinger-Krieger eine Unterleibsverletzung eingehandelt hatte und man nicht sicher war, wie ernst es um ihn stand, dann hat man ihm einfach Zwiebelsuppe zu essen gegeben. Roch die Wunde dann nach einer gewissen Zeit nach den Zwiebeln aus der Suppe, war die Verletzung so schwer, dass ihm nur noch der Weg nach Walhalla offen stand.« Der Alchemist sah über die Schulter zu Isa. »Weißt du, ob man auf dem Markt irgendwo Zwiebelsuppe kaufen kann?«

Selbst für einen Mann, der mit Quatschen sein Geld verdiente, redete Gerrick erstaunlich schnell. Während er sprach, fixierte er die ganze Zeit über die Axt zwischen seinen Beinen. »Okay, okay, ich sag's euch! Aber ihr müsst mir glauben, Dom war schon tot, als ich ihn gefunden habe.«

Mit einem Ruck zog die grüne Fee die Finger aus den Ohren. Sie hatte so etwas geahnt, aber die Bestätigung wirklich aus Gerricks Mund zu hören, machte das Ganze für sie nicht realer, sondern nur noch unglaublicher. Durch die dünnen Rauchfäden, die durch das Zelt waberten, blickte sie den Herold fuchsteufelswild an.

»Du hast ihn also gefunden und mich danach absichtlich in dieses Zelt geschickt, anstatt selbst die Polizei zu rufen?« Mit verschränkten Armen baute sie sich vor ihm auf. Gerrick sah mit einem Mal so aus, als könnte er sich nicht entscheiden, vor wem er mehr Angst hatte – vor dem Irren mit der Axt oder vor ihr. »Sei so gut und erklär mir das, bitte. Und zwar von Anfang an. Dann bin ich vielleicht gewillt, dem Alchemisten zu sagen, dass er sein Spielzeug weglegen soll.«

Und Gerrick begann wie ein Vögelchen zu singen. Die Ereignisse, die sich in der Nacht von Donnerstag auf Freitag zugetragen hatten, sprudelten nur so aus ihm heraus.

Zunächst war er bei den Pferden auf der Koppel außerhalb des Marktgeländes gewesen, ganz wie Jasper gesagt hatte. Er war dem jungen Siegfried von Xanten eine Weile wegen der Shows und des vermeintlich verletzten Schimmels auf die Nerven gefallen und dann hinüber zur Turnierbahn gegangen, um dort noch einmal nach dem Rechten zu sehen. Einige Knappen, behauptete der Herold, und in seine Stimme kehrte ein wenig von der üblichen Selbstsicherheit zurück, erledigten ihre Arbeiten sehr nachlässig, weshalb er beschlossen hatte, sie regelmäßig zu kontrollieren. Doch als er das rote Zelt in dieser Nacht betreten hatte, stieß er auf eine ganz unerwartete Art von Chaos. Gerricks Gesicht wurde bleich wie ein Leichentuch, als er erzählte, wie sein Blick im Halbdunkel auf eine Gestalt in einem Kapuzenumhang gefallen war, die sich über einen leblosen Körper am Boden beugte. Vor Schreck war er wie gelähmt gewesen; lautlos, ohne zu atmen, hatte er dagestanden und zugesehen, wie die verhüllte Gestalt ihr Opfer über das Gras wälzte und dessen Leib abtastete. Es hatte gedauert, bis ihm aufgefallen war, dass mit dem Körper etwas nicht stimmte. Erst als sein Blick auf das Gerüst mit den Eisenspießen gefallen und ihm klar geworden war, was da im Bereich der Schultern fehlte, hatte er sich wieder bewegen können. In nackter Angst war der Herold aus dem Zelt geflohen.

»Ich wollte Hilfe holen, ehrlich«, beteuerte Gerrick. Er schien das nicht nur Isa und dem Alchemisten, sondern auch sich selbst weismachen zu wollen. Doch allein die Art, wie er sich dabei fahrig mit der Hand die Schweißperlen abwischte, die ihm unter dem Barett hervor über die Stirn liefen, verriet seine Schwäche und seine Lüge. Er hatte sich selbst retten wollen, mehr nicht. Deshalb war ihm die grüne Fee, die kaum eine Minute später die Turnierbahn betrat, wie ein Geschenk des Himmels vorgekommen. Er hatte sie von einer dunklen Ecke hinter einer Brombeerhecke aus beobachtet und sich ängstlich ausgemalt, dass die Polizei es bestimmt nicht gerne hören würde, wenn er ihnen berichtete, dass er den Mörder nicht festgehalten hatte, sondern geflohen war wie ein Karnickel vor dem Fuchs. Ganz zu schweigen von den anderen historischen Darstellern. Sie würden ihn – Gerrick, den großen Herold mit der noch größeren Klappe – auslachen und verhöhnen.

Also hatte er sich entschlossen, stattdessen Isa in die Höhle des Löwen zu schicken. Dass sie auf der Turnierbahn ihr Handy gesucht hatte, war ihm dabei sehr gelegen gekommen. Danach hatte er sich schnellstens wieder verdrückt und war wieder zu Jasper auf die Koppel geeilt. Als das ganze Tohuwabohu losging, hatte er den Überraschten gespielt.

»Als ich dann hörte, dass es Dom war, der da im Zelt lag, wäre ich fast in die Luft gesprungen vor Freude«, sagte der Herold. Als er ihre entsetzten Gesichter sah, korrigierte er sich hastig. »Nein nein, nicht, weil er tot war. Aber Dom und ich hatten uns nur Stunden zuvor gestritten – Isa, du hast gesehen, wie er mich durch das halbe Zelt geworfen hat. Wenn ich die Leiche als Erster gefunden hätte, wäre der Verdacht doch sofort auf mich gefallen.«

»Und da lässt du natürlich lieber mich und Jasper ins offene Messer laufen«, stellte Isa trocken fest. Es zischte leise, als die Räucherkohle in der Schale den Geist aufgab und ein letztes, nach Weihrauch duftendes Wölkchen ausstieß.

Gerrick hielt den Blick gesenkt. Dann aber hob er den Kopf, und aus seinem Mund kamen Worte, wie Isa sie noch nie von ihm vernommen hatte. »Ich habe mich wie ein Riesenarschloch verhalten. Es tut mir leid.«

Sie war baff. Der Alchemist guckte ebenfalls verwirrt aus der Wäsche; langsam nahm er das Beil aus der Gefahrenzone und hielt es der grünen Fee fragend unter die Nase. »Kastrieren wir ihn jetzt nicht?«, fragte er. Es klang ein bisschen enttäuscht.

Isa seufzte und schüttelte den Kopf. »Nein. Heute nicht.«

Kapitel 11

Es gab sicher viele Dinge, die man über Kommissar Winkelmann sagen konnte. Er war freundlich, aber auch hinterhältig und hatte nicht das Geringste übrig für Leute, die ihre Nase in seine Angelegenheiten steckten. Nun offenbarte er allerdings noch eine andere Eigenschaft, während er am »Sau am Spieß«-Stand Roos' pausbäckigen Freund befragte und ab und zu zu Isa hinüberschaute: Wenn er wollte, konnte er derart grimmig aussehen, dass sich selbst Hagen von Tronje ins Kettenhemd gemacht hätte. Jedes Mal, wenn die grüne Fee seinen Blick aus den Augenwinkeln heraus bemerkte, hatte sie unwillkürlich das Bedürfnis, in Deckung zu gehen.

»Da hast du dich ja mal wieder so richtig beliebt gemacht.« Alex grinste breit. Sein Haar hing ihm in feuchten Strähnen bis auf die Schultern. Mittlerweile war es so heiß geworden, dass sich der Pseudo-Schotte von Manus Furis kurzerhand am Wasserspiel des Marktes erfrischt hatte, einer aus Holzleitungen, Becken und Mühlrädern gebastelten kleinen Anlage nahe der Mühle, an der kleine Kinder tobten und Überhitzte sich ein bisschen abkühlen konnten. Nun triefte er förmlich, was ihn aber nicht davon abgehalten hatte, Isa feste zu umarmen.

»Pah. Gegen seinen bösen Blick bin ich gefeit.« Lässig zog die grüne Fee eine verspiegelte Sonnenbrille aus der Tasche und setzte sie sich auf die Nase.

Alex machte ein verdutztes Gesicht. »Hey, das ist meine! Wie hast du –«

»Rache ist süß, mein kleiner Clansman. Das ist dafür, dass meine Bluse jetzt klitschnass ist.« Sie zwinkerte. Dann reichte sie Felix, der auf einem niedrigen Mäuerchen am Nebengebäude der Kriemhildmühle balancierte, das mit einem Haken versehene Ende eines dicken Seils.

Etwa zwanzig Schritte von ihnen entfernt befestigte Jasper gerade das andere Ende am Dach von Walburgas Stand. Während er vor sich hin werkelte, trällerte der junge Ritter fröhlich vor sich hin. Die grüne Fee grinste. Er sang einen alten Klassiker der Mittelalterband Schelmish: »*Man hat uns weggeschlossen ... sie haben es genossen ... Der Wahnsinn lässt uns nicht mehr los: Wir sind auf Freigang ...*«

Vogt, die pferdegesichtige Polizistin, hatte sich zuerst geweigert, den Kommissar bei seinem Verhör zu stören, als Isa mit Gerrick und Felix im Schlepptau die Wache gestürmt und erklärt hatte, dass wichtige neue Informationen vorlägen. Solche, die eine Vernehmung von Jasper Straat absolut unnötig machen würden.

Schließlich war Winkelmann aber doch herausgekommen. Stumm hatte er zugehört, während der Herold seine Geschichte noch einmal herunterleierte. Dabei war sein rundes Gesicht immer länger und länger geworden. Beinahe hätte er seiner Kollegin bei einer Pferdeschau Konkurrenz machen können. Am Ende hatte er ausgesehen, als läge ihm ein saftiges Schimpfwort auf den Lippen. Wütend klatschte er seine Fallakte auf die Rezeption der Wache, sodass alle niederen Dienstränge in der Umgebung zusammenzuckten und schleunigst das Weite suchten.

»Na wunderbar, damit stehen wir wieder ganz am Anfang. Ich habe dem Bürgermeister schon gesagt, dass der Fall so gut wie gelöst ist … der wird mir vielleicht was erzählen.« Er fuhr sich mit der Pranke über die verschwitzte Stirn.

Trotz seiner miesen Laune konnte sich Isa eine Frage nicht verkneifen. »Wieso stehen Sie wieder am Anfang? Immerhin kennen Sie die Tatwaffe, und den Kreis der Verdächtigen haben Sie auch schon deutlich eingegrenzt.«

»Deutlich eingegrenzt?« Er lachte bellend. Mit seinen fleischigen Fingern schnippte er die Fallakte auf, nahm eine auf dem Computer getippte Liste heraus und studierte sie. »Unser Opfer wurde eindeutig mit dem Schwert von Herrn Straat ermordet. Schön und gut, aber so, wie es aussieht, haben die meisten anderen Personen, die Zugang dazu hatten, ein verfluchtes Alibi.« Missmutig funkelte er Isa an. »Sind Sie sicher, dass *Sie* Dominik Schneider nicht getötet haben, Frau Bocholt? Sie scheinen mir ziemlich viel über den Tathergang zu wissen für jemanden, der nur die Leiche gefunden hat.«

Es kam ihr so vor, als würde der Kommissar jedes Mal, wenn sie beide sich trafen, ein bisschen unausstehlicher. Woran das lag, konnte sich Isa beim besten Willen nicht erklären.

Die junge Gauklerin verschränkte die Arme vor der Brust. »Versuchen Sie jetzt bloß nicht, mir die Schuld an Ihrer Lage in die Schuhe zu schieben. Sie wussten von Anfang an, dass der Mörder bei der Enthauptung schlampig gearbeitet hat. Dass Jasper als Schaukämpfer so etwas viel … na ja, sauberer erledigt hätte, daran haben Sie nicht einmal gedacht, als Sie ihn verhaften ließen wie einen gemeinen Verbrecher. Sie wollten bloß eine schnelle Festnahme, und jetzt jammern Sie auch noch herum, weil wir verhindert haben, dass Sie den Falschen anklagen. Dabei haben Sie doch genug Ansätze, um weiterzuermitteln. Dieser Umhang etwa muss vom Mörder absichtlich in Jaspers Wohnwagen deponiert worden sein. Der Killer hat zuerst sein Schwert benutzt und wollte ihm den Mord dann damit endgültig in die Schuhe schieben. Fangen Sie doch an dem Punkt an, Herr Kommissar. Es sei denn, Sie wollen, dass ich das auch noch für Sie erledige.«

Bei diesen Worten war Felix ausgesprochen lebendig geworden, hatte Isa und den verwirrt auf den Flur stolpernden Jasper kurzerhand an den Armen gepackt und aus der Polizeiwache bugsiert. Dabei hatte er etwas vor sich hin gemurmelt, das verdächtig nach »Redet uns noch um Kopf und Kragen« geklungen hatte.

Trotzdem war die Laune der drei ebenso sonnig wie das Wetter gewesen, als sie zum Siegfriedspektakel zurückgekehrt waren. Die grüne Fee hatte danach einen Auftritt auf der kleinen Bühne an der Mühle absolviert, während Jasper von seinen Freunden empfangen worden war wie ein Heimkehrer aus russischer Kriegsgefangenschaft.

Gerrick war erst auf dem Marktplatz eingetroffen, als Isa sich schon auf den Weg zu ihrer Band machen wollte. Er hatte seine Aussage auf der Polizeiwache noch ordnungsgemäß zu Protokoll geben müssen. Sie war stehen geblieben, als sie gesehen hatte, wie er langsam und unsicher auf seine Kollegen zu trottete und einige Meter entfernt von ihnen stehen blieb. Sagi entdeckte ihn als Erster. Er sagte etwas zu Jasper und nickte dann mit dem Kinn in Richtung des Herolds. Der junge Siegfried von Xanten hatte sich daraufhin vom überglücklichen Felix losgemacht. In seinem Blick hatte eine Kälte und Verachtung gelegen, wie Isa sie noch nie zuvor bei ihm gesehen hatte.

»Können … können wir reden?« Gerrick bemühte sich, seine Stimme fest klingen zu lassen, scheiterte aber kläglich.

Seine Wangen und Ohren waren feuerrot. Er sah aus wie eine ungekochte Kalbsroulade mit Hut.

Nach einer ganzen Weile, die die Umstehenden in atemloser Spannung zugebracht hatten, zuckte Jasper schließlich mit den Schultern. Dann verzogen er und der Herold sich an einen Ort, an dem sie sich ungestört anschreien konnten.

Nach dem Konzert von Manus Furis waren die beiden Gruppen – Spielleut und Rittersleut – an der Mühle wieder aufeinandergetroffen. Komplett. Weder Jasper noch Gerrick verloren ein Wort über das, was sie miteinander besprochen hatten, doch als Isa den jungen Siegfried bat, ihr mit ihrem Seil zu helfen, zwinkerte er ihr kurz zu. Sie deutete das als gutes Zeichen.

Die Besucher strömten nicht gerade in Massen über das Gelände, aber dafür, dass ein Mord geschehen war und dreißig Grad im Schatten herrschten, war das Spektakel gut besucht. Einige Leute blieben in der Nähe an den Buden stehen oder setzten sich auf die Wiese, um dabei zuzuschauen, wie Sagi Kevin die Grundlagen des Schwertkampfs beibrachte. Die beiden bewegten sich langsam in einem engen Kreis zwischen dem Vorplatz der Mühle und dem Stand einer Glasermeisterin, die immer wieder ängstlich die Trainingsschwerter aus Holz und dann ihre Waren beäugte.

Isa dagegen betrachtete immer noch nachdenklich den »Sau am Spieß«-Stand. Alex' Sonnenbrille hatte sie bis auf die Nasenspitze rutschen lassen. »Äh, Felix?«, fragte sie über die Schulter. »Wer ist der Verkäufer da neben Kommissar Winkelmann?«

Felix gab dem stählernen Haken, den er für Isa am niedrigen Dach des Mühlengebäudes befestigt hatte, einen spielerischen Klaps und kletterte umständlich wieder von dem Mäuerchen herunter. Dann rückte er seine Brille zurecht und spähte über die Köpfe der vorbeikommenden Besucher. »Das ist Thijs, Thijs de Strycker. Doms bester Freund.« Er räusperte sich. »Na ja, jetzt wohl ehemals bester Freund.«

Das erklärte, warum er so oft präsent war, obwohl er nicht zum Kreis der Ritter gehörte. Etwas anderes fand Isa aber trotzdem merkwürdig. »Heute Morgen hat er versucht, Roos in den Arm zu nehmen, aber sie hat ihn ziemlich deutlich abgewiesen.«

»Ach, das macht sie mit jedem. Roos ist … sagen wir, Gefühle sind nicht so ihr Ding. Vielleicht glaubt sie, anders mit den Männern in ihrem Metier nicht mithalten zu können, obwohl sie so talentiert ist.«

Anstelle von Felix kletterte nun Alex auf die kleine Mauer. Die Muskeln an seinen Oberarmen traten hervor, als er die Hände auf den moosbewachsenen Stein stemmte und sich dann hinsetzte »Wer? Die schöne Aslaug von Dänemark?« Er seufzte. »Die Frau ist der Wahnsinn, von Kopf bis Fuß. Die könnte uns Kerle alle mit verbundenen Augen in die Tasche stecken.«

Spöttisch hob Isa die Augenbrauen. »Hat da jemand sein Herz an eine wilde Amazone verloren?«

»Wohl eher an eine wilde Wikingerin«, korrigierte Felix. »Aslaug von Dänemark ist der Sage nach nicht nur die zweite Frau des Wikingerkönigs Ragnar Lodbrok, sondern auch die Tochter des Drachentöters Sigurd und der nordischen Schildmaid Brynhild.«

»Woher hast du das? Aus der *Edda*?«

»Nö, aus dem Fernsehen. *Vikings*.«

Isa musste lachen, während Alex wohl das Gefühl hatte, sich für seine Aussage verteidigen zu müssen. »Ich sage nur, dass *so* eine Frau sich bestimmt nicht mit *so* einem Typen abgibt.« Er machte eine lapidare Geste in Thijs' Richtung. »Der sieht aus wie ein Hamster mit Affenarmen.« Plötzlich schien ihm das Seil aufzufallen, das Felix und Jasper für Isa gespannt hatten. Fragend deutete er nach oben. »Was soll das hier eigentlich werden, wenn es fertig ist?«

Alex' Frage riss Isa aus ihren Gedankenspielen rund um das Thema Mord und Totschlag. Sie nahm die Sonnenbrille wieder ab, ignorierte Alex' ausgestreckte Hand und ließ die Brille in ihre Umhängetasche gleiten, aus der sie gleichzeitig fünf grüne Filzbälle hervorzauberte. »Das wird ein kleines Experiment. Ich wollte schon seit langer Zeit mal eine Mischung aus Seiltanz und Jonglage versuchen.«

Ihr Bandkollege musterte erst sie und dann das Seil, das auf einer Höhe von etwa zwei Metern über dem Boden angebracht war. »Kommst du da überhaupt rauf?«, fragte er skeptisch.

Statt zu antworten, ließ Isa ihre Tasche fallen und hüpfte einfach an ihm vorbei auf die Mauer. Dann packte sie die Dachkante und zog sich daran hoch. Wie ein kleiner grüner Ninja schwang sie sich hinauf, und als sie sicher stand und die warmen Ziegel unter ihren nackten Füßen sich nicht lockerten, streckte sie Alex die Zunge heraus.

Der hob die Hände. »Ich bin ja schon still.«

Als sie sahen, dass eine Gauklerin auf dem Dach herumturnte, wie die sprichwörtliche Katze auf dem heißen Blechdach, blieben einige Marktbesucher stehen.

Isa atmete tief durch. Dann, ganz langsam, setzte sie einen Fuß auf das Seil und verlagerte ihr Gewicht nach vorne. Der Strick knirschte und einen Augenblick hatte sie Angst, dass Walburgas Stand, an dem das andere Ende hing, der Belastung vielleicht nicht standhalten würde. Doch die Konstruktion hielt. Vorsichtig löste sie den zweiten Fuß vom Dach, den Blick fest nach vorne gerichtet. Ihr Magen zog sich kurz zusammen wie im freien Fall, doch dann hatte sie ihre Balance gefunden und stand mit beiden Beinen auf dem Seil.

Unter den Augen der Zuschauer wanderte Isa langsam bis zur Mitte des Seils. Sie hatte eine Tageszeit gewählt, zu der die Sonne sie auf ihrem Weg nicht blendete, und so konnte sie in Ruhe stehen bleiben und warten, bis die leichten Schwingungen aufhörten. Ihr letztes Mal auf dem Seil war schon eine Weile her, doch ihre Muskeln erinnerten sich schnell wieder daran, was sie tun mussten. Als sie einen kleinen Knicks machte, lachten die Zuschauer, und Alex pfiff laut auf zwei Fingern.

Isa steckte zwei der Jonglierbälle in eine Tasche an ihrem Gürtel. Sie würde mit etwas Einfachem beginnen und sich dann langsam steigern, um ein Gefühl für die Sache zu bekommen. Noch einmal korrigierte sie ihren Schwerpunkt und warf dann den ersten Ball in Richtung Himmel.

»Kriemhilde Isolde Bocholt! Hör sofort mit dem Unsinn auf!«

Der Klang der Stimme traf sie mit der Wucht eines Peitschenschlags.

Als der Ball wieder herunterfiel, griff Isa daneben und verlor das Gleichgewicht. Sie hörte Lena etwas rufen, dann rotierten Himmel und Boden plötzlich umeinander; erst im letzten Moment schaffte es Isa, sich zu orientieren und landete zu ihrer eigenen Überraschung auf den Füßen im Gras. Das Publikum spendete spontan Applaus, und Sagi, der direkt vor ihr stand, hielt sie an den Schultern fest, als sie ein paar ungebremste Ausfallschritte auf ihn zu machte. »Wow, wie eine Katze!«, meinte er beeindruckt. Dann runzelte er die Stirn. »Warte mal. Wie hat die Frau dich eben genannt?«

Isas Puls raste. Mit aller Kraft wünschte sie sich, dass die Stimme, die sie soeben gehört hatte, nur in ihrem Kopf existierte. Dass sie einen Hitzschlag hatte oder der Alchemist doch irgendeine dubiose Substanz in die Limonade gemischt hatte. Hühnermist oder verdorbene Lerchenzungen vielleicht. Doch wenn Sagi die Stimme auch hörte, musste sie real sein. Aber das ist nicht möglich, dachte die grüne Fee. Sie kann nicht hier sein. Niemals.

Obwohl jede einzelne Zelle ihres Körpers sich dagegen sträubte, drehte Isa sich um.

In einer Lücke zwischen den Leuten, die ihren Seiltanz verfolgt hatten, stand eine Frau von Ende zwanzig, Anfang dreißig. Sie war groß und ihr blondes Haar zu einem Pagenschnitt frisiert; die Absätze ihrer biederen Pumps bohrten sich ins trockene Gras. Trotz der Hitze trug sie einen zum Rock passenden grauen Blazer über einer weißen Bluse. Sie hielt die Arme vor der Brust verschränkt, taxierte Isa und machte dabei den Eindruck, als wäre es schon unter ihrer Würde, überhaupt an diesem Ort anwesend zu sein. Alle starrten sie an.

Die Worte platzten aus Isa heraus, noch bevor sie richtig darüber nachdenken konnte. »Was zum Teufel machst *du* denn hier?«

Die Frau rümpfte die Nase, als hätte sie gerade in ein Stück faules Obst gebissen. »Wie ich sehe, machst du dir immer noch nichts aus einer halbwegs adäquaten Ausdrucksweise. Zu deiner Information, in solchen Situationen gebraucht man üblicherweise Floskeln wie ›Guten Tag‹ oder ›Hallo‹. Aber von jemandem, der Seiltänze auf Jahrmärkten aufführt wie ein dressierter Affe, kann ich wahrscheinlich nichts anderes erwarten.«

Keiner der Umstehenden sagte etwas oder bewegte sich auch nur einen Zentimeter vom Fleck. Einige Zuschauer dachten vielleicht, die Nummer gehörte zum Programm. Andere packte wohl spontan die Neugierde; Isa war es egal. Sie starrte ihr Gegenüber immer noch an wie eine Fata Morgana und konnte es ganz einfach nicht glauben. Wollte es nicht glauben.

Erst Lenas Stimme an ihrem Ohr riss sie aus ihrer Schockstarre. »Isa? Wer ist das?«

Die grüne Fee schloss die Augen und atmete tief durch. Wenn das alles wirklich passierte, dann machte es keinen Sinn, irgendetwas zu leugnen. »Diese … *Person,* die sich hier so charmant in Szene setzt, ist Prof. Dr. Brunhild Bocholt. Meine Schwester.«

Kapitel 12

»Okay Leute, die Show ist vorbei! Kommt schon, verschwindet, holt euch einen Met oder so ... lassen Sie mich durch, ich bin Gaukler ...«

Kevin lief herum und versuchte, die umstehenden Marktbesucher davonzuscheuchen. Das war gar nicht so einfach, denn einige schienen ganz versessen darauf zu sein, zu erfahren, wie die Sache zwischen der Spielfrau mit den Dreadlocks und ihrer geschäftsmäßig durchgestylten Schwester, die einander vor der Mühle gegenüberstanden, ausgehen würde. Zwei Edeldamen murrten besonders lautstark und zogen ihren kleinen Handkarren, unter dessen Sonnensegel ein Pekinese hechelte, betont langsam hinter sich her, während sie davonstaksten.

Isa nahm das alles kaum wahr. Sie fühlte sich immer noch wie vor den Kopf gestoßen. Jede andere Person hätte sie auf dem Siegfriedspektakel in Xanten erwartet, selbst den wiederauferstandenen Friedrich Barbarossa. Aber ihre ältere Schwester dort stehen zu sehen, umgeben von Methörnern, Schwertern und Beinlingen – das war zu viel.

Bruni schürzte missbilligend die Lippen und deutete auf Isas Kopf. »Wie ich sehe, hast du immer noch diese unmögliche Frisur.«

»Und du dieses unmögliche Gesicht«, gab Isa automatisch zurück. Der Rhythmus des verbalen Schlagabtauschs mit dieser Frau steckte ihr überraschenderweise noch immer in Fleisch und Blut.

Der grünen Fee kam ein Gedanke, und es fühlte sich an, als würde in ihrem Inneren eine Seifenblase zerplatzen. »Warte. Tristan hat gar nicht versucht, mich zu erreichen, oder? Das warst du.«

»Ich gratuliere dir zu dieser Schlussfolgerung, Kriemhilde. Wirklich sehr schlau. Noch schlauer wäre es allerdings, wenn du ab und zu an dein Telefon gehen würdest. Dann müsste mein Sekretär seine Zeit nicht damit verschwenden, irgendwelche Eventmanager ausfindig zu machen, um herauszufinden, wo du dich gerade mit deiner ...«, sie schien das Wort kaum über ihre Lippen zu bekommen, »deiner *Band* herumtreibst.«

Isa spürte, wie sie rot wurde. »Mein Handy ist verschwunden. Und falls du es vergessen haben solltest: Dem Toleranzedikt von Mailand zufolge darfst du mich nicht mehr so nennen, wie du mich gerade genannt hast, es sei denn, du willst gewaltigen Ärger.«

Bisher hatte Valentin wie alle anderen nur stumm das Geschehen beobachtet. Nun runzelte der Bandleader von Manus Furis unter seinem Barett die Stirn. »Toleranzedikt von Mailand?«, fragte er irritiert. »Momentchen. Wenn mich mein Geschichtswissen nicht täuscht, war das eine Vereinbarung über frei wählbare Religionen, die im vierten Jahrhundert zwischen Ost- und Westrom getroffen wurde, Isa. Also ein paar Jährchen vor deiner Geburt.«

»Das hab ich auch nicht gemeint.« Die grüne Fee verschränkte die Arme und sah ihre Schwester herausfordernd an. »Ich rede von *unserem* Toleranzedikt von Mailand. Erlassen in einem furchtbaren Familienurlaub in Italien, als ich zwölf war und du fünfzehn, Schwesterherz. Vielleicht erinnerst du dich ja nicht mehr an die Bedingungen: Du redest mich nie, nie mehr mit meinem bescheuerten Vornamen an, und dafür verrate ich Vater nicht, was wirklich mit den Zigaretten, der Flasche Strohrum und seiner irrsinnig teuren Faksimile-Ausgabe der Heidelberger Liederhandschrift passiert ist.« Sie grinste. »Ach ja, und ich darf dich ›Bruni‹ nennen. Mein ganzes restliches Leben lang.«

Die kalten grauen Augen ihrer Schwester blitzten. Sicher hatte es schon Massenmörder gegeben, die ihre Opfer freundlicher angesehen hatten, doch daran, wie sie die Lippen zu einem schmalen Strich verzog, erkannte Isa, dass sie gewonnen hatte.

»Dein ganzes restliches Leben, ja?«, fauchte Bruni. »Wenn du so weitermachst wie bisher, dauert das vielleicht nicht mehr lange. Wie ich hörte, ist auf diesem Mittelaltermarkt gestern jemand gestorben.«

Aus den Augenwinkeln bemerkte Isa, wie Felix schockiert die Augen aufriss und Sagi wütend die Hände zu Fäusten ballte. Volltreffer, dachte sie. Ihre Schwester hatte schon immer ein unfehlbares Gespür dafür gehabt, wie sie Menschen am besten verletzen konnte: Sie legte den Finger zielsicher auf deren wunden Punkt, und wenn sie beleidigt war oder ihren Willen haben wollte, zögerte sie nicht, genüsslich darin herumzubohren.

»Stimmt. Aber ich muss dich enttäuschen. Wie du siehst, bin ich es nicht gewesen«, gab Isa zurück.

Sie musste diesen Albtraum so schnell wie möglich beenden. Obwohl Bruni in diesem Augenblick Isas einzige Blutsverwandte unter den Anwesenden war, fühlte sie sich ihren Freunden – ihrer Wahlfamilie – ungleich näher. Alles, was sie mit ihrer Schwester verband, war eine Kindheit, an die sie sich nicht gern zurückerinnerte. »Was willst du hier, Bruni?«, fragte sie. »Weshalb das Missvergnügen, dich an diesem doch eigentlich so schönen Tag zu sehen?«

Ihre Schwester ließ den Blick über die Umstehenden schweifen und musterte sie alle von oben bis unten. »Gibt es hier vielleicht einen Ort, an dem wir ungestört sind?«, fragte sie. »Ich muss mit dir reden. Allein.«

Isa stöhnte innerlich. Ihr kam die Vorstellung, sich glühende Eisen unter die Fingernägel treiben zu lassen, im Vergleich zu einem Vier-Augen-Gespräch mit ihrer Schwester richtig lustig vor. Doch wenn sie nur so zu hören bekam, warum dieses fleischgewordene Grauen aus ihrem Elternhaus überhaupt auf dem Siegfriedspektakel aufgetaucht war, hatte sie keine andere Wahl.

»Da entlang«, knurrte sie und deutete in Richtung des Heerlagers. Bruni drehte sich auf dem Absatz um und stöckelte los. Bevor Isa ihr folgen konnte, packte Alex ihren Arm und hielt sie zurück. »*Das*«, sagte er, und seine Stimme war ganz heiser, »ist deine Schwester?«

»Ja.«

»Ihr beide seid verwandt? So richtig genetisch?«

»Ja. Ich habe es überprüfen lassen.«

»Echt?«

Sie seufzte erneut. »Zweimal.« Dann lief sie Bruni hinterher.

Der Weg über den Marktplatz war Isa noch nie so lang vorgekommen. Als sie endlich vor ihrem kleinen Zelt auf der anderen Seite des Klever Tors standen, bremste Bruni abrupt ab. Mit offenem Mund rückte sie ihre Brille zurecht.

»Das ist nicht dein Ernst, oder? Was soll das sein?«, fragte sie. Geringschätzig hob sie den Querbehang aus grünem und schwarzem Leinenstoff, der die Zeltwand einmal rundherum verzierte, mit spitzen Fingern hoch.

Isa riss ihn ihr aus der Hand. »Das ist ein Zelt, und was du da befummelst, nennt man Schabracke. Eigentlich ganz lustig: Wenn du ins Zelt gehst, habe ich nicht nur eine draußen, sondern auch eine drinnen.«

»Du lieber Himmel. Dieser infantile Humor hat mir wirklich nicht im Geringsten gefehlt.« Sofort fiel Bruni etwas anderes auf, auf das sie sich stürzen konnte. »Und was ist das? Ebenfalls Dekoration?«, fragte sie sarkastisch und deutete auf eine der Metallösen, durch die man eine Schlinge ziehen konnte, um den Zelteingang zu verschließen. Jemand hatte eine einzelne, langstielige rote Rose hindurchgesteckt.

Zum zweiten Mal an diesem Tag verschlug es der grünen Fee die Sprache. Vorsichtig nahm sie die Blume aus der Öse. Sie war frisch. Auf den Blütenblättern schimmerten noch winzige Wassertropfen, die bei der Hitze andernfalls längst verdunstet wären. »Nein«, antwortete sie langsam. »Keine Deko. Vermutlich ein Geschenk von … jemandem.«

Wenn Lennox Blumen an ihrem Zelt hinterließ, musste sie etwas unternehmen. Sicher, er war süß. Aber in einem Punkt hatte Lena recht: Isa hatte nicht vor, sich auf eine längerfristige Sache mit ihm einzulassen. Völlig entnervt setzte sie »Lennox deutlich machen, dass da nichts läuft« auf ihre immer länger werdende To-do-Liste. Gleich hinter »Mord aufklären«, »Pünktlich zum Auftritt erscheinen« und »Schwester erwürgen«.

Bruni war unschlagbar darin, das Leben anderer Leute wie Sodom und Gomorrha aussehen zu lassen. Vielleicht lag es daran, dass sie als Professorin für katholische Theologie arbeitete – oder daran, dass sie selbst frigide wie ein Stück Dörrobst war. »Eines sage ich dir: Wenn du dich hier mit

Hundertschaften dieser falschen Ritter abgibst und dabei ungewollt schwanger wirst …«, begann sie zu nörgeln.

Isa schnitt ihr das Wort ab. »Nenne ich das Kind Jesus oder Lanzelot, versprochen. Auch, wenn es ein Mädchen wird. Das würde dir doch gefallen, oder?« Schwungvoll riss sie den Zelteingang auf. »Kommst du jetzt rein oder nicht?«

Drinnen herrschte noch immer heilloses Durcheinander. Bruni duckte sich durch den Eingang, als könnte sie sich an einem imaginären gefährlichen Balken den Schädel einschlagen, und betrachtete fassungslos das aus Fellen gebaute Bett und den restlichen Kram, der kunterbunt verstreut herumlag. »Meine Schwester, mein eigen Fleisch und Blut, haust in einem Zelt«, murmelte sie theatralisch.

Isa schnitt eine Grimasse. »Ich würde dich ja herumführen, aber die Handwerker bauen im Ostflügel gerade einen neuen Whirlpool ein.« Widerwillig deutete sie auf den Scherenstuhl, der frei war bis auf ein kleines struppiges Kaninchenfell, das als Sitzunterlage diente »Setz dich.« Als Bruni zögerte, fügte sie ärgerlich hinzu: »Das Tier ist tot, es wird dich nicht beißen.«

Nachdem ihre Schwester sich schließlich entschlossen hatte, doch ihren teuren Rock zu riskieren und ihren Hintern auf den Stuhl gepflanzt hatte, verschränkte Isa die Arme. Brunis Auftauchen hatte etwas in ihr losgetreten, das sich gar nicht gut anfühlte. Sie versuchte es zu ignorieren, beiseitezuschieben, und zornig zu werden, half dabei ein bisschen. »Du tauchst unangemeldet hier auf, nachdem du jahrelang kein Wort mit mir gesprochen hast. Dann blamierst du mich vor einem Haufen Leute, beleidigst mich und, noch schlimmer, du beleidigst meine Freunde. Also nenn mir *einen* guten Grund, warum ich dich nicht unter irgendeinem Vorwand von der Security vom Gelände schleifen lassen sollte.«

Bruni verzog keine Miene. Sie saß nur da, mit übereinandergeschlagenen Beinen und im Schoß gefalteten Händen. »Ludwig hatte einen Herzinfarkt«, antwortete sie nüchtern.

Vier kleine Worte. Sie reichten aus, um Isa schon wieder das Gefühl zu geben, jemand hätte ihr eine Ohrfeige verpasst.

Isas Eltern waren Akademiker. Ihre Mutter Barbara hatte einen Lehrstuhl an der Universität Heidelberg; Ludwig Bocholt, ihr Vater, war Professor an derselben Uni. Beide erforschten die Literatur und Kultur des Mittelalters, doch die Liebe zu dieser Epoche war das Einzige, was sie mit ihrer jüngsten Tochter gemeinsam hatten. Während andere Wissenschaftler, die Isa als Kind auf Feiern kennengelernt hatte, freundlich und umgänglich waren und gerne über den Tellerrand ihres eigenen Fachbereichs hinausschauten, erfüllten ihre Eltern ganz und gar das Klischee akademischer Elfenbeinturmbewohner. Sie hatten mit der Realität oder den Gefühlen ihrer eigenen Kinder nie etwas anfangen können. Die grüne Fee erinnerte sich noch daran, wie ihr Vater sie angesehen hatte, als sie nach dem Schulabschluss darum gebeten hatte, nicht auf die Universität gehen zu müssen. Bevor sie ihrem Leben eine Richtung gab, hatte sie reisen, die Welt sehen wollen. Die Vorstellung, eines Tages in den Spiegel zu schauen und zu erkennen, dass sie genauso weltfremd und spießig geworden war wie ihre Eltern, hatte ihr eine Heidenangst gemacht. Deshalb hatte sie versucht, ihren Vater mit allen Mitteln von dieser Idee zu überzeugen, doch er hatte sie nur über seine Hornbrille hinweg angestarrt. Seine Augen waren genauso grau und kalt wie die von Bruni, und Isa hatte damals in ihnen nichts als Enttäuschung gelesen. Danach war es zum Streit gekommen. Eine Tochter, die nicht folgsam in die Fußstapfen ihrer Eltern trat, sondern ihren eigenen Kopf durchsetzen und wie ein dahergelaufener Streuner durch die Lande ziehen wollte, war in den Augen der Bocholts nichts wert. Man hatte Isa nie auf Empfängen vorzeigen oder auf Tagungen über ihre Erfolge reden können; Bruni dagegen hatte sich für so etwas immer bestens geeignet. Ewige Klassenbeste, begabt in klassischer Musik und Sport und stets bereit, alles zu petzen, was ihre missratene kleine Schwester angestellt hatte. Und natürlich hielt sie auch fest an dem bescheuerten »Privileg«, das sich jedes der drei Bocholt-Kinder mit dem Erreichen der Volljährigkeit verdient hatte: Als gleichberechtigte Erwachsene durften sie ihre Eltern beim Vornamen nennen. Isa fand die bloße Idee abscheulich. Schon die altbackenen Anreden »Mutter« und »Vater« klangen hohl und förmlich wie Choräle in einer zugigen Kirche. Die Sache mit den Vornamen aber tilgte noch das letzte bisschen Bindung, das zwischen ihnen und den beiden Personen, die sie großgezogen hatten, überhaupt bestand.

Und nun hatte ihr Vater – Ludwig, der im Glanz der eigenen Sonne badende König – einen Herzinfarkt gehabt. Isa spürte, wie ihr Mund trocken wurde. Sie hatte seit Jahren nicht mit ihm gesprochen, und die letzten Worte, die sie gewechselt hatten, waren voller Zorn gewesen. Nach ihrem Streit hatten er und ihre Mutter sie schließlich aus dem Haus geworfen und ihr gesagt, dass sie erst wiederzukommen brauchte, wenn sie endlich zur Vernunft gekommen war.

Isa wunderte sich, wie heiser ihre Stimme plötzlich klang. »Ein Infarkt? Ist er …?«

Bruni schüttelte den Kopf. »Es geht ihm den Umständen entsprechend gut. Aber offenbar ist ihm durch diesen Vorfall die eigene Sterblichkeit bewusst geworden. Etwas in der Art muss es jedenfalls gewesen sein, denn er will dich sehen.« Sie blickte ihre kleine Schwester über die Gläser ihrer

Brille hinweg an. »Er sagt, es ist Zeit für dich, nach Hause zu kommen.«

Als sie das hörte, befand sich ein kleiner Teil von Isa – der Teil, der sich in all den Jahren nicht verändert hatte – plötzlich nicht mehr in dem kleinen Zelt. Im Geist stand sie wieder in dem Haus ihrer Kindheit, zwischen all den Büsten aus kühlem Marmor und den Büchern, die man nicht anfassen durfte, und wünschte sich mit aller Macht einen Vater, der nicht an seinem Schreibtisch saß und über sie urteilte wie ein Richter über eine Kriminelle. In dieser einen, von Utopie erfüllten Sekunde stand in ihrer Vorstellung ein anderer Mann vor dem Kamin und breitete erfreut die Arme aus, als sie ins Zimmer trat. Der Gedanke war so süß, so voller Sehnsucht, dass er weh tat.

Aber Isa konnte auf mehr als zwanzig Jahre Erfahrung mit ihren Eltern zurückblicken. Einen Moment lang ließ sie zu, dass die Gefühle über sie hereinbrachen. Dann schob sie sie weg und pfefferte das Bild von dem rührseligen Wiedersehen in eine dunkle Ecke ihres Verstandes, wo es in Ruhe verrotten konnte.

Finster blickte sie ihre Schwester an. »Ich soll also nach Hause kommen.«

Es war keine Frage, aber Bruni antwortete trotzdem. Die Gelegenheit, anderen einen Vortrag halten zu können, hatte sie sich schließlich noch nie entgehen lassen. Isa wusste das.

»Ludwig und Barbara sind trotz der Dinge, die damals gesagt wurden, der Ansicht, dass du immer noch zu uns gehörst. Zu deiner Familie. Immerhin hattest du jetzt über vier Jahre Zeit, dir die Hörner abzustoßen. Aber du kannst natürlich nicht ewig so weitermachen, das ist dir sicherlich klar.« Sie stieß ein Schnauben aus, das wohl eigentlich ein Lachen sein sollte. Genauso gut hätte sie mit einem Vorschlaghammer das Zelt und Isas Sachen zu Kleinholz verarbeiten können, um ihrer Verachtung Ausdruck zu verleihen. »Ich meine, ist das alles, was du dir von deinem Leben erträumt hast? Mit diesem impertinenten Haufen von Ort zu Ort zu ziehen und für einen Hungerlohn Musik zu machen?«

Bruni stand auf, strich ihren Rock glatt und tat dann etwas, bei dem Isa beinahe vor Schreck zusammengezuckt wäre. Sie nahm ihre kleine Schwester bei der Hand. »Das ist deine Chance, alles ins Reine zu bringen, Isa«, sagte sie. Bei dem Namen zögerte sie kaum hörbar, redete dann aber umso entschlossener weiter, und versuchte sogar, ihre Stimme gütig und einnehmend klingen zu lassen, was jedoch kläglich misslang. »Sie bieten dir ein Remedium für deine Misere, wenn du so willst. Barbara könnte dir zum Wintersemester einen Studienplatz und eine Anstellung als Hilfskraft an ihrem Institut besorgen. Du brauchst bloß zurückzukommen und dich zu entschuldigen, mehr nicht. Also hör endlich auf, dich wie ein trotziges Kind zu benehmen.«

Sie konnte nicht anders. Zuerst merkte Isa, wie sich ihr Gesicht unwillkürlich zu einem Grinsen verzog. Dann fing sie an schallend zu lachen. Es klang selbst in ihren eigenen Ohren bitter.

Diesmal war es Brunis Miene, die sich verdüsterte. »Ich kann mich nicht daran erinnern, einen Scherz gemacht zu haben.«

Isa wurde wieder ernst und riss ihre Hand mit einem Ruck los. »Du kannst froh sein, dass ich nur lache, Bruni. Die Alternative wäre gewesen, dir eine runterzuhauen. Du, Mutter und Vater, ihr haltet euch wirklich für perfekt, oder? Ihr mit eurer gestelzten Ausdrucksweise, den guten Jobs und den ganzen hilfreichen Kontakten in gehobenen Positionen. Aber ich kann dir sagen, dass du dich in den letzten Jahren nicht so sehr gemacht hast, wie du vielleicht glaubst. Du bist immer noch dieselbe arrogante Zicke, die niemand in der Schule leiden konnte.«

»Herrgott, Isa.« Auf Brunis weißen Wangen breiteten sich hektische rote Flecken aus. »Du lebst wirklich nur in der Vergangenheit. Alle anderen um dich herum sind erwachsen geworden, nur du benimmst dich immer noch wie eine pubertierende Göre. Wenn man dir zuhört, könnte man meinen, du hättest eine schreckliche Kindheit gehabt.«

»Besonders schön war sie nicht.«

»Worüber beklagst du dich? Jeder von uns durfte die besten Schulen besuchen und wurde gefördert, wo immer es ging. Geht es dir etwa um mangelnde Fürsorge? Um Liebe? Natürlich hatten unsere Eltern nicht immer Zeit. Das bringt der Beruf nun einmal mit sich. Aber ich kann dir versichern, dass es Familien gibt, in denen der Vater *nicht* abends am Bett seiner Kinder sitzt und ihnen Geschichten vorliest. Dieses Privileg hast du jedoch genießen dürfen.«

»Du nennst es Förderung, ich nenne es Drill. Es ist ja nicht so, dass wir machen durften, was uns Spaß machte. Außerdem glaube ich nicht, dass viele Väter ihren vierjährigen Töchtern Gutenachtgeschichten auf Latein vorlesen und danach Vokabeln abfragen. Oder sie, wenn sie ein bisschen älter sind, von jetzt auf gleich aus dem Haus werfen, nur weil sie nicht so leben wollen, wie man es ihnen vorschreibt.«

Entnervt rollte Bruni mit den Augen. »Jemand reicht dir die Hand, aber du musst natürlich die Rebellin spielen. Dabei würdest du hier und heute mehr von deinem Stolz bewahren, als wenn du in zwei oder drei Jahren dazu gezwungen bist, bei unseren Eltern zu Kreuze zu kriechen.«

»Keine Sorge, das wird nicht passieren. Da würde ich lieber zum Sterben in die Wälder ziehen oder unter einer Brücke in einem Pappkarton hausen.« Demonstrativ breitete Isa die Arme aus, um alles um sich herum in das, was sie ihrer Schwester entgegenschleuderte, mit einzubeziehen. »Das hier – dieses Zelt, dieser Markt und vor allem diese Leute – das *ist* mein Leben! Und ich bin glücklich damit, auch wenn du das sicher nie verstehen wirst. Egal, was unsere Eltern sagen oder was sie mir vielleicht in ihrer großen Gnade versprechen: Ich verspüre nicht das geringste Bedürfnis, in den Schoß meiner heuchlerischen Familie zurückzukehren. Du kannst Ludwig oder Professor Bocholt oder wie auch immer du ihn nennst, ja ausrichten, dass du es ehrlich versucht hast. Aber bevor ich wieder mit ihm rede, muss *er* erst mal zur Vernunft kommen.«

Einen Atemzug lang war es totenstill im Zelt. Bruni starrte ihre Schwester von oben herab an, als könnte sie nicht fassen, was sie soeben gehört hatte.

Isa fühlte sich furchtbar. Sie hatte es lange Zeit erfolgreich vermieden, an die Probleme zu denken, die sie einst zurückgelassen hatte, aber Bruni prügelte sie ihr verbal wieder ins Gedächtnis. Das konnte und wollte sie nicht zulassen. Die einzige Person, die über ihr Leben bestimmen durfte, war sie selbst. Niemand sonst.

Mit ein paar Schritten war sie am Zelteingang und schlug die Plane zurück. Diese Geste konnte selbst ihre sture Schwester nicht missverstehen.

»Ich werde Ludwig das hier kommunizieren«, fauchte Bruni. Sie machte keinerlei Anstalten, sich von der Stelle zu rühren. »Was du über mich, über ihn und über Barbara gesagt hast – einfach alles. Und falls er deswegen noch einen Infarkt bekommt, ist es deine Schuld.«

Eigentlich bewies dieser neuerliche Schlag unter die Gürtellinie nur, wie verzweifelt Bruni sein musste. Der Druck, das verlorene Schäfchen nach Hause zu holen, war offenbar enorm. Versagen unerwünscht, wie immer. Trotzdem bohrten sich die Worte wie eine Waffe, wie ein Stachel in Isa hinein. Sie wusste, dass sie falsch waren, kam aber einfach nicht gegen das Gefühl an, das sie hinterließen.

»Er kann mir ja Hausarrest verpassen, wenn er will«, antwortete sie. Und merkte überrascht, wie fest ihre Stimme trotz allem klang. Starr wie ein Marmorbildnis verharrte die grüne Fee von Absinth am Eingang und hielt die Plane auf. Draußen auf der Wiese lachten ein paar spielende Kinder. Ein groteskes Geräusch in dieser Situation, in der ihr nur noch eines zu sagen übrig blieb.

»Jetzt verschwinde wieder aus meinem Leben.«

Mit einem letzten, wütenden Blick rauschte ihre Schwester aus dem Zelt.

Kapitel 13

Wenn man gerade von der eigenen Vergangenheit eingeholt worden ist, gibt es verschiedene Möglichkeiten, damit umzugehen. Manche Menschen reden darüber, andere trinken; einige trinken beim Reden. Oder man ignoriert ganz einfach, was passiert ist. Letzteres fällt besonders leicht, wenn man einen ungeklärten Mordfall hat, mit dem man sich ablenken kann.

Von ihrem Zelt aus sah die grüne Fee zu, wie Bruni über die Brücke zwischen den Stadttoren stöckelte. Dabei rannte sie beinahe zwei kleine Mädchen über den Haufen, die über irgendetwas gekichert hatten und nun schleunigst beiseitesprangen.

Isa atmete auf. Sie hielt die Zeltplane weiterhin einen Spaltbreit geöffnet, denn sie brauchte frische Luft. Bruni hatte eine Art an sich, die man nicht so schnell vergessen konnte. Wie eine schwere Grippe oder eine Wurzelbehandlung. Um sich zu beruhigen, konzentrierte Isa sich mit aller Kraft auf ihre Umgebung: die anderen Zelte unter freiem Himmel, die Marktgeräusche, den Duft der Bäume. Den Herold, der rückwärts aus einem blauen Zelt taumelte und sich fluchend die Wange hielt. Gerade eben noch konnte Isa ihre eigene Zeltplane so weit zuziehen, dass Gerrick sie nicht entdeckte, als er keinen Meter entfernt an ihr vorbei Richtung Marktplatz marschierte. Als er am Kochfeuer des Heerlagers vorbeikam, stolperte er über einen der Holzscheite, die dort überall verstreut am Boden lagen, fing sich aber gerade noch ab, bevor er auf die Nase fallen konnte und sein ohnehin nicht allzu hübsches Gesicht noch mehr lädiert wurde. Fuchsteufelswild verpasste er dem Scheit einen Tritt, der das schuldige Stück Holz in einen verwaist vor sich hin blubbernden Eisenkessel mit Suppe beförderte. Mit einem zufriedenen Grunzen drehte Gerrick sich auf dem Absatz um und stapfte weiter.

Erst als er außer Sichtweite war, traute Isa sich aus ihrem Zelt. Das schien wirklich nicht Gerricks Tag zu sein. Die Ohrfeige, die er in dem Zelt kassiert hatte, musste heftig gewesen sein; auf seiner Wange hätte man ein komplettes englisches Frühstück brutzeln können. Über dem Backenbart hatten sich rote Fingerspuren abgezeichnet.

Offenbar war er nach Jasper noch jemandem auf die Füße getreten.

Alle Gedanken an das Gespräch mit ihrer Schwester waren plötzlich wie fortgewischt. Es gab nur eines, was die grüne Fee von Absinth in diesem Augenblick interessierte: Sie musste herausfinden, wem das blaue Zelt gehörte. Ein Blick auf die Spitze des kegelförmigen Daches lieferte die Antwort. Dort oben, befestigt an der hölzernen Mittelstange, hing ein Wimpel aus grauem Stoff, auf dem eine blühende weiße Rose prangte.

Natürlich.

»Das würde ich an deiner Stelle noch mal durchrühren«, sagte Isa im Vorbeigehen zu einer Frau, die gerade ans Kochfeuer getreten war, um nachzusehen, ob die Suppe schon fertig war. »Das Gemüse ist vermutlich noch etwas … holzig.«

Das Innere von Roos' Zelt war hinter einem bemalten Tuch verborgen, das vor dem Eingang hing. Als Isa leise unter das

Vordach trat – eine Stoffbahn, die von zwei Zeltstangen aus poliertem Holz gehalten wurde – konnte sie nicht erkennen, ob jemand zu Hause war. Doch als sie die Ohren spitzte, hörte sie von drinnen Geräusche. Ganz klar, die Kriegerin war im Zelt.

Und sie weinte.

Vorsichtig klopfte Isa mit dem Fingerknöchel gegen eine der Zeltstangen. »Hallo?«

Sofort verstummte das Schluchzen. Eine ganze Weile passierte nichts. Doch gerade als sie zu überlegen begann, ob sie noch einmal rufen oder sich verziehen sollte, raschelte es endlich im Inneren des Zeltes. Dann wurde das Tuch zur Seite gezogen.

Bisher hatte Isa Roos Evers immer nur mit steinerner Miene erlebt. Unnahbar wie die Sphinx und kalt wie der Winter im Norden. Doch als sie die junge Frau in diesem Augenblick sah, erkannte sie sie kaum wieder. Schon am Morgen hatte sie verheult ausgesehen; nun wirkte sie beinahe zerbrechlich. Ihr hellbraunes Haar hatte sie zu einem nachlässigen Zopf geflochten, der ihr seitlich über die Schulter fiel. In der zerknitterten Bluse und den etwas zu kurzen Haremshosen bemerkte man nicht, wie muskulös sie eigentlich war. Die Arme hielt sie schützend vor der Brust verschränkt, während sie Isa musterte. »Was willst du?« Sie versuchte, unfreundlich zu klingen, konnte das leichte Zittern in ihrer Stimme aber nicht ganz verbergen. Dann runzelte sie die Stirn. »Du bist diese Gauklerin, oder?«

Isa erkannte, dass Roos dem verstorbenen Dom in gewisser Weise ähnlich war. Der schwarze Oswald hatte etwas von einem wilden Wolf an sich gehabt; die grüne Fee gestand sich sogar ein, dass diese Eigenschaft sie am meisten an ihm fasziniert hatte. Aber während Dom die direkte Konfrontation gesucht und seine Krallen in alles geschlagen hatte, was ihm in die Quere kam, verhielt sich Roos mehr wie ein Raubtier, das man in die Ecke getrieben hatte. Lauernd, die Chancen abwägend, aber stets bereit, dem Gegner an die Kehle zu springen, wenn sich die Gelegenheit bot.

Hoffentlich hat sie ihr Schwert da drin nicht in Reichweite, dachte Isa.

Mit ihrer üblichen Ermittlungsmethode – den Leuten so lange auf die Nerven zu fallen, bis sie ihr freiwillig sagten, was sie wissen wollte – würde sie bei Aslaug von Dänemark vermutlich nicht weit kommen. Es sei denn, sie wollte sich wie Gerrick eine saftige Ohrfeige fangen. Deshalb beschloss Isa, ein bisschen zu schauspielern. »Genau. Die Gauklerin. Oder einfach Isa, wenn du willst.« Sie versuchte, den Tonfall zu treffen, den Lena anschlug, wenn sie ein heikles Thema ansprach: eine sensible akustische Mischung aus dem Singsang eines Hufschmieds, der ein ausschlagendes Pferd beruhigt, und dem tröstenden Gemurmel eines Wanderpredigers. Nicht gerade einfach, aber dass sich Roos' Gesichtszüge nicht wieder verhärteten, hielt Isa für ein gutes Zeichen. Deshalb sprach sie weiter.

»Entschuldige, wenn ich dich störe. Aber ich habe von meinem Zelt aus zufällig gesehen, wie Gerrick hier herauskam. Er hat geflucht und sah aus, als sei er geschlagen worden – na ja, ich wollte nur wissen, ob bei dir alles in Ordnung ist.« Unauffällig schob sie sich ein wenig weiter unter das Vordach. Dabei ließ sie Roos nicht aus den Augen. »Seit der Sache mit Dom benimmt er sich noch übler als sonst, und wenn er dich belästigt hat und du ihm deswegen eine geklebt hast, kann ich das gut verstehen.«

Isa wollte eigentlich noch etwas hinzufügen, doch schon während der ersten Hälfte ihres Satzes, als Doms Name fiel, schmolz das letzte bisschen Beherrschung in Roos' Gesicht.

Die Kriegerin senkte schnell den Kopf, aber man konnte trotzdem erkennen, dass sie die Tränen nicht zurückhalten konnte. Warum kam Isa das nur so merkwürdig vor? Wie die anderen auch hatte Roos einen Kollegen verloren, vielleicht sogar einen Freund. Dass sie trauerte, war nur natürlich. Aber diese plötzliche, heftige Reaktion von einer Frau, die der Welt sonst nur einen Fingerhut voll Emotionen präsentierte, kam doch ziemlich überraschend.

»Ich komme mit Gerrick schon klar«, antwortete Roos kaum hörbar. Sie hielt den Blick gesenkt, und während sie redete, zwirbelte sie unablässig die Spitze ihres Zopfes zwischen den Fingern. Es wirkte, als sträubte sie sich gegen die Worte, die ihr auf der Zunge lagen, aber dann platzten sie doch aus ihr heraus. »Er ist so ein … Es ist noch nicht einmal vierundzwanzig Stunden her, und schon kommt er und fragt mich, ob ich nicht jemanden wüsste, der zu den Ritterspielen auf Schloss Burg bei uns einspringen könnte. Der Termin sei ja fest gebucht! Es ist widerlich. Er schmollt immer noch, weil wir unsere Turniere nicht abhalten dürfen. Denkt nur an sein Geld und die Engagements, kein bisschen an …« Sie stockte und biss sich auf die Lippe. Ihr ganzer Körper bebte.

Und bei Isa fiel endlich der Groschen. Die Art, wie Roos es vermied, Doms Namen zu erwähnen oder was mit ihm passiert war; ihre Wut auf Gerrick und die zornige Geste, mit der sie Thijs' Hand am Morgen abgewiesen hatte. Isa hatte es seit Doms Tod vor der Nase gehabt, war aber selbst zu voreingenommen gewesen, um die Hinweise richtig zu deuten.

»Du und Dom, wart ihr … ein Paar?«, fragte sie zögerlich.

Als Roos kaum merklich nickte, wäre der grünen Fee vor Überraschung beinahe der Mund aufgeklappt.

Sie dachte an den Moment im Turnierzelt zurück, als die Kriegerin Doms gebrochenes Handgelenk untersucht hatte. Dabei hatte es keine verräterischen Berührungen, keine wirkliche Nähe zwischen den beiden gegeben. Nichts, was darauf hingedeutet hätte, dass Aslaug von Dänemark und der schwarze Oswald von Worms mehr füreinander empfanden als normale Kollegen.

Isa riss sich zusammen. Irgendwie hatte sie es geschafft, eine fragile Verbindung zu dieser Frau herzustellen. Deshalb durfte sie auf keinen Fall einfach so mit dem herausplatzen, was sie dachte, sondern musste sich vorsichtig von einer Information zur nächsten tasten. »Es tut mir so leid. Das muss schrecklich für dich sein.« Im Geiste sah sie Lena, die lobend beide Daumen in die Höhe reckte.

Roos wandte sich ab. Seltsam hölzern in ihren Bewegungen, zog sie einen niedrigen Schemel aus dem Zelt bis kurz vor den Eingang und ließ sich darauf sinken. Ihre kummervolle Miene wurde nun etwas durch das blau gefärbte, einfallende Licht verborgen. Wie bei einer Witwe, die ihre Tränen hinter einem Schleier vor der Welt verbirgt.

Ihr Schweigen deutete Isa als Zeichen, dass sie weiterreden durfte. »Roos, als Dom starb, hatte er etwas bei sich. Ich habe es bei ihm gefunden, kurz nachdem der Mörder verschwunden ist, und ich glaube, dass der Täter danach gesucht hat. Wenn du Doms Freundin warst, dann kanntest du ihn besser als alle anderen und weißt vielleicht, was es damit auf sich hat.« Sie deutete auf ihren Gürtel, an dem ihre eigene lederne Geldkatze hing. »Ein Lederbeutel. Dunkle Farbe, etwa so groß. Darin waren eine kleine zerbrochene Tierfigur aus Rhodonit und ein Schlüssel.«

Durch den Schatten konnte Isa die Regungen auf Roos' Gesicht nicht erkennen. Doch als sie die Gegenstände aus dem Beutel erwähnte, glaubte sie zu sehen, wie sich der Rest ihres Körpers kaum merklich verspannte.

Die Kriegerin wich ihrer Frage aus. »Dieser Kommissar hat so etwas gar nicht erwähnt. Als er mich befragt hat, meine ich.«

»Wann war das?«

»Vor etwa einer halben Stunde.«

Isa zog die Stirn in Falten. Dass Winkelmann nicht versuchte, etwas über den geheimnisvollen Lederbeutel herauszufinden, bedeutete entweder, dass er Isas Fund nicht genug Bedeutung beimaß, um der Sache auf den Grund zu gehen, oder dass er diese Information absichtlich zurückhielt, um einem Verdächtigen später eine Falle stellen zu können. Sie hoffte – wenn auch wenig überzeugt –, dass Letzteres zutraf.

»Aber du weißt, was es mit dem Beutel auf sich hat?«, hakte sie noch einmal nach.

»Das war nichts. Kram, den er manchmal mit sich herumgeschleppt hat. Er hat keine besondere Bedeutung.«

Bevor Isa sich entscheiden konnte, ob sie diese offensichtliche Lüge so im Raum stehen lassen sollte, redete die junge Holländerin weiter. Sie wirkte plötzlich aufgebracht. »Warum interessiert dich das eigentlich? Du kanntest Dom doch überhaupt nicht.«

Ein Königreich für eine gute Antwort, dachte die grüne Fee.

»Wenn ich dir zu nahe getreten bin, tut es mir leid«, wich sie aus. »Als du gesagt hast, dass ihr zusammen wart, ist mir die Sache mit dem Beutel wieder eingefallen. Aber mir ist natürlich klar, dass es für dich besonders schwer –«

»Spar dir dein Mitleid«, antwortete Roos, und etwas von der alten Schärfe kehrte wieder in ihre Stimme zurück. »Ich weiß sehr gut, was alle hier denken. Wir haben unsere Beziehung nicht öffentlich gemacht, weil ich der Meinung war, es würde beruflich zu viele Probleme machen. Als Frau, die lieber Turniere reitet anstatt Wolle zu filzen oder Kleider zu nähen, hat man es auch so schon nicht leicht, selbst wenn man kein Verhältnis mit einem Kollegen hat. Keiner wusste davon.«

»Auch Gerrick nicht?«

»Der vor allem nicht. Wie hätte er auch darauf kommen sollen? Wieso hätte irgendjemand vermuten sollen, dass ein Mann mit so viel Charisma, ein Mann, der ständig herumflirtet, mit einer Frau wie *mir* zusammen ist?« Roos' Gesicht verzerrte sich. Viel zu spät erkannte die grüne Fee, in was für ein Wespennest sie gestochen hatte. Unwillkürlich machte sie einen Schritt zurück. Doch es nützte nichts. Sie hatte das Tier in seiner Ecke zu lange gereizt.

»Ich wette, mit dir hat er auch geflirtet, oder? Ich habe es ihm angesehen, als wir nach seinem Sturz in das Turnierzelt kamen. Wie ihr beide da auf dieser Truhe saßt ...« Da war so viel Frust in Roos' Stimme. So viel angestaute Wut. Sie war eine hochgewachsene Frau, aber als sie im Zorn aufstand, wirkte sie wie eine Titanin.

»Roos, hör zu. Ich wollte mich wirklich nur erkundigen, ob es dir gut geht. Dass du und Dom ein Paar wart, wusste ich nicht«, erklärte Isa bemüht ruhig. Doch sie stieß auf taube Ohren, was im Gespräch mit einer kampferprobten, wütenden Frau nie ein gutes Zeichen ist.

»Deswegen spielst du dich jetzt so auf, als hätte er dir irgendwas bedeutet. Du bist genau wie diese alte blonde Schlampe!«, zischte Roos. »Ständig ist sie um ihn herumscharwenzelt mit ihrem blöden ›Schau mal, ich habe das für dich genäht‹, und hat versucht, ihn ins Bett zu kriegen. Ihr Miststücke seid alle gleich!«

»*Roos!*«

Mit klopfendem Herzen starrte Isa auf den Wikingerdolch, den Roos, scheinbar unbewusst, aus einer Scheide hinten am

Gürtel gezogen hatte. Sie hielt ihn mit der funkelnden Spitze nach unten, wie zum Stich erhoben.

Isa versuchte, ihre Stimme so eindringlich wie möglich klingen zu lassen. »Bitte. Leg den Dolch weg.«

Als hätte sie jemand mit einem Kommandowort aus einer Trance entlassen, blinzelte Roos. Langsam drehte sie den Kopf und starrte auf ihre Hand hinunter. Die Finger umklammerten das mit Leder umwickelte Heft so fest, dass die Knöchel weiß hervortraten. Ein Ruck ging durch den gesamten Körper. Ihre Augen wurden schmal; dann lösten sich ihre Finger langsam von dem Dolch, einer nach dem anderen. Lautlos fiel er zu Boden. Fast ungläubig starrte sie darauf hinab.

Isa sagte kein Wort. Es gab nichts mehr zu sagen.

Kapitel 14

Vor der großen Bühne am Eingang war nicht viel los. Eine andere Spielmannsgruppe hatte ihren Auftritt gerade beendet und das Feld geräumt. Die Leute aus dem Publikum saßen wieder auf den Holzbänken vor der Taverne oder streunten über den Marktplatz.

Ein kurzer Blick zeigte Isa, dass Felix wieder hinter der Theke seines blau-weiß gestreiften Marktstandes saß. Im Augenblick unterhielt er sich mit einem bärtigen Nordmann, der in der einen Hand einen gewaltigen Streithammer und in der anderen eine Leine hielt. Am Ende der Leine hing ein weißer Pudel, den echte Wikinger wahrscheinlich eher gebraten und gegessen, aber nicht als Haustier gehalten hätten. Das toupierte Vieh gebärdete sich wie verrückt und kläffte den irritierten Sandor an, der unter dem Tisch mit den Zeitschriften lag. Immer wieder unterbrach der Wikinger das Gespräch, um entnervt an der Leine zu ziehen und »Wotan! Halt endlich die Klappe!« zu rufen.

Isa stahl sich im Schatten der Taverne und des Handfladen-Ladens an ihnen vorbei. Ihr war nicht danach zumute, Fragen über ihre Schwester zu beantworten. Bis zum nächsten Auftritt von Manus Furis blieb ihr noch eine halbe Stunde Zeit. Die wollte sie nutzen, um die Instrumente und ihr restliches Zeug vorzubereiten. Die Jongliermesser mussten mal wieder geschliffen werden.

Sie konnte sich nicht erinnern, wann sie das letzte Mal pünktlich irgendwo erschienen war – geschweige denn daran, ob sie überhaupt jemals früher vor Ort gewesen war als die anderen aus der Band. Valentin würde sich den Tag vermutlich rot im Kalender anstreichen.

Als sie die Bühne erreichte – immer darauf bedacht, dass Felix sie nicht sehen konnte –, erkannte Isa jedoch, dass ihr jemand einen Strich durch diese Rechnung gemacht hatte. Zu ihrer Überraschung lehnte Alex allein an der Seitenwand der Bühne und rauchte. Einen ledernen Dreispitz unbekannten Ursprungs tief in die Stirn gezogen, blickte er auf, als er sie bemerkte. Isa war sich nicht sicher, ob er nur zufällig dastand oder auf sie gewartet hatte.

»Wo ist denn das blonde Gift geblieben?«, fragte er, während er sich mit einem Ruck von der Wand abstieß und den Hut in den Nacken schob.

Er *hatte* gewartet.

»Mittagessen. Sie hat noch ein paar Hexen im Folterkeller, die wollte sie sich auf dem Scheiterhaufen warm machen.« Unwillig knallte die grüne Fee ihre Umhängetasche ins Gras. Dass der Inhalt dabei unheilvoll klirrte, war ihr egal. »Im Übrigen ziehe ich es vor, den Vorfall von vorhin nicht weiter zu erwähnen.«

»Das kannst du vergessen. Kevin, Valentin und ich hatten schon Wetten abgeschlossen, wer von euch beiden dein Zelt am Ende lebend verlässt.«

»Einer von euch hat gegen mich gewettet? Ich bin enttäuscht.«

»Na ja, das Weib sah echt furchterregend aus.« Alex, sonst ein ganzer Kerl, schüttelte sich voll Unbehagen. »Wie die Mutter Oberin der Klosterschule, auf der ich als Kind war.

Schrecklicher alter Drachen.« Er merkte, dass seine Zigarette bis auf den Filter heruntergebrannt war. Schnell warf er sie auf den Boden, bevor er sich die Finger daran verbrannte, und zündete sich eine neue an. Sein Taschendrachen, ein billiges Kaufhausfeuerzeug, steckte passend zur mittelalterlichen Bezeichnung in einer ledernen Hülle, die aussah wie der mit Stacheln übersäte Schweif eines Drachen.

»Habt ihr wirklich eine Übereinkunft, dass sie dich nicht bei deinem richtigen Vornamen nennen darf?«, bohrte er weiter, paffte und stieß den Qualm durch die Nasenlöcher aus.

Resigniert seufzte Isa. Alex würde nur aufhören zu nerven, wenn sie seine Fragen beantwortete. »Ja, haben wir«, gab sie zu. »Kurz nachdem ich aufs Gymnasium kam, habe ich mir den Spitznamen zugelegt und aufgehört, auf etwas anderes zu reagieren. Das hat das Leben unter gehässigen Pubertierenden erheblich leichter gemacht, glaub mir. Bruni hat versucht, das zu ignorieren, aber am Ende habe ich sie doch drangekriegt.« Bei der Erinnerung an das blöde Gesicht, das ihre fünfzehnjährige Schwester damals gezogen hatte, musste Isa gegen ihren Willen grinsen.

»Und deine Eltern? Wie nennen die dich?«

Sie zuckte mit den Schultern, während sie eines ihrer Jongliermesser mit einem Schleifstein traktierte. Die Klinge war perfekt, aber sie war froh, etwas mit ihren Händen anstellen zu können. »Zuerst haben sie es ganz stoisch weiter mit Kriemhilde versucht. Aber als sie merkten, dass das nicht mehr funktionierte, haben sie sich über die Jahre mit den Anreden ›Du!‹, ›Junge Dame!‹ und – wenn sie miteinander über mich gesprochen haben – ›DEINE Tochter‹ durchgeschlagen.«

Obwohl Alex' Fragen nicht so schlimm waren wie befürchtet, wollte die grüne Fee endlich das Thema wechseln. Ihm entging das nicht. Als sie nicht weitersprach, deutete er auf das Messer in ihrer Hand. Der Schleifstein machte die Schneiden mittlerweile eher wieder stumpf, so oft hatte sie ihn schon darübergestrichen. »Sieht scharf genug aus.«

Sie hob die Augenbrauen. »Das Messer oder ich?«

»Oh, haha.«

Glücklicherweise fiel Isa doch noch etwas ein, womit sie ihn ablenken konnte. »Sag mal, kennst du zufällig eine Frau hier auf dem Markt, die umsonst Gewandung schneidert und das ziemlich offensiv als Masche nutzt, um Kerle aufzureißen? Vage beschrieben als – Zitat – ›alte blonde Schlampe‹?«

Zu ihrer Überraschung fing Alex an schallend zu lachen.

»Was ist?«, fragte sie perplex, weil er sich gar nicht mehr einkriegte.

»Loreley«, japste er. »Die Frau, die du meinst, heißt Loreley. Sie ist quasi der Puma der Mittelalterszene. Hat ihre Schneiderey in diesem Jahr hinten am Ende der Turnierbahn aufgestellt, soweit ich weiß. Nicht, dass ich mich in ihre Nähe wagen würde.«

Das waren ganz ungewohnte Töne von einem Mann, der sonst sämtlichen Röcken nachstieg. Isa runzelte fragend die Stirn, aber Alex, immer noch kichernd, winkte bloß ab. »Wenn du sie siehst, wirst du wissen, was ich meine.« Glucksend nahm er noch einen Zug von seinem Glimmstängel. Dann wurde er plötzlich wieder ernst. Sein Blick glitt nachdenklich in die Ferne, während er einen Rauchkringel blies, der sich über ihren Köpfen auflöste. »Eines frage ich mich aber immer noch. Wie hat deine Schwester dich eigentlich gefunden? Lena sagte eben, ihr hättet seit Jahren keinen Kontakt mehr gehabt. Wusste sie überhaupt, in was für einer Band du spielst?«

Isa ließ sich die Frage auf der Zunge zergehen und merkte gar nicht, wie sie den Schleifstein immer langsamer über die Klinge des Messers gleiten ließ. Bis sie schließlich irgendwann innehielt, weil ihr ein schrecklicher Verdacht kam. »Alex? Kann ich mir mal dein Handy ausleihen?«

»Was? Wieso?«

»Bitte. Es dauert nicht lange.«

Zögerlich holte er sein Telefon aus dem Sporran – der Tasche, die vorne an seinem Kilt hing – und reichte es ihr. Isa drehte sich um und ging ein paar Schritte hinter die Bühne. Angestrengt versuchte sie sich an die Nummer zu erinnern, und tippte ein paar Zahlen ein in der Hoffnung, dass es die richtigen waren.

Wehe, wenn du mich an sie verraten hast, dachte sie, während in der Leitung das Freizeichen ertönte. Dann sind wir geschiedene Leute, mein Lieber.

Nach einer halben Ewigkeit meldete sich schließlich eine müde Männerstimme am anderen Ende. »Bocholt?«

Die grüne Fee hielt sich nicht lang mit einer Begrüßung auf. »Wusstest du, dass sie mich besuchen kommt?«, fragte sie barsch.

Kurz herrschte irritierte Stille. »Isa? Bist du das?«, fragte Tristan Bocholt. Man konnte hören, dass er mit irgendwelchen Papieren raschelte, während er telefonierte. Vermutlich saß ihr Bruder, der zerstreute Herr Professor, am Schreibtisch in seinem Büro und schlug sich mit den unterirdisch schlechten Hausarbeiten angehender Archäologen herum, während er viel lieber in Hemdsärmeln in irgendeinem Erdloch gesessen und Tonscherben ausgebuddelt hätte. Tris war kein besonders guter Lehrer, sondern eher eine Mischung aus Indiana Jones und Foxterrier.

Isa ging nicht auf seine Frage ein. »*Wusstest. Du. Dass. Sie. Mich. Besuchen. Kommt?*«, wiederholte sie und betonte dabei jedes einzelne Wort.

»Ja, wen meinst du denn?«

»Die Päpstin!«

Ihr älterer Bruder hustete überrascht. »Bruni ist bei dir? Wieso in aller Welt denn das?«

Also knallte Isa ihm die ganze Geschichte in wenigen Worten vor die Füße. Sie erzählte ihm von ihrem verschwundenen Telefon, den verpassten Anrufen und Brunis plötzlichem Erscheinen auf dem Siegfriedspektakel. Auch das Gespräch, das sie und ihre Schwester geführt hatten, gab sie wieder, ließ die unschönen Passagen im Detail aber aus.

Als sie fertig war, schwieg Tristan. Vor ihrem inneren Auge sah sie, wie er nachdenklich seine Augen zusammenkniff und dann gedankenverloren an einer Tasse mit schwarzem Tee nippte – ein Getränk, das er bei seinen Ausgrabungen in England lieben gelernt hatte. Ein leises Schlürfen in der Leitung bestätigte ihre Vermutung.

»Isa, hör mir jetzt genau zu.« Seine Stimme klang selbst dann ernst, wenn er gute Laune hatte, wirkte nun aber regelrecht finster. »Ich weiß nicht, was das alles soll, aber was Bruni dir da erzählt hat, ist kompletter Unsinn. Vater hatte überhaupt keinen Herzinfarkt.«

Die grüne Fee presste Alex' Handy fester ans Ohr. »Was?«

»Er ist kerngesund. Und es tut mir leid, dir das so sagen zu müssen, aber er weigert sich immer noch, über dich zu sprechen. Von einem Plan, dich aus irgendwelchen Gründen wieder nach Hause zu holen, war nie die Rede. Andernfalls wüsste ich das und hätte dich vorgewarnt, glaub mir.«

Isa schluckte. Tris war der Einzige in ihrer Familie, der immer fair und ehrlich zu ihr gewesen war. Sie vertraute ihm. »Aber … was zum Teufel macht Bruni dann hier?«, fragte sie.

Am anderen Ende der Leitung klackte es, als Tris seine Tasse abstellte. »Ich habe keine Ahnung, aber wenn sie dir so eine abartige Geschichte auftischt, solltest du vorsichtig sein.

Um eine glückliche Wiedervereinigung der Familie sorgt sie sich nämlich mit Sicherheit nicht.«

Auch Roos Evers telefonierte.

Der Wikingerdolch hatte zuerst unberührt draußen vor dem Zelt im Gras gelegen. Sie hatte ihn nicht aufheben wollen, selbst als die Gauklerin gegangen war. Dass sie dermaßen die Beherrschung verloren hatte, war ein Schock für sie gewesen. Auch Gerrick hatte es zuvor geschafft, sie aus der Fassung zu bringen, dabei war sie an den Mist gewöhnt, den er manchmal von sich gab. Er prallte sonst einfach von ihr ab. Aber seit Dom ... *fort* war, hatte sie sich kaum mehr unter Kontrolle.

Nun hatte sie die Klinge doch in der Hand und saß zusammengesunken auf ihrem Feldbett. Den Zelteingang hatte sie wieder mit dem Tuch verhangen.

Es war so schwer, hinauszugehen. Anderen Menschen zu begegnen, mit ihnen zu reden, ihre Gefühle zu verbergen, das ging über ihre Kräfte. Roos zerbrach förmlich unter dieser Last. Wenn sie an Doms Lachen oder seine Berührungen dachte, schossen ihr die Tränen in die Augen; und es schien ihr absolut unmöglich, einfach weiterzuleben. Ihn so plötzlich und auf so grausame Weise zu verlieren, war schlimmer als jeder Schmerz, den sie sich vorstellen konnte.

Langsam fuhr sie mit der Spitze des Dolches über die nackte Haut an ihrem Arm. Dom hatte sie manchmal so gestreichelt, wenn sie allein waren. Seine rauen Finger hatten verträumte Muster gezeichnet, und wenn sie die Augen schloss, konnte sie ihn immer noch spüren. Die Metallklinge wurde warm, drückte fester gegen das zarte Gewebe. Roos' Kehle schnürte sich zu. Als sie kaum noch Luft bekam, weil ein schwarzer Ozean aus Trauer über ihrem Kopf zusammenschlug, bohrte sie den Dolch in ihre Haut. Kalter physischer Schmerz durchzuckte ihren Körper. Er schärfte ihre Sinne und schob ihre seelischen Qualen beiseite. Durch einen Schleier aus Tränen beobachtete sie, wie ein feines Rinnsal Blut ihren Arm hinunterfloss.

Es war nicht nur Trauer, die sie plagte. Auch Zweifel nagten an ihr. Roos war klug genug, sich einzugestehen, dass sie nie völlig sicher gewesen war, ob Dom sie wirklich liebte. Natürlich war sie erleichtert gewesen, als er sich bereit erklärte, ihre Beziehung wegen der Arbeit geheim zu halten. Aber ein kleiner Teil von ihr hatte sich gewünscht, dass er ihrem Vorschlag widersprach, sie bei der Hand nahm und in aller Öffentlichkeit zugab, dass sie beide zusammengehörten. *Nur* sie beide. Doch stattdessen hatte er die Freiheiten, die ihm seine offizielle Rolle als Single gegeben hatte, in vollen Zügen genossen. Beim Gedanken daran krampfte sich Roos' Herz vor Wut in ihrer Brust zusammen.

Diese zwiespältigen Gefühle hatten sie erst auf die Idee gebracht, über das zu schweigen, was sie wusste. Ihr erster Impuls hatte sie gedrängt, sofort zur Polizei zu gehen, doch dann hatte sie nachgedacht. Gezögert. Über ihr Zögern nachgedacht und sich selbst und ihre Liebe zu Dom infrage gestellt, bis sie fast wahnsinnig geworden war. Doch nun, allein in ihrem Zelt, unnatürlich klar durch den Schmerz, den sie sich selbst zufügte, wusste sie, dass sie sich eigentlich schon längst entschieden hatte. Dem Kommissar und dieser kleinen Schlampe von Spielfrau, mit der Dom sie sicher auch betrogen hatte, würde sie nichts erzählen. Sie verachtete sich für das, was sie tun würde, aber im Gegensatz zu Gerrick ging es ihr nicht darum, sich um jeden Preis zu bereichern. Ihr ging es um Gerechtigkeit. Eine Form von Gerechtigkeit, die ihr auch Dom schuldig geblieben war.

Roos holte ihr Handy hervor, während sie den Saum ihrer Bluse auf die kleine, blutende Wunde presste. Der Stoff unter ihren Fingern wurde feucht.

Dom hatte sich schon seit geraumer Zeit immer weiter von ihr entfernt. Roos hatte es gespürt, aber nie wirklich wahrhaben wollen. Und nun war er fort. Er ließ sie allein zurück, und das war unverzeihlich. Ihr blieb nur eine Möglichkeit, um dem Tod des Mannes, den sie umsonst geliebt hatte, noch etwas Gutes abzugewinnen.

Sie wählte. Irgendwo auf dem Marktplatz klingelte ein Handy. Als sich endlich jemand meldete, holte Roos tief Luft. »Ich weiß, dass du es warst. Du hast ihn ermordet. Und wenn du nicht willst, dass die Polizei davon erfährt, sollten wir uns unterhalten.«

Kapitel 15

In Isas Kopf fuhren die Gedanken Karussell. Nicht das Karussell von der netten Sorte, auf dem man nebenbei Zuckerwatte essen und auf süßen Einhorn-Figuren reiten kann. Vielmehr das Modell, das sich in alle Richtungen gleichzeitig bewegt, eklatante Sicherheitsmängel hat und in dem das Kind mit dem schwachen Magen, das vor der Fahrt Rahmschnitzel mit Pommes gegessen hat, todsicher vor dir sitzt.

Einen Mordfall aufzuklären war eine Sache. Herauszufinden, was die perfekt frisierte Ausgeburt der Hölle, die sich ihre Schwester schimpfte, wirklich in Xanten tat, eine ganz andere. Beides zusammen überforderte die grüne Fee gelinde gesagt. Sie musste unbedingt in Ruhe über alles nachdenken.

Auf der großen Marktbühne spielte eine Mittelalterband namens »Des Teufels Hämatom«. Die drei als Narren verkleideten Jungs waren ganz lustig; sie erzählten kleine Geschichten zwischen ihren Liedern und alberten herum. Dem Publikum, das faul im Gras lag oder weiter vorne tanzte, schien die Vorstellung zu gefallen.

Isa stützte beide Unterarme auf die Mauer der Brücke zwischen dem inneren Stadttor und den Eulentürmen. Eine Weile sah sie den Musikanten bei ihrem Treiben zu. Dann kletterte sie flink auf die Mauer, machte es sich dort im Abschnitt zwischen der Bühne und Felix Marktstand bequem und ließ die Beine herunterbaumeln. Zufrieden holte Isa drei Jonglierbälle aus der Umhängetasche, die sie neben sich auf die Mauer gelegt hatte, und begann, die Bälle in kleinen Kreisbewegungen tanzen zu lassen.

Entschlossen schob sie den Gedanken an Bruni und ihre ominösen Pläne erst einmal beiseite. Viel wichtiger war es, die neuesten Erkenntnisse im Fall Dominik Schneider – oder im Fall des »Henkers von Xanten«, wie der Mörder mittlerweile genannt wurde – auszuwerten. Besonders das, was Roos vor ihrem Zelt getan und gesagt hatte, ging Isa nicht mehr aus dem Kopf.

Eigentlich hatte sie die Reiterin für eine Frau gehalten, an deren Herz man sich emotionalen Gefrierbrand einhandeln konnte. Doch kaum berührte man ihren wunden Punkt, ging sie hoch wie eine Bombe. Und dieser wunde Punkt war Dom. Roos hatte ihn geliebt; der Schmerz und der Kummer in ihrer Stimme waren echt gewesen, da war sich Isa sicher. Ob diese Liebe allerdings so sehr auf Gegenseitigkeit beruht hatte, war eine andere Frage. Offenbar hatte er nicht nur ihr, sondern auch anderen Frauen auf dem Siegfriedspektakel schöne Augen gemacht. Unter anderem der ominösen Loreley, einer Frau, um die sogar Alex MacOneNightstand einen großen Bogen machte.

Die Jonglierbälle wirbelten ein bisschen schneller durch die Luft. Isa fing an, sie über Kreuz in die Höhe zu werfen und die Handflächen dabei mal nach oben, mal nach unten zu drehen.

Verletzter Stolz und unerwiderte Liebe waren solide Mordmotive, überlegte sie. Leute hatten schon aus weniger triftigen Gründen den Kopf verloren. Zwar war Roos eine ebenso geübte Schwertkämpferin wie Jasper, aber unter ihrer eisernen Rüstung und dem ebenso harten Panzer, den sie um ihre Gefühle gelegt hatte, war sie fragil und unberechenbar. Vielleicht, dachte die grüne Fee, hat sie mehrere Anläufe gebraucht, um Dom den Kopf von den Schultern zu schlagen, weil ihre Nerven versagt haben. Die Gauklerin selbst hatte sich bestimmt schon tausendmal vorgestellt, wie es wäre, jemanden zu köpfen: ihre Eltern, ihre Schwester, einige Exfreunde und den besoffenen Arsch, der auf einem Festival vor zwei Jahren in den Backstagebereich gepinkelt hatte. Eine schnelle Handbewegung, ein ordentlicher Schwall Blut, und schon ist es vorbei mit der Nörgelei, dem blöden Geschwafel und dem Gelalle darüber, dass die Toiletten aber schon immer genau an dieser Stelle … oh.

Aber jemanden wirklich auf diese Weise zu ermorden, den Körper des Opfers durch die Klinge hindurch zu spüren und dabei auch noch so gelassen zu bleiben, dass man ihn mit einem einzigen, perfekten Schlag erledigt – dafür muss man zuerst jedes noch so kleine Gefühl in sich selbst töten. Und Roos Evers hatte bewiesen, dass ausgerechnet sie das nicht konnte. Was sie zu Isas Hauptverdächtiger für stümperhafte Enthauptungen machte.

Der kleine imaginäre Schreiber in Isas Kopf nickte, tauchte die Feder ins Tintenfass und schrieb Roos' Namen in fetten roten Majuskeln auf eine Rolle Pergament.

Dann war da noch Loreley. Der – Zitat – »Puma der Mittelalterszene«. Blond, alt – älter als Roos zumindest, die Isa auf Anfang dreißig schätzte – und männermordend. Vielleicht nicht nur im übertragenen, sondern auch im wörtlichen Sinne? Isa konnte nicht umhin, die Dame unbekannterweise ein wenig zu bewundern. Wenn sie es schaffte, Alex dermaßen zu verunsichern, dass er sich nicht einmal in ihre Nähe wagte, obwohl sie einem Ausflug ins Reich der niederen Minne offenbar nicht abgeneigt war, dann musste sie schon eine … besondere Persönlichkeit besitzen.

Der Schlüssel, die zerbrochene Steinfigur – diese Gegenstände konnten auch von Loreley stammen. Wenn sie hinter Dom hergewesen war, konnte sie ihm kleine, ungebetene Geschenke gemacht haben. Einen symbolischen Schlüssel zu ihrem Herzen oder einen sehr konkreten, der zur Tür ihres Wohnmobils passte … und eine hübsche Steinfigur, die Dom, jähzornig, wie er manchmal war, zerbrochen hatte.

Isa musste sich diese Frau unbedingt selbst ansehen. Der innere Schreiber setzte Loreleys Namen direkt unter den von Roos. Daneben schrieb er den Vermerk: »Persönliche Befragung. Dringend!«

Gab es sonst noch vielversprechende Verdächtige? Die grüne Fee überlegte und ließ die Bälle dabei weiter kreisen. Gerrick und Jasper konnte sie als Mörder ausschließen. Und Sagi eigentlich auch. Isa wusste, dass er Dom eher ein Dutzend Pfeile ins Kreuz gejagt hätte, anstatt ihn zu enthaupten. Wenn er es überhaupt fertiggebracht hätte, ihm ein Haar zu krümmen.

Blieb noch Thijs de Strycker, der beste Freund des Opfers. Nachdem Felix ihr verraten hatte, wer er war, hatte Isa einige Erkundigungen über ihn angestellt. Der pausbäckige Verkäufer konnte offenbar für die Tatzeit ein Alibi vorweisen; Sunny, die Besitzerin der »Sau am Spieß«-Bude, bezeugte, dass er bis spät in die Nacht hinein geholfen hatte, den Marktstand zu reinigen und für den nächsten Verkaufstag vorzubereiten. Also schied er aus.

Vielleicht wusste Thijs als Einziger von der Beziehung zwischen Dom und Roos, dachte die grüne Fee. Und der Versuch, die Kämpferin vor dem Turnierzelt in den Arm zu nehmen, war nichts weiter gewesen als seine Bemühung, die Frau zu trösten, die sein bester Freund geliebt hatte. Oder – und die

Möglichkeit gefiel ihr zugegebenermaßen besser, weil sie viel spannender klang – er war seit Langem heimlich verliebt in diese eiskalte, unnahbare Kriegerin. Und nun, wo Dom tot war, bot sich ihm endlich die Gelegenheit, ihr seine wahren Gefühle zu gestehen.

Verdammt. Das klang eigentlich genau wie in den Liebesromanen, die Lena und Walburga so gern lasen und die Isa verabscheute. Vor lauter Schreck über ihren eigenen, kitschigen Gedankengang zuckte die grüne Fee zusammen und ließ dabei einen ihrer Jonglierbälle fallen. Er kullerte ins Gras und blieb dicht neben Felix' Bude liegen. Sofort schob sich eine kleine, flaumige Schnauze um die Ecke des Marktstandes und schnupperte. Gleich darauf hoppelte Sandor der Schreckliche auf den Ball zu.

»Nein, geh da nicht dran –«, Isa hatte den Satz noch nicht vollendet, da biss der kleine Bluthund schon herzhaft in den grünen Filz. Freudig mit dem Schwanz wedelnd schaute er zu ihr hinauf. Isa versuchte, so viel Autorität in ihre Stimme zu legen wie möglich. »Sandor, aus!«

Folgsam ließ er sich ins Gras plumpsen, drehte sich auf den Rücken und kaute genüsslich auf dem Ball herum. Sie seufzte.

»Felix?«, rief sie vorsichtig.

Keine Reaktion. Erst nach dem dritten Mal kam er aus seiner Bude, schaute sich suchend um und entdeckte sie schließlich, als sie sich vernehmlich räusperte.

»Was machst du denn da oben?«, fragte er und rückte seine Brille zurecht.

Isa deutete auf den kleinen Welpen zu seinen Füßen. »Dein Raubtier hat meinen Ball geklaut.«

Er kicherte. Nach ein paar unwirksamen Kommandos schaffte er es schließlich mit einem Hundekuchen, Sandor sein neues Spielzeug wieder abzuluchsen. Skeptisch hielt Felix den Ball in die Höhe. Der grüne Filz war angenagt und völlig von Hundesabber durchweicht. »Willst du den wirklich wiederhaben?«

Sie verzog das Gesicht zu einer Grimasse. »Jetzt, wo du es sagst … auf einen kann ich verzichten.«

Felix gab dem Welpen den Ball zurück, der sich daraufhin schnell im Marktstand verkroch, bevor ihm Herrchen die Beute nochmal abnehmen konnte.

»Wo ist der Wikinger mit dem Pudel hin?«, fragte Isa.

Ihr Freund zuckte mit den Schultern. »Er meinte nur, er müsste nach Hause zu seinem Drachen. Keine Ahnung, ob das ein Witz sein sollte oder zu seiner Rolle gehörte.«

Sie Isa lächelte. Dann klopfte sie einladend neben sich auf die Mauer. »Hast du fünf Minuten Zeit?«

»Klar.« Er drehte sich um und rief in seine Bude: »Sandor, schön aufpassen!« Dann versuchte er etwas unbeholfen, auf die Mauer zu klettern.

»Brauchst du Hilfe?« Isa musste gegen ihren Willen grinsen.

»Nein, nein. Alles gut«, gab er zurück, rutschte kurz ab, schaffte es dann aber doch noch. Er ließ seine Beine ebenfalls die Mauer hinunterbaumeln und atmete tief durch, als hätte er gerade eine Felswand bezwungen. Dann schwieg er. Isa rechnete es ihm hoch an, dass er sie nicht direkt mit Fragen über ihre Schwester löcherte.

Sie erzählte ihm von den Gedanken, die sie sich über den Mord und auch über die Leute gemacht hatte, die ihn möglicherweise verübt hatten. Als sie fertig war, kratzte er sich nachdenklich am Kopf. »Von dieser Loreley habe ich noch nie was gehört. Aber wenn es stimmt, was du sagst, passe ich auch nicht ganz in ihr Beuteschema.«

»Dom dagegen schon. Ich denke, ich werde mich mal bei ihr umsehen.« Treuherzig blickte sie Felix an. »Ich könnte jemanden brauchen, der Loreley währenddessen ein bisschen ablenkt.«

»Was?« Entsetzt schüttelte er den Kopf. »Nein, ohne mich. Frag Alex, der kann so was gut.«

»Würde ich ja«, gab sie zähneknirschend zu. »Aber auch wenn er sonst keine Gelegenheit auslässt, *undercover* zu arbeiten, weigert er sich in diesem Fall hartnäckig, auch nur in die Nähe dieser Frau zu gehen. Irgendwas an ihr ist ihm nicht geheuer.«

»Und das soll mich jetzt beruhigen?«

Isa seufzte. Felix war lieb, lustig und hatte ziemlich viel Ahnung vom Leben und von Menschen, aber abenteuerlustig – nein, das war er nun wirklich nicht. Er erlebte Nervenkitzel lieber von seinem sicheren Sofa aus, am liebsten zusammen mit Jasper, einer Tasse Kakao und einer Kuscheldecke.

»Manchmal muss man sich eben ungewöhnlicher Methoden bedienen, damit die Wahrheit ans Licht kommt«, erklärte sie im Brustton der Überzeugung. »Überleg doch mal: In *Vier Frauen und ein Mord* gibt sich Miss Marple als Schauspielerin aus, um so eine Anstellung bei der Theatertruppe zu finden, zu der auch der Mörder gehört. In *Das Schweigen der Lämmer* muss Clarice Starling mit Hannibal dem Kannibalen zusammenarbeiten, um das entführte Mädchen zu retten. Und wenn Harry, Ron und Hermine den Vielsafttrank nicht gebraut hätten, dann hätten sie nie herausgefunden, dass Draco Malfoy in Wahrheit nicht der Erbe Slytherins war.«

Felix' Augen verengten sich hinter den Brillengläsern zu Schlitzen. »Deine Argumentation ist unfair«, grummelte er. »Zehn Punkte Abzug für Gryffindor.«

»Hey! Wer ist jetzt unfair?«

Beide mussten lachen. Schließlich wurde Felix aber wieder ernst. »Für's Protokoll, Isa: Ich mache das *nur* für Jasper, klar?« Man sah ihm deutlich an, wie wütend er noch immer war. »Jemand hat versucht, ihm einen Mord in die Schuhe zu schieben. Ich will wissen, wer das war. Und dann werde ich der Person …« Er rang nach Worten, unfähig, sich irgendetwas ausreichend Gemeines vorzustellen.

Isa grinste. »Was? In den Hintern treten? Die Schnauze polieren? Zeigen, dass die Wikinger mit dem Begriff ›blutiger Engel‹ keinen abgefahrenen Cocktail gemeint haben?«

Er schüttelte sich und lachte. »Einbrüche in fremde Marktstände, blutrünstige Rachegedanken … schön zu sehen, dass du dich seit unserem letzten Treffen nicht sonderlich geändert hast.«

»Na ja. Man tut, was man kann.« Mit einem schiefen Grinsen schob die grüne Fee sich eine ihrer Dreadlocks hinters Ohr. Ihr fiel ein, dass ihre Schwester ihr ebenfalls gesagt hatte, dass sie sich kein bisschen verändert hatte, was allerdings kein Kompliment gewesen war.

Als Felix schwieg, sprang Isa kurz entschlossen über ihren Schatten. Abgesehen von Lena wusste er von ihren Freunden am meisten über ihre verkorkste Familie, deshalb musste sie angenehm wenig erklären, während sie ihm von ihrem Gespräch mit Bruni und dem Telefonat mit ihrem Bruder Tristan erzählte.

»Und? Ist sie jetzt endgültig weg?«, fragte er, als sie fertig war.

Diesmal war es die grüne Fee, die grimmig vor sich hin starrte. Sie stopfte die beiden verbliebenen Jonglierbälle wieder zurück in ihre Tasche. »Ich hoffe doch nicht.«

Überrascht hob ihr Freund die Augenbrauen. »Wieso? Ich dachte, du willst, dass sie dich in Frieden lässt?«

»Schon, ja. Aber wenn Bruni jetzt verschwindet, finde ich nie heraus, warum sie überhaupt hergekommen ist.«

Das schien ihm einzuleuchten. Trotzdem machte er ein nachdenkliches Gesicht. »Und wenn du ...«, fing er vorsichtig an, »also, wenn ich es richtig verstanden habe, sagte dein Bruder, dass dein Vater dich, also dass du ...«

»Dass er meine Existenz ignoriert?«

Felix machte ein zerknirschtes Gesicht. »Ja. Aber vielleicht könntest du deine Mutter fragen. Eventuell weiß sie, was deine Schwester will, und ist eher bereit, nach all der Zeit ein bisschen einzulenken.«

Die grüne Fee holte tief Luft. »Als ich dreizehn war, habe ich auf dem Heimweg von der Schule eine Straßenkatze aufgelesen. So ein kleines, abgemagertes schwarzes Ding. Ich habe sie heimlich in mein Zimmer geschmuggelt und da drin wieder aufgepäppelt, ohne dass meine Eltern etwas davon merkten. Na ja, jedenfalls so lange, bis meine Mutter eines Tages zu mir sagte: ›Falls du die Katze suchst, spar dir die Mühe.‹«

Empört riss Felix die Augen auf. »Sie hat sie weggegeben?«

»Oh nein, viel besser. Sie hat sie für vierzig Euro ans Tierversuchslabor der Uni verkauft.« Sie sah Felix an. »Du kannst mir also glauben: Meine Mutter ist keine Option. Egal, Bruni wird auch so dran glauben müssen. Ihr Verhalten wäre schon mies gewesen, wenn die Geschichte, die sie mir über unseren Vater aufgetischt hat, wahr wäre. Dank Tris weiß ich aber, dass sie das nicht ist. Sie ist wegen irgendetwas anderem hier, und sie wird so lange nicht weggehen, bis sie ihren Willen bekommen hat. Wahrscheinlich hockt sie gerade in ihrem piekfeinen Hotelzimmer, leckt ihre Wunden und denkt sich einen neuen Plan aus. Dann taucht sie auf, wenn ich es am wenigsten erwarte, um mich auf dem falschen Fuß zu erwischen. Aber diesmal bin ich ihr einen Schritt voraus.«

Kapitel 16

Als sich die grüne Fee und Felix auf den Weg zur Schneiderey der ominösen Loreley machten, geschahen zwei Dinge.

Zum einen wurde Isa durch eine SMS von Lena daran erinnert, dass die Band am Abend in den Geburtstag von Kevin hineinfeiern wollte. Zum anderen entdeckte die junge Gauklerin Jensen, den Polizisten mit dem lieblichen Gemüt, erneut auf dem Mittelaltermarkt. Diesmal hatte sie allerdings keinen Grund, sich über ihn zu ärgern, sondern wäre beinahe in schallendes Gelächter ausgebrochen. Der Bulle stand noch immer als Wache vor dem roten Zelt auf der Turnierbahn. Aber offenbar hatte er seine Uniform und seine coole Fliegersonnenbrille auf Befehl einer ranghöheren Instanz gegen mittelalterliche Gewandung tauschen müssen, damit er besser ins Ambiente passte. Sein hochrotes, wütendes Gesicht und die bläuliche, pulsierende Ader an seinem Hals bissen sich herrlich mit dem schwarz und purpur gefärbten Mi-Parti-Wams und den farblich ebenso geteilten Beinlingen, die so eng saßen, dass er immer wieder klammheimlich am Schritt zupfte. Seine Polizei-Ausrüstung hatte er sich an einen Ledergürtel geschnallt.

Vor dem Zelt herrschte reger Betrieb. Jasper, in voller Rüstung, hielt seinen Schimmel an den Zügeln. Als er Isa und

Felix entdeckte, kam er ein paar Schritte auf sie zu. »Der Bürgermeister hat mit dem Kommissar gesprochen und durchgesetzt, dass wir wieder Turniere abhalten dürfen. Natürlich nur mit einem Babysitter«, fügte er spöttisch hinzu und nickte in Jensens Richtung. Wenn der gehört hatte, dass über ihn gesprochen wurde, dann ließ er es sich zumindest nicht anmerken. Der Superbulle starrte weiter stur geradeaus. Nur seine Ader pulsierte ein kleines bisschen schneller.

Fast am Ende der Turnierbahn fanden Isa und Felix schließlich, was sie suchten. Im Schatten eines weit ausladenden Baumes stand Loreleys Schneiderey. Man konnte sie gar nicht übersehen; vor dem eigentlichen Marktstand waren ein halbes Dutzend Mannequins aus Holz und Stroh auf der Wiese verteilt. Sie trugen wunderschöne Kleider aus Leinen und Samt, deren breite Trompetenärmel mit Stickereien verziert waren, komplett in Weiß gehaltene Gewandung für den Recken und andere Kleidungsstücke wie Filzgugel oder Westen. Unter dem Vordach der Schneiderey standen ein hölzernes Spinnrad, ein großer, angelaufener Spiegel und außerdem die Besitzerin. Sie war unschwer zu erkennen an ihrem langen blonden Haar, das ihr bis über den Hintern reichte und das sie offen trug wie ihr sagenumwobenes Vorbild. Isa bezweifelte allerdings, dass die Loreley vom Rhein auch so einen deutlichen dunklen Ansatz am Scheitel gehabt hatte.

Die Schneiderin trug ein selbst gemachtes Kleid und eine passende Korsage. Beides stand ihr gut, obwohl sie für Korsagen eigentlich ein bisschen zu dürre war. Vom Alter her schätzte die grüne Fee sie auf Mitte, Ende fünfzig. Eigentlich war sie eine schöne Frau, doch ihr Gesicht wirkte irgendwie verbraucht. Nicht wettergegerbt wie das von Walburga, sondern wie eine mit viel zu viel Make-up ausgebesserte alte

Landstraße. Gerade bediente sie zwei Kunden. Es war ausgerechnet das junge Pärchen, das am Tag zuvor bei Walburga einen Blumenkranz gekauft hatte. Loreley schien nur Augen für den jungen Mann zu haben. Das Mädchen bedachte sie nur hin und wieder mit einem knappen Kommentar zu dem Schnürkleid, das es sich ausgesucht hatte. Für den Recken mit dem flaumig-weichen Bart dagegen fischte sie eigenhändig eine bestickte Tunika von einer dicht an dicht behängten Kleiderstange und dirigierte ihn vor den Spiegel, um ihm die Vorteile des Oberteils zu zeigen. Dicht, ganz dicht stellte sie sich hinter ihn und hielt ihm die Tunika vor die Brust. Dabei strich sie hier und da den Stoff glatt und redete unablässig auf ihn ein. Seine Freundin hielt das braun-weiße Schnürkleid in der Hand und beobachtete empört, was geschah, war aber zu unsicher, um etwas zu sagen. Auch der Junge schien sich nicht besonders wohl in seiner Haut zu fühlen. Mehrmals machte er eine ablehnende Geste, so als wollte er sich aus der Sache mit der Tunika herauskomplimentieren, aber Loreley ließ jedes Mal nur ein glockenhelles, sirenenartiges Lachen ertönen und wuselte weiter hüftenschwenkend um ihn herum.

Isa musste zugeben, dass die Schneiderin sie faszinierte. Das Wort »hüftenschwenkend« hatte sie zuvor nur in Lenas historischen Schnulzen gelesen, hätte aber nie gedacht, dass sie es mal im richtigen Leben gebrauchen würde, um das Verhalten einer Frau zu beschreiben.

Felix betrachtete die Szene ebenfalls. »Hm.« Wie immer versuchte er, diplomatisch zu sein. »Also, so schlimm, wie Roos sie beschrieben hat, ist sie doch gar nicht.«

Als die grüne Fee nur spöttisch die Augenbrauen hob, druckste er ein wenig herum. »Na ja, von wegen alt. Sie hat sich doch gut gehalten.«

»Was für ein Kompliment. Das klingt, als wäre sie eine Dose Champignons.«

Gerade hing Loreley bis zur Hüfte in einer Truhe, um ein neues Kleidungsstück für ihr junges Opfer herauszusuchen. Das Mädchen ergriff die Gelegenheit beim Schopf. Schnell packte sie ihren Freund, der sich völlig überfordert erst einmal sein Hemd wieder anziehen musste, beim Arm und zerrte ihn davon.

Als Felix nervös seine Brille zurechtrückte, drückte Isa aufmunternd seine Hand. »Pass auf, das wird ein Riesenspaß.«

Er rollte mit den Augen. »Das Schlimme ist, dass du das wahrscheinlich wirklich spaßig findest.« Mit einem Ruck straffte er seine mageren Schultern. Dann folgte er der grünen Fee mit der Entschlossenheit eines Kriegers, der in den sicheren Tod geht, zu der Schneiderey. Isa spürte, wie ihr Herz vor Aufregung schneller schlug, denn Loreley schluckte den Köder wie ein verhungerter Karpfen. Als sie unter das Vordach traten, brauchte Felix nur vage auf eine Kleiderstange mit Tuniken und Umhängen zu deuten, und schon legte sich die Schneiderin mächtig ins Zeug. Sie klimperte mit den Wimpern – schon wieder etwas, von dem Isa gedacht hätte, dass nur verzweifelte Hübschlerinnen aus Kitschromanen es taten – und nahm ihn wie beiläufig am Arm, um ihm eine sandfarbene Kurztunika zu zeigen. Dabei schüttelte sie immer wieder ihre wallende blonde Mähne. Das Ganze wirkte wie ein schlechter Werbespot für Shampoo: Xanten. Mittelalter. Die Frisur hält.

Die grüne Fee ignorierte Loreley völlig. Was der allerdings nur recht war. Unauffällig sah Isa sich um. Von Felix und Loreley trennte sie nur eine Kleiderstange mit Gewandung, die von der Breite her das gesamte Zelt ausfüllte. Bruchstückhaft und gedämpft wehten ihre Worte gerade durch die Schichten aus Leinen, Wolle und Samt: »... ganz feinen Tannennadel-Schnaps, den habe ich selbst gemacht im Winter ... kleines Hobby von mir ... nicht doch ein Schlückchen?«

Isa hörte, wie Felix eine nervöse Erwiderung stammelte. Durch die Lücken zwischen den Blusen, Hemden und Tuniken konnte sie erkennen, dass er immer wieder über Loreleys Schulter zu ihr hinüberstarrte. Leise begann Isa, die Kleider auf der Stange näher in Augenschein zu nehmen. Vorsichtig schob sie sie hier und da ein wenig auseinander, doch unter den Umhängen war keiner, der so aussah wie das blutige Exemplar aus Jaspers Wohnwagen. Die grüne Fee unterdrückte ein Seufzen, doch allzu überrascht war sie nicht. Es wäre auch zu schön gewesen, wenn Loreley als Täterin so einen überdeutlichen Beweis hinterlassen hätte.

Langsam ließ Isa den Blick umherschweifen. Plötzlich stockte sie. Halb verborgen hinter dem wallenden Rock eines Mannequins stand eine Truhe. Sie war klein und aus Holz, aber an den Ecken und Rändern mit Eisen beschlagen. Ein beeindruckendes Vorhängeschloss sicherte die Öffnung. Weil Isa Dreadlocks trug, brauchte sie die Dinger eigentlich nicht, doch seit sie im Dezember bei ihrer ersten Mordermittlung ins Wohnmobil eines Toten eingebrochen war, trug sie immer ein paar Haarnadeln bei sich. Die waren wesentlich nützlicher als die mittelalterlichen Einbrecher-Sets für LARPer mit ihren dekorativen, aber unpraktischen Lupen, Sägen und Hämmerchen. Mit flinken Fingern bog Isa eine der Nadeln zurecht und schob sie vorsichtig in das Vorhängeschloss. Nach nicht einmal fünfzehn Sekunden ertönte ein Klicken.

Am liebsten hätte sie laut gejubelt. Vorsichtig sah die grüne Fee noch einmal über die Schulter, die Schneiderin war wohl noch immer mit Felix beschäftigt. Also hob sie den hölzernen Deckel der Truhe an. Und hätte ihn vor Schreck beinahe wieder fallen gelassen, als die Stimme von Kommissar Winkelmann durch den Marktstand dröhnte. »Schönen guten Tag, Herr Falk.«

Verdammt. Was machte der Kommissar bei Loreley? Wusste er, dass sie versucht hatte, mit Dom anzubandeln? Isa konnte sich keine andere Erklärung vorstellen.

Vermutlich wäre es klüger gewesen, in diesem Moment das Weite zu suchen. Isa konnte die Erschütterung förmlich spüren, die von Winkelmann ausging, als er in die Schneiderey hineinstampfte. Selbst Hannibals Elefanten waren vermutlich leiser aufgetreten, doch wenn sie jetzt nicht in die Truhe sah, war die ganze Aktion umsonst gewesen. Isa schwitzte, aber nicht mehr nur wegen der Hitze. Trotzdem klappte sie entschlossen die Truhe auf. Hastig durchwühlte sie den Inhalt. Die Geldkassette aus Blech ließ sie unberührt. Das Klimpern der Münzen würde sie nur verraten. Auf der Kassette lag ein kleiner Ball aus grauem Fell mit einem Metallring, an dem verschiedene Schlüssel hingen. Keiner von ihnen sah dem, der in Doms Beutel gesteckt hatte, auch nur entfernt ähnlich. Keine Briefchen, kein zweites blutiges Kleidungsstück, keine Replik der zerbrochenen Steinfigur. Nur ein paar Wertsachen, Schmuck und eine muffige Packung mit Teebeuteln, die schwach nach Pfefferminze roch. Isa dachte nicht lange darüber nach, denn dazu fehlte ihr die Zeit. Es konnte sich nur noch um Sekunden handeln, bis der Kommissar seinen Kürbiskopf durch die Reihen von Gewandung schob und sie entdeckte. Gerade als sie versuchte sich zu entscheiden, ob sie direkt abhauen oder sich nicht doch vergewissern sollte, dass sie nichts übersehen hatte, wehten Gesprächsfetzen zu ihr herüber.

»... zu Ohren gekommen, dass Sie kürzlich Kontakt zu Dominik Schneider hatten, Frau ... Knödler, richtig? Uschi Knödler?«

Wenn die junge Gauklerin nicht selbst mit einem ungeliebten Namen gestraft gewesen wäre, hätte sie vermutlich laut gelacht. Uschi Knödler – kein Wunder, dass sich die Schneiderin lieber Loreley nannte. Isa sah förmlich vor sich, wie sie wieder ihre blonde Mähne zurückwarf, als sie ihre Antwort flötete: »Nennen Sie mich Loreley, Herr Kommissar. Das machen alle hier. Mit wem, sagten Sie, soll ich Kontakt gehabt haben?«

»Mit dem Mann, der gestern nicht weit von hier ermordet wurde.«

»Oh! Mit dem? Also … daran kann ich mich gar nicht erinnern.«

Bei diesen Worten verharrte Isa mitten in der Bewegung. Neugierig spitzte sie die Ohren.

Winkelmann ließ sich davon, dass die Schneiderin leugnete, nicht aus der Ruhe bringen. Wenn er wollte, hatte der Mann das Gemüt eines Fleischerhundes. »Seltsam.« Irgendetwas raschelte. Vermutlich Papier. »Ich habe hier die Aussage eines Herrn, der neben Ihrem Marktstand das … Edelstein-Glücksrad unterhält. Er behauptet, Donnerstagmorgen gesehen zu haben, wie Sie und Herr Schneider hier miteinander geredet haben. Es sah wohl so aus, als hätten Sie versucht, ihm Avancen zu machen, Frau Knödler.«

»Loreley, bitte.«

»Entschuldigung. Sie haben ihm Avancen gemacht, aber er hat Sie recht deutlich abgewiesen, nicht wahr?«

Wenn der Kommissar seine Informationen vom Budenbetreiber nebenan bezog, dann wusste er nichts von Roos und ihrer Beziehung mit Dom. Isa biss sich auf die Unterlippe, während sie versuchte, mehr von dem zu hören, was vorne gesprochen wurde.

Loreley ging nun in die Defensive. »Na schön, vielleicht hab ich ein bisschen mit ihm geflirtet. Ist doch kein Verbrechen!

Aber der Kerl ist sofort laut geworden, dieser Choleriker. Hat mir meinen Wappenrock, den ich ihm extra anpassen wollte, vor die Füße geschmissen, können Sie sich das vorstellen?«

»Ich kann mir vorstellen, dass Sie das ziemlich wütend gemacht hat.«

Während sie zuhörte, schob sich Isa ganz dicht an die Kleiderstange mit Gewandung heran. Auf keinen Fall durfte sie etwas von diesem Gespräch verpassen.

Diesmal war das Lachen der Schneiderin nicht ganz so schrill. Es klang eher gekünstelt und schoss um ein paar Oktaven übers Ziel hinaus. Loreley war nicht dumm. Sie verstand sehr gut, worauf der Kommissar hinauswollte. »Wollen Sie mir etwa unterstellen, ich hätte den armen Mann umgebracht, nur weil er mich abblitzen ließ?« Sie machte ein Geräusch mit der Zunge, irgendwo angesiedelt zwischen Schnalzen und Seufzen. »Ich bitte Sie, für solche Kindereien bin ich zu alt. Wenn ich jeden launischen, unverschämten Kerl in meinem Leben einen Kopf kürzer gemacht hätte, dann würden Sie jetzt vor der meistgesuchten Mörderin des Landes stehen, Herr Kommissar. Vor einer echten schwarzen Witwe.« Plötzlich klang sie wieder kokett, als sie hinzufügte: »Finden Sie, Gefängniskleidung würde mir stehen?«

Durch eine winzig kleine Lücke zwischen zwei Ritterhemden konnte Isa vergnügt sehen, wie Winkelmann kurz überrumpelt die Augenbrauen hob. Er fing sich jedoch schnell wieder. »Können Sie mir sagen, wo Sie gestern Nacht waren?«, konterte er sachlich.

Zu Isas Überraschung bejahte Loreley. Als der Kommissar nachhakte, wurde sie allerdings kryptisch: »Eine Lady genießt und schweigt.«

»Aha. Es wäre aber besser für Sie, wenn Sie mir den Namen des Mannes geben würden, mit dem Sie zusammen waren.

Ihrer Formulierung nach gehe ich doch stark davon aus, dass Sie die Nacht bei einem Mann verbracht haben?«

»Ja, das habe ich. Und das geht nur mich und den roten Drachen etwas an, Polizei hin oder her.«

Diese Antwort schien Winkelmann zu ärgern. Sie sagte ihm nicht das Geringste, aber in Isas Kopf schlugen Loreleys Worte wie Feuersteine aufeinander und erzeugten einen Funken der Erkenntnis. Der rote Drache … natürlich.

Kapitel 17

SAMSTAG
Noch zweiundzwanzig Stunden bis zum Tod.

Es war schon spät in der Nacht. Die Glocken des Xantener Doms hatten vor nicht allzu langer Zeit zwei Uhr geschlagen. Trotzdem hörte irgendein Bekloppter, der vermutlich bald von seinem müden Marktstand-Nachbarn eins über die Rübe kriegen würde, nicht weit entfernt in seinem Zelt noch Metal. Das dumpfe Wummern und das Gebrüll des Sängers drangen bis hinüber ins Heerlager.

Isa lag in ihrem Bett. Sie hatte die Arme hinter dem Kopf verschränkt und starrte an die Decke des Zelts. Die Welt schien sich in der Dunkelheit noch immer ein bisschen zu drehen – irritierend, aber nicht so, dass ihr davon schlecht geworden wäre. Im Gegenteil, ihre Glieder fühlten sich angenehm schwer an von dem ganzen Met, der auf Kevins kleiner Geburtstagsfeier geflossen war. Trotz des feinen Nebelschleiers, der sich langsam zwischen ihren Gedanken verfing, ging sie im Geiste nochmals die Dinge durch, die sie an diesem Tag herausgefunden hatte. Eine gute Detektivin schläft schließlich nie. Oder ist zumindest in der Lage, auch nach einer erklecklichen Menge Rosenmet und Kirschbier zu ermitteln.

Nach dem kleinen Abenteuer in Loreleys Schneiderey hatte die grüne Fee ihren Freund Felix mit in die Xantener Innenstadt geschleppt.

Normalerweise brauchte es einen *Herr der Ringe*-Marathon und ein gutes Glas Honigwhisky, um ihn zu beruhigen, wenn er so aufgeregt war wie nach dieser Aktion, doch da Isa beides nicht zur Hand hatte, tat es auch ein riesiger Schoko-Minz-Eisbecher vom *Café Teatro.*

Mit ihren unmittelalterlichen Kalorienbomben waren Isa und Felix dann über den gepflasterten Marktplatz zurück Richtung Spektakel marschiert, vorbei am *Stadtcafé,* auf dessen Fassade der Moment abgebildet war, in dem Hagen von Tronje den ahnungslosen Siegfried beim Trinken an einer Quelle hinterrücks mit dem Speer ermordet.

In der Kurfürstenstraße blieb sie vor dem Schaufenster des SiegfriedMuseums stehen, und nach einer kurzen Beratung mit Felix kaufte sie dort ein Geburtstagsgeschenk für Kevin, einen Beutel mit fair gehandeltem Xantener Kaffee sowie eine Flasche Mulsum, einen römischen Gewürzwein. Kevin liebte solche Sachen.

»Eins verstehe ich immer noch nicht.« Felix knabberte versonnen an einer mit Schokosauce gesprenkelten Eiswaffel, während er danach neben ihr die Klever Straße hinunter aufs innere Stadttor zu schlenderte. »Wieso noch mal ist Loreley unschuldig? Du hast doch bei ihren Sachen nichts gefunden.«

»Genau.«

»Aber das beweist doch nichts!«

Isa wischte den Einwand mit einer lässigen Bewegung beiseite. Dabei hätte sie einer älteren Dame, die mit dem Rücken zu ihnen an einem Tisch vor dem Restaurant *Petersilchen* saß, beinahe einen Löffel voll Minzeis in die silberne Dauerwelle geschleudert. »Es gab nichts in dem Zelt, was sie belastete. Das war schon mal ein guter Anfang. Den endgültigen Beweis für ihre Unschuld hat sie mir dann selbst mit ihrem Alibi geliefert.«

»Aber du sagtest, sie wollte dem Kommissar nicht verraten, mit wem sie die Nacht verbracht hat. Wie kannst du dann sicher sein, dass sie nicht lügt?«

Die beiden hatten das innere Stadttor passiert und standen auf der kleinen Brücke. Felix wollte weitergehen, aber Isa hielt ihn am Ärmel fest und zog ihn zu sich an die Mauer, von der aus man den vorderen Teil des Siegfriedspektakels überblicken konnte. Sie grinste, denn dass sich Loreley dem Kommissar gegenüber so vage ausgedrückt hatte, war ein Riesenglück gewesen. »Weil ich ganz genau weiß, wen sie meinte. Und du auch.« Mit ausgestrecktem Eislöffel deutete die grüne Fee zwischen den Buden und Tavernen hindurch auf einen Punkt nahe der Kriemhildmühle. »Loreley sagte, diese besagte Nacht würde nur sie und den roten Drachen etwas angehen. Klingelt's da bei dir?«

Felix kniff die Augen zusammen. »Hmm ... Hannibal Lecter? Daenerys Targaryen?«

Sie kicherte. »Quatsch. Denk noch mal nach: Wer ist jedes Jahr in Xanten mit dabei und trägt tagein, tagaus dasselbe billige Hemd mit einem riesigen roten Drachen drauf?«

Endlich fiel es ihm ein, als ihm klar wurde, auf was sie da zeigte – auf den einzig sichtbaren Zipfel des Marktstandes, an dem Lennox seine LARP-Waffen verkaufte. Und zwar nicht alleine, sondern mit ...

»Kris!«, entfuhr es Felix überrascht.

Zufrieden nickte Isa. Zur Belohnung steckte sie ihm ihre Eiswaffel in den halb leeren Becher. »Genau. Kris, die blonde Laberbacke. Und wie du weißt, kann der – im Gegensatz zu Loreley, die lieber schweigen möchte – seine Klappe nicht halten. Ich habe vorhin kurz mit ihm gesprochen. Na ja, so kurz, wie es mit Kris eben geht. Er hat bestätigt, dass er und die Schneiderin die ganze Nacht zusammen waren.«

Der Besuch beim LARP-Stand war für Isa gleich doppelt erfolgreich gewesen. Zum einen hatte Kris direkt und ohne jede Hemmung zugegeben, dass er mit Loreley das Bett geteilt hatte. Damit war ihr Alibi bestätigt, und Isas mentaler Schreiberling konnte Loreleys Namen von seiner Liste streichen. Zum anderen hatte Lennox zwar freundlich, aber nicht übermäßig interessiert auf ihre Anwesenheit reagiert. Er hatte sie begrüßt und dabei gelächelt, aber Isa dann größtenteils ignoriert, während er einer Gruppe Jungs ein paar Wurfdolche aus Polstermaterial zeigte. Die grüne Fee war darüber seltsamerweise erleichtert. Es ersparte ihr ein peinliches Gespräch über die rote Rose, die sie an ihrem Zelt gefunden hatte.

Für einen Tag Ermittlungsarbeit war erstaunlich viel passiert: Jasper war verhaftet, aber gleich darauf dank der tatkräftigen Hilfe des Alchemisten und des letzten Rests Reue in Gerricks Herz wieder entlassen worden. Roos hatte sich als Doms feste, aber labile Freundin entpuppt. Ein blutiger Umhang war aufgetaucht, doch die einzig verdächtige Schneiderin des Marktes hatte ein einwandfreies Alibi.

Von alldem begann sich die Zeltdecke wieder ein bisschen schneller zu drehen, und Isa schob ein Bein unter ihrer Flickendecke hervor und stellte den Fuß fest auf den Boden. Das half ein bisschen. Sie grinste in die Dunkelheit, als sie sich erinnerte, dass sie diesen albernen Trick mit sechzehn von ihrem Bruder gelernt hatte.

Ach ja. Und ihre Schwester, ihr ganz persönlicher Dämon war aufgetaucht. Ein paar Stunden nach ihrem Gespräch war der Drang, vor Bruni wegzulaufen und sich niemals wieder umzudrehen, nicht mehr ganz so schlimm. Trotzdem graute es Isa vor der nächsten Begegnung, egal was sie Felix so selbstsicher erzählt hatte. Damals, vor vier Jahren, hatte sie diese Familie endgültig hinter sich gelassen.

Ihre Gedanken drifteten zurück zum ursprünglichen Thema. Im Ganzen betrachtet war Isa Doms Mörder noch nicht wirklich näher gekommen. Dabei blieben ihr nur noch zwei Tage Zeit, den Fall zu lösen, bevor der Markt für dieses Jahr seine Pforten schloss. Sie tröstete sich damit, dass sie den Schuldigen trotz allem langsam, aber sicher einkreiste.

Draußen auf dem Marktgelände wurde es leiser. Offenbar hatte jemand den Metal-Fan endlich zur Vernunft gebracht. Zufrieden lächelnd drehte sich die grüne Fee auf die Seite. Mit der Melodie von Amon Amarths »The Way of Vikings« im Ohr sowie dem ewigen Geklingel der Schellenbänder, das auf Mittelaltermärkten nie ganz zu verstummen scheint, schlief sie ein.

Es war noch immer finstere Nacht, als Isas Bewusstsein unendlich sanft wieder ins Hier und Jetzt zurückkehrte. Sie begann, nach dem tiefen, traumlosen Schlaf, in den sie gesunken war, wieder die Flickendecke und die Felle zu spüren, auf denen sie lag; es war ein gutes Gefühl. Ihr war angenehm warm. Schwach konnte man das Gras und die trockene Erde riechen. Das dicke, weiche Schafsfell, an das sie ihre Wange schmiegte, duftete auf eine gute Art nach Tier und nach Sonne.

Isa hielt die Augen geschlossen. Ihr ganzer Körper war entspannt und schwer. Schwer wie der Moschusduft, der ebenfalls in der Luft lag. Es war so einfach, dazuliegen, keinen Muskel zu rühren und die Geborgenheit zu genießen, die sie umhüllte wie ein samtiger, nachtschwarzer Kokon. Zärtlich wurde ihr eine Haarsträhne aus der Stirn gestrichen. Die warmen Fingerspitzen tanzten wie Sonnenstrahlen über ihre Haut.

Dann fiel ihr plötzlich ein, dass sie allein zu Bett gegangen war.

Isa riss die Augen auf. Vor ihrem Lager kniete eine Gestalt. Es war keiner ihrer Freunde, doch sie erkannte Statur und Haltung trotzdem, und die Erkenntnis versetzte ihr einen Schlag, den sie an jedem Nervenende spürte. Die Umrisse der Gestalt verschwammen, verschmolzen förmlich mit der Dunkelheit, doch dort, wo der Kopf des Schattens sitzen musste, brannten Augen Löcher in die Nacht wie zwei kleine Herbstfeuer. Braune Augen. Der Moschusduft wurde stärker und stärker, bis es plötzlich im ganzen Zelt durchdringend nach Rauch stank. Nach Ruß und Rauch und brennender Wolle. Für Isa bedeutete der Duft nichts als reine Furcht.

»Hallo, Isa«, sagte Marek Koskov. Seine braunen Augen funkelten so hell, dass sie sich einbildete, dank ihnen sein Gesicht – das kurz geschnittene Haar, die markanten Züge, den Dreitagebart – erkennen zu können. Vielleicht lag es aber auch an seiner Stimme. Früher hatte sie ihr einen wohligen Schauer über den Rücken gejagt, doch nun legte sich der sanfte Klang wie eine Manschette um ihr Herz und drückte zu.

Mareks Lippen verzogen sich zu einem Lächeln, als er auf sie heruntersah. Dann schoss seine Hand nach vorne.

Isa wollte schreien. Sie wollte aufspringen und rennen. Doch Marek presste ihr seine starken Finger so dicht auf Mund und Nase, dass sie nicht atmen konnte. Panisch schlug sie um sich, spürte, wie sich ihre Beine in der Flickendecke verhedderten. Druck baute sich in ihren Ohren auf, als sie erfolglos versuchte, Luft zu holen. Er beugte sich über sie, wie früher, wenn er sie geküsst hatte, und blickte ihr unverwandt in die Augen, während er ihren Arm packte, nach unten in die Felle drückte und so ihren Oberkörper gnadenlos am Boden festnagelte. Isa schrie gegen seine Hand, doch alles, was herauskam, war ein dumpfes Geräusch, das jämmerlich in der Nacht verhallte. Sie starrte in die Herbstfeuer, die langsam vor ihren Augen verschwammen. In ihr tobte alles, doch ihr Körper war ein bleiernes Gefängnis. Eine wilde, animalische Furcht erfasste sie, wie sie sie noch nie im Leben gespürt hatte.

Tu was!, brüllte eine Stimme in ihrem Inneren. Tu was, jetzt, sonst bist du tot!

Instinktiv schlug sie Marek mit der freien Hand gegen den Kopf, doch er schien es nicht einmal zu spüren. Also tastete sie blind über das Bett und den Boden daneben. Sie musste etwas finden, mit dem sie ihn niederschlagen oder sonst wie ausschalten konnte. Einen Tonbecher, ihre Jongliermesser, irgendwas.

Immer wieder griffen ihre Finger ins Leere. Sie spürte Gras, Erde, winzige Kiesel, das weiche Schafsfell, aber nichts Nützliches. Nackte Angst brandete über sie hinweg. Doch dann wurde die Panik langsam, aber unaufhaltsam von etwas viel Schlimmerem überlagert: einer bleiernen, tödlichen Schwere. Wie ein gähnendes Maul tat sie sich vor Isas Augen auf, sodass Marek und das Zelt begannen, an den Rändern zu verschwimmen. Sie bekam keine Luft, und ihr Strampeln und Schlagen verbrauchte das letzte bisschen Sauerstoff in ihrem Körper. Isa stand kurz davor, dass Bewusstsein zu verlieren. Ihr Instinkt sagte ihr, dass sie das auf keinen Fall zulassen durfte – dass sie dann verloren war –, aber sie konnte nichts dagegen tun.

Mit letzter Kraft versuchte sie, ihm in die Hand zu beißen, und musste würgen, als tatsächlich scharfer Blutgeschmack über ihre Zunge floss. Flüssiges geriet ihr in die Luftröhre, weil sie noch immer verzweifelt versuchte zu atmen, aber Marek schien den Schmerz nicht einmal zu bemerken. Wegen der Dunkelheit der Nacht und der Bewusstlosigkeit, die sie zu übermannen drohte, konnte Isa es eigentlich nicht sehen, doch etwas in ihr wusste, dass er lächelte.

»Tut mir leid, Isa.« Sie fühlte schwach, wie Marek die Faust von ihrer Schulter nahm, weil sie sowieso kaum mehr Widerstand leistete. Dann strich er ihr mit seinem rauen Daumen sanft unter dem Auge über die Wange, als wollte er eine Träne wegwischen. Etwas in ihr wollte ihn wegstoßen, weil seine Berührung sie bis ins Mark anekelte, aber das lähmende Gefühl des Erstickens war zu mächtig.

»Ich muss das tun, das weißt du. Du hast mich verraten.«

Die Selbstverständlichkeit, mit der er das sagte – geradeso, als ob sie es verstehen müsste, als ob sie umzubringen die logischste Sache der Welt wäre –, war das Letzte, was die grüne Fee hörte, bevor sein Gesicht vor ihren Augen verschwand und sie ins Bodenlose fiel.

Dann knallte es plötzlich. Laut und sehr nah.

Das Geräusch wirkte auf Isa, als hätte jemand einen Kübel Eiswasser über ihr ausgeleert. Die Schwärze verschwand so schnell, wie sie gekommen war, und ihr Bewusstsein durchbrach die Oberfläche des tiefen, bleiernen Ozeans, in dem es versunken war. Sie spürte, dass der Druck auf ihrem Gesicht plötzlich weg war, und holte gierig Luft. Süß wie Honig floss Atem durch ihre Kehle, Sauerstoff verband sich mit Blut und jagte prickelnd durch ihre Adern.

Schweißgebadet öffnete Isa zum zweiten Mal in dieser Nacht ihre Augen, nur dieses Mal in Wirklichkeit. Eine schwache Ahnung der Morgendämmerung fiel ins Zelt. Keuchend atmete sie ein. Dann aus. Erst als ihr bewusst wurde, dass nicht ein Hauch von Moschus in der Luft lag und dass der Rauchgeruch, den sie immer noch in der Nase hatte, von ihren eigenen Kleidern kam, die sie beim Feuerspucken getragen hatte, verstand sie, was passiert war.

Ein Albtraum. So realistisch, dass ihr das Gefühl zu ersticken noch immer die Brust zuschnürte wie ein Riemen aus geschmiedetem Stahl, der enger und enger wird. Wahrscheinlich hatte sie unwillkürlich die Luft angehalten, während sie geglaubt hatte, dass Marek sie mit bloßer Hand erstickte. Jeder Muskel in ihrem Körper war vor Angst verkrampft. Es fühlte sich an, als steckten stattdessen mit Stacheldraht umwickelte, splittrige Hölzer im Inneren ihrer Gliedmaßen. Auch der Blutgeschmack war echt. Sie hatte sich auf die Zunge gebissen.

Atmen. Ein und aus. Das war alles, worauf Isa sich konzentrieren konnte, während sie ihrem eigenen Herzschlag lauschte.

Jedenfalls so lange, bis der Knall, der sie geweckt hatte, noch mal ertönte, nur leiser. Und sehr, sehr nah.

Für einen kurzen Moment überkam Isa die irrationale Furcht, immer noch zu träumen. Zögerlich drehte sie den Kopf zur Seite. Was sie dabei erblickte, ließ sie fast noch einmal schreien. Die Geräusche, die sie gehört hatte, waren nicht Teil eines Traums gewesen, keine Illusionen oder morbide Fantasien, im Gegenteil: Dieses Mal war alles echt, denn es befand sich wirklich eine vermummte Gestalt in ihrem Zelt.

Kapitel 18

Nach dem Albtraum von Marek war das Erste, was sie bei diesem Anblick spürte, purer Schrecken. Doch das währte nur kurz. Denn Isas Verstand, der es immer wieder schaffte, auch in den gefährlichsten Situationen an Nebensächlichkeiten kleben zu bleiben wie eine Fliege am Honigtopf, rettete ihr den Hals. Fast sofort erkannte sie, dass es natürlich nicht ihr mörderischer Exfreund war, der da ihre Holztruhe durchwühlte, in der sie ein paar Ersatzklamotten und unmittelalterliches Zeug aufbewahrte. Zum einen saß Marek sicher verwahrt in einem Siegburger Gefängnis, weil er seinen Vater umgebracht hatte. Zum anderen war die in einen schwarzen Umhang gehüllte Gestalt, die gerade in eine samtene Tasche griff und dabei einen ihrer zerfledderten Thriller achtlos zur Seite warf, nicht groß genug. Die Schulterpartie war zu breit, und überhaupt, die ganze Haltung stimmte nicht. Zu ihrem Leidwesen hätte Isa ihren Ex unter Tausenden wiedererkannt, so sehr hatte sich seine ganze Persönlichkeit – teils der sanfte, liebevolle Student, teils der innerlich zerrissene, hasserfüllte Vatermörder – in ihr Gedächtnis eingebrannt.

Nein, es war irgendjemand anders, der sich da an ihrem Zeug zu schaffen machte und dem offensichtlich nicht bewusst war, wie laut er dabei war. Diese fehlende Umsicht und die Tatsache, dass schon wieder ein schwarzer Umhang im Spiel war – auf einem Mittelaltermarkt die einfallsloseste Verkleidung für einen Verbrecher –, verriet der grünen Fee ziemlich schnell, mit wem sie es zu tun hatte. Seltsamerweise beruhigte die Erkenntnis ihren Herzschlag. Da hockte keine grauenerregende Traumgestalt, sondern bloß Doms Mörder. Und der war offenbar ein ziemlicher Idiot.

Vielleicht hatte er sie auch schon beobachtet, als sie von Kevins Party zurück zu ihrem Zelt gegangen war. In dem Fall hatte er gesehen, dass sie angetrunken gewesen war, und eventuell darauf gehofft, dass sie zu tief schlief, um ihn zu hören.

Heimlich zog sie die Flickendecke von sich. Im Gegensatz zu der Nacht davor trug sie zum Schlafen ein rotes Manus-Furis-Bandshirt Größe XXL, das ihr bis zu den Knien reichte, und war heilfroh darüber. Ohne den Eindringling aus den Augen zu lassen, tastete sie neben ihrem Lager über den Boden, wie sie es auch im Traum getan hatte – nur mit dem Unterschied, dass sie dieses Mal nicht panisch war und genau wusste, wonach sie suchte. Ihr Herz machte einen Sprung, als ihre Fingerkuppen sanft gegen kühles Metall stießen.

Entschlossen nahm sie das Jongliermesser am Heft auf, setzte sich im Bett auf und schwang lautlos die Beine über den Rand. Der Erdboden war kühl und ganz leicht feucht unter ihren nackten Füßen. Der Schatten bemerkte nicht, was hinter seinem Rücken geschah, sondern wühlte sich weiter durch ihre Besitztümer. Zu ihrer Überraschung spürte Isa, dass sie keine Angst hatte, sondern sauer war. Ein eher seltenes Gefühl, wenn man gerade einen Mörder im eigenen Schlafzimmer überrascht. Vermutlich eine Abwehrreaktion auf einen traumatisch bedingten Albtraum, verbunden mit einem psychischen Schutzmechanismus, dozierte eine imaginäre Lena in ihrem Kopf und schaute altklug über den Rand einer sehr unlena-mäßigen Sigmund-Freud-Brille.

Als die vermummte Gestalt nach ein paar Halstüchern auch noch einen rechteckigen Gegenstand aus dem Beutel zog und Isa erkannte, dass sie da gerade ihre heilige Ausgabe von Sir Arthur Conan Doyles *Eine Studie in Scharlachrot* wegpfefferte wie vergammeltes Toastbrot, war das Maß voll. Anstatt beim Anblick des Mörders in Ohnmacht zu fallen oder zu kreischen wie am Spieß, stand die grüne Fee von Absinth auf und trat dem ultimativ Bösen entgegen, bewaffnet mit nichts weiter als einem Obstmesser und ihrer großen Klappe.

Sie trat hinter den Schatten und pikste ihm mit der Spitze des Messers in den Rücken.

»Langsam aufstehen und die Hände hinter den Kopf«, sprach sie die Worte nach, die sämtliche bekannten Krimi-Detektive ihr in diesem Augenblick ins Ohr flüsterten.

Selbst durch den Umhang konnte man sehen, wie der Schatten zusammenzuckte. Er stockte mitten in der Bewegung, die eine Hand noch immer in der Samttasche. Die Schultern hoben und senkten sich wie unter tiefen, schweren Atemzügen.

Als die Gestalt keinerlei Anstalten machte, sich zu bewegen, wurde Isa unruhig. Die Bedenken darüber, ob das, was sie da tat, in Anbetracht der Tatsache, dass die Person vor ihr schon jemanden geköpft hatte, der bedeutend größer und stärker gewesen war als sie, schob sie allerdings beiseite.

»Los jetzt, aufstehen!«

Ganz langsam richtete sich der Mörder auf. Er machte jedoch keinerlei Anstalten, sich umzudrehen oder die Arme in die Luft zu strecken. Stattdessen begann er plötzlich zu reden.

Eine Männerstimme, leise und raspelnd. Es kribbelte in Isas Nacken: Doms Mörder, der Henker von Xanten, war ein Mann. Doch sie selbst hatte diese Stimme noch nie zuvor gehört. »Sag mir, wo er ist, dann passiert dir auch nichts«, raunte er unter seiner Kapuze.

Isa verstand nicht. »Wo wer ist?«

»Der verdammte Lederbeutel! Gib ihn mir!«

Das war es also, was er suchte – Doms Lederbeutel! Isa hätte sich selbst ohrfeigen können, weil sie nicht sofort daran gedacht hatte. Bei der Leiche hatte er ihn nicht gefunden, doch er wollte ihn noch immer. Und weil der Kommissar den Beutel bei seinen Befragungen den Marktleuten gegenüber nicht erwähnt hatte, war er offenbar davon überzeugt, dass sich die gesuchten Beweise noch in Isas Besitz befanden und nicht in Winkelmanns Schreibtisch. Das machte die Situation für die grüne Fee nicht gerade ungefährlicher.

»Ich weiß nicht, was du meinst.« Isa versuchte, so selbstsicher wie möglich zu klingen. Sie verstärkte den Druck mit der Messerspitze. »Wie wär's, wenn du dich umdrehst und mir dein Gesicht zeigst, damit wir uns besser unterhalten können?«

»Vergiss es, Kleine. Ich hab keine Angst vor dir.«

»Solltest du aber. Niemand behandelt meine Sherlock-Holmes-Bücher derart respektlos, wenn ihm sein Leben lieb ist.« Die Klinge noch immer an seinem Rücken, langte Isa mit der anderen Hand nach vorne. Sie wollte das Geheimnis endlich lüften, also packte sie ihn bei der Schulter, um ihn zu sich herumzudrehen.

Wie von einem elektrischen Schlag getroffen ging ein Ruck durch die ganze Gestalt. Blitzartig wirbelte der Mörder herum. Der schwarze Wollfilz des Umhangs, vorher glatt, blähte sich zu einer Wolke auf, als ein Arm darunter hervorschoss und Isa das Jongliermesser mit einem gezielten Hieb aus der Hand schlug. Schmerz schoss durch ihr Handgelenk wie ein Stromstoß, und sie schrie kurz auf. Das Messer prallte klappernd gegen die Holztruhe.

Drohend ragte die dunkle Gestalt vor Isa auf. Unter der Kapuze musste der Mörder eine Art Maske tragen, denn normalerweise hätte man das hellere Gesicht darunter zumindest teilweise erkennen müssen. Doch stattdessen sah Isa nur ein schwarzes Loch. Aus reinem Instinkt duckte sie sich weg, um einem weiteren Schlag auszuweichen, doch zu ihrer Überraschung kam es nicht dazu: Der Eindringling verharrte bloß ein, zwei Herzschläge lang in seiner Position. Wie ein Reh, das von den Scheinwerfern eines herannahenden Autos geblendet wird und zu erschrocken ist, um auszuweichen.

Dann wirbelte er erneut herum und rannte aus dem Zelt.

Isa zögerte keine Sekunde. Das war ihre Chance, Doms Mörder zu kriegen, und lieber wollte sie einen Monat lang in einem Tutu als »die pinke Himbeerfee« auftreten, als sich das entgehen zu lassen. Sie stürzte zur Truhe, nahm ihr Messer wieder auf und rannte dem Flüchtenden hinterher.

Draußen dämmerte es bereits. Ein Hauch von Licht durchbrach das Dunkel der Nacht, das noch wie Nebel zwischen den Bäumen und Zelten des Heerlagers hing. Dafür war Isa von ganzem Herzen dankbar, denn so sah sie, wie die Gestalt im schwarzen Umhang gerade zu ihrer Linken um einen der Eulentürme herumhuschte. Der Mörder wollte wahrscheinlich auf dem Marktplatz untertauchen.

Isa nahm die Beine in die Hand.

So schnell sie konnte, rannte sie hinter ihm her, vorbei an der verrammelten Langosch-Bude, quer an der großen Bühne vorbei und mitten zwischen die dicht an dicht stehenden

Marktstände. Ihr Puls raste ihr in den Ohren. Mit Entsetzen sah sie, wie der Schatten immer mehr an Boden gewann.

Wenn sie den Mörder aus den Augen verlor und er es dann schaffte, sich in irgendeiner der Buden zu verstecken, würde sie ihn niemals wiederfinden. Die grüne Fee hatte nur eine Chance. Obwohl sie sich nach einem unseligen Experiment, bei dem Alex glücklicherweise nur einen Teil seiner Haare verloren hatte, eigentlich geschworen hatte, so etwas nie wieder zu tun, blieb sie stehen und packte ihr Jongliermesser an der Spitze der Klinge. Vor ihr, gerade noch in Reichweite, sauste der Mörder in seinem Umhang wie eine überdimensionierte Fledermaus zwischen dem Zelt eines Schmuckhändlers und der Bude mit byzantinischem Naschwerk hindurch. Zwischen den beiden Marktständen war der Weg ein bisschen schmaler, denn dort wuchs ein dünner, aber dicht belaubter Baum. Den visierte Isa an. Als der Umhang sich erneut aufbauschte, schickte sie das Messer auf die Reise. Metall sirrte durch die Luft. Es folgten ein sattes »Plock!«, als sich die Klinge in den Stamm fraß, und ein kleiner Schmerzensschrei. Die grüne Fee verzog das Gesicht. Eigentlich hatte sie den Flüchtigen nur an seiner Kleidung am Baum festnageln wollen, aber offenbar waren ihr doch noch ein paar Nervenenden dazwischengeraten. Das kam davon, wenn man nach ein paar Hörnern Met noch mitten in der Nacht dazu gezwungen wurde, mit Messern auf Mörder zu werfen. Jedenfalls versuchte sie, mit diesem Argument ihr schlechtes Gewissen zu beruhigen.

Der Mörder zappelte vor dem Baum herum. Isa konnte es wegen des Dämmerlichts nicht genau sehen, doch sie glaubte erkennen zu können, dass sie nicht nur den Umhang, sondern auch einen seiner Ärmel an den Baumstamm geheftet hatte. Er zog nicht mit beiden Händen an seinem Mantel, als er versuchte, sich mit aller Kraft loszureißen, sondern fummelte einhändig und ziemlich ungeschickt an dem Jongliermesser herum. Dabei jaulte er immer wieder leise vor Schmerz.

Isa verlor keine Zeit. Nachdem sie gesehen hatte, dass er feststeckte, verfiel sie wieder in Trab, um zu ihm aufzuschließen.

Plötzlich drang aus der Kapuze des Schattens, unter der nichts als Schwärze zu sehen gewesen war, ein langgezogenes, animalisches Stöhnen. So stellte sich Isa den Laut vor, den ein verletzter Bär im Todeskampf von sich gibt. Hellauf entsetzt sah sie, wie der Vermummte ihr Messer, das fest im Stamm des Baumes steckte, mit einem mächtigen Ruck aus dem Holz zog.

»Nein!«, entfuhr es ihr.

Doch alles, was sie tun konnte, war, sich mit einem Hechtsprung hinter einen massiven Rundschild zu werfen, der am Stand eines Schneiders für frühmittelalterliche Gewandung angebracht war. Denn nun schleuderte der Vermummte seinerseits das Messer.

Isa landete mit der Nase im Dreck. Danach schmeckte zumindest das knirschende Zeug, das sie in den Mund bekam, als sie mit den Händen auf dem vom Morgentau noch feuchten Gras ausrutschte. Der Aufprall presste ihr die Luft aus den Lungen, kam aber keine Sekunde zu früh: Dicht neben ihr – ungefähr dort, wo von Höhe und Position her eben noch ihr Brustkorb gewesen war – zischte etwas vorbei und knallte metallisch scheppernd gegen die Holzverkleidung des Hanffladen-Ladens. Keuchend spähte Isa über den Rand des Rundschilds und spuckte dabei eine ihrer Dreads aus.

Der Mörder war fort.

Zwischen den Buden war keine Spur mehr von ihm zu sehen. Als hätte sich der Erdboden aufgetan und ihn einfach so verschluckt, während die grüne Fee damit beschäftigt gewesen war, ihrem eigenen Messer auszuweichen. Wütend rappelte sie sich auf und fluchte laut, weil sie sich bei ihrer Flugrolle im Nachthemd das Knie aufgeschlagen hatte.

»Kann man hier nicht mal in Ruhe schlafen? Haut bloß ab, ihr Suffköppe!«, dröhnte jemand müde, aber ziemlich empört aus einem der Marktstände.

Der Mörder war weg. Schon wieder. Und das nur, weil sie sich noch ungeschickter angestellt hatte als er selbst. Frustriert legte Isa den Kopf in den Nacken und starrte hinauf in den Himmel.

Mond und Sterne waren ebenfalls verschwunden. Stattdessen kroch ein dunkles Blau über das Firmament, drängte das Schwarz der Nacht immer mehr zurück und brachte im Osten ein paar Sonnenstrahlen mit, die in kräftigen, glühenden Farben den neuen Tag ankündigten.

Isa schaute an sich herunter. Ihr Bandshirt war am Saum gerissen, und ihr Knie blutete. Es tat auch so schon weh, aber trotzdem betastete sie die Wunde vorsichtig. Damit folgte sie dem gleichen Zwang, dem auch jeder Mensch erliegt, wenn er einen roten Knopf mit der Aufschrift »NICHT DRÜCKEN« sieht. Natürlich wurde es dadurch noch schlimmer, vor allem, weil sie schwitzige Hände hatte und Salz in offenen Wunden bekanntlich ganz besonders angenehm ist.

»Verdammter Mist!«, fluchte sie. Offenbar wieder nicht leise genug. »Klappe, oder ich komm' euch da raus! Vollidioten!«, kam es aus einer der Buden.

Mehr um des dramatischen Effekts wegen leicht humpelnd sammelte die Gauklerin ihr Jongliermesser wieder ein. Plötzlich musste sie lächeln, obwohl ihr eigentlich gar nicht danach zumute war.

Ein Mann. Doms Mörder war keine Frau, sondern ein Mann. Und zwar einer, den sie nicht kannte. Das engte den

Kreis der Verdächtigen entweder stark ein oder – und der Gedanke bereitete ihr Bauchschmerzen – es erweiterte ihn auf alle möglichen mysteriösen Personen, die sich normalerweise außerhalb der Mittelalterszene bewegten. Mafiosi vielleicht, bei denen Dom Schulden gehabt hatte. Womöglich hatten die sich den üblichen Pferdekopf in seinem Bett als Warnung gespart und ihn gleich selbst enthauptet ... Oder der Mörder war ein Verwandter, mit dem er sich um eine Erbschaft gestritten hatte. Ein Onkel, ein Schwager oder der klassische böse Zwillingsbruder, vom Original nur unterscheidbar durch eine Augenklappe und eine abgrundtief böse Seele.

Müde rieb sich Isa die Augen. Ihre Fantasie ging mit ihr durch. Eigentlich ein untrügliches Zeichen dafür, dass ihr Verstand die Nase voll von dem hatte, was gerade um sie herum in der Wirklichkeit passierte. Vielleicht war es besser, jetzt nicht mehr in ihr eigenes Zelt zurückzugehen.

An Schlaf war sowieso nicht mehr zu denken.

Kapitel 19

Zum Glück für Isa und alle potenziellen Triebtäter war Lenas Wohnwagen so gut wie nie abgeschlossen.

Vorsichtig kletterte die grüne Fee in die Kabine. Die Vorhänge waren zugezogen, deshalb wollte sie eigentlich Licht machen; zu ihrer Überraschung stellte sie jedoch fest, dass sich in der schmalen, ausklappbaren Koje jemand träge auf die andere Seite drehte. Isa war davon ausgegangen, dass Lena bei Kevin schlief, und eine schreckliche Sekunde lang betete sie, dass es nicht genau umgekehrt war. Sie hatte ihren Bandkollegen durch einen grausamen Unfall mit einer Campingdusche und einem lockeren Schmiedenagel schon mal nackt gesehen und hatte nicht das geringste Bedürfnis, das Erlebnis zu wiederholen. Als sie genauer hinschaute, stellte sie jedoch zu ihrer Erleichterung fest, dass sich unter der Decke nur ein einzelner Körper abzeichnete.

Isa nahm die Hand vom Lichtschalter und zog leise die Tür zu, um Lena nicht zu wecken. Allerdings hätte sie beim Reinkommen genauso gut Posaune spielen können, denn als sie sich gerade überlegte, ob in Lenas Kühlschrank wohl noch Eiskaffee war, machte ihr hungriger Magen ein Geräusch, das wie das Quietschen eines ungeölten Scharniers in einem Spukschloss klang. Inklusive unheimlichem Echo.

In dieser Nacht klappte aber auch gar nichts.

In der Koje raschelte es. Dann tauchte ein zerzauster Blondschopf über der Bettdecke auf. »Wer ist da?«, murmelte Lena verschlafen.

»Nur die Zofe, Mylady. Schlaft weiter, ich lege Euch das Samtkleid für die Morgenmesse raus.«

»Oh Gott, Isa ... weißt du, wie spät es ist?«

»Ja. Tut mir leid. Hast du Pflaster?«

Es gab eine kurze Pause, bevor Lena antwortete. »In der Schublade unter dem Spülbecken. Wozu brauchst du Pflaster?«

»Bin hingefallen.«

Barfuß tappte Isa zur Spüle. Hinter ihr knipste es leise, und das Licht im Wagen ging an.

»Wieso bist du hingefallen?«, bohrte Lena nach, jetzt ein bisschen wacher, und setzte sich im Bett auf.

Die grüne Fee seufzte, als sie sich mit einem feuchten Tuch das Blut vom Knie wischte. »Zu viel Met, Ungeschicklichkeit, keine Ahnung. Vielleicht steht Merkur heute im Tollpatsch.«

»Alle vernünftigen Menschen schlafen um diese Uhrzeit. Und bei dem, was du und Alex gestern Abend weggebechert habt, hätte ich gedacht, dass du das auch tust.« Wenn sich die wilde Helena einmal an einer Ungereimtheit festgebissen hatte, war sie schlimmer als jede Bulldogge.

Müde, aber fachgerecht verpflastert, trottete Isa zu ihr hinüber und ließ sich neben ihre beste Freundin auf die Koje fallen. Ihre Fußsohlen waren von der Verfolgungsjagd noch ganz schmutzig, deshalb ließ sie sie über den Rand baumeln. »Okay, aber versprich mir, dass du nicht direkt überreagierst«, begann sie vorsichtig.

Lena hob skeptisch eine ihrer Augenbrauen. »Hattest du heute Nacht wieder einen fremden Mann in deinem Zelt?«

»Du hast ja keine Ahnung.« Und sie erzählte ihr die ganze Geschichte.

Als Isa fertig war, schwieg Lena. Statt wie sonst voller Entsetzen darüber zu schwadronieren, was da schon wieder alles hätte passieren können und dass man sofort die Polizei verständigen müsse, am besten mit Hundestaffel, Helikoptern und psychologischen Betreuungsteams, krabbelte sie ungeschickt aus der Koje, ging zum Kühlschrank und holte selbst zwei Becher Eiskaffee. Einen davon drückte sie Isa in die Hand, als sie sich wieder setzte und den Rücken gegen die Wohnwagenwand lehnte. Dann begann sie, nachdenklich auf einer Haarsträhne herumzukauen. »Und du bist sicher, dass du den Kerl nicht kennst?«, fragte sie schließlich.

Überrascht senkte Isa ihren Becher, aus dem sie gerade einen tiefen Zug genommen hatte. Der Kaffee war kalt und klebrig süß, wie ein kandierter Barista, aber er weckte ihre Lebensgeister. Und bei der wilden Helena offenbar ein bisher verborgen gebliebenes Interesse an Detektivarbeit.

»Ganz sicher«, antwortete Isa. »Er hatte eine ganz komische Stimme. Rau, aber nicht tief.«

Lena rätselte vor sich hin. »Thorbjörn hat eine raue Stimme.«

»Emmys Mann? Von der Langosch-Bude? Ich bitte dich, der bringt es ja wegen der armen toten Schweinchen kaum übers Herz, den Langosch mit Speckwürfeln zu servieren. Wie soll er da Dom ermordet haben? Außerdem hat er kein Motiv.«

Obwohl sie kaum von ihrem Kaffee getrunken hatte, machte Lena ein hellwaches und sehr schlaues Gesicht. Sie sah Isa in die Augen. »Und wer *hat* ein Motiv?« Damit legte sie den Finger zielsicher in die Wunde. Nun verfiel die grüne Fee ihrerseits in Schweigen.

Draußen vor dem Wohnwagen rumpelte irgendetwas. Es klang, als spielten die Leute aus dem Caravan nebenan Dosenwerfen.

»Mir fällt nur eine Person ein, die ich nicht persönlich kenne und die vielleicht – ganz vielleicht –, ein Motiv hätte. Aber die hat ein Alibi«, sagte Isa schließlich.

»Und wer ist das?«

»Thijs de Strycker. Doms bester Freund.«

Nachdenklich schnalzte Lena mit der Zunge. »Hmm«, war alles, was sie dazu sagte.

Das Gespräch tat Isa gut. Selbst das Schweigen, Schulter an Schulter, war irgendwie beruhigend.

Erneut krachte es draußen auf dem Parkplatz metallisch. Eigentlich war es noch zu früh für diese Art von Lärm. Die wilde Helena zog die Beine an, kniete sich auf die Koje und spähte durch den Vorhang aus dem winzigen Fenster. »Was ist denn da los ...«, murmelte sie verärgert, nur um dann zu Isas Überraschung laut loszuprusten.

»Was? Was ist?«

Kichernd rückte Lena ein Stückchen zur Seite, damit Isa auch etwas sehen konnte. Neugierig sah sie aus dem Fenster.

»Oh nein«, stöhnte die grüne Fee und musste auch lachen. »Ist das sein Ernst?«

Schnell liefen die beiden Mädchen aus dem Wohnwagen. Das mit dem Logo ihrer Band bepinselte Exemplar, das direkt daneben parkte, gehörte Alex. Lena hatte recht gehabt mit dem, was sie gesagt hatte: Er und Isa hatten bei Kevins Party in der vergangenen Nacht vielleicht ein kleines bisschen über den Durst getrunken. Allerdings war Isa so vernünftig gewesen, die Notbremse zu ziehen und zu ihrem Zelt zurückzukehren, solange sie es noch fand.

Auch der große Alec MacPipe vom Clan der MacPipes schien, nachdem seine Bandkollegen ihn um kurz nach eins aus den Augen verloren hatten, irgendwann wieder in den heimischen Wohnwagen gewankt zu sein. Allerdings nicht in dem Zustand, in dem ihn die anderen zuletzt gesehen hatten.

Kevin, mit zerzaustem Haar, einem breiten Grinsen und nur mit einer leinernen mittelalterlichen Hose, einer Bruche, bekleidet, war ebenfalls vom Lärm aufgeschreckt worden. Nun filmte er alles mit seiner Handykamera. »Er wird mich dafür umbringen«, sagte er zu den beiden Mädchen. Die Aussicht schien ihn nicht sonderlich zu stören, denn er hielt das Objektiv munter weiter auf seinen Kumpel gerichtet, der rücklings auf dem Parkplatz lag und alle viere von sich streckte.

Die Tür von Alex' Wohnmobil stand sperrangelweit offen und bewegte sich noch leicht hin und her, wobei die Scharniere sanft quietschten. Eigentlich gab es eine Trittstufe, die man ausziehen und dann bequem hinaus ins Freie treten konnte, doch Alex hatte wohl glatt übersehen, dass sie noch unter dem Wagen in der Halterung steckte. Was kein Wunder war, denn sein Kopf steckte in einem spätmittelalterlichen, stählernen Helm mit zugeklapptem Visier. An dem Haken, der das Visier hielt, hing ein rosa Spitzen-BH.

Grinsend kniete Isa sich neben Alex. »Kevin, bitte. Nimm etwas Rücksicht, es geht ihm bestimmt nicht gut.« Liebevoll klopfte sie gegen den Helm, was sich darin bestimmt anhören musste wie ein mittelschweres Erdbeben. »Alex? Lebst du noch?«, fragte sie. Hinter ihr kicherte Lena wieder.

Als Antwort kam ein Stöhnen aus dem Helm. Es klang, als würde Alex in eine Gießkanne husten. »Nein«, murmelte er blechern. Was Isa noch mehr irritierte als der BH – die Sorte Kleidungsstück, die man das eine oder andere Mal in den Ritzen seines Autos oder zu Hause bei ihm unterm Sofa fand

– war, dass er Jeans trug. Die grüne Fee konnte sich nicht daran erinnern, wann sie den Dudelsackspieler das letzte Mal in Hosen gesehen hatte.

Als sie das Visier hochklappte, blinzelte er theatralisch in die aufgehende Sonne und stöhnte erneut. »Bin über den Schwertständer gefallen …« Er gestikulierte vage in Richtung der offenen Wohnmobiltür. Dann kicherte er leise. »Hihi … ich hab Schwert*ständer* gesagt …«

Isa musste sich fest auf die Lippe beißen, um ernst zu bleiben. »Warst du gestern Nacht noch auf einer anderen Party, von der wir nichts wussten?«

»Hab so ein Mädchen getroffen … wir sind im Badehaus gewesen. Aber ganz heimlich, nach Marktschluss. Und dann … haben wir die gaaanze Nacht gezubert.« Ein anzügliches Grinsen stahl sich auf sein Gesicht, so breit, dass es fast bis zu seinen Augenringen reichte.

»Komm schon, du Saufnase, steh auf. Kevin hilft dir hoch.« Lena, ernsthaft bemüht, nicht zu lachen, warf ihrem Freund einen auffordernden Blick zu. Der seufzte enttäuscht, steckte dann aber doch das Handy weg, und alle zusammen hievten sie Alex auf die Beine. Dann bugsierte Herr Ludger der Verderbte ihn vorsichtig zurück in den Wohnwagen.

»Und wenn da drin noch die Frau ist, die er gestern Nacht abgeschleppt hat?«, rief er über die Schulter nach draußen.

»Dann gib ihr den BH wieder. Der sieht recht teuer aus«, gab Isa hilfreich zurück und machte die Tür hinter ihm zu.

Kopfschüttelnd starrte Lena den beiden Jungs hinterher. »Hoffentlich kommt Alex bis zur Markteröffnung wieder auf die Beine.«

Isa war da ein wenig enthusiastischer. »Ach, natürlich. Ist doch eine gute Gelegenheit für Kevin, mein mit großer Weisheit ausgewähltes Geburtstagsgeschenk aufzubrühen.« Als fürsorgliche Bandkollegin schenkte sie ihm eben nicht nur Alkohol, sondern natürlich auch den Kaffee, der ihn am Morgen danach wieder auf die Beine brachte. »Vielleicht hat Alex ja Glück«, überlegte sie weiter. »Falls Kevin das Video im Internet hochlädt, erkennt ihn wegen der Jeans vermutlich kein Mensch.« Mit dem Kilt und seinem ganzen Gehabe war er sonst ziemlich unverwechselbar.

In Isas Kopf klingelte es silberglöckchenhell.

Unverwechselbar.

Das Wort hallte nach wie ein Echo in einer tiefen, tiefen Höhle. Vorher hatte in ihrer Gedankenwelt ein ziemliches Chaos geherrscht. Doch mit einem Mal brachte eine Idee, ausgelöst durch diesen einen Begriff und durch die geistige Ruhe, die sie wiedergefunden hatte, neues Licht ins Dunkle. Eine Verwechslung, natürlich … es war möglich.

Wie hatte sie sich nur auf das verlassen können, was Kommissar Winkelmann gesagt hatte?

Lena stand schon wieder vor ihrem eigenen Wohnmobil und hielt die Tür auf. »Kommst du wieder mit rein?«, fragte sie, stutzte aber, weil Isa wohl guckte wie jemand, der gerade vom Blitz getroffen wurde. »Was ist?«

»Ich muss zum ›Sau am Spieß‹-Stand.«

»Jetzt? Der ist aber noch geschlossen …«

»Später, meine ich. Die fangen immer ziemlich früh an, alles für den Tag vorzubereiten.«

Die wilde Helena runzelte die Stirn. »Du hast einen Plan, oder? Eine Idee, wer der Täter sein könnte?«

»Nennen wir es einen Verdacht. Aber um den zu bestätigen, muss ich unbedingt dahin.«

Zu Isas Überraschung kamen keine Einwände. Im Gegenteil: Lena beugte sich kurz in den Wohnwagen, um auf die digitale Zeitanzeige zu sehen, die unter den Kochplatten blinkte. »Okay«, sagte sie. »Wir treffen uns in einer Stunde bei den Eulentürmen. Bis dahin hab ich hoffentlich dieses Vogelnest unter Kontrolle gebracht.« Kritisch zupfte sie an ihren Haaren herum und betrachtete sich dabei im Fenster des Wagens.

»Du willst mitkommen?«, fragte Isa verblüfft.

»Na, was glaubst du denn? Ich will wissen, welcher Blödmann das Messer nach dir geworfen und mich um meinen Schlaf gebracht hat.«

Die grüne Fee grinste. »Okay, dann in einer Stunde.« Kurz drückte sie ihrer Freundin die Hand. »Danke für den Kaffee.«

Während sie sich zum Gehen wandte, sah sie aus den Augenwinkeln, wie Lena still in sich hineinlächelte.

Kapitel 20

Zu ihrer eigenen Überraschung war Isa sogar fast pünktlich fertig. Wenn man die berühmte akademische Viertelstunde dazurechnete und die Uhr um ein paar Epochen zurückstellte. Sie war in ihrem Zelt wieder in ihre Spielfrauen-Gewandung geschlüpft, ganz in Grün und mit Wimpeln am Rock, die flatterten, wenn sie sich drehte; ihre Dreadlocks hatte sie auf ihrem Kopf zu einem kunstvollen Dutt zusammengerollt.

Als sie wieder aus dem Zelt hinausschlüpfte und sich im Heerlager umsah, passierte allerdings etwas, was ihre ohnehin schon etwas flatterhafte Aufmerksamkeit von Lena und dem Treffen bei den Eulentürmen ablenkte. Aus dem der grünen Fee nur zu gut bekannten Zelt mit der weißen Rose kam Roos Evers. Das war an sich nicht sonderlich bemerkenswert, wenn man bedachte, dass sie in dem Ding wohnte. Was Isa allerdings stutzig machte, war die Tatsache, dass die Kriegerin sich, selbst für ihre Verhältnisse, merkwürdig verhielt.

Die schlanke, hochgewachsene Frau steckte nicht in ihrer Rüstung, sondern in normaler mittelalterlicher Gewandung, die allerdings eher für den Recken als für die Maid gedacht war: Sie trug eine cremeweiße, eng anliegende Bluse mit Stickereien an den Ärmeln über einer Hose aus weichem Leder und Stiefeln mit hohem Schaft. Als sie den Kopf aus dem Zelt steckte, zögerte sie, bevor sie vollends heraustrat. Dann ging sie zwischen den Zelten über die Wiese. Dabei, das konnte Isa selbst auf die Entfernung hin sehen, warf Roos immer wieder einen Blick zur Seite und einmal sogar über die Schulter. Fast so, als wäre sie nervös. Als hätte sie Angst, dass jemand ihr folgte.

Isa konnte nichts dagegen machen. Ihr Blick blieb einfach an Roos haften, wurde von ihr angezogen wie das Kind vom Spiel des Rattenfängers. Sie beobachtete mit gerunzelter Stirn, wie die Kriegerin nicht wie jeder andere auch quer über die Wiese lief, um zu den Eulentürmen und dem dahinterliegenden Marktgelände zu kommen. Stattdessen schlängelte sie sich durch eine Lücke in der gegenüberliegenden Zeltreihe und betrat dann den gepflasterten Weg, der zum Klever Tor führte. Isa fiel auf, dass sich Roos so im Rücken der wenigen Heerlagerleute bewegte, die schon aufgestanden waren. Sie verringerte die Chancen, dass sich ihr unbemerkt jemand an die Fersen heften konnte. Als sie dem Weg dann auch noch nicht in der üblichen Richtung folgte, sondern dem Markt den Rücken zukehrte und zügig zum äußeren Ende des Heerlagers ging, war Isa sich sicher: Die Frau hatte was vor.

Kurz wägte die grüne Fee ab: Hatte sie noch Zeit, Roos zu folgen, bevor sie sich mit Lena traf? Isas Hand wanderte automatisch in ihre Umhängetasche und suchte das Handy, dessen digitale Anzeige sie anstelle einer Armbanduhr benutzte. Dann fiel ihr wieder ein, dass das Telefon ja verschwunden war. Sie seufzte. Eigentlich hatte sie ihre Entscheidung längst gefällt, obwohl sie wusste, dass Roos nicht Doms Mörderin sein konnte. Aber ihr Instinkt sagte ihr, dass da etwas faul war. Und wenn die Exfreundin des schwarzen Oswalds herumschlich wie ein nordischer Ninja, dann lohnte es sich vielleicht, die Gründe zu erfahren.

In gebührendem Abstand machte sich Isa an die Verfolgung. Das war allerdings gar nicht so einfach, denn Roos achtete sehr genau auf ihr Umfeld. Die Kriegerin bewegte sich schnell und zielstrebig. Ihre Schritte waren trotz des knirschenden Kieses, mit dem der Weg bestreut war, nicht zu hören. Sie folgte ihm unbeirrt, obwohl er eine umständliche Kurve um das Heerlager beschrieb, ging dann an einem kleinen Parkplatz vorbei, der außerhalb des Geländes lag, und stieg eine kleine Steintreppe hinauf, die zur Straße vor dem historischen Westwall führte.

Isa hielt sich so weit wie möglich hinter Roos und suchte zunächst Deckung bei den schattenspendenden Laubbäumen, die in unregelmäßigen Abständen neben dem Weg aufragten. Dann huschte sie ebenfalls die Treppe hinauf und folgte Roos auf die Straße.

Um diese frühe Uhrzeit war noch kein Auto in Sicht. Auch die üblichen Touristenscharen lagen noch friedlich schlummernd in ihren Hotelbetten oder plünderten die Frühstücksbuffets. Roos lief alleine die Straße entlang und hielt sich immer dicht am moosbewachsenen Wall.

Isa biss sich auf die Lippe. Geduckt verharrte sie auf der obersten Stufe der Treppe und hoffte, in dieser Position einigermaßen von einer daneben wuchernden Hecke verdeckt zu werden. Roos hatte auf ihrem Weg einige Male kaum wahrnehmbar den Kopf gesenkt und aus den Augenwinken nach hinten gespäht; wenn die grüne Fee ihr offen auf der Straße nachtrabte, würde sie sie garantiert sofort entdecken. Deshalb musste sie warten. Ungeduldig wippte sie auf den Fußballen auf und ab, bis sie es schließlich nicht mehr aushielt. Vorsichtig streckte sie die Nasenspitze hinter der Hecke hervor und sah gerade noch, wie Roos der Biegung der Straße folgte und aus ihrem Blickfeld verschwand.

Flink setzte Isa ihr nach.

Zu Isas Verwunderung änderte Roos, als sie das innere Klever Tor erreichte, nicht die Richtung. Die grüne Fee hatte angenommen, dass sie zwar einen Umweg nahm, aber im Grunde auf das Marktgelände wollte, doch sie lief weiter und betrat die Straße, die am Nordwall entlangführte. Eine Handvoll Leute, die dort mit Rucksäcken und Fotoapparaten herumstanden und tratschten, ignorierte sie einfach. Weiter hinten drehten sich die großen Flügel der Kriemhildmühle im Wind.

Nun musste Isa auf ihr Glück vertrauen, denn am Nordwall gab es keine Wegbiegungen, hinter denen sie warten konnte. Nur gerade Straße, ein paar Mülltonnen und parkende Autos, doch wenn sie sich am helllichten Tag hinter denen versteckte, riskierte sie bloß dumme Fragen durch andere Passanten. Möglichst unauffällig ging sie Roos hinterher. Dabei presste sie ihre Umhängetasche gegen ihr Bein, damit der Inhalt nicht verräterisch klapperte.

Gerade als Isa ihre Schritte ein wenig beschleunigen wollte, warf Roos wieder einen ihrer kleinen, unauffälligen Blicke nach hinten. Blitzschnell hechtete die Gauklerin unter den Bogen des inneren Stadttors und presste sich mit dem Rücken gegen die raue Steinmauer.

Einundzwanzig, zweiundzwanzig, dreiundzwanzig, zählte sie im Geiste, um sich selbst zur Geduld zu zwingen. Noch nicht … vierundzwanzig … fünfundzwanzig …

Schnell sah sie um die Ecke und grinste. Roos hatte sie nicht bemerkt. Unverdrossen marschierte die Kriegerin auf den Eingang des kleinen Ladens im Erdgeschoss der Kriemhildmühle zu. Isa stutzte. Was wollte Roos denn dort? Um ein paar Brötchen und frisch gebackene »Römernasen« zu kaufen, machte man doch nicht so ein Gewese.

Die grüne Fee war hin- und hergerissen. Sie selbst war schon ein halbes Dutzend Mal in dem alten, umgebauten Turm gewesen und wusste, dass es sowohl im Mühlenladen als auch in den Stockwerken darüber sehr eng war. Auf der Straße schaffte sie es ja noch, Roos ungesehen zu verfolgen – dort drin aber nicht.

Noch in ihre Überlegung versunken, ließ Isa den Blick die Mühle hinaufwandern. Was sie auf der Aussichtsplattform entdeckte, zauberte ein triumphierendes Lächeln auf ihre Lippen. Bisher hatten nur zwei Personen – den farbenfrohen Kleidern und silbern glänzenden Haarschöpfen nach zu urteilen zwei rüstige Rentner – dort oben gestanden und auf das Gelände des Siegfriedspektakels hinuntergeblickt. Nun löste sich jedoch eine Gestalt vom steinernen Rumpf der Mühle, die Isa zwar auf die Entfernung nicht genau erkennen konnte, deren Kleider aber farblich mit denen von Roos übereinstimmten. Erleichtert atmete sie auf. Wenn sich die Kriegerin auf der Plattform befand, konnte sie ihr nachklettern und sie vielleicht aus dem Inneren der Mühle unauffällig belauschen.

Das Innere des kleinen Mühlenladens war größtenteils rund, genau wie die Mühle selbst, und proppenvoll. Beim Klang ihrer Schritte tauchte eine junge, dunkelhaarige Frau aus einem Raum hinter der Theke auf. Ihre Hände und ihre Kleidung waren weiß bestäubt. »Morgen!«, grüßte sie gut gelaunt und rieb sich das Mehl von den Fingern. »Was darf's für Sie sein?«

Isa warf einen sehnsüchtigen Blick auf die Hefebrötchen und herzhaft gefüllten Teilchen. Dann bezahlte sie nur den einen Taler, der als Wegzoll für die Besichtigung der Mühle gefordert wurde, und machte sich an den Aufstieg. Sie musste sich beeilen, wenn sie noch etwas von dem mitgekommen wollte, was Roos dort oben veranstaltete.

Um von Stockwerk zu Stockwerk zu kommen, erklommen die Besucher der Kriemhildmühle steile hölzerne Treppen, die eher an solide Leitern erinnerten. Für alte oder hoffnungslos ungelenkige Menschen war das nichts, und zum ersten Mal war Isa von Herzen dankbar, dass ihre Schnabelschuhe ruiniert waren. Mit den gebogenen Spitzen wäre sie garantiert ständig an den groben Sprossen hängen geblieben und schließlich wie ein angeschossener Grünspecht nach unten in die Auslage gesegelt.

Flink kletterte sie ins erste Stockwerk. Das Licht dort oben war sanft, fast honigfarben. Isa blieb nicht stehen. Sie hangelte sich weiter nach oben, weiter und weiter die Stufen hinauf, die widerwillig unter ihren Füßen knarzten, bis sie zu ihrem eigentlichen Ziel gelangte: dem Raum, von dem aus man auf die Aussichtsplattform gelangte. Beim Erklettern der letzten Treppe schmiegte sie sich besonders eng an die Sprossen. Schließlich konnte es sein, dass Roos in dem Moment, in dem sie vorwitzig den Kopf aus der Bodenluke steckte, wieder ins Innere der Mühle kam und sie entdeckte. Wirklich ausweichen konnte Isa der Kriegerin bei einer ungewollten Begegnung zwar sowieso nicht mehr, aber wenigstens wollte sie ein paar Sekunden Vorsprung, um nicht wieder unfreiwillige Bekanntschaft mit einem Wikingerdolch zu machen.

In diesem Stockwerk klapperte Holz laut auf Holz. Das Mahlwerk war in Betrieb und verarbeitete Getreide zu feinem Mehl. Vorsichtig zog sich Isa auf den knarrenden Bretterboden hoch und sah sich um.

Alles, – die hölzernen sich drehenden und ratternden Eingeweide der Mühle, die herumstehenden Werkzeuge und Säcke – war mit einer weißen Schicht Mehlstaub bedeckt. Der Duft, der schon unten den Laden erfüllt hatte, war hier sogar noch stärker und vermischte sich mit der frischen Luft, die von draußen hereinkam, und einer schwachen Note Kalk. Die runden Wände waren gemauert und ebenfalls weiß; ob verputzt oder von einer Patina aus Mehl bedeckt, das sich dort schon seit Anfang des neunzehnten Jahrhunderts absetzte, konnte Isa nicht sagen. Der Geschichte der Windmühle, so spannend sie auch sein mochte – immerhin gab es das Gebäude an sich schon seit dem Spätmittelalter, wo es nicht als Mühle, sondern als Wohnturm des Xantener Nachtwächters fungiert hatte – galt in diesem Augenblick allerdings auch nicht ihre Aufmerksamkeit.

Vor einer offenen Bodenluke stand ein junger Müller mit Brille und Schiebermütze und hantierte mit einem Seil, das durch ein Loch in der Decke kam und durch die Luke weiter nach unten verlief. Vermutlich führte es einmal durch alle Stockwerke der Mühle. Neben dem Müller staubte es weiß in einem großen Plastiktrog, der unter einer hölzernen Schütte stand. Als der Mann die Gauklerin entdeckte, tippte er sich an die Mütze. Isa grüßte zurück. Gut, dass er nicht wusste, dass sie keineswegs nur für eine kleine Besichtigungstour gekommen war.

Es gab zwei Türen, die auf die Plattform hinausführten. Die eine stand offen und war für die Besucher gedacht. Die andere führte direkt zu einem verbotenen Bereich, in dem sich die Flügel der Mühle drehten, und war deshalb mit einem Netz aus grobem Garn abgesperrt. Dort war es gefährlich, wenn die zentnerschweren Flügel, wie in diesem Moment auch, vom Wind betrieben die Luft mit einem mächtigen Rauschen durchschnitten. Isa erinnerte sich, dass sie einmal bis in das letzte für Besucher zugängliche Stockwerk der Mühle hinaufgestiegen war. Darüber gab es noch eine Etage, zu der auch eine weitere Treppe führte, doch diese war versperrt durch ein Brett, auf dem nebst einer simplen, wenn auch sehr anschaulichen Zeichnung die Worte: »*STOPP, sonst Kopp: Hopp!*«, standen.

Im Klartext: Unter den Flügeln herumzuturnen, bedeutete Lebensgefahr.

Die Aussichtsplattform, deren fester Bretterboden von einem grün angelaufenen Geländer nach außen hin abgesichert wurde, verlief einmal rund um die ganze Mühle. Da sie nicht wusste, wo Roos sich genau befand, gab es für Isa nur eine Möglichkeit: Sie überlegte kurz und entschied sich dann auf gut Glück, zuerst von der Tür aus linksherum bis dorthin zu gehen, wo der gesperrte Bereich anfing.

Dieser Gang war ein Reinfall. Einzig und allein eine Krähe schoss dicht an Isa vorbei, bevor sie krächzend auf einem schwarz gedeckten Dach landete. Ansonsten war keine Seele auf diesem Teil der Plattform. Schnell ging Isa wieder zurück. Als sie rechts an der Tür vorbeiging und den anderen Abschnitt betrat, fluchte sie leise. Halb von der gekrümmten Mauer des Mühlenturms verdeckt, konnte die grüne Fee gerade noch so eine hell gekleidete Gestalt erkennen. Roos, ohne Zweifel. Und sie war nicht allein. Den dunklen Umhangzipfel, der dicht neben Roos' Hosenbein im Wind flatterte, kannte Isa nur zu gut. Doch sie hatte keine Chance, sich unbemerkt an die beiden heranzuschleichen, denn zwischen ihr, Roos und Doms Mörder hatten es sich die zwei Rentner an einem Tisch gemütlich gemacht.

Die Kriegerin hatte sich mit ihrem Begleiter offenbar dicht neben dem abgesperrten Bereich postiert. Wahrscheinlich wollte sie unliebsame Zuhörer vermeiden, indem sie auf das laute Rauschen der Mühlenflügel und die Tatsache setzte, dass man sich ihnen so nur von einer Seite nähern konnte.

Diese ganze Heimlichtuerei kam der grünen Fee höchst verdächtig vor. Roos war sicherlich nicht gekommen, um den Killer nur bloßzustellen und später befriedigt zuzusehen, wie er in Handschellen abgeführt wurde und der Pöbel ihn dabei mit Gemüse bewarf. Vielleicht wollte sie sich auf eine andere Art an ihm rächen ...

Isa *musste* hören, was die beiden zu besprechen hatten. Sie konnte sich allerdings nicht einfach so in der Nähe der beiden pfeifend ans Geländer lehnen. Und wenn sie sich anschlich, auf Zehenspitzen und dicht an die Mauer gepresst, würden sie die Rentner, die dazwischen saßen, garantiert für eine Geisteskranke halten.

Es gab nur einen Ausweg.

Bevor die alten Leutchen am Tisch sie bemerken und womöglich noch zu einem Tässchen Tee einladen konnten, huschte Isa wieder um die Mühle herum. Vorsichtig linste sie durch die Türöffnung. Der Müller stand zwar fast unmittelbar neben ihr an der Schütte, doch er wandte ihr dabei den Rücken zu. Schnell lief sie weiter.

Als sie zu dem mit Netzen abgesperrten Bereich kam, blieb sie stehen. Einer der mächtigen Flügel durchschnitt gerade das Areal und erhob sich dann wieder in den Himmel. Mit seinen massiven hölzernen Kanten hätte er ein gepanzertes Streitross sauber in der Mitte zerteilen können.

Der Abstand zwischen den Flügeln und dem Mauerwerk des Mühlenturms war gerade breit genug, um sich nicht vor Angst in den Rock zu machen. Ein rascher Blick über die Schulter, dann stieg Isa über das Seil, presste sich mit dem Rücken so eng wie möglich an die steinerne Wand und begann dann, sich Schrittchen für Schrittchen seitwärts zur anderen Seite vorzuarbeiten.

Damit rechnen die nie, dachte Isa vergnügt.

Wuuusch.

Als der nächste Flügel nur eine gefühlte Handbreit vor ihrer Nasenspitze an ihr vorbeirauschte, glitt ihr das Grinsen vom Gesicht. Für einen Moment vergaß sie das Atmen. Es fühlte sich an, als ließe ein Riese seine Doppelaxt direkt vor ihrer Nase durch die Luft sausen. Sie wurde gleichzeitig gegen die Wand gepresst und davon weggezogen. Ihre Haare wurden ihr in die Augen geweht, doch sie hielt es für keine gute Idee, die Hände auszustrecken und sie wegzustreichen. So gut es ging, versuchte sie mit dem Mühlenturm zu verschmelzen und so wenig Angriffsfläche wie möglich zu bieten. Jede einzelne Unebenheit des Mauerwerks bohrte sich ihr dabei unangenehm in den Rücken. Unwillkürlich malte sie sich im Geiste die Schlagzeile im hiesigen Käseblatt aus: »*Zweite Leiche beim Siegfriedspektakel – Kriemhildmühle köpft gleichnamige Gauklerin!*«

Grimmig schob sie den Gedanken beiseite und schob sich weiter an der Wand entlang. Endlich erreichte sie die Biegung, hinter der Roos und der Mann im Umhang zum Vorschein kamen, und brachte so auch gleichzeitig ein bisschen mehr Abstand zwischen sich und die in einem stetigen Rhythmus vorbeischwingenden Mühlenflügel. Isa schob sich so nahe an ihr Ziel heran, wie es eben noch ging, ohne entdeckt zu werden, und spitzte die Ohren. Trotz des Krachs, den die Mühle machte, konnte sie bruchstückhaft verstehen, was wenige Meter entfernt gesprochen wurde.

»... habe keine Ahnung, wovon du da redest.«

Da war sie wieder, die Raspelstimme. Rau, aber nicht tief. Und nicht dazu geeignet, eine billige Lüge zu kaschieren.

Roos stand kerzengerade am Geländer und sah den Mann an ihrer Seite, der Isa den Rücken zuwandte und die Kapuze locker auf dem Kopf trug, nicht an. Mit einer Hand auf dem Geländer starrte sie in die Ferne. Sie wirkte vollkommen versteinert. Nicht einmal ihr Haar wehte im Luftzug. »Hör auf damit.« Ihre Stimme war so kalt, dass es Isa nicht gewundert hätte, wenn Eiskristalle auf dem rissigen Holz erblüht wären. »Ich wusste von Anfang an, dass du es warst. Niemand sonst hätte es fertiggebracht, Dom zu töten und dabei so stümperhaft, so theatralisch vorzugehen. Spätestens als mich diese kleine Gauklerschlampe nach dem Schlüssel und der Figur gefragt hat, war alles klar.«

»Stümperhaft?« Der Mann versuchte drohend zu klingen, schaffte es aber nicht ganz. »Bist du dir sicher, dass es klug ist … zu beleidigen, der gerade deinem geliebten Dominik den Dickschädel abgehackt hat?«

»Also gibst du zu, dass du es warst.«

Schweigen.

Eines musste man Roos lassen. Sie wusste, wie man ein Verhör führte. Allerdings stellte sich ihr Gegenüber auch nicht besonders schlau an. Isa dachte noch über die Bezeichnung »Gauklerschlampe« nach, als der Wind, den der nächste Flügel machte, ihren Rock flattern ließ. Erschrocken schnappte sie sich einen Zipfel und zog den grünen Stoff straff. Sie wollte weder, dass Roos und der Killer sie entdeckten, noch dass der Rock an einem der Flügel hängen blieb und sie wie eine Lumpenpuppe nach oben gezogen wurde.

»… Scheiße, ja! Ich geb's zu! Und … willst du jetzt machen? Zur Polizei gehen?« Der Mann im Umhang lachte laut. Es klang, als schabte man mit einer Käsereibe mehrmals über trockenes Holz. »Dann mach ich dich einfach auch kalt.«

»Mach dich nicht lächerlich.«

Sie sagte das tatsächlich, und zwar mit einer Selbstsicherheit, die Isa schier verblüffte.

»Ich hätte dich längst an den Kommissar verraten können«, fuhr Roos fort. »Aber … mich entschieden, dich … anders zu bestrafen.«

Der Mann wich einen winzigen Schritt zur Seite. Hatte er vorher fast Schulter an Schulter mit Roos gestanden, wandte er sich ihr jetzt mehr zu, so als erwartete er einen Angriff. »… mich etwa hier runterwerfen? Hier … überall Zeugen, du dumme Kuh!«

Isa schob sich noch ein winziges Schrittchen näher an der Wand entlang zu den beiden hinüber und blinzelte angestrengt, als ihr der Luftzug, den der nächste Windmühlenflügel verursachte, beinahe den Dutt vom Kopf fegte. Ihre Augen begannen zu tränen.

Roos rührte sich nicht, sondern starrte weiter geradeaus. »Ich will Geld für mein Schweigen«, sagte sie schließlich.

Eigentlich bildete sich Isa eine nicht unerhebliche Menge darauf ein, bei Thrillern und Kriminalromanen stets auch die absurdesten Wendungen vorauszusehen. Sie hatte ein Näschen für so was. Aber auf das, was sie da hörte, wäre sie nie gekommen. Roos Evers, die schon bei der Vorstellung, dass Dom etwas mit einer anderen Frau gehabt hatte, zum Dolch griff, gab sich damit zufrieden, seinen Mörder zu *erpressen*? Eher hätte sie darauf getippt, dass die Kriegerin ihn mit dem Bauch vor den großen mechanischen Drachen des Siegfriedspektakels band und dann die Gasflamme im Maul betätigte, bis er gar war.

Der Mann im Umhang war offenbar ebenso verblüfft wie Isa, denn er stand da wie vom Donner gerührt. Alle vier Mühlenflügel rauschten mit voller Wucht an der grünen Fee vorbei, bis er sich endlich wieder gefasst hatte. »Geld?« Er klang völlig fassungslos. »Roos, du weißt nicht, was du da verlangst. Mein Preis … nein, das geb ich dir nicht. Nein.«

»… keine Wahl, Thijs.«

Als sie den Namen aussprach, wäre Isa am liebsten auf den nächsten Flügel gehüpft und hätte jauchzend vor lauter Glück eine Runde gedreht.

Der Angesprochene reagierte ungleich aggressiver. Blitzschnell schoss ein nicht gerade schwächlich wirkender Arm unter dem Umhang hervor. Der schwarze Stoff rutschte zur Seite und die Kapuze durch die Heftigkeit der Bewegung vom Kopf. Isas Herz schlug ihr bis zum Hals, als sie nicht nur die Pausbacken wiedererkannte, sondern auch einen notdürftigen Verband an seinem Arm bemerkte – dort, wo sie ihren nächtlichen Besucher nur Stunden zuvor mit dem Wurfmesser getroffen hatte. Thijs packte Roos grob am Hals und riss sie zu sich herum. Selbst auf die Entfernung sah Isa, wie seine Fingerknöchel dabei weiß wurden, doch Roos verzog keine Miene. Sie ließ zu, dass Thijs sie in seiner Verzweiflung schüttelte, und starrte ihm ohne jede Regung ins Gesicht, bis er sich wieder gefangen hatte. Ihr Blick war kalt wie schwarzes Eis. »Bezahl mich oder … zur Polizei«, wiederholte sie ihre Forderung.

»Dann bist du auch dran, wegen Erpressung. Und weil du denen Informationen vorenthalten hast! Dann … beide in den Knast!«

Roos lachte freudlos. »Glaubst du, das interessiert mich? Dom ist tot, Thijs. *Tot.* Und es fühlt sich an, als wäre ich mit ihm gestorben. … du mich in dieser Nacht ebenfalls getötet, also sag … ich noch zu verlieren?«

Plötzlich ging Isa auf, dass nicht nur Roos in der Lage war, ihren Gegner von der Mühle zu schubsen. Das Ganze funktionierte natürlich auch prima umgekehrt. Doch bevor sie sich Sorgen um die Kriegerin machen konnte, die offenbar nicht einfach nur an einem gebrochenen Herzen, sondern an einer zutiefst zerrütteten Seele litt, ließ Thijs wieder von ihr ab. Seine Finger hinterließen rote Abdrücke auf der milchweißen Kehle.

Er richtete seinen Umhang und warf einen Blick hinter Roos, vermutlich, um sich zu vergewissern, ob die Rentner am Tisch etwas von seinem Ausbruch mitbekommen hatten. »Okay«, krächzte er. Was er als Nächstes sagte, bekam die grüne Fee kaum mit, weil auf der Straße unter ihr ein Auto angelassen wurde. »... holen ... in einer Stunde hier. Wie ...«

Böse starrte Isa hinunter auf den klapprigen Opel Corsa und verfluchte den Tag, an dem die Menschheit Pferde gegen Verbrennungsmotoren eingetauscht hatte.

»Fünfhundert ... den Anfang«, antwortete Roos, als der Schrotthaufen endlich zu stottern aufhörte.

Thijs sah so aus, als wollte er sie am liebsten erneut schütteln. Vorzugsweise, während er sie mit dem Kopf nach unten über das Geländer der Plattform baumeln ließ. Doch diesmal hielt er sich zurück, das Gesicht zu einer seltsamen Grimasse verzogen. Isa ordnete den Ausdruck irgendwo zwischen Wut, Schuldgefühlen und dem Wunsch ein, bitterlich zu weinen. Er hinterließ ein sonderbar flaues Gefühl in ihrer Magengegend.

»Okay«, sagte Thijs erneut. Dann zog er sich überflüssigerweise wieder die Kapuze auf. »In einer Stunde.« Er drehte sich um und ging zurück ins Innere der Mühle.

Roos blieb noch eine Weile am Geländer stehen. Entweder wollte sie nicht mit Thijs zusammen gesehen werden und gab ihm deshalb einen Vorsprung oder sie dachte noch ein wenig über den Handel nach, den sie gerade mit dem Mörder ihres Geliebten eingegangen war, vermutete Isa, die sich immer noch platt wie eine Flunder gegen die Mauer des Turms presste. Erst als Roos sich schließlich aufraffte und ebenfalls verschwand, traute die grüne Fee sich wieder durchzuatmen. Allerdings nur ganz flach.

Vorsichtig schob sie sich wieder an der Wand entlang zurück zur anderen Seite der Plattform, um dort über die Absperrung zu schlüpfen, wo sie den verbotenen Bereich betreten hatte. So hoffte sie erneut die Rentner zu umgehen. Doch die flotten alten Leutchen machten ihr einen Strich durch die Rechnung. »Hallo? Was suchen Sie denn da?«

Verflixt, dachte Isa. Die beiden Rentner hatten in der Zwischenzeit den Tisch gewechselt. Nun stand der grauhaarige Herr mit dem dünnen Schnurrbart und der Siebzigerjahre-Brille, die in etwa die Größe eines Kinderfahrrads hatte, neben dem auf dieser Seite befindlichen, grün angelaufenen Holztisch und hatte einen Arm um seine Gattin gelegt, die auf der fest montierten Sitzbank saß. Beide starrten die Gauklerin, die sich da an den mächtigen Mühlenflügeln vorbeischlängelte, verwundert an.

Die grüne Fee war nur ganz kurz außer Fassung. Dann übernahm ihre große Klappe das Steuer. »Alles in Ordnung, machen Sie ruhig weiter. Genießen Sie Ihren Tee«, rief sie im besten Plauderton und stieg über das grob gesponnene Netz, das zwischen Mühlenturm und Geländer gespannt war. Dann tätschelte sie mit der flachen Hand die solide alte Außenwand des Turms. »Geheime, außerplanmäßige Überprüfung von Sicherheit und Statik. Die Stadt sorgt sich schließlich um ihre Besucher und ihre Kulturgüter. Sieht aber alles sehr gut aus hier, wirklich. Sehr gut.«

Die ältere Frau hob skeptisch die Augenbrauen. »Aber Sie tragen mittelalterliche Kleidung«, wandte sie ein.

Isa machte nicht den Fehler, stehen zu bleiben und sich auf eine längere Diskussion einzulassen. Ohne Hast ging sie auf die beiden zu, als wäre es für sie das Natürlichste von der

Welt, auf Windmühlen herumzukraxeln, und kramte dabei in ihrer Umhängetasche herum. »Meine Gute, wenn ich mich nicht dem Anlass entsprechend verkleiden würde, wäre es ja auch keine *geheime* Überprüfung.«

Endlich hatte sie gefunden, was sie suchte. Während sie an dem Rentnerpärchen vorbeispazierte, setzte sie Alex' Fliegersonnenbrille auf, nickte ihnen zu und raunte: »Falls jemand fragt – ich war niemals hier.«

Dann machte sie, dass sie Land gewann.

Kapitel 21

Lena schaute ziemlich verwundert drein, als die grüne Fee hastig zwischen den Marktständen auf sie zu eilte und nicht wie erwartet vom Heerlager aus auftauchte.

»Bist du eben schon am mir vorbeigelaufen?« Verwirrt blickte sie sich um, aber Isa ließ ihr keine Zeit zum Grübeln. Sie schnappte sich die wilde Helena bei der Hand, machte kehrt und zog sie einfach mit sich mit. »Wir müssen zum ›Sau am Spieß‹-Stand und danach so schnell wie möglich den Kommissar finden«, sagte sie über die Schulter. »Wir hatten recht mit Thijs.«

»Wieso denn?«, fragte Lena atemlos.

»Er trifft sich mit Roos Evers, um ihr Schweigegeld zu zahlen. Oder, um sie auch umzubringen. Das steht noch nicht ganz fest, glaube ich.«

Während die beiden Gauklerinnen über den Marktplatz eilten, auf dem es zwischen den Buden langsam lebendig wurde, erzählte Isa ihrer Freundin von ihrem Abenteuer auf der Mühle. Dabei fing sie sich einen »Ist-das-dein-Ernst?«-Blick ein, als sie die Sache mit der Mühlen-Inspektion erwähnte.

»Und jetzt müssen wir Thijs' Alibi aus dem Weg räumen und so den Kommissar von der Wahrheit überzeugen.«

Wie erwartet protestierte Lena. In der Hinsicht ähnelte sie Miss Marples Helfer Mr. Stringer, nur dass der niemals in ein so enges Mieder gepasst hätte. »Aber denkst du nicht, wir sollten die Polizei jetzt schon verständigen?«

»Vergiss es! Winkelmann lässt seinen geliebten Waschwasser-Kaffee garantiert nicht stehen, um uns zu einer angeblichen Geldübergabe zu begleiten, solange er nur unser Wort hat. Wir müssen das selbst in die Hand nehmen.« Dazu mussten sie Thijs' Chefin, die ihm das Alibi gegeben hatte, selbst auf den Zahn fühlen. Denn eines hatte Isa aus all den zerfledderten Kriminalromanen gelernt, die sich in ihrem Zelt und ihrer Wohnung stapelten: Wenn man nach Dingen fragt, die man schon weiß, erfährt man oft Dinge, die man noch nicht weiß.

Die beiden Gauklerinnen flitzten durch die Gasse zwischen den Marktständen, die sich gleich neben dem Hauptweg befanden. Um diese Uhrzeit wanderten die ersten Spanferkel bereits auf den Grill, damit sie fertig waren, wenn das Spektakel seine Tore öffnete, doch Isa musste sich nicht am stärker werdenden Duft orientieren, um zu wissen, wo der Stand war, an dem Thijs normalerweise arbeitete. Und wo Sunny, seine Chefin, in diesem Augenblick ihre Mannschaft herumscheuchte. »Los jetzt, nicht so lahm! Thorsten, Franky, ihr solltet doch gestern alles saubermachen, wieso ist der Spieß hier immer noch fettig? Doch, ist er, da und da! Putzen, aber dalli!«

Sunny – eigentlich Sonja – war eine große, blonde Frau mit rotem Gesicht, die niemals um den heißen Brei herumredete, auch wenn sie damit andere vor den Kopf stieß. Sie packte zu, wo es nötig war, und machte gern den ein oder anderen dreckigen Witz, wenn abends am Lagerfeuer das Methorn kreiste.

Als Isa sie nach Thijs fragte, runzelte sie die Stirn und wischte sich die öligen Hände an der Schürze ab. »Ich hab's dem Kommissar schon gesagt: Thijs war den Abend über hier. Er hat beim Saubermachen und Wegpacken geholfen. Wenn er nicht aufgetaucht wäre, hätte ich ihm gehörig in den Hintern getreten.« Vom Arbeiten und Delegieren glühten ihre Wangen bereits. Wenn später die Mittagssonne und das Buchenholz unter den Spießen erst richtig brannten, würde ihr Gesicht leuchten wie frischer Klatschmohn.

»Bist du dir da ganz sicher?«, hakte die grüne Fee nach, obwohl sie die Antwort bereits kannte.

Sunny nickte entschieden.

Isa warf Lena einen Seitenblick zu. Dann deutete sie auf das Gewusel hinter Sunny. Jeder ihrer Angestellten trug die gleiche Art von Gewandung: schwarze Hose, weißes Hemd, schwarzes Kopftuch, Gürteltasche. Ohne Ausnahme.

»Sunny, denk bitte noch mal nach. Erinnere dich an den Abend zurück. Wenn ihr hier aufräumt, dann ist die Sicht doch selbst mit Lampen und Fackeln nicht so gut wie am Tag, oder?«

Eine blonde Locke rutschte vorwitzig unter Sunnys eigenem Kopftuch hervor. Energisch schob sie sie wieder zurück. »Natürlich nicht. Wir haben gute Strahler, aber dunkel bleibt dunkel.« Plötzlich sah sie aus den Augenwinkeln etwas, das ihr Missfallen erregte. »Jessi, pass mit der Pinselwürzung auf! Da landet ja mehr auf dem Boden als auf dem Schwein!« Nachdem sie einen strengen Blick auf das angesprochene Mädchen abgefeuert hatte, wandte sie sich wieder Lena und Isa zu. »Worauf willst du hinaus, Isa? Raus mit der Sprache!«

»Hast du mit Thijs am Donnerstagabend gesprochen? Ich meine, hast du ihm wirklich in die Augen gesehen oder seine Stimme gehört, während ihr gearbeitet habt?«

»'Türlich hab ich ...« Sunny unterbrach sich. Rieb mit gerunzelter Stirn immer noch die Schürze zwischen den Fingern.

Dann blickte sie sich noch einmal um und betrachtete ihre Helfer. Ihr schien etwas klar zu werden. Sie sah wieder die grüne Fee an, die am liebsten hinter dem Rücken beschwörend die Finger gekreuzt hätte. »Wo ich so drüber nachdenke … nein, eigentlich nicht.« Sie verschränkte die Arme vor der Brust. »Aber er war zum Saubermachen eingeteilt. Und er kommt immer pünktlich zur Arbeit, weil er den Job braucht und weiß, dass es sonst Ärger gibt. Er *muss* dagewesen sein.«

»Es könnte allerdings auch sein, dass er nicht da war, richtig? Ihr wart alle vollauf damit beschäftigt, aufzuräumen und alles für den nächsten Markttag vorzubereiten. Verkäufer an diesem Stand tragen die gleiche Kleidung; es wäre in der Hektik und bei den schlechten Lichtverhältnissen doch nicht groß aufgefallen, wenn einer von euch gefehlt hätte, solange nur am Ende die Arbeit getan war. Stimmt's?«

Die paar Sekunden, in denen Sunny schwieg und nachdenklich vor sich hin starrte, während sie im Geiste den besagten Abend noch einmal Revue passieren ließ – jeden Handgriff, jedes Wort –, waren für Isa kaum zu ertragen.

»Stimmt«, gab sie schließlich zu. Und sah schockierter aus, als die grüne Fee sie jemals gesehen hatte. »Der Abend war stressig und ich noch müde von der Fahrt und dem ersten Tag am Platz. Kann sein, dass er sich gedrückt hat – ich hätt's wahrscheinlich wirklich nicht gemerkt.«

»Dann musst du mit uns kommen und genau das dem Kommissar sagen, Sunny. Bitte, es geht vielleicht um Leben und Tod.«

Lena sah auf ihre Uhr. Sie runzelte die Stirn. »Dauert es nicht zu lange, erst zum Polizeirevier zu laufen? Thijs und Roos treffen sich bald.«

»Nicht nötig. Winkelmann lungert sicher hier irgendwo auf dem Marktplatz herum.«

»Woher willst du das wissen?«

»Erinnerst du dich nicht daran, was er bei unserer ersten Begegnung gesagt hat?« Isa ahmte die brummige Stimme des Kommissars nach. *»Ich mache mir gerne selbst ein Bild. Nicht nur vom Tatort, sondern auch von beteiligten Personen.* Glaub mir, er ist hier. Wir müssen nur herausfinden, wo, und ihn dann mit Sunnys Hilfe überzeugen, dass das, was wir wissen, der Wahrheit entspricht.« Die grüne Fee lächelte grimmig. »Und dann haben wir Doms Mörder in der Tasche.«

Fünfhundert Euro.

Thijs de Strycker hockte in dem winzigen Van, der während des Siegfriedspektakels sein Zuhause war, und zitterte nervös. Es war eng und muffig in der Karre, aber wenigstens war er alleine und konnte in Ruhe nachdenken.

Obwohl es viel zu früh dafür war, setzte er die Flasche erneut an. Das Gesöff, das er sich eigentlich aus Jux besorgt hatte – ein auf mittelalterlich getrimmter Kräuterschnaps – schmeckte nicht so gut wie der, den er am Donnerstag am Stand probiert hatte, obwohl es dieselbe Sorte war. Eigentlich schmeckte er sogar ziemlich beschissen. Thijs nahm trotzdem noch einen Schluck, auch wenn er sich schon vor dem verhängnisvollen Treffen auf der Mühle einen genehmigt hatte. Seit Roos' Anruf ging ihm der Arsch auf Grundeis, und das Brennen, das der Schnaps in seiner Kehle hinterließ, betäubte die Angst ein bisschen. Die Schuldgefühle, die unaufhörlich in ihm rumorten, vermochte er allerdings nicht zu überdecken. Er konnte sie beinahe körperlich spüren; sie zogen sich als geschmolzene, weiß glühende Eisenfäden in seiner Brust zu einem Knoten zusammen, genau über seinem Herzen.

Schuldgefühle und Furcht. Das waren die beiden Emotionen, die neuerdings seinen Alltag bestimmten. Dabei hatte er eigentlich gedacht, dass mit Doms Tod so vieles besser werden würde ... Doch da hatte er sich getäuscht, wie so oft im Leben. Alles, was blieb, war die Tatsache, dass er seinen besten Freund auf dem Gewissen hatte.

Thijs war sich durchaus bewusst, was er getan hatte. Er würde diese Nacht vermutlich niemals vergessen können, nicht mit allem Schnaps der Welt. Mit dem Schwert auszuholen und den Widerstand zu spüren, als die scharfe Klinge Doms Hals traf, durch Haut, Muskeln und schließlich auch durch Knochen schnitt, hatte ihm nicht gefallen. Nicht so wie den Killern in den Filmen. Im Gegenteil, er hatte sich zusammenreißen müssen, um nicht ins Turnierzelt zu kotzen. Vor allem, als er mehrmals zuschlagen musste, damit Doms blöder Dickschädel endlich abging. Das Gefühl dabei hatte ihn ans Holzhacken erinnert, nur ... *saftiger.*

Auf keinen Fall hatte er sich übergeben wollen. Das hatte er aus den Fernsehserien gelernt, die er in sich in der langen Zeit, als er arbeitslos gewesen war, tagelang in seiner schmuddeligen Ein-Zimmer-Wohnung angesehen hatte. Wenn Bullen Erbrochenes am Tatort fanden, brachten sie es zu heißen, rothaarigen Pathologinnen, die damit nicht nur herausfinden konnten, wer man war, sondern auch, was man zu Mittag gegessen und welche psychologischen Macken man hatte.

Nein, Kotzen war nicht drin gewesen. Denn Thijs wollte schlau sein. Er wollte nicht erwischt werden. Und doch stand ihm jetzt das Wasser bis zum Hals.

Fahrig wischte er sich den Schweiß von der Stirn. In dem verfluchten Van herrschte eine Scheißhitze. Angewidert nippte er an der Flasche und verzog das pausbäckige Gesicht.

Dabei hatte am Anfang alles so gut ausgesehen. Er war sich so clever vorgekommen und hatte immer noch keine

Ahnung, warum eigentlich alles so verflucht schiefgelaufen war: Das Alibi, das Sunny ihm bereitwillig gegeben hatte, weil sie es nicht besser wusste, hatte perfekt gepasst. Und das Schwert des fremden Ritters zu benutzen und dann auch noch den blutigen Umhang in seinem Wohnwagen zu verstecken, um den Verdacht auf ihn zu lenken – das alles war doch genial gewesen. So genial! Bis auf die paar Fragen, die der Kommissar ihm gestellt hatte, war er bei den Ermittlungen kaum in den Fokus geraten. Genau wie vorhergesagt. Aber dann ...

Diese verdammte Gauklerin war schuld. Sie war ihm wieder und wieder in die Quere gekommen, schon im Turnierzelt, wo er vor lauter Schreck einfach das Weite gesucht hatte, statt sie einfach umzuknüppeln und dann weiter nach den Beweisen zu suchen, die Dom mit Sicherheit dabeigehabt hatte. Dafür hätte er sich später ohrfeigen können. Dann hatte sie nicht nur Jasper, den Ritter, aus dem Knast rausgeboxt, sondern Thijs selbst auch bei seinem Einbruch überrascht und ihn mit einem verdammten Wurfmesser angegriffen. Einem Wurfmesser! Wer zum Teufel machte denn so was? Die Kleine hätte sich vor Angst in die Hose machen sollen, wie er da, die Kapuze auf dem Kopf und das Gesicht darunter durch eine Maske aus schwarzem Stoff verdeckt, in ihrem Zelt aufgetaucht war. Aber nichts da. Seine nächtliche Suche nach Doms verdammtem Lederbeutel war völlig in die Binsen gegangen und hatte ihm nicht nur einen fiesen Schnitt am Arm eingebracht, der unter dem Verband fröhlich vor sich hin puckerte, sondern auch den Ärger, den er nun ausbaden musste. Er fürchtete um sein Geld, seine Freiheit und ja, verdammt, auch um sein Leben.

Die ganze Sache war zum reinsten Chaos mutiert. Seine Lage verursachte ihm Kopfschmerzen, die sich wie Nadeln in seine

Gehirnwindungen zu bohren schienen. Verspannt lehnte sich Thijs an die harte Tür des Vans, streckte die Beine aus – halb auf dem Schlafsack, halb auf dem Teppichboden, den er im Wagen verlegt hatte – und schloss die Augen. Erst ging schief, was nur schiefgehen konnte, und nun wollte Roos auch noch Geld von ihm, das er zwar hatte, aber nicht hergeben wollte.

Ausgerechnet Roos.

Er wollte sie nicht auch noch umbringen. Und zwar nicht nur, weil sie ihm mit ihrem Gehabe und ihrem Schwert eine Scheißangst einjagte. Trotzdem – oder vielleicht gerade deswegen – wollte er sie auch. Im Bett. Eigentlich hatte er sie immer gewollt, ihr sehnsüchtig hinterhergestarrt, ihr ein paar höchst befriedigende Tagträume gewidmet. Ihre Größe und ihre Art beeindruckten ihn, und wenn er an sie dachte, hatte er bloß einen Wunsch: »Einmal mit so einer Frau. Das wär's.«

Doch Roos Evers spielte in einer ganz anderen Liga als er. Selbst nachdem Dom, der jedes Weib spielend leicht um den Finger gewickelt hatte, nur noch verrottendes Fleisch war.

Schnell noch einen Schluck Kräuterschnaps, um den Gedanken daran zu vertreiben. Das Zeug ätzte in Thijs' Kehle wie der Schweiß, der ihm in die Augen lief. Er hustete und lachte dann in sich hinein. Es war das Lachen eines Mannes, der auf sein Leben zurückblickt und erkennt, auf was für einem Haufen Scheiße er da eigentlich sitzt.

Der Job bei Sunny war gut, brachte aber nicht viel ein. Nein, er würde seine Taler schön für sich behalten, danke sehr. Sie waren sein einziger Lohn. Und wer wusste schon, wann Roos mit dieser Erpressungsgeschichte wieder aufhören würde? Vielleicht musste er sie für den Rest seines Lebens bezahlen, damit sie ihn nicht bei den Bullen anschmierte. Wütend rieb er sich den Schweiß vom Gesicht und fluchte laut, als er an die Wunde an seinem Arm kam.

Sei ein Mann, du Schwächling, herrschte er sich in Gedanken an. Den Satz hatte er von jemandem, der schlauer war als er, und er hatte ihn innerlich geschrien, bevor er im Turnierzelt mit aller Kraft das Schwert geschwungen hatte.

Du musst tun, was getan werden muss, also hör auf rumzuflennen wie ein kleines Mädchen. Du wirst Roos niemals ins Bett kriegen, und ihr Schweigen bezahlen kannst du erst recht nicht. Bring sie einfach um. Du hast es einmal geschafft, du schaffst es noch mal. Räum sie aus dem Weg und mach dann gleich mit der Gauklerin weiter.

Bring sie beide um.

Die Luft im Van schien immer dicker und staubiger zu werden. Die Metallkarosserie des Wagens heizte sich in der stetig höher steigenden Sonne auf, und wenn er noch länger darin sitzen blieb, würde er vermutlich gegrillt werden wie eines der Schweine, die er in den letzten zwei Tagen über die Kohlen gehievt hatte.

Also knallte er die halb leere Flasche mit geballter Faust so fest neben sich auf den Wagenboden, dass trotz des durch den Teppich gedämpften Aufpralls etwas Glas vom Hals absplitterte. Dann stieß er die Hecktür des Vans auf. Thijs hatte keinen Plan, was genau er machen sollte, wenn er Roos wieder unter die Augen trat. Er hätte gern jemanden um Rat gefragt, aber das ging natürlich nicht. Ihm würde schon etwas einfallen. Mit einem Schnaufen stieg er aus und blinzelte in der plötzlichen Helligkeit.

Kapitel 22

Sunny, Lena und Isa hatten Glück. Dank des Markt-Buschfunks, gegen dessen Schnelligkeit Breitband-Internet ein Witz war, landeten sie ziemlich schnell bei Walburga, die zufälligerweise wusste, wo Kommissar Winkelmann sich aufhielt.

»Vor der Mühle sitzt er«, brummte Walburga und nuckelte an ihrer Hobbit-Pfeife. Sie hockte wie eine gütige alte Schildkröte in ihrer Bude und flocht einen Blumenkranz aus kleinen, rosafarbenen Blüten. Die dicken, klobigen Ringe an ihren Fingern klickten dabei leise aneinander. »Ich habe ihn vorhin auf dem Weg zur Toilette gesehen. Vielleicht ist er noch da.«

»Und hast du auch eine Ahnung, wo Thijs ist?«, fragte Lena aufgeregt. Die Showdown-Stimmung schien sie angesteckt zu haben.

»Wer?«

»Thijs de Strycker. Weißes Hemd, Hamstergesicht, hat neulich jemanden mit einem Schwert enthauptet?«, fragte Isa sarkastisch.

Als die alte Dame sie nur verständnislos anstarrte und schmauchend eine nach Kräutern duftende Rauchwolke gen Himmel schickte, wollte sie schon fast wieder auf dem Absatz kehrtmachen. Die Zeit drängte. Doch dann schien sich

Walburga plötzlich zu erinnern. »Hamstergesicht …«, murmelte sie nachdenklich. »So einen habe ich tatsächlich eben noch gesehen. In einem weißen Hemd und mit schwarzem Kopftuch? Von deinem Stand, Sunny?«

Die Chefin des »Sau am Spieß«-Standes nickte grimmig. »Leider.«

»Der kam eben hier vorbei. Vor fünf Minuten vielleicht. Er lief dahinten hin, in Richtung Klever Tor.«

Isa lächelte. Wenn jemand eine gute Beobachtungsgabe besaß, dann eine neugierige alte Dame mit einem Faible für Kitschromane. »Holen wir den Kommissar«, entschied sie und straffte den Rücken. »Und dann nichts wie hinterher.«

Der Stereotyp des Bullen, der in Film und Fernsehen etwas vertrottelt dabei zusieht, wie ältliche Krimiautorinnen ihre Fälle lösen oder dreist herummeckert, wenn britische Geheimagenten die Welt retten müssen und dabei – natürlich notwendigerweise – die halbe Innenstadt von Rio de Janeiro explodiert, bedient viele Klischees. Sein Sitzfleisch ist zäher als ein altes Steak, sein Vorgesetzter stets anderer Meinung, und außerdem schafft er es immer und überall, Kaffee und Donuts umsonst abzugreifen. Er zückt bloß seinen Dienstausweis, und schon überschlagen sich die eingeschüchterten Servierkräfte vor lauter Freundlichkeit. Harry Winkelmann erfüllte diese Klischees mit beängstigender Genauigkeit.

Der Verkaufsstand vor der Kriemhildmühle, an dem während des Spektakels Getränke und ofenfrische Backwaren verkauft wurden, hatte noch längst nicht geöffnet. Doch Kommissar Winkelmann hockte trotzdem mit einem Kaffeebecher und einem gefüllten Teilchen unter einem der Sonnenschirme, die die Sitzgelegenheiten vor dem Stand vor der Sonne schützten. Er war der einzige Gast. Sein Hemd mit dem großen Schweißfleck am Rücken war rot, weiß und braun kariert. Das Modell trugen sonst vermutlich nur farbenblinde Cowboys zum Squaredance. An der dampfenden Tasse nippend und den Kopf auf eine seiner Pranken gestützt, brütete er über einer ziemlich schmalen Akte. Vermutlich war das der Grund für sein finsteres Gesicht. Zu dünne oder zu dicke Fallakten waren in Krimis nie ein gutes Zeichen, erinnerte sich Isa.

Als sich die drei Frauen vor ihm aufbauten und die grüne Fee ihm erzählte, wem sie auf der Spur waren, hellte sich seine Miene kein bisschen auf. »Augenblick, Frau Bocholt. Noch einmal ganz von vorn.«

»Dafür haben wir keine Zeit!«

»Ich schon.« Flink wie ein rheumatisches Faultier hob er noch einmal die Tasse zum Mund. Seine Seelenruhe war reine Provokation, denn er blickte Isa die ganze Zeit mit einem belustigten Funkeln in den Augen an, während er trank. In Zeitlupe stellte er den Becher wieder auf dem Tisch. »Soweit ich mich erinnern kann, hat Herr de Strycker ein Alibi. Das *Sie* ihm gegeben haben.« Er deutete auf Sunny.

Die grüne Fee wusste: Bevor er nicht bis ins letzte Detail verstand, was los war, würden sie seinen Allerwertesten nicht aus diesem Korbstuhl bekommen. Also brach sie ihren Rekord im Schnellsprechen und lieferte ihm eine knackig kurze Version dessen, was in den letzten paar Stunden geschehen war. Lena und Sunny warfen an den wichtigen Stellen ihre eigenen Kommentare ein.

Als sie fertig waren, guckte Winkelmann ziemlich ratlos aus der Wäsche. »Also ist sein Alibi …«

Isa winkte ungeduldig ab. »Können Sie vergessen.«

»Und die verdächtigen Damen, Frau Evers und Frau Knödler …«

»Können Sie vergessen! Los jetzt, kommen Sie schon, bevor Thijs sich mit Roos trifft und danach womöglich das Weite sucht!«

Die Aussicht belebte den Kommissar weit mehr als drei Becher seines miesen Automaten-Kaffees. Endlich klaubte er die Papiere zusammen, die er neben seinem Frühstück auf dem Tisch verteilt hatte, und stürzte, nun wesentlich flotter als vorher, den letzten Rest aus seiner Tasse hinunter. Isa atmete auf. »Der Mann ist stur wie ein Esel«, flüsterte sie Lena zu.

Die kicherte. »Vielleicht kann er dich deswegen nicht leiden. Ihr seid euch zu ähnlich.«

»Haha, sehr witzig. Wenigstens trage ich keine Klamotten, die ... äh ...« Ihre Stimme verlor sich, während ihr Blick über Lenas Schulter zum Wikingerkarussell glitt und dort an etwas haften blieb.

Die wilde Helena runzelte die Stirn. »Isa?« Sie folgte dem Blick ihrer Freundin und drehte sich um, doch Isa hielt sie zurück. »Nicht!«, zischte sie. »Wenn wir beide gleichzeitig hingucken, merkt er vielleicht was!«

Sie schluckte und zwang sich, Lena fest in die Augen zu sehen, um keinen Verdacht zu erregen. »Walburga hat sich geirrt. Thijs ist nicht beim Heerlager. Er ist da hinten zwischen der kleinen Bühne und dem Karussell. Und er kommt direkt auf uns zu.«

Was dann passierte, war einer dieser Momente, in denen alle Beteiligten, so unterschiedlich sie auch sein mögen, in eine Art Schockstarre verfallen, weil sie in ein und derselben Sekunde genau die gleiche Erkenntnis haben. Die Zeit scheint stillzustehen, nur um dann, wenn das eigene Herz wieder schlägt und einen die furchtbare Gewissheit überkommt, dass gerade etwas schrecklich schiefgelaufen ist, in unendlich viele, schillernde Stränge zu zerfallen wie gedehnte Bonbonmasse.

Isa bemühte sich nach Kräften, Thijs über Lenas Schulter hinweg nicht anzustarren und stattdessen den Eindruck zu erwecken, dass sie und ihre beste Freundin ein ganz normales Gespräch führten. Währenddessen schob sich der Kommissar, noch unwissend, den krümeligen Rest seines Teilchens in den Mund und wischte sich die Finger an der braun karierten Cordhose ab. Sunny hatte Isa leider nicht im Blick. Doch die Verkäuferin musste zufällig in dieselbe Richtung geschaut haben wie sie, denn als Thijs – den Kopf gesenkt, die Hände in den Hosentaschen – gerade so nahe an sie herangekommen war, dass das Blutunterlaufene in seinen Augen und die Röte auf seinen Wangen deutlich sichtbar wurden, hörte die grüne Fee, wie Sunny scharf einatmete. »Thijs!«, rief sie in einem Kommandoton, der eines römischen Feldherrn würdig gewesen wäre. »Komm her, aber sofort! Wir haben was zu klären!«

Isa rutschte das Herz in den Rock. Sie sah, wie sich ihr eigenes Entsetzen in Lenas Gesicht widerspiegelte.

Kommissar Winkelmann hob abrupt den Kopf wie eine Bulldogge, die gehört hat, wie ihr Napf aufgefüllt wird. Auch Thijs' schreckte aus seinen Gedanken. Er blieb direkt neben der Umzäunung des Wikingerkarussells stehen. Seine Augen wurden riesig, als er den Polizisten sah, und sein Brustkorb hob und senkte sich wie nach einem Dauerlauf in voller Rüstung. Alle fünf Personen starrten sich zwei, drei Herzschläge lang gegenseitig an.

Dann wirbelte Thijs herum und nahm Reißaus.

»Stehen bleiben!«, brüllte Winkelmann, womöglich mehr aus Reflex als aus echter Überzeugung. Auf jeden Fall war er so laut, dass Isa die Ohren klingelten, und als Thijs keinerlei

Anstalten machte, seinen Worten Folge zu leisten, setzte sich der Kommissar erstaunlich schnell in Bewegung. Wie ein Gebirgsmassiv, das die Straße entlangrennt und versucht, den Bus noch zu erwischen.

Isa, Lena und Sunny rannten hinter ihm her.

Thijs hetzte wieder an der kleinen Bühne vorbei und kam ins Straucheln, als er vor der Bude des Holzdrechslers wegen einer Unebenheit im Boden mit dem Fuß umknickte. Isas Herz machte einen Sprung, doch er fand sein Gleichgewicht wieder und rannte weiter. Dass er dabei aber immer wieder panisch über die Schulter zu seinen Verfolgern sah, wurde ihm zum Verhängnis. Denn vor dem LARP-Stand, der gerade von seinen beiden Besitzern für den Tag hergerichtet wurde, knallte er geradewegs in Lennox hinein, der mit Waren gefüllte Körbe auf der Wiese verteilte und ihm dabei dummerweise den Rücken zudrehte.

Beide Männer verloren das Gleichgewicht. Isa hörte, wie Lennox vor Schmerz aufschrie, als Thijs ihn mit voller Wucht ins Kreuz traf und sie über die mit Plastikdolchen gefüllten Körbe stürzten.

Wenigstens waren die Waffen nicht echt, dachte Isa und bremste scharf. Neben ihr kam Lena keuchend zum Stehen.

Der Kommissar, das Gesicht mit roten Flecken übersät und schwitzend, preschte auf das Knäuel aus Armen und Beinen zu, das sich da auf dem Boden wälzte, und auch Kris, Lennox' schwatzhafter Kollege, kam angelaufen, um zu helfen. Doch die Angst verlieh Thijs offensichtlich ungeahnte Kräfte. Die grüne Fee sah lediglich, wie eine Faust aus dem Gewirr herausschoss, dann ertönte ein widerlich matschiges Geräusch, dicht gefolgt von wildem Schmerzgeheul. Flüssiges Rot leuchtete auf, und mit einem wütenden, zutiefst verzweifelten Laut rappelte Thijs sich auf, während sich Lennox jaulend auf den Rücken rollte und mit beiden Händen seine Nase umklammerte. Durch seine Finger sickerte Blut.

»Bleiben Sie stehen, Mann!« Der Kommissar schnaufte schon hörbar, doch Thijs wollte ihm den Gefallen immer noch nicht tun. Er schien in heller Panik zu sein. Anstatt zum nicht mehr weit entfernten Parkplatz zu laufen oder den Polizisten, dem es deutlich an Kondition mangelte, sonst wie abzuhängen, hechtete er auf den Marktstand zu, der neben dem von Kris und Lennox stand. Die beiden jungen Burschen, die sich dort gerade an den Waren zu schaffen machten, stoben vor Schreck auseinander wie ein Schwarm Vögel nach dem Schuss des Jägers.

Oh nein, dachte Isa, als ihr klar wurde, auf was er es abgesehen hatte. An dieser Buden wurden keine Dolche aus Plastik verkauft; dies war eine echte Rüstkammer. Mit Schwertern, Äxten und Messern aus Metall.

Eine Hand an den Leib gepresst, so als hätte er mörderisches Seitenstechen, rannte Thijs an den Tisch, auf dem die Waren präsentiert wurden, fiel wegen des Schwungs mit dem Oberkörper fast darüber und griff dann wahllos nach einer Waffe. Es klirrte metallisch, und plötzlich hatte Doms Mörder, allein und bereit, seine Freiheit mit allen Mitteln zu verteidigen, ein geschärftes Söldnerschwert im Stil des fünfzehnten Jahrhunderts in der Hand.

»Zurück!«, brüllte Thijs. Seine Stimme überschlug sich mehrmals, als er ein paar Schritte auf den Kommissar zurannte und das Schwert dabei mit beiden Händen über den Kopf hob, als wollte er jeden Moment zuschlagen. »Zurück oder ich bringe euch alle um!«

Wie abgedroschen, war der erste Gedanke, der Isa durch den Kopf schoss. Trotzdem zuckte auch sie zusammen, als Thijs das Langschwert schwang und sich dabei mehrmals um die eigene Achse drehte, um die Gegner auf allen Seiten auf Abstand zu halten.

Ohne sich abzusprechen, wichen alle Anwesenden unwillkürlich vor Thijs zurück, sodass sich er sich in einem Kreis aus Menschen wiederfand, die ihn mit entsetzten Mienen anstarrten. Er starrte zurück, die Augen weit aufgerissen, das Gesicht krebsrot, das Hemd vom Rennen nass geschwitzt. Er hielt das mit Leder umwickelte Heft des Schwerts so fest umklammert, dass die Fingerknöchel weiß hervortraten, doch trotzdem durchlief den sogenannten Ort – die Spitze der Klinge – in regelmäßigen Abständen ein kaum merkliches Zittern.

»Herr de Strycker.« Die Stimme des Kommissars klang beruhigend, war aber trotzdem deutlich zu hören. »Seien Sie vernünftig und legen Sie die Waffe weg, dann können wir über alles reden.«

»Ich will nicht reden! Lasst mich einfach in Ruhe!« Thijs kreischte jetzt fast.

Isa wusste, dass er nicht klar dachte und ihn die Verletzung durch ihr Wurfmesser etwas geschwächt hatte. Trotzdem hatte er an Dom eindrucksvoll bewiesen, dass er zwar mit dem Schwert keinen Schönheitspreis für Kampftechnik und Stil gewinnen würde, aber durchaus wusste, wie man damit Körperteile und andere unverzichtbare Dinge abtrennte. Außerdem war er stark – seine Oberarmmuskulatur zeichnete sich deutlich unter dem Hemd ab, das ihm feucht am Körper klebte –, und die Angst verlieh ihm darüber hinaus die Kraft eines Wahnsinnigen. Als Lennox, eine blutüberströmte Hand vor das Gesicht gepresst und halb blind, auf den Knien von ihm wegkrabbelte und Kris zu seinem Kollegen eilen wollte, brüllte Thijs wie ein wütender Stier und ließ das Schwert in die Richtung der beiden jungen Männer sausen. Der Stahl durchschnitt zwar nur Luft, doch Kris sprang trotzdem erschrocken einen Schritt zurück. »Ist ja schon gut, ich bin ja schon weg! Ich bin schon weg!«

Lennox warf sich mit dem Gesicht nach unten auf den Boden, damit er nicht von einem Schwerthieb getroffen wurde, doch Thijs grub die freie Hand in sein Haar und zog ihn wieder hoch. Ohnmächtig mussten die anderen mit ansehen, wie er dem jungen LARP-Verkäufer halb in die Aufrechte zerrte und ihm dann die Schwertspitze auf den Nacken setzte.

Er wird ihn abstechen wie ein Stück Vieh auf der Schlachtbank, dachte die grüne Fee voller Entsetzen.

»Bleibt weg von mir! Alle! Verschwindet und lasst mich gehen, sonst ist der Schönling tot!«

Angelockt durch das Gebrüll, das quer über den ansonsten noch ruhig daliegenden Marktplatz schallte, kamen Leute aus verschiedenen Richtungen angelaufen. Bei dem Anblick, der sich ihnen bot, blieben sie jedoch erschrocken stehen. Isa hörte sogar, wie Emmy von der Langosch-Bude leise vor Entsetzen aufschrie und ihren Mann Thorbjörn bei der Hand festhielt, als der wagemutig in Thijs' Richtung eilen wollte.

»Was zum Henker ist denn hier los?«, keuchte der grünen Fee plötzlich jemand ins Ohr. Erschrocken zuckte sie zusammen.

Direkt neben ihr waren Kevin, Valentin und Felix aufgetaucht und starrten mit schreckensbleichen Gesichtern auf das Szenario, das sich vor ihnen mitten auf der Wiese abspielte.

Es war Valentin gewesen, der Isa angesprochen hatte. »Lange Geschichte«, gab sie zurück. »Aber die Pointe lautet: Thijs hat Dom umgebracht. Und jetzt verhandelt er gerade über einen Hafterlass.«

Kevin pfiff durch die Zähne. »Es scheint, der Henker von Xanten weiß nicht mehr, wo ihm der Kopf steht«, sagte er und kassierte einen Rippenstoß von Lena. »Nicht witzig«, zischte sie.

Isas Herz pochte wie wild. Thijs schien zu allem bereit zu sein. Er wusste, dass er nichts mehr zu verlieren hatte.

Die eine Hand weiterhin fest in Lennox' Haar gekrallt, hob er das Schwert und deutete damit auf die Umstehenden. »Wenn sich jemand bewegt oder auch nur versucht, Hilfe zu rufen, hack' ich ihm genauso den Schädel von den Schultern wie Dom!«

Entsetzte Schreie erklangen, als er die Wahrheit herausbrüllte. Loreley, die halb hinter Thijs bei den Büschen stand, fasste sich ans Herz; die Jungs von der Rüstkammer wechselten ungläubige Blicke. Eine Rauchwolke trieb plötzlich vor Isas Augen, und als sie sich umdrehte, blickte sie in Walburgas kummervolles, faltiges Gesicht. Die alte Frau stand direkt hinter ihr. »Dummer, dummer Junge«, krächzte sie leise.

Kommissar Winkelmann würde nichts ausrichten können. Nach Thijs' Drohung war das Risiko zu groß, dass Lennox getötet wurde, wenn er seine Dienstwaffe zog oder Verstärkung rief. Man konnte sehen, wie es hinter der breiten, vor Schweiß glänzenden Stirn des Kommissars arbeitete. Er hielt die Hände in Schulterhöhe, die Handflächen nach vorne. Eine Geste, die Thijs zeigen sollte, dass er jederzeit bereit war, die Sache friedlich zu klären. »Sie haben das nicht richtig durchdacht, Herr de Strycker. Oder darf ich Sie Thijs nennen?«

»Sie können mich mal am Arsch lecken!«, schrie der junge Mann. Seine Hand zitterte dabei so sehr, dass ein dünnes Rinnsal Blut aus einer kleinen Schnittwunde an Lennox' Nacken floss und sich mit den anderen rotbraunen Flecken an Hals und Hemd vereinigte. Lennox' Augen weiteten sich, und Isa glaubte ihn winseln zu hören, doch er bewegte sich keinen Zentimeter.

Eines musste man dem Kommissar lassen: Obwohl er die Situation nicht unter Kontrolle hatte, blieb er ruhig und konzentriert. Das mit dem Vornamen war eine alte Polizistenmasche, die die grüne Fee aus Büchern kannte: Ruf den Geiselnehmer bei seinem Vornamen, baue so eine persönliche Bindung zu ihm auf und versuche dann, ihn davon zu überzeugen, aufzugeben.

Dieser Trick war fehlgeschlagen. Trotzdem sprach Winkelmann weiter. »Sie können hier nicht für immer und ewig so stehen bleiben, Thijs. Wenn Sie diesen Mann töten, dann haben Sie zwei unschuldige Menschen auf dem Gewissen, und die Leute hier überwältigen Sie im Handumdrehen. Aber wenn Sie das Schwert weglegen und ihn gehen lassen, kann ich vor Gericht vielleicht ein gutes Wort für Sie einlegen.«

»Nicht durchdacht?« Thijs' Stimme schien gar nicht mehr richtig ihm zu gehören. Das Raspeln war verschwunden, und sie wurde immer schriller, obwohl er bei der Lautstärke, in der er brüllte, längst hätte heiser sein müssen. »Was soll das heißen, hm? Wollen Sie, dass ich's zu Ende bringe?«

»Nein! Nein, das habe ich nicht gesagt ...«

»SOLL ICH ES ZU ENDE BRINGEN?«

Das Schwert ruckte erneut. Mehr Blut sickerte in Lennox' Hemd.

Neben Isa stand Lena starr wie eine Statue und hatte die Hände entsetzt vor den Mund geschlagen. Die Glöckchen an ihrem Schultertuch klingelten leise, als sie sie wieder runternahm. »Jemand muss etwas tun! Isa, hast du deine Wurfmesser dabei?«

»Die liegen hübsch ordentlich in meinem Zelt. Da, wo sie niemandem was nützen.«

»Na toll.« Auffordernd blickte die wilde Helena die umstehenden Recken an, doch Kevin, ungewöhnlich still für seine

Verhältnisse, verschränkte nur nachdenklich die Arme vor der Brust.

Valentin zuckte hilflos mit den Schultern. »Was sollen wir denn machen? Egal was wir tun, wir gefährden damit Lennox' Leben.«

»Und wenn jemand im Bogen um den Platz läuft und sich dann von hinten durch die Büsche an ihn heranschleicht?«

Isa biss sich auf die Unterlippe. »Das könnte funktionieren«, gab sie zu. »Aber wenn Thijs denjenigen zu früh bemerkt, macht er Lennox zu Hackfleisch … Außerdem, guck ihn dir doch mal an, Lena: Der Kerl ist kurz davor, überzuschnappen. Den kann niemand mit bloßen Händen niederringen, nicht mal dann, wenn er ihn überrumpelt.«

Das stimmte. In Thijs hatten scheinbar die Überlebensinstinkte die Kontrolle übernommen; alles andere versank in einem Strudel aus Angst und Wut. Winkelmann hatte recht. Diese Geiselnahme war völlig sinnlos. Und doch hielt Thijs dem armen Lennox weiterhin das Schwert in den Nacken, starrte gehetzt von einem zum anderen und schüttelte ab und zu den Kopf wie ein Hund, der Wasser in den Ohren hat. Wie er Winkelmann da gegenüberstand, wirkte er genauso grotesk wie der schwarze Ritter aus dem Monty-Python-Film, der ohne Arme und Beine auf dem Boden liegt und seinem Gegner hinterherbrüllt: »Komm zurück, du Feigling, ich spuck' dir ins Auge und blende dich! Der schwarze Ritter triumphiert immer!« Nur nicht annähernd so lustig.

Valentin nahm das Barett ab und kratzte sich ratlos den Kopf. »Leider liegen alle Waffen, die wir gebrauchen könnten, da hinten in der Rüstkammer bei dem Verrückten.« Er schaute die beiden Mädchen an. »Oder hat eine von euch beiden zufällig eine Doppelaxt unter ihrem Mieder versteckt?«

Isa schüttelte den Kopf. »Felix? Hast du vielleicht irgendwas dabei?«

Der rückte seine Brille zurecht. »Jasper ist der Waffenexperte. ‚Ich werfe bloß eine ganz elegante Rosskastanie, wenn Ihr's wissen wollt'«, zitierte er nervös aus *Der Hobbit*.

Plötzlich fasste Lena Isa am Arm. Ihr Gesicht war kalkweiß geworden. »Warte. Wo ist Kevin?«

»Was?«

»Kevin! Er war doch gerade noch hier!« Sie deutete auf die Stelle zwischen sich und Valentin, wo Sekunden zuvor noch ein langer schlaksiger Gaukler mit Ziegenbärtchen gestanden hatte.

Er war verschwunden.

Als Isa sah, wie Valentin plötzlich mit zusammengekniffenen Augen zu den Marktständen herübersah und dann alle Farbe im Gesicht verlor, wusste sie, dass Kevin etwas furchtbar Dummes angestellt haben musste.

»Oh nein«, stöhnte er, »nein, Junge, mach das nicht ...«

Die beiden Mädchen folgten seinem Blick. Das Erste, was der grünen Fee durch den Kopf ging, war die Frage, ob Kevin sich nach einer Stunde Schwertkampftraining mit Sagi für einen voll ausgebildeten Ninja hielt, denn ihr Bandkollege schlich geduckt zwischen der grün bemoosten Stadtmauer und den Rückseiten der Buden entlang. Man sah ihn immer nur kurz, wie er lautlos über Efeuranken sprang und blitzschnell erst die Lücke zwischen einer Kerzenzieherey und dem LARP-Stand, dann die zwischen dem LARP-Stand und der Rüstkammer passierte. Hinter der Rüstkammer angelangt, verschwand er plötzlich. Isa glaubte ein ganz, ganz leises Scheppern zu hören.

Glücklicherweise redete Kommissar Winkelmann immer noch auf den völlig überdrehten Thijs ein wie auf ein krankes Pferd, weshalb der Geiselnehmer von alldem nichts mitbekam. Ob dafür Winkelmann Kevin gesehen hatte, konnte Isa nicht mit Sicherheit sagen.

Lena krallte sich so fest in ihren Oberarm, dass Isa glaubte, es müssten Fingerabdrücke auf ihren blanken Knochen zurückbleiben. »Was macht er denn?«, ächzte die wilde Helena voller Angst. »Er wird sich noch umbringen!«

»Ich würde sagen, er versucht, den Helden zu spielen«, zischte Isa zurück. »Leute, wenn wir ihm alle auf einmal hinterherstarren, merkt Thijs noch was. Guckt auf den Kommissar wie alle anderen! Das ist Kevins einzige Chance!« Wenn er denn überhaupt eine hat, fügte sie mit einem mulmigen Gefühl in Gedanken hinzu.

Als Kevin genau in Thijs' Rücken zwischen einer Bude mit Lederwaren und einem Stand mit Räucherwaren, Kerzen und hölzernen Windspielen wieder auftauchte, hielt er ebenfalls blanken Stahl in der Hand – ein simples Bastardschwert, zu lang für einen Einhänder, zu kurz für ein Langschwert. Auf die Entfernung konnte Isa es nicht richtig sehen, aber sie bezweifelte, dass es sich ebenfalls um eine scharfe Klinge handelte. Kevin wollte den Mörder schließlich nur aufhalten und nicht umbringen.

Jetzt *musste* Winkelmann den Spielmann gesehen haben, wie er da hochkonzentriert zwischen den Buden lauerte. Unter den umstehenden Zuschauern erhob sich jedenfalls leises Getuschel, und Isa, sonst nicht religiös, schickte ein Stoßgebet an alle Götter, die es hören wollten, während Lena ihren Arm zerquetschte.

Dass Lennox, der ja von alledem nichts wusste, sich ausgerechnet in diesem Moment dazu entschloss, die Nerven zu verlieren, verwandelte die Situation in einen wahren Albtraum. Vielleicht waren es die Schmerzen, die seine gebrochene Nase und die Schnitte in seinem Nacken verursachten und die er einfach nicht mehr aushielt. Vielleicht wurde ihm trotz seiner Angst auch langsam klar, dass der Kommissar nicht den leisesten Schimmer hatte, was er tun sollte. Isa wusste es nicht. Sie sah bloß hilflos zu, wie sich Lennox' Gesicht, so hübsch es sonst war, plötzlich zu einer scheußlichen Grimasse der Angst verzog. Ein Beben durchlief seinen geschundenen Körper, der halb im blutig-fleckigen Gras lag und halb von Thijs an den Haaren aufrecht gehalten wurde.

»Jetzt tut doch endlich was!«, schrie Lennox näselnd. »Legt endlich diesen Verrückten um, verdammte Scheiße! Ich will nicht sterben!« Er fing an zu strampeln, griff in seiner Panik nach oben und packte die blanke Schwertklinge. Die scharfen Schneiden schnitten durch die weiche Haut an seinen Handinnenflächen wie eine Rasierklinge durch Papier. Dunkles Blut tropfte aus seiner Faust.

Isa verzog das Gesicht. Sie glaubte, den kalt brennenden Schmerz bei diesem Anblick fast selbst in ihrer Hand spüren zu können, und sie hörte, wie Lena neben ihr vor Schreck scharf einatmete.

Winkelmann machte einen Schritt nach vorne. »Warten Sie, ganz ruhig –« Doch es war zu spät.

Thijs riss die Klinge mit einem gewaltigen Ruck aus Lennox' Hand, sodass sie einen weiten Bogen beschrieb. Leuchtend rote Tropfen wirbelten wie winzige Rubine durch die Luft. Mit einem Schrei, der aus dem tiefsten Inneren seiner Seele zu stammen schien, stieß Thijs seine Geisel nach vorne ins Gras packte den Griff des Langschwerts mit beiden Händen und hob es über seinen Kopf. Sein rotes, schweißbedecktes Gesicht verwandelte sich für den Bruchteil einer Sekunde in eine wahnwitzige Fratze, die nichts als den Tod bedeutete.

»ICH BIN NICHT VERRÜCKT!«, brüllte er. Dann schlug er zu.

Das metallische Klirren, das ertönte, als Kevin den Hieb mit der Klinge seines Bastardschwerts abfing, ließ jede Faser in Isas Körper vibrieren.

Die Menge kreischte auf. Durch den Rückstoß taumelte Thijs ein paar Schritte zurück, blieb stehen und glotzte Kevin an wie eine Fata Morgana. Der nutzte den Moment und schwang das Bastardschwert erneut. Für seine Verhältnisse erstaunlich elegant ließ er den Stahl mit beiden Händen von rechts unten nach oben sausen, kreuzte dann die Arme und verpasste Thijs einen gepfefferten Krumphau – einen krumm geschlagenen Meisterhau der mittelalterlichen Fechtkunst – auf die Handgelenke. Sein Gegner schrie auf und ließ seine Waffe fallen, als schweres Metall ihm ein paar Finger brach.

Das war der Startschuss, auf den alle gewartet hatten. Sofort stürmten ein paar Männer, angeführt vom schnaufenden Kommissar Winkelmann, auf die beiden Kämpfer zu und rangen den wild um sich schlagenden Thijs auf die Knie. Von den Gauklern war Lena die Schnellste. Ohne zu zögern rannte sie auf Kevin zu, der keuchend, aber sichtlich mit sich zufrieden dastand, und warf sich in seine Arme.

»Mach so was nie, nie wieder!«, hörte Isa sie schluchzen. Dann schlang die wilde Helena ihre Arme um Kevins Hals und küsste ihn, während sie vor Erleichterung heulte.

Isa grinste. Doch dann bemerkte sie, wie Valentin neben ihr schlagartig abbremste und stehen blieb. Oh oh, dachte sie und erinnerte sich daran, dass er von dieser Romanze ja noch gar nichts wusste. Vorsichtig drehte sie sich zu ihm um. Er sah aus, als hätte ihm gerade jemand einen gusseisernen Kessel über den Schädel gezogen. Eventuell würde sich auf dieser Wiese noch ein mörderisches Drama abspielen.

Als sich das glückliche Pärchen wieder voneinander löste, schien ihnen ebenfalls einzufallen, vor wem sie da herumknutschten. Lena bekam vor lauter Aufregung und gleichzeitiger Erleichterung einen Schluckauf, und Kevin, sonst nicht um Worte verlegen, blickte seinen Freund ziemlich verzagt an. Doch der verschränkte bloß die Arme vor der Brust. »Ich glaube, wir drei sollten uns später mal in Ruhe unterhalten«, sagte er mit Grabesstimme.

Erleichtert darüber, dass sie bei diesem Gespräch nicht dabei sein musste, wandte Isa sich wieder dem eigentlichen Thema zu: Thijs, dem Mörder. Der hing wie ein nasser Sack Maronen zwischen Thorbjörn und Martell, die ihn an den Ellenbogen in der Senkrechten hielten, und strampelte wild mit den Beinen. Irgendwie hatte der Kommissar es geschafft, ihm ein Paar Handschellen anzulegen, doch trotzdem konnten ihn die zwei starken Männer kaum bändigen. Auch die Schmerzen, die ihm die Schellen aus Metall bei seinen geprellten Handgelenken und gebrochenen Fingern bereiten mussten, schien er nicht zu spüren. »Lasst mich los! Das ist Freiheitsberaubung!«, schrie er mit hochrotem Gesicht. Seine Augen schienen förmlich aus den Höhlen zu quellen.

Isa hatte eigentlich gedacht, dass seine wahnwitzige Wut in dem Moment, in dem er keine Möglichkeit zur Flucht mehr sah, verpuffen würde. Doch er steigerte sich im Gegenteil immer mehr hinein. Neugierig schob sie sich an Felix vorbei und trat etwas näher.

Der Kommissar nickte den beiden historischen Darstellern, die seinen Gefangenen unter Kontrolle hielten, dankend zu und hielt sich das Telefon ans Ohr. Vermutlich rief er endlich Verstärkung. »Das ist keine Freiheitsberaubung, Herr de Strycker. Sie sind verhaftet«, brummte er grimmig.

»Aber ich bin unschuldig!«

»Sie haben doch vorhin selbst zugegeben, Dominik Schneider getötet zu haben, erinnern Sie sich? Außerdem haben wir einige Beweise, die Sie schwer belasten.« Winkelmanns Blick zuckte kurz zu Isa hinüber.

Ächzend bäumte sich Thijs zwischen Thorbjörn und Martell auf. Dann krümmte er sich auf einmal zusammen, als hätte ihm jemand einen Schlag in den Magen versetzt.

»Jetzt halt doch still, Mann!« schnauzte Martell ihn an. Angewidert packte der Schmied ihn ein bisschen fester. »Mann, der schwitzt ja wie ein Schwein …«

Als Thijs wieder aufblickte, überlief Isa eine Gänsehaut. Sekunden zuvor war sein Gesicht noch fleckig und rot gewesen; nun glänzte es gräulich weiß. Seine Augen wurden ganz glasig, und an seiner Schläfe pochte eine Ader, so dick wie ihr kleiner Finger.

Sie pochte ziemlich schnell.

Flach atmend stierte er auf einen Punkt weit hinter Isa.

»Aber … s-sie ist an allem schuld«, presste er hervor, dann krümmte er sich erneut zusammen und stieß einen dumpfen Schrei aus. Thorbjörn runzelte verwirrt die Stirn, und auch der Kommissar ließ das Handy sinken, aus dessen Lautsprecher eine fragende Stimme immer wieder seinen Namen quäkte.

»Was zum Teufel …?«, knurrte Martell. Doch bevor er reagieren konnte, sackte der junge Mann in seinem Arm plötzlich in sich zusammen und schnappte nach Luft wie ein Fisch auf dem Trockenen.

»Loslassen! Er hat einen Anfall oder so was!«, rief Isa. Ihre Gänsehaut verstärkte sich und strich trotz der herrschenden Hitze mit eisigen Fingern über ihr Rückgrat.

Winkelmann rauschte an ihr vorbei und half den beiden Männern, den nun reglosen Thijs auf dem Boden auszustrecken. Unter den entsetzten Blicken der Umstehenden fühlte er ihm den Puls, legte ein Ohr auf seinen nass geschwitzten, bewegungslosen Brustkorb und begann dann mit einer Herzmassage. Winkelmann sah zu Isa auf, die ihm am nächsten stand, und ruckte mit dem Kinn in Richtung des Handys, das er zu Boden hatte fallen lassen. »Krankenwagen!«

Isa grabschte sich das Telefon und verpasste der quäkenden Stimme am anderen Ende der Leitung vermutlich den Schreck ihres Lebens, als sie lautstark einen Notarzt verlangte. Es knackte im Hörer.

Dann ließ sich Winkelmann jedoch plötzlich zurück auf die Knie sinken und fuhr sich mit der Hand über die Stirn. Thijs, den Mund zu einem stummen Schrei geöffnet, bewegte sich immer noch nicht. »Vergessen Sie's«, sagte der Kommissar. Seine Stimme klang resigniert. »Er ist tot.«

Wie betäubt ließ Isa das Telefon sinken. Ihr Blick glitt über die Leiche, die da zu ihren Füßen im grünen Xantener Gras lag. Es war die zweite in drei Tagen. Dann, einer plötzlichen Eingebung folgend, wandte sie sich um und schaute in die Richtung, in die auch Thijs bei seinen letzten Worten gesehen hatte.

Hoch oben auf der Aussichtsplattform der Mühle stand Roos Evers und blickte mit schreckensbleicher Miene auf sie alle hinunter.

Kapitel 23

Der Mensch ist ein fragiles Subjekt. Es gibt so vieles, an dem er zerbrechen kann. Das Grauen des Krieges. Unerwiderte Liebe. Erlebnisse oder Dinge, die so schrecklich sind, dass von ihnen nur bei Nacht und gedämpfter Stimme gesprochen werden kann, weil sich der Verstand weigert, ihre Existenz im Sonnenlicht zu akzeptieren.

Was die starke, unnahbare Frau, die dort vor ihr in ihrem Zelt auf einem Schemel saß und mit leeren Augen noch immer vor sich sah, wie Thijs zusammensank und seinen allerletzten Atemzug tat, dazu gebracht hatte, zu zerbrechen, konnte Isa nur vermuten. Wahrscheinlich eine Mischung aus Verlust und Schuld. Dom war fort, und sie hatte seinen Mörder gedeckt. Hatte sich an ihm bereichern wollen aus Gründen, die nur sie kannte und die sie vermutlich für den Rest ihres Lebens verfolgen würden. Nachts, wenn alles dunkel war.

Die grüne Fee musterte Roos' Gesicht. Dort erkannte man es sofort. Bisher hatte jedes Mal, wenn Isa Roos begegnet war, ein Feuer in den Augen der Kriegerin gebrannt. In den Momenten, in denen sie versucht hatte, ihre Emotionen zu verbergen, war es kalt und blau, aber nicht weniger lebendig gewesen; als sie Isa mit dem Wikingerdolch bedroht hatte, war es aufgeblüht wie eine orangerote Flammenrose und funkenschlagend emporgezüngelt.

Doch nun war es fort. Erloschen. Roos starrte einfach vor sich hin und sah dabei leer und unendlich müde aus. Sie erhob nicht einmal Widerspruch gegen Isas Anwesenheit. Unauffällig rieb sich die grüne Fee über die Arme. Trotz der Hitze fröstelte sie bei dem Anblick.

Dass sie überhaupt dabei sein durfte, während Kommissar Winkelmann die Reiterin befragte, war ein kleines Wunder. Aber irgendwie schien der leitende Ermittler nicht mehr ganz so sehr erpicht darauf zu sein, sie wegen chronischer Nervigkeit ins tiefste Verlies des Reviers zu werfen, seit sie ihn zu dem Täter geführt hatte. Dass der sich praktischerweise auch noch selbst entsorgt und dem Steuerzahler so einen aufwendigen Gerichtsprozess erspart hatte, war das Sahnehäubchen auf der Tagesration Glück des Dorfbullen.

»Tja ... Herzkasper, würde ich meinen.« Der alte Pathologe hatte Thijs' Leichnam untersucht, wobei seine Halbmondbrille auf die Nasenspitze gerutscht war und gefährlich gezittert hatte, während er sprach. »Ganz klassischer Fall. Zu viel Stress, da macht die alte Pumpe nicht mit ... Mörder auf der Flucht, kein Ausweg mehr, da kann so was schon mal passieren. Mein Großvater ist auch so gestorben. Hat den Lieblingshahn seines Nachbarn geköpft, weil das Vieh so laut war. Als der ihm dann auf die Schliche kam und mit seiner Doppelläufigen angerückt ist, rannte Opa in die Scheune ... Schwupps, lag er im Heu. Zunge raus, aus die Maus.«

Isa hatte dem Kommissar einen spöttischen Seitenblick zugeworfen, worauf der nur stumm den Kopf geschüttelt hatte, was wohl heißen sollte: »Fragen Sie nicht.«

Nachdem die Kripo angerückt und Thijs abtransportiert worden war, hatte sich Winkelmann allerdings doch noch befleißigt gefühlt, der grünen Fee zumindest der Form halber eine Standpauke zu halten. Von wegen eigene Ermittlungen anstellen. Genauso gut hätte er versuchen können, einem tauben Streitross zu erklären, wie man Met keltert.

»Lassen Sie sich das eine Lehre sein«, hatte er väterlich streng verkündet, nachdem sie ihm die Geschichte von Thijs' nächtlichem Besuch in ihrem Zelt und dem Wurfmesser erzählt hatte. »Zivilisten, die sich in Angelegenheiten der Polizei einmischen, bringen sich und andere nur in Gefahr. Was glauben Sie eigentlich, was da alles hätte passieren können? Sie können doch nicht einfach Captain USA spielen, mit scharfen Gegenständen um sich werfen und sich dabei hinter Schilden verstecken in der Hoffnung, dass Ihnen nichts passiert, verflucht noch mal!«

»America«, war es aus Felix, der danebengestanden und zugehört hatte, herausgeplatzt.

»Wie bitte?«, fragte Winkelmann.

Unter dem Blick des Kommissars wurde der Verkäufer kirschrot. »Der Superheld mit dem Schild, den Sie meinen, heißt Captain America, nicht Captain USA. Oder auch Steven Grant Rogers. Das ist zumindest der Captain, den die meisten Leute aus den Filmen kennen. In den Comics gab es aber auch durchaus andere Leute, die das Kostüm des Captains getragen haben. Und der Schild, den er benutzt, ist auch nicht aus Holz, Stahl und Leder wie der, hinter dem Isa sich versteckt hat, sondern aus Vibranium, einem fiktiven …« Er bemerkte Winkelmanns Gesichtsausdruck, schluckte und trat einen Schritt zurück. »Nicht so wichtig.«

Der Blick, mit dem der Kommissar ihn bedacht hatte, strahlte die gleiche einladende Wärme aus wie ein brennender Scheiterhaufen. Doch dann siegte Winkelmanns Zufriedenheit über den aufgeklärten Mordfall, und er rang sich ein Lächeln ab. »Sei es, wie es sei«, grunzte er. »Alles, was jetzt noch für mich zu tun bleibt, ist die Befragung von Frau Evers.«

»Vielleicht kann ich Ihnen da behilflich sein«, behauptete Isa kühn. »Ich habe schon einmal mit Roos über Dom – Herrn Schneider – gesprochen. Wir haben einen ganz guten Draht zueinander.« Wenn man von der Attacke mit dem Dolch und der Bezeichnung »Gauklerschlampe« absah.

Winkelmann hatte nach diesem Vorschlag ausgesehen, als versuchte er etwas abzuwägen. »Wenn ich Ihr natürlich völlig uneigennütziges Angebot ablehne, fangen Sie dann wieder an zu diskutieren? So lange, dass ich zu spät in meinen mehr als wohlverdienten Feierabend starten muss?«

»Wahrscheinlich.«

»Also gut«, hatte er gebrummt. »Kommen Sie mit. Aber *ich* stelle die Fragen.«

Deshalb waren sie nun zu zweit in Roos' kleinem Zelt. Dorthin hatten die Uniformierten die Kriegerin auf Anweisung des Kommissars gebracht. Für diese Entscheidung zollte ihm Isa Respekt: Roos war bereits verstört genug. In vertrauter Umgebung bekam man sie sicherlich eher zum Reden, als wenn man ihr zwischen nackten Zementwänden eine grelle Lampe aufs Gesicht gerichtet hätte.

Winkelmanns massiger Körper thronte auf einer viel zu kleinen Holztruhe. Seine Stimme war wie warmer Honig, als er zu sprechen begann. »Frau Evers, woher wussten Sie, dass Thijs de Strycker Ihren Freund ermordet hat?«

Es war, als würde er in einen tiefen, tiefen Brunnen sprechen. Isa beobachtete fasziniert, wie der reine Schall Roos' Körper erreichte, doch es dauerte viel länger, bis sie die Worte wirklich verarbeitet hatte, den Blick senkte und sich räusperte. Sie legte ihre Hände in den Schoß und begann, mit den

Fingernägeln der rechten an dem weichen Fleisch zwischen Daumen und Zeigefinger der linken zu zupfen. Wieder und wieder und immer ein ganz kleines bisschen zu fest. Die Stelle begann sich zu röten.

»An dem Tag, an dem Dom ...«, begann sie, und wenn die Stimme des Kommissars aus Honig war, dann kam die von Roos aus einer alten, staubbedeckten Kiste, angefüllt mit brüchigem Pergament. Das Wort »starb« brachte sie nicht über die Lippen. »Dom ... er hat sich komisch benommen. Schon beim ersten Turnier. Er ist ... er war ... ein sehr guter Reiter und Kämpfer, aber trotzdem ist dieser Unfall passiert.«

Winkelmann blätterte in seiner Akte. »Beim Turnier ist Herr Schneider – laut eigener Aussage ohne Fremdeinwirkung – vom Pferd gefallen und hat sich dabei die Hand gebrochen.«

»Das Handgelenk«, verbesserte Isa. Sie lehnte an einem Zeltpfosten, wo sie die Szene gut im Blick hatte.

Missmutig kniff der Kommissar die Augen zusammen. »Danke. Das Hand*gelenk*«, sagte sein Mund. Ruhe, sonst können Sie gleich wieder gehen, sagte sein Gesichtsausdruck.

Roos bemerkte davon nichts. Sie starrte beim Sprechen noch immer zu Boden. »Irgendetwas beschäftigte ihn, aber er wollte mir nicht sagen, was. Er war so ... so wütend.«

»War er sonst nicht besonders cholerisch?«, hakte die grüne Fee vorsichtig nach. »Ich meine, Gerrick ist für uns alle nicht leicht zu ertragen, aber Dom ist ihm gegenüber regelrecht ausgerastet.«

Zum ersten Mal hob die Kriegerin den Blick. Schnell versicherte sich Isa, dass der Wikingerdolch nicht in Reichweite lag, doch jeglicher Kampfeswille schien Roos verlassen zu haben. Sie antwortete ganz automatisch, und es war offenbar egal, ob Isa oder der Kommissar die Fragen stellte – sie wollte es sich von der Seele reden. Oder von dem, was davon noch übrig war.

»Manchmal, wenn er sich bedroht oder angegriffen fühlte, konnte er unglaublich zornig werden. Deshalb wusste ich ja auch, dass er nicht einfach nur einen schlechten Tag hatte. Aber er wollte nicht mit mir darüber reden … er ist mir immer wieder ausgewichen.« Beim Gedanken daran entrang sich ihrer Kehle ein trockener Schluchzer.

Deshalb also die Einsamer-Wolf-Nummer, als Isa und die anderen bei Walburga gesessen hatten. »Ich habe ihn später gesehen, wie er oben auf der Plattform der Mühle stand und runter auf den Markt geschaut hat.«

Roos nickte schwach. »Dom hat versucht, mich auszuschließen, aber ich bin ihm heimlich gefolgt, weil ich verhindern wollte, dass er etwas Dummes tut. Er stand lange da oben und hat bloß vor sich hin gestarrt mit diesem nachdenklichen Gesichtsausdruck. Dann ist er wieder runter, aber ich habe ihn bis zur Feuershow am Abend aus den Augen verloren.« Sie zupfte stärker an ihrer Hand und begann unbewusst, ihren Daumennagel ins eigene Fleisch zu bohren. »Oh Gott, wenn ich ihn doch bloß nicht verloren hätte …«

»Machen Sie sich keine Vorwürfe.« Winkelmann legte der Frau eine riesige, beruhigende Pranke auf die Schulter. »Erzählen Sie einfach weiter. Was geschah nach der Feuershow?«

»Dom … Dom ist nicht zurück zur Koppel und den Wohnwagen gegangen, wie er es sonst getan hätte.«

»Haben Sie ihn beobachtet? Konnten Sie deswegen kein Alibi für den Abend vorweisen? Weil Sie Ihren Freund heimlich verfolgt haben?«

Wenn sich Roos deswegen schuldig fühlte, verbarg sie es gut. Vielleicht bereute sie aber auch nur, nicht noch besser über ihn gewacht zu haben. »Ich habe gedacht, dass er …«

Sie holte tief Luft und warf Isa einen kurzen Seitenblick zu. »Dass Dom mich vielleicht betrügt. Also habe ich mich nahe der Stadtmauer zwischen den Büschen versteckt und abgewartet. Einige Zeit später ging dann wirklich jemand in einem schwarzen Umhang ins Zelt. Aber die Person bewegte sich nicht wie eine Frau. Eine Weile passierte nichts. Dann hörte ich plötzlich laute Stimmen, wie bei einem Streit. Und dann Stille. Ein Poltern, ein ... es, es klang wie ein Wimmern, aber es kam nicht von Dom. Und dann nichts mehr.« Roos schauderte beim Gedanken daran. »Es war furchtbar. Ich hatte das Gefühl, dass etwas passiert sein musste, aber gerade als ich aus meinem Versteck kommen und nachsehen wollte, tauchte *sie* auf.« Roos starrte Isa an, Blick und Geist in weiter Ferne, als liefen die Ereignisse noch einmal vor ihrem inneren Auge ab wie die Bilder eines Projektors auf einer weißen Wand.

»Sie stand vor der Fackel, die noch auf der Turnierbahn brannte. Dann kam Gerrick, und die beiden haben sich unterhalten.«

Der Kommissar nickte der grünen Fee beiläufig zu. Genauso hatte sie es auch zu Protokoll gegeben.

»Dann verschwand Gerrick wieder, und sie ging ins Zelt.«

»Wo Thijs mich beinahe über den Haufen gerannt hat«, ergänzte die grüne Fee leise.

»Als er aus dem Zelt lief, ist ihm die Kapuze vom Kopf gerutscht.« Roos lachte bitter. Es klang wie grober Kies, der unter den Sohlen knirscht. »Thijs war Doms bester Freund. Ich habe ihn so oft gesehen, dass ich ihn auch im Halbdunkeln und von hinten erkennen konnte. An seiner Figur, seiner Art zu laufen. An allem.«

»Und trotzdem haben Sie ihn nicht an die Polizei verraten, sondern versucht, ihn zu erpressen«, brummte Winkelmann und verlagerte sein Gewicht auf der Truhe, die unheilvoll knarzte. Er lehnte sich zu Roos nach vorne, weit nach vorne, und rückte ihr auf die Pelle. Er schien das ganze Zelt auszufüllen, so wie er sie da grimmig fixierte. »Warum?«

Die Kriegerin gab keine Antwort.

Bevor Roos die Zugbrücke vor ihrer Seele wieder hochziehen konnte, entschloss sich Isa, das Thema zu wechseln. »Roos, als ich bei dir war, habe ich dich nach dem Lederbeutel gefragt, den Dom bei seinem Tod bei sich trug«, sagte sie und ignorierte sowohl Winkelmanns bösen Blick als auch dass Roos bei dem Wort »Tod« wie unter einem Peitschenhieb zusammenzuckte. »Du meintest, der Beutel und die Gegenstände darin wären bloß Plunder, die ganz sicher nichts mit dem Mord zu tun hätten. Das war gelogen, oder?«

Nun spitzte sogar der Kommissar die Ohren und vergaß für einen Moment den Rüffel, der ihm auf der Zunge lag.

Roos schluckte. Wieder bohrte sich ihr Daumennagel in die Hand, und als ein winziger Blutstropfen aus einem Riss in der Haut quoll, hielt Isa es nicht mehr aus. Kurz entschlossen griff sie nach den Händen der Älteren und zog sie sanft auseinander. »Oder?«, fragte sie noch einmal.

Bebend nickte die Reiterin. »Ja«, brachte sie hervor. »Selbst wenn ich Thijs nicht mit eigenen Augen gesehen hätte – spätestens als du den Beutel erwähnt hast, hätte ich gewusst, wer Dom … wer ihn mir weggenommen hat.«

Bei dieser Antwort klopfte Isas Herz vor Aufregung so laut, dass vermutlich sogar die Säulen des römischen Hafentempels im Archäologischen Park, der ganz am anderen Ende des Marktgeländes lag, ein paar Risse bekamen. »Wieso? Was hat es damit auf sich?«

»Die Sachen, der Schlüssel und die Figur … Dom und Thijs waren beste Freunde, schon ewig. Vor ein paar Jahren waren sie aber auch noch etwas anderes. Geschäftspartner. Die beiden wollten in Köln eine Schule für mittelalterliche Kampfkünste eröffnen. Schwertkampf, Bucklerfechten und solche Sachen. Sie hatten sogar schon ein Grundstück mit einem geeigneten Gebäude ausgesucht und den Maklern ein Angebot gemacht. Dom sollte sich um die technischen Details und die Leitung des Unterrichts kümmern, Thijs um die Verwaltung und einen kleinen Laden, den sie im gleichen Haus unterbringen wollten.«

Isa konnte Winkelmann über die Schulter sehen, während er sich Notizen machte. Sie bemerkte, wie er »Bucklerfechten« doppelt unterstrich und ein großes Fragezeichen daneben krakelte.

»So nennt man den Schwertkampf, bei dem die Kontrahenten einen kleinen Faustschild benutzen«, raunte sie ihm zu. Zu ihrer Zufriedenheit zuckte er zusammen. »Hören Sie zu und halten Sie den Mund«, knurrte er, strich aber das Fragezeichen durch.

»Dom hat mir erzählt, dass die beiden damals ihr ganzes Geld in dieses Projekt gesteckt haben«, erklärte Roos, die von dem kleinen Schlagabtausch nichts mitbekommen hatte.

»Sie beide waren da noch nicht zusammen?«

»Nein. Das ist passiert, bevor wir uns kennengelernt haben. Die Kampfschule war sein Lebenstraum; er wollte ein überdachtes Gelände für das Bogenschießen, einen Werkraum, in dem die Leute in Kursen ihre eigenen Schilde bauen konnten, und eben einen kleinen Laden für Rüstzeug und anderen Kram. Thijs und er hatten sogar einen Kredit von der Bank bekommen. Dom hatte viele Freunde, die sich für das Projekt interessierten und Schüler werden wollten oder andere Leute anwarben. Alles war perfekt. Bis Thijs sich mit den falschen Leuten eingelassen hat. Er hat versprochen, sich um die Finanzierung und den Einkauf von allem, was sie brauchten, zu kümmern; hat ihm jemanden vorgestellt und behauptet, dieser Händler könnte ihnen Spitzenangebote machen und würde alles für sie regeln. Dom vertraute seinem Freund blind. Doch eines Nachts stand Thijs plötzlich vor seiner Tür, völlig fertig und betrunken. Er sagte ihm, dass das ganze Geld – jeder Cent, den die beiden damals hatten – weg wäre. Dom hat mir nie Genaueres über den Rest erzählt. Er ist immer so schrecklich wütend und traurig geworden, wenn ich ihn danach gefragt habe. Aber so, wie ich es verstanden habe, ist Thijs auf einen Betrüger hereingefallen. Die Ausrüstung für so eine Kampfschule und die Inneneinrichtung für einen Laden sind ziemlich kostspielig. Der Anbieter, den er aufgetan hatte, versprach gigantische Rabatte, aber stattdessen war plötzlich das gesamte Kapital der beiden fort; und Thijs' Ansprechpartner verschwand von einem Tag auf den anderen, so als hätte es ihn nie gegeben. Dom und Thijs bekamen Probleme mit der Bank, jemand anders den Zuschlag für das Grundstück. Beide hatten ihre vorherigen Jobs gekündigt. Dom hat sich, na ja, er ist ... war ... ein Kämpfer, er hat wohl versucht, sich nicht unterkriegen zu lassen, aber es war alles umsonst. Am Ende musste er seinen Traum aufgeben, um die Schulden, die Thijs ihm eingebrockt hatte, eines Tages abbezahlen zu können. Also hat er sich durchgeschlagen. Machte jeden Job, wechselte von Turniergruppe zu Turniergruppe.«

Für einen Moment wurde Roos ganz still. Dann fuhr sie mühsam fort: »In dem Lederbeutel, der bei ihm gefunden wurde, bewahrte er den Schlüssel für das Gebäude auf, in dem sie die Schule und den Laden eröffnen wollten. Er hat eine Kopie anfertigen lassen, bevor er die Originale zurückgeben musste, weil er es nicht über sich brachte, sich ganz davon zu trennen.«

»Und die Figur?«, fragte Winkelmann.

»Dom hat sie Thijs vor Wut hinterhergeworfen und dabei ist sie wohl zerbrochen, aber er hat mir nie gesagt, was sie mal darstellte. Ich weiß nur, dass Thijs an dem Abend, als er sich mit dem Betrüger auf dem Grundstück treffen wollte, um ein paar innenarchitektonische Einzelheiten zu besprechen, im Gebäude nichts als eine ziemlich gemeine Notiz auf dem blanken Boden vorfand, die von dieser Steinfigur beschwert wurde, damit der Wind sie nicht wegwehte. Dom hat sie auch aufbewahrt. Sie sollte ihn daran erinnern, nie wieder jemandem völlig zu vertrauen.«

Ob er das nicht nur auf seinen besten Freund und die Betrüger bezogen hatte, sondern auch auf die Frau, die ihn liebte? Isa war sich nicht sicher. Roos' Stimme jedenfalls wurde bei diesem letzten Satz eine ganze Spur heiserer. Trotzdem sprach sie weiter, ließ die Worte wie Gift aus sich herausströmen. »Die beiden haben danach ein paar Jahre lang den Kontakt zueinander verloren. Ich glaube, an dem Abend, als Thijs ihm die Wahrheit gesagt hat, fing Dom eine fürchterliche Prügelei an und hat Thijs dabei den Kiefer gebrochen. Deswegen sah sein Gesicht so komisch aus. Thijs war danach lange arbeitslos. Erst als er angefangen hat, wieder auf Mittelaltermärkten zu jobben, sind sie sich zufällig wieder begegnet. Thijs muss förmlich darum gebettelt haben, dass Dom ihm verzeiht. Irgendwann hat er es wohl auch getan, aber ich glaube, ganz tief in ihm war da immer noch diese … diese Wut. Dieser Hass auf den Mann, der durch seine Dummheit Doms Lebenstraum zerstörte. Vielleicht hat er sich deswegen an diesem Abend mit Thijs im Turnierzelt getroffen. Mit dem Lederbeutel. Als Symbol, meine ich.«

Auf das Papier kritzelnd, nickte der Kommissar. »Sie glauben, die beiden Männer haben über die Vergangenheit gestritten? Und dass Herr de Strycker dabei zur nächstbesten Waffe griff?«

»Das würde zu dem passen, was ich gehört habe, als ich draußen stand und wartete.« Roos, die sich während des Erzählens zwar nicht mehr selbst verletzt, aber dafür unablässig an ihrem geflochtenen Zopf herumgefummelt hatte, wurde auf einmal ganz ruhig. Eine Spur der eisernen Selbstbeherrschung, die sie sonst an den Tag legte, kehrte zurück, als sie aufblickte und den Kommissar ansah. »Das ist alles, was ich Ihnen zu sagen habe.«

»Wirklich? Sie wollen mir nicht doch noch erklären, wieso Sie Herrn de Strycker gedeckt –«

»Nein.« Ein einzelnes Wort, so kraftvoll wie ein Axthieb, der einen Stamm in zwei Teile spaltet.

In diesem Moment konnte Isa nicht anders – sie empfand so etwas wie widerwilligen Respekt für Roos. Denn wenn diese Frau eine Fähigkeit besaß, dann war es die, sich zusammenzureißen und erhobenen Hauptes unterzugehen.

Trotzdem war da immer noch etwas, das Isa an der ganzen Geschichte störte.

»Glauben Sie wirklich, dass das schon alles war?«

Mit dem Kommissar Schritt zu halten, der erstaunlich beschwingt ging, dabei eine Nummer in sein Handy tippte und leise summte – einen Schlager der grauenerregenderen Sorte, wie sie mit Schrecken feststellte –, war für Isa gar nicht so einfach. Dennoch ließ sie nicht locker. Sicher, für Winkelmann schien alles in trockenen Tüchern zu sein: Roos hatte er einem seiner uniformierten Untergebenen anvertraut, damit er sie aufs Revier brachte, und Thijs' Leichnam war ordnungsgemäß abtransportiert worden. So gut wie nichts deutete mehr darauf hin, dass sich auf dem Gelände des Siegfriedspektakels noch vor einer guten Stunde ein echtes Drama abgespielt hatte. Deswegen machte sich der Kommissar daran, beim Bürgermeister anzurufen und ihm gehorsam zu melden, wie schön glatt doch alles gelaufen war.

Von wegen.

»Frau Bocholt. Nur weil ich Sie zum guten Schluss an dieser Befragung habe teilhaben lassen, damit Sie aufhören, mir auf die Nerven zu gehen, heißt das noch lange nicht, dass ich Wert darauf lege, mir Ihre Verschwörungstheorien anzuhören«, gab er zurück und klang dabei fast ein wenig verschmitzt, was sicher an seiner verflucht guten Laune lag. »Der Fall ist unter Dach und Fach. Es gibt keinen Grund mehr für Sie, in anderer Leute Angelegenheiten herumzuschnüffeln. Finden Sie sich damit ab.«

»Und wieso hat sich Thijs mit diesem schwarzen Umhang vermummt, wenn er sich an dem Abend bloß zu einer Unterredung mit seinem besten Freund treffen wollte und gar nicht vorhatte, ihn umzubringen?«

»Modische Extravaganz?«

»Warum ist er vorhin derart ausgerastet? Warum ist er an einem Herzinfarkt gestorben – er, ein gesunder junger Mann, der jeden Tag riesige Spanferkel durch die Gegend wuchtet? Er war stark wie ein Ochse!«

Der Kommissar ließ das Telefon sinken und blieb stehen, sodass die grüne Fee fast gegen ihn gerannt wäre. »Sie haben den Doktor doch gehört. Der Stress, die Schuld, die einen innerlich auffrisst ... Psychosomatik. So etwas kann den stärksten Mann zugrunde richten. Außerdem wissen Sie überhaupt nicht, ob er gesund war. Manche Leute wissen selbst nicht mal, dass sie ein Herzleiden haben, bis es sie aus den Schuhen haut.« Demonstrativ hob er wieder sein Telefon und deutete mit einem fleischigen Finger darauf. »Ich für meinen Teil werde jetzt den Bürgermeister anrufen und Bericht erstatten. Freuen Sie sich doch: So wie er sich für das Spektakel begeistert, dürfen Sie heute wahrscheinlich mit nur ein, zwei Stunden Verspätung eröffnen. Dann sind Sie mich los, und, viel wichtiger, ich bin *Sie* los.« Damit wandte er sich ab.

Isa biss sich auf die Lippe. Wenn der Mann seiner Karriere ein Grab schaufeln wollte – bitte, sie wollte ihn nicht daran hindern. Am Ende würde er schon sehen, dass sie recht hatte. Sie würde es ihm beweisen.

Wenn sie zu diesem Zeitpunkt gewusst hätte, wohin diese Entscheidung sie führen würde, hätte selbst die grüne Fee von Absinth, Waghalsigste aller Gauklerinnen, ihre Sachen gepackt und wäre nach Hause gefahren. Denn Thijs de Strycker sollte nicht der letzte Tote in Xanten bleiben.

Kapitel 24

Noch zehn Stunden bis zum Tod.

Das Spektakel eröffnete tatsächlich mit nur wenigen Stunden Verspätung. Eine reife Leistung, wenn man bedachte, dass innerhalb von drei Tagen zwei Menschen ums Leben gekommen waren. Doch die Sonne schien, die Vöglein zwitscherten, und die Blumen blühten, von Schmetterlingen umflattert, in den Vorgärten. Der Tag versprach heiß und sonnig zu werden. Und vollkommen unblutig, wenn man einmal von den Leuten im Veranstalter-Team absah, die die gesamten Auftritte der Bands im Zeitplan neu koordinieren mussten und deshalb alle eine Mordslaune hatten.

Das *Nibelungenlied* – die um circa 1200 abgefasste Geschichte um Siegfried und Kriemhild, nicht die mehr oder weniger intelligenten modernen Nacherzählungen – gilt für viele Menschen nur deshalb als hübsche mittelalterliche Lovestory, weil sie bloß bestimmte Fragmente der Erzählung kennen: Schöner Ritter tötet bösen Drachen, schöner Ritter wird unverwundbarer Held, schöner Ritter kriegt die allerschönste Maid. Allerdings gibt der Held schon nach gut der Hälfte des Epos den Löffel ab, weil sich seine paranoide Kriemhild verquatscht. Danach versinkt die ganze Geschichte in einem blutigen Strudel aus Mord, Kannibalismus und Tod. Vielleicht war dies der Grund, warum die Atmosphäre auf dem Xantener Siegfriedspektakel nach gleich zwei Todesfällen zwar angemessen betreten, aber nicht düster war. Die Stadt war von ihrem Vorzeigehelden einfach einiges gewohnt.

Isa beobachtete, wie sich der Platz an der großen Bühne langsam, aber stetig mit ankommenden Besuchern füllte. Ohne hinzuschauen, reichte sie ihre Papiertüte mit gezuckerten Erdbeeren an Felix weiter, der neben ihr an seiner Bude lehnte, und schob sich selbst eine Frucht in den Mund.

»Sind die dahinten bald fertig?«, fragte sie kauend. Ihr Freund warf einen Blick über die Schulter und schüttelte den Kopf. »Hm. Sieht nicht so aus.«

»Rolf wird begeistert sein, wenn wir zu ihm gehen und sagen, dass wir nicht auftreten können, weil Valentin hinschmeißt. Das wird sein persönliches Highlight des Tages.«

Ein Stück weiter, dort, wo die Seitenwand der großen Bühne und der Nordwall so etwas wie eine Nische bildeten, standen Graf Galgenstrick, Lena und Kevin nun schon seit einer guten halben Stunde und führten ein »ernsthaftes Gespräch«. Insgeheim glaubte die grüne Fee nicht wirklich, dass Valentin wegen so einer Lappalie alles wegwarf, wofür sie so lange gearbeitet hatten. Es war ihm aber durchaus zuzutrauen, dass er eine Art pathetisches Ultimatum stellte. So etwas wie: »Ihr dürft euch um der Musik willen nicht mehr euren fleischlichen Gelüsten hingeben oder der Zorn der Götter und des Publikums wird euch treffen!« In der Hinsicht war er ziemlich konservativ.

Über den Rand seiner Brille lugend, wählte Felix mit spitzen Fingern eine besonders dicke Erdbeere aus. Dann gab er die Tüte weiter an Walburga. Es knisterte, als sie sich bediente.

»Was ich gerade eben meinte«, setzte die alte Dame die Diskussion fort, die die drei Freunde vor ein paar Minuten begonnen hatten, »ist Folgendes: Du darfst nicht so ein Querkopf sein, Schätzchen. Wenn du so weitermachst, stempeln dich die Herrn Doktoren als verrückt ab, wenn du mal alt und grau bist. Und dann stecken sie dich in eine schöne Gummizelle, glaub mir.«

»Wieso? Du hast mal einem Neunzehnjährigen, von dem du dachtest, dass er dich beklauen wollte, etwas ins Ohr geflüstert, und danach ist er heulend wie ein Kleinkind zu seinen Eltern gerannt. Und du läufst auch noch frei herum.«

Walburga lächelte geschmeichelt. »Jetzt werd mal nicht frech, du.«

»Aber es stimmt doch, was ich sage!« Dieses Mantra betete Isa seit ihrer letzten, wenig erfreulichen Unterredung mit Kommissar Winkelmann unablässig vor sich hin. »Es gibt Details bei diesem Fall, die einfach nicht zusammenpassen! Es gibt sie wirklich! Ich meine ...« Sie holte tief Luft und überlegte. »Allein diese Art, jemanden umzubringen. Das Köpfen.«

Felix schauderte. »Müssen wir da schon wieder drüber reden? Beim Essen?«

Sie überhörte ihn. »Mag ja sein, dass Dom und Thijs sich im Zelt gestritten haben und dass Thijs das Schwert erst dort in die Finger bekam. Aber seinen vormals besten Freund dann nicht einfach im Affekt mit der spitzen Klinge zu erstechen, sondern seine Leiche derart ... *theatralisch* in Szene zu setzen ...«

»Schätzchen, du machst dir zu viele Gedanken über solche Sachen. Diese ganzen Krimis überreizen deine Fantasie. Komm öfter zu mir, und wir trinken eine schöne, beruhigende Tasse Tee.«

»... ihn zu enthaupten – so lange zuzuschlagen, bis der Kopf ab ist und den dann auch noch auf einen Spieß zu stecken wie eine Trophäe ... das ist ein bisschen viel Drama für eine Überreaktion im Streit, findet ihr nicht?«

Mit einem Seufzen gab Walburga auf. Sie und Felix knabberten schweigend vor sich hin, während die grüne Fee weitergrübelte. Ihre Gedanken begannen umherzukreisen wie Falken auf der Jagd, und wie von selbst wuchs eine neue Überlegung aus der alten. »Wenn ich jemanden in Xanten ermorden wollte ...«, murmelte sie.

»Was?«, echoten die beiden anderen im Chor zurück.

Isa war nicht einmal bewusst gewesen, dass sie laut ausgesprochen hatte, was ihr da durch den Kopf ging. Doch da es einmal draußen war, konnte sie auch gleich weitermachen. »Na ja, ihr müsst zugeben, dass es hier doch genügend Möglichkeiten gibt, so was auch schneller und unauffälliger zu erledigen.«

Walburga zog ungläubig die Brauen hoch. »Jetzt bin ich aber gespannt.«

Also zählte Isa an den Fingern ab, was ihr so auf die Schnelle einfiel: »Man könnte jemanden beiläufig von der Aussichtsplattform der Mühle schubsen. Darüber haben Thijs und Roos ja schon gesprochen. Man könnte das Opfer aber auch im Zuber des Baders ertränken und es wie einen Unfall aussehen lassen. Ihm nachts in einem Gebüsch mit einem Dolch auflauern, seinen Met vergiften, ihn im Turnierzelt mit der Pyrotechnik festbinden und dann alles in die Luft jagen ...«

»Okay, okay!« Felix, ehrlich geschockt, hob abwehrend die Hände in die Luft. »Menschenskind, wenn man dir zuhört, traut man sich ja kaum mehr auf die Straße. Worauf willst du hinaus?«

»Dass Thijs' Hang zur Dramaqueen für bloßen Totschlag etwas zu groß war.« Für Isa passte alles zusammen. Die Puzzleteilchen, deren bloße Existenz vom Kommissar einfach ignoriert wurde, flogen vor ihrem inneren Auge nur so zusammen. »Und wieso jetzt?«, dachte sie laut weiter. »Wieso sieht Dom Thijs beim Turnier und fällt vor Schreck vom Pferd, obwohl sich die beiden schon vor ein paar Jahren wieder vertragen haben?«

»Isa ...«, sagte Felix in mahnendem Tonfall.

Die grüne Fee ignorierte ihn, denn sie fühlte sich im Recht. Und kam außerdem gerade so schön in Fahrt. »Dann zitiert Dom ihn nachts ins Turnierzelt, um ihm aus heiterem Himmel wieder Vorwürfe wegen der Sache mit der Kampfschule zu machen, bis die Situation eskaliert und Thijs ihn einfach umbringt?«

»Isa, warte mal ...«

»Das klingt alles nicht schlüssig. Ich meine –«

»*Isa!*«

Die Art, wie Felix sie ansprach, riss die grüne Fee unsanft aus ihren Gedanken. Als sie ihren Freund ansah, merkte sie, dass ihm alles Blut aus den Wangen gewichen war. Seine Hand mit der angebissenen Erdbeere verharrte auf halbem Weg zum Mund.

»Was ist los?«

Er nickte nur zaghaft in Richtung der Eulentürme. »Winter is coming.«

Sie erkannte sofort, was er meinte. Der wasserstoffblonde Pagenschnitt, das eisblaue Kostümchen und der Blick, in dem etwa so viel Wärme lag wie in einer Gletscherspalte, waren schwer zu übersehen. Isas Magen fuhr Fahrstuhl, und mit einem Mal bereute sie es, die Erdbeeren gegessen zu haben. Gleichzeitig erfüllte sie so etwas wie grimmige Vorfreude.

Mit klackernden Pumps baute sich ihre Schwester vor ihr auf. Das war gar nicht so einfach, denn sie überragte Isa zwar um ein Vielfaches, war aber recht schmal, doch Bruni hatte das seltene Talent, einen ganzen Raum bis unter die Decke auszufüllen, wenn sie wütend war oder Eindruck schinden wollte. Dann wirkte sie wie Gandalf der Graue in Bilbos Hobbit-Höhle, nur gemeiner und umhüllt von einer Wolke ziemlich teuren Parfüms.

»Sehet und frohlocket, Freunde! Der Messias ist zurückgekehrt, um noch einmal die Kunde von der Erlösung zu verbreiten!«, spottete Isa und verschränkte die Arme vor der Brust.

Ihre Schwester funkelte sie finster an. »Du glaubst nicht, wie froh ich sein werde, wenn du eines Tages im siebten Kreis der Hölle schmorst.«

»Darf ich dich dann ab und zu mal zwei Etagen tiefer besuchen? Da, wo dir der Teufel als Fußschemel dient und du Cocktails aus geraubten menschlichen Seelen schlürfst?«

Hinter Isa hüstelte Felix verlegen und rumorte zwischen den Zeitschriften in seinem Stand herum, als wäre er plötzlich furchtbar beschäftigt. Also packte die grüne Fee Bruni kurzerhand am Arm, was die mit einem empörten Schnauben quittierte, und zog sie ein Stück von der Bude weg auf das Wiesenstück vor der großen Bühne. Aus dem Augenwinkel sah sie, wie Walburga ihr zuzwinkerte und das Daumen-Hoch-Zeichen machte. Lautlos formte sie mit den Lippen drei Worte: *Mach sie fertig.* Dann stützte sich die alte Zünftlerin schwer auf ihren Wanderstab und machte sich wieder auf den Weg zu ihrer eigenen Bude – allerdings nicht zu schnell. Sie wollte ja schließlich nichts verpassen.

»Was willst du schon wieder?«, fragte Isa. Die Antwort kannte sie natürlich schon, aber das würde sie ihrer Schwester tunlichst nicht auf die Nase binden.

Bruni winkte in Richtung der Darsteller und Besucher, die überall vor der Bühne und zwischen den Marktständen umherliefen. »Müssen wir das *hier* besprechen?«

»In mein Zelt kommst du jedenfalls nicht mehr. Ist das nicht so bei eurer Spezies? Wenn man euch nicht einlädt, kommt ihr auch nicht ins Haus?«

»Ha. Ha. Ha.« Sie lachte zynisch, ohne jede Freude. »Erst bin ich Satan, jetzt ein Vampir. Könnten wir eventuell wie halbwegs vernünftige Erwachsene miteinander reden, anstatt uns reziprok Beleidigungen an den Kopf zu werfen?«

»Uh, du hast ein Fremdwort benutzt, Bruni. Das dumme, kleine Gaukler-Äffchen ist schwer beeindruckt. Aber bitte, nur zu. Sag ruhig, was dir auf dem Herzen liegt, ich bin ganz Ohr.«

Bruni riss sich zusammen. Sie zupfte kurz am Kragen ihres Blazers, obwohl der schon perfekt saß, und atmete dann ruckartig aus, als müsste sie sich vor etwas wappnen.

»Mit deiner unverschämten Begrüßung hast du nicht ganz unrecht gehabt. Ich bin tatsächlich hier, um mein – *Ludwigs* – Angebot zu wiederholen. Ich dachte, du bräuchtest ein wenig Bedenkzeit nach meinem ersten Besuch, da es früher schon ewig gedauert hat, bis irgendetwas in deinem Dickschädel ankam.«

Isa schenkte ihr als Dank ein zuckersüßes Grinsen, schwieg aber. Brunis Hang zum Predigen nahm die Vorlage wie erwartet an.

»Bevor du antwortest, solltest du bedenken, dass dies vielleicht deine letzte Gelegenheit ist, wieder mit unseren Eltern zusammenzukommen. Mit beiden, meine ich. Du willst doch nicht eines Tages in deinem … *Zelt* sitzen und diesen Moment des Trotzes und der Unvernunft bitter bereuen. Es ist schließlich deine Familie, über die wir hier reden. Das sollte dir etwas bedeuten.«

Du hast ja keine Ahnung, du Miststück, fauchte Isa innerlich. Anstatt die Worte auch auszusprechen, legte sie den Finger an die Lippen, als würde sie angestrengt nachdenken. »Mit Familie ... meinst du da die beiden Personen, die mich ohne Vorwarnung und ohne Geld aus ihrem Haus geworfen haben, nur weil ich nicht so leben wollte, wie sie es mir diktiert haben?«, fragte sie. »Tut mir leid. Kein Interesse.«

Die Lippen ihrer Schwester wurden dünn wie ein Bleistiftstrich. »Dein Vater könnte sterben.«

»Sicher. Wir alle sterben irgendwann. Hier in Xanten in den letzten Tagen sogar überdurchschnittlich viele Leute.«

Der letzte Satz brachte Bruni ein bisschen aus dem Konzept, aber sie fand schnell wieder in die Spur. »Du hättest wieder ein Zuhause. Eine sichere Zukunft, einen vernünftigen Beruf.«

»Geregelte Arbeitszeiten haben mich schon immer nervös gemacht.«

»Herrgott, es ist dein todkranker Vater, über den wir hier reden!«

»Ach, *darum* ging es hier ... Wahnsinn, wie schnell man Dinge vergisst, wenn man sich langweilt.«

Endlich schwieg Bruni. Nun wurden auch ihre Augen hinter der Brille zu schmalen Schlitzen. »Du lässt mich gerade absichtlich auflaufen, oder?«, fragte sie schließlich.

Ah. Hatte sie es also doch gemerkt.

»Natürlich. Denn im Gegensatz zu dir besitze ich ein Herz, Blechfrau«, gab Isa zurück. »Und wenn Vater wirklich im Sterben läge, wie du es mir so dramatisch vorgelogen hast, dann *würde* ich mir Sorgen machen, ganz egal, wie sehr ich ihn vielleicht manchmal hasse.«

»Wer hat dir das –« Bruni brauchte keine Sekunde, um auf die richtige Antwort zu kommen. »Tristan.« Sie spuckte den

Namen ihres Bruders aus wie etwas, das vorher eine Katze hochgewürgt hat.

»Bravourös kombiniert, Sherlock«, sagte die grüne Fee, obwohl ihr eigentlich gar nicht mehr nach Witzen zumute war. Seit dem Telefonat mit ihrem Bruder hatte sie sich sicher ein Dutzend Mal überlegt, was sie sagen würde, wenn Bruni ihr wieder vor die verbale Flinte lief, doch nun, wo sie die Worte tatsächlich laut aussprach und die Gestalt ihrer Schwester drohend wie ein Racheengel vor ihr aufragte – ein Anblick, den sie schon als Kind gehasst und manchmal ein bisschen gefürchtet hatte –, wurden ihre Hände schwitzig, was nicht an der Frühlingssonne lag. Die Frage, die sie stellen musste, war ihr selbst unangenehm, wie ein enges, kratziges Wollhemd. Vielleicht, weil ein Teil von ihr die Antwort gar nicht hören wollte, während der andere übermütig: »Jaah! Zeig's dem hoffärtigen Weibsbild!«, brüllte.

»Warum bist du wirklich hier, Bruni? All die Jahre Schweigen, und jetzt tauchst du plötzlich auf und versuchst, mich mit so einer absurden, ehrlich mal, ziemlich *kranken* Geschichte davon zu überzeugen, zu Kreuze zu kriechen und Vorzeige-Akademikerin zu werden. Wieso?« Sie trat einen Schritt näher an ihre Schwester heran. Zorn pochte dicht unter ihrer Haut.

Von der grün durchwirkten und lebendigen Kulisse, die so gar nicht zu ihr passte, ließ Brunhild Bocholt die Maske aus gnädiger Überheblichkeit, die sie die ganze Zeit über getragen hatte, von sich abgleiten wie ein zu großes Kleid. Isa konnte förmlich dabei zusehen. Dahinter kam die Wahrheit zum Vorschein. Und auf die war sie nicht vorbereitet.

»Ich habe ein Arbeitsangebot erhalten«, erklärte Bruni kühl. »Politische Beratung in den höchsten Kreisen. Mehr darf ich dazu nicht sagen, aber das Angebot ist wirklich sehr,

sehr gut. Allerdings muss meine Weste blütenweiß sein, wenn ich diesen Posten wirklich bekommen will. Man wird mein Leben komplett durchleuchten, Isa, und falls dabei etwas entdeckt wird, das mich in irgendeiner Weise kompromittieren könnte oder unseriös erscheinen lässt, werde ich abgelehnt. Ohne Wenn und Aber. Natürlich habe ich mir nie etwas zu Schulden kommen lassen, sei es beruflich oder privat. Mein Ruf ist perfekt, aber das wird er nicht mehr sein, wenn diese eine Sache rauskommt, die mir schon ewig anhaftet: *dein* Lebensstil.«

In der Nähe zwitscherte ein Vogel. Weiter entfernt schlug ein Hammer klingend auf Metall, und eine Brise wehte den würzigen Duft aus dem Hanffladen-Laden heran. Alles ganz normale Dinge, und Isa nahm sie durchaus wahr, während sie versuchte, das Gehörte zu verarbeiten. Doch nichts war mehr richtig deutlich zu sehen oder zu hören. Sie fühlte sich wie betäubt. »Verstehe ich das richtig?«, fragte sie langsam, weil sie es wirklich nicht glauben konnte. »Du wolltest mich mit einem Trick dazu bringen, mein komplettes *Leben* aufzugeben, nur damit du bessere Chancen auf einen Job hast?«

Ihre Schwester verdrehte die Augen. »Hast du nicht zugehört? Hier geht es nicht um einen einfachen *Job*, sondern um einen absolut prestigeträchtigen und überaus gut bezahlten Posten!«

»Den man aber offensichtlich nicht bekommt, wenn man mit so jemandem … nein, entschuldige, mit so *etwas* wie mir verwandt ist.«

Bruni ließ sich Zeit mit der Antwort. Sie biss sich auf die Unterlippe, so als hätte Isa sie gerade beleidigt oder als würde sie zögern, das auszusprechen, was sie dachte; dann aber zuckte sie nur kaum merklich mit den Schultern. »Ja, so könnte man es ausdrücken.«

Das saß. Und zwar mit einer Wucht, die die grüne Fee selbst nicht für möglich gehalten hätte. Früher, als sie Kinder gewesen waren, war so gut wie kein Tag vergangen, an dem sie beide nicht gestritten hatten, und während Isas loses Mundwerk an der Distanziertheit ihrer Eltern einfach abgeprallt war, hatte Bruni ihre Argumente und Angriffe meist kurz vor dem Ziel abgefangen wie einen schlecht geschossenen Pfeil und dann einen eigenen, mit Widerhaken und Schlangengift versehenen, zu ihr zurückgeschickt. Mit verletzenden Worten war sie schon immer ganz groß gewesen. Doch das, was nun zwischen ihnen ablief, war kein einfacher Schlagabtausch am Frühstückstisch mehr, nicht einmal ein handfester Streit zwischen zwei Frauen, die einander schon seit ihrer Geburt nicht ausstehen konnten.

»Warum hasst du mich eigentlich so, Bruni?«, fragte Isa leise. »Das … das kann doch nicht nur von unseren Eltern kommen, oder? Hab ich dir mal irgendein großes, persönliches Unrecht getan, dass du hierherkommst und so etwas abziehst? Ich meine, wir waren früher schon nie besonders nett zueinander. Und dabei will ich das, was ich manchmal zu dir gesagt habe, gar nicht beschönigen. Aber das … das ist die absolute Spitze.«

»Ich hasse dich nicht.« Bruni schnalzte geringschätzig mit der Zunge. »Genau genommen bist du mir völlig egal, und ich wäre ganz bestimmt nicht an diesem absurden und lächerlichen Ort und würde meine Zeit an dich verschwenden, wenn ich nicht vor dem alles entscheidenden Wendepunkt meiner Karriere stehen würde, auf den du mit deinem sogenannten Leben unter kostümierten Vollidioten einen Schatten wirfst.«

Isa fühlte Wut und Scham in sich aufsteigen wie heißes Wasser. »Du wirst nie respektieren, was ich bin, oder?«

»Du bist eine Schaustellerin, Isa! Scheiße, was gibt es da groß zu respektieren? Dein Beruf ist irgendwo angesiedelt zwischen Gossenmusik, Prostitution und Bettelei, verdammt noch mal! Du könntest dich genauso gut ›die gelbe Fee auf dem nächsten Hurenbock‹ nennen.« Bruni stieß ein bitteres Lachen aus und schien von Sekunde zu Sekunde größer zu werden. Ihre grauen Augen funkelten hinter den Brillengläsern.

Bruni fluchte nie. Nur wenn sie wirklich wütend und bereit war, jemanden zu verletzen. Isa wusste das und spürte plötzlich einen Kloß im Hals. Verdammt, es passierte schon wieder. Sie war keine zwölf mehr, und trotzdem passierte es schon wieder. Sie konnte nichts dagegen machen, ihre Kehle schnürte sich wie von selbst zu.

»Das stimmt nicht, und das weißt du auch. Du bist nicht fair«, sagte die grüne Fee und wehrte sich gegen die Erkenntnis, dass ihre Stimme zitterte. Alles an ihr fing an zu zittern.

»Nicht fair? Du dämliches, missratenes Gör, deine ganze Existenz ist nicht fair! Dass ich mit dir verwandt bin, ist nicht fair!« Zornig machte Bruni einen Schritt nach vorn, bohrte ihren Zeigefinger in die Stelle unter Isas rechtem Schlüsselbein, dort, wo es besonders wehtat, und stieß sie von sich weg. »Du, kleine Schwester, bist nichts weiter als die Taubenscheiße auf dem Lack meines Lebens. Etwas, das man abkratzen muss. Nichts weiter.«

Etwas in Isas Innerem gab einen hohen, vibrierenden Ton von sich und zerbrach.

Sie sah den grimmigen Ausdruck auf Brunis Gesicht und wusste, dass man ihr ansah, wie weh die Worte taten. So sehr sie auch darum kämpfte, es nicht zu zeigen – nicht ihr, nicht all den Leuten vor der Bühne – sie konnte nichts dagegen machen. Diesmal fiel ihr keine gute Antwort, kein unverschämter Spruch ein. Stattdessen brannten ihre Augen, und die Sonne auf ihren nackten Schultern war plötzlich unerträglich heiß.

Fahrig trat sie erst einen Schritt zurück, dann noch einen und noch einen. Bruni sagte etwas, doch sie hörte es nicht mehr.

Isa drehte sich um und lief davon.

Sie rannte, während sich das, was sie gehört hatte, immer wieder wie eine Klinge in sie hineinbohrte und ihr die Luft zum Atmen nahm. Zu ihrem Zelt konnte sie nicht. Irgendjemand würde sie dort mit Sicherheit sehen und wissen wollen, was los war. Nein, nicht dahin. Während sie sich zwang, langsamer zu gehen, und die Arme vor der Brust verschränkte, klingelte ihr noch immer die schrille, höhnische Stimme ihrer Schwester in den Ohren.

Es dauerte eine Weile, bis Isa bemerkte, dass es nicht Bruni war, die sie da hörte. Jemand rief wirklich nach ihr, aber es war nicht ihre Schwester.

Ohne zu überlegen lief sie am Stand des Methändlers vorbei, ignorierte den Weg zum Heerlager und huschte unter die dicken, schützenden Mauern des Klever Tors. Das Beben in ihren Gliedern ließ sich nur mühsam beherrschen, als sie sich an einer lachenden Familie vorbeischob, die gerade auf dem Weg zum Marktgelände war. Andere Leute liefen vorbei. Sie sah sie nicht an. Hielt den Blick gesenkt.

Zwischen den Türmen des inneren Tors war es etwas kühler und schattiger als im gleißenden Sonnenlicht. Obwohl ein kleiner Teil von ihr wusste, wie unsinnig das war, hoffte Isa, dass der Verfolger sie dort einfach übersehen oder an ihr vorbeigehen würde. In einer Nische blieb sie stehen, das Gesicht abgewandt, die Schulter gegen den rauen, roten Stein gepresst.

Verschwinde, dachte sie. Bitte, verschwinde einfach.

Dicht drückte sie sich in den Schatten der Mauer. Doch bald erklangen Schritte, kamen näher und näher und verstummten schließlich hinter ihr.

»Isa?«

Es war Alex. Ausgerechnet. Die grüne Fee hatte mit Lena, Felix oder vielleicht sogar mit Valentin gerechnet, aber auf keinen Fall mit ihm.

Seine Stimme klang diesmal nicht herausfordernd und betont charmant wie sonst, sondern ganz sanft. Die Sorge darin ließ die Scherben in ihrem Herz weiter reißen und splittern, und sie grub die Fingernägel in ihre Handflächen, bis es wehtat.

»Geh weg. Es geht mir gut«, presste sie hervor. Ihre Schwester hatte es schon immer verstanden, sie letzten Endes zum Heulen zu bringen, doch noch konnte sie es unterdrücken. Wenn er nur weggehen würde.

»Lügnerin.« Isa hörte, wie Alex hinter ihr einen Schritt auf sie zu machte. »Ich hab euch beide reden gehört.«

Vorsichtig legte er ihr eine Hand auf die Schulter, drehte sie zu sich herum und zog sie in eine Umarmung, die ausnahmsweise einmal nichts mit Zweideutigkeiten zu tun hatte. Sie sollte trösten. Und das ließ ihre Dämme brechen.

Alex hielt sie fest, als sie das Gesicht an seiner Brust verbarg und zu schluchzen begann. Er sagte nichts, hielt sie nur sanft im Arm und schirmte sie mit seinem Körper vor fremden Blicken ab, damit sie sich ausweinen konnte. Sein Leinenhemd roch nach sauberem Schweiß und ein kleines bisschen nach Ingwer.

»Besser?«, fragte er leise, als sie schließlich ruhiger wurde und sich mit dem Handballen die Tränen vom Gesicht wischte.

Das Brennen in Isas Augen und das Gefühl, bei der kleinsten Berührung zerspringen zu müssen wie dünnes Porzellan, waren verschwunden. Brunis Worte hallten zwar immer noch durch ihren Kopf, doch sie bohrten und stachen nicht mehr so sehr.

Sie nickte. »Meine Schwester ist ein Miststück.«

»Hab ich gemerkt. Als ich von den Toiletten kam und nach dir und dem Rest der Band gesucht habe, sah ich euch beide da stehen. Ich wollte eigentlich nicht lauschen, aber du hast ausgesehen, als hätte sie dich gerade geohrfeigt.«

»Das wäre mir lieber gewesen.« Isa blickte auf. Alex hatte noch immer dunkle Ringe unter den Augen und war ein bisschen blass, aber er schien zumindest geduscht zu haben. Die Jeans von vorhin hatte er gegen seinen üblichen Kilt getauscht. »Wie viel hast du mitgekriegt?«, fragte sie leise. Ein Teil von ihr schämte sich für den Ausbruch, während der Rest einfach Alex' Wärme und Nähe genoss.

Er schnaubte verärgert. »Genug. Das mit dem Hurenbock, aber vor allem das furiose Finale. Hör mal, Isa, du weißt, dass es hier genügend Leute gibt, denen du nicht egal bist. Leute, die dich mögen, wie du bist.«

Sie spürte, wie ihr die Hitze ins Gesicht stieg, und senkte den Blick wieder.

»Ich meine, du bist zwar vorlaut, rechthaberisch, geradezu krankhaft neugierig und stur wie ein Esel …«

»Hey!«, machte sie und boxte ihm mit der Faust vor die Brust, was ihn zum Lachen brachte. »Wenn du mich aufmuntern willst, dann versaust du es gerade.«

»… *aber* du bist trotzdem ein wunderbarer Mensch, der es nicht verdient, dass man ihn so behandelt. Lass dich von deiner Schwester nicht runterziehen. Ich weiß, das fällt schwer, besonders wenn es aus der eigenen Familie kommt. Aber du weißt, was du wert bist, und wir wissen es auch. Das ist alles, was zählt.«

Isa wusste nicht, was sie sagen sollte. Und das kam beileibe nicht oft vor. »Danke«, erwiderte sie und versuchte ein Lächeln. Es gelang sogar halbwegs, wenn auch etwas schief.

Eine Spur dieses bescheuerten Freibeuter-Casanova-Grinsens, das Alex gerne zur Schau trug, stahl sich wieder auf sein Gesicht. »Immer gerne. Schönen Damen zu helfen, ist meine Spezialität.«

Gegen ihren Willen wurde ihr Lächeln breiter, und an seiner zufriedenen Miene konnte sie erkennen, dass er genau das mit dem blöden Spruch beabsichtigt hatte. »Für einen selbstverliebten, notorischen Aufreißer und Sprücheklopfer war das gar nicht schlecht«, stichelte sie ein bisschen.

»Oho, Retourkutsche.« Weil er Isa noch immer mit seinen langen Armen festhielt, konnte er sie noch näher zu sich heranziehen und lehnte ganz kurz seine Stirn gegen ihre. Für eine Sekunde spürte sie seinen warmen Atem in ihrem Gesicht. Eine Strähne seines langen, offenen Haars kitzelte ihre Wange. »Denk dran, die Kaputten sind immer die besten. Und offensichtlich wir sind beide wandelnde Katastrophen.«

Isa hatte Alex schon oft umarmt, aber noch nie waren sie sich dabei so nahe gekommen. Das Gefühl irritierte Isa. Doch sie war zu aufgewühlt, um sich dagegen zu wehren. Statt sich wieder von ihm zu lösen, legte sie ihm noch einmal eine Hand auf die Brust, diesmal direkt über dem Herzen. Die Welt um sie herum – Xanten, Doms Ermordung, Bruni – verblasste bei der Berührung zu einem diffusen Schattenbild.

»Sind wir deswegen befreundet?«, fragte sie sehr leise. Flüsterte es fast.

Er war wieder ernst geworden, als spürte er ebenfalls, dass etwas anders war. Aber er wich nicht zurück. »Vielleicht. Eine Katastrophe zieht die andere an.«

Ihre Hand wanderte nach oben und grub sich vorsichtig in den Kragen seines Hemds. »Oder aus.«

Dann zog sie Alex zu sich heran und küsste ihn.

Zuerst erwiderte er den Kuss unerwartet heftig. Er schloss seine Arme noch enger um sie und legte ihr eine Hand an den Hinterkopf, knapp unter dem Dutt aus Dreadlocks. Der Duft nach Ingwer, den Isa zuvor schon wahrgenommen hatte, wurde intensiver. Gleichzeitig schmeckte sie Pfefferminze, die die Met-Fahne vom Vorabend nicht ganz überdecken konnte, und etwas, das sie nur mit purer Elektrizität vergleichen konnte. Mehr Pulsieren, mehr Prickeln als alles andere. Isa hatte ein Gefühl im Bauch, als würde jemand dort Bass spielen. Ganz, ganz tief und ganz, ganz langsam.

Doch dann lockerte Alex plötzlich seinen Griff. Er löste seine Lippen von ihren und atmete tief ein wie jemand, der gerade aus einer Ohnmacht erwacht. »Isa, warte … stopp.« Als sie sich trotzdem weiter nach vorne lehnte, hielt er sie an den Schultern zurück. »Ich mein's ernst. Warte.«

»Was?«

Er grinste schief, doch es wirkte ebenso angestrengt wie ihr eigenes Lächeln nur wenige Minuten zuvor. Als müsste er sich dazu zwingen. In seinen Augen spiegelte sich etwas Seltsames. Sie versuchte es einzuordnen – Enttäuschung? Verletzter Stolz?

»Ich glaube nicht, dass das so eine gute Idee ist«, sagte er. »Du bist ziemlich durcheinander, da macht man manchmal Dinge, die man hinterher … ich meine, immerhin hast du mir vor ein paar Monaten noch gesagt, ich wäre wie ein Bruder für dich. Nicht mehr.«

Der plötzliche Rausch, der sie erfüllt hatte, verschwand wie ein Nebelvorhang, der von einer Windbö zerrissen wird. Hinter Alex ging eine Gruppe Marktbesucher vorbei, die wie

Schotten gekleidet waren und Gewandung aus identischem blauen Tartanstoff über hellem Leinen trugen. Sie lachten laut über irgendeinen Scherz. Alles, was um sie herum geschah, wurde mit einem Mal wieder sicht- und hörbar, als wäre Isa durch Alex' Worte aus einem schalldichten Kokon zurück in die Wirklichkeit geschleudert worden.

Schmerzhaft wurde sich die grüne Fee bewusst, was sie da eigentlich tat. Sie flüchtete vor ihren Gefühlen, ganz wie Lena gesagt hatte – diesmal sogar bis in die Arme eines Mannes, der eigentlich nur ein Freund war. Oder doch nicht? Ihr Verstand drehte sich und schwankte, als säße er bei Unwetter seekrank in einem undichten Drachenboot, und hatte nichts dazu zu sagen.

»Entschuldige«, murmelte Isa. Das war alles, was ihr einfiel. Sie spürte, wie sie erneut rot anlief. Schnell machte sie sich von Alex los und räusperte sich, während er mit einem Lächeln, das irgendwie traurig und gleichzeitig verlegen wirkte, die Arme vor der Brust verschränkte.

»Also ... alles wieder gut?«, fragte er.

Sie nickte, für den Moment unfähig, etwas zu sagen.

»Dann geh' ich mal wieder und suche den Rest. Die sind bei der Bühne, oder?« Alex deutete mit dem Daumen über die Schulter in Richtung Marktplatz.

Isa nickte wieder und lehnte sich mit dem Rücken gegen die kühle Mauer. Der raue Stein war erschreckend und wohltuend real zugleich. »Ich komme gleich nach«, antwortete sie.

In ihrem Bauch breitete sich das unangenehme Gefühl aus, eine furchtbar falsche Entscheidung getroffen zu haben, als sie Alex nachblickte, bis er am Ende der Brücke verschwand. Sie schloss die Augen und lehnte auch den Kopf an die Mauer.

Du dämliche Närrin, dachte sie. Erst die Sache mit Lennox, dann die ungewollt auftauchenden Erinnerungen an Marek. Und nun fällst du auch noch Alex um den Hals.

Was zum Henker war los mit ihr?

Kapitel 25

Noch fünf Stunden bis zum Tod.

Egal, wie und wohin der Tod kommt, er hinterlässt Spuren.

Damit waren nicht die Flecken im Inneren des Turnierzelts gemeint. Für die restliche Dauer des Siegfriedspektakels waren sämtliche Reitershows und Turniere endgültig abgesagt worden. Dom war tot, Roos auf dem Polizeirevier; die Einzigen, die von der Truppe noch übrig blieben, waren Gerrick, Sagi und Jasper.

Die beiden Ritter bemühten sich trotzdem nach Kräften, die Marktbesucher als Siegfried von Xanten und Rudolf vom Dämmerwald zu unterhalten. Von ein paar Knappen unterstützt, traten sie auf der leeren, vom Feuer ruhmreicherer Tage verbrannten Turnierbahn ohne Pferde gegeneinander an: Sagi, die Augen zu Schlitzen verengt, schoss Pfeil um Pfeil ab, während Jasper auf ihn zustürmte und versuchte, die gummierten Geschosse mit seinem Schild abzuwehren. Er machte seine Sache gut, obwohl ihm ein paar Pfeile knapp an Kopf und Beinen vorbeisirrten. Doch schließlich kam er Sagi so nahe, dass er einen Schwerthieb ausführen und seinen Gegner rücklings zu Boden schicken konnte. Man spendete Applaus. Die Knappen losten aus, wer das Dutzend Pfeile wieder aufsammeln musste. Der Kleinste und Bärtigste unter ihnen trottete missmutig davon.

Gerrick dagegen saß schon seit Stunden still und stumm auf der Tribüne. Isa war sich nicht sicher, was ihn am meisten bedrückte. Er hatte nicht nur zwei Reiter verloren, sondern auch Thijs, der die Dreistigkeit besessen hatte, sich am Freitag als Ersatzmann für Dom anzubieten. Ein paarmal versuchten seine Kollegen, den Herold in ihre improvisierten Ritterspiele einzubinden, doch irgendwann gaben sie es auf.

»Das ist total geschmacklos«, meinte Jasper genervt und schüttelte sich die verschwitzten dunklen Locken aus der Stirn, während die Ritter eine Pause machten und sich zu Isa gesellten, die an der Absperrung der Bahn lehnte. »Es wäre verständlich gewesen, wenn er nach Doms Tod getrauert hätte. Aber nein, unser Herold bleibt guter Dinge – bis man ihm die Shows streicht und die Hälfte unserer Truppe wegfällt. Jetzt benimmt er sich, als hätte er gerade seinen eigenen Bruder zu Grabe getragen.«

Sagi dagegen reagierte mit erstaunlicher Milde. »Es geht ihm nicht um die Menschen, die fort sind, Jasper. Für Gerrick zählt bloß, welche Auswirkungen ihr Verschwinden auf ihn selbst hat. Er ist nun mal so. Ich glaube nicht einmal, dass er das, was er tut, wirklich böse meint.« Er seufzte und nahm dem Knappen mit einem Kopfnicken die Pfeile ab. »Das ist eben sein Weltbild. Die Erde dreht sich um die Sonne und die Sonne um ihn.«

Nachdenklich betrachtete die grüne Fee von Absinth den Herold. Sie stand dort an der Turnierbahn nun schon eine ganze Weile, um sich noch einmal bildlich vor Augen zu führen, wo alles begonnen hatte. Doms Sturz war das erste seltsame Ereignis von vielen gewesen, und wenn sie die Rätsel lösen wollte, die sich immer noch um die zwei Toten – das

Opfer und seinen Mörder – rankten, musste sie sich den Anfang des roten Fadens, der durch die Geschichte führte, greifen und ihm ganz langsam bis zum Ende folgen.

Isa befand sich allerdings auch auf diesem Stück des Marktgeländes, weil sie allem ein bisschen aus dem Weg gehen wollte. Nicht nur ihrer Schwester, die immer noch sichtlich frustriert auf dem Spektakel herumlungerte und ab und zu wie ein böser Springeteufel zwischen den Buden auftauchte. Sie war auch noch nicht dazu bereit, Alex wieder unter die Augen zu treten.

Langsam, mit verschränkten Armen und einer Denkfalte auf der Stirn, ging sie zu der Stelle hinüber, an der sie, Lena und Walburga den Tjost zwischen Dom und Jasper verfolgt hatten. Sie stellte sich ganz dicht an die Absperrung, so wie am Donnerstagmorgen, und ließ gedankenverloren einen rot und grün gefärbten Wimpel durch ihre Finger gleiten. Vor ihrem inneren Auge sah sie noch einmal, wie Dom genau auf der anderen Seite losgaloppierte, den Blick durch den Sehschlitz seines Helms fest auf den Gegner gerichtet. In der einen Sekunde der schwarz brünierte Schrecken des Turniers auf einem ebenso dunklen Ross – im nächsten Moment verwundet am Boden. Sie konnte das Metall fast noch einmal krachen hören, aber vielleicht lag das auch nur an Sagi, der ein halbes Dutzend Pferdelängen entfernt gerade seine Rüstung anlegte. Isa war sicher, dass Dom nicht gelogen hatte, als er behauptete, der Sturz wäre sein eigener Fehler gewesen. Aber als seine Freundin ihn nach dem Grund für die Unachtsamkeit gefragt hatte, war er ihr ausgewichen.

»Der Lärm, die Sonne – was weiß ich. Ich hab nicht aufgepasst, Roos.«

Die grüne Fee schnaubte unwillkürlich. Denselben Trick hatte sie selbst kürzlich angewandt, als Lena sie im Wohnwagen wegen des blutigen Knies ins Kreuzverhör genommen hatte, und war dabei ebenso unglaubwürdig gewesen wie der schwarze Oswald zuvor. Irgendetwas hatte Dom dermaßen abgelenkt, dass er den Kampf und die auf ihn zurasende Lanze von einer Sekunde auf die andere vergessen hatte.

Ihre Füße führten sie von ganz alleine weiter über das zertretene und verbrannte Gras der Turnierbahn, vorbei an Jasper und Sagi, die nun gemeinsam mit Übungsschwertern gegen zwei der Knappen kämpften. Das rhythmische Klirren von Metall auf Metall vermischte sich mit den anderen Hintergrundgeräuschen des Mittelaltermarktes.

Das rote Turnierzelt war von der Polizei bis auf den letzten Hering untersucht, anschließend von den grässlichen Überresten der Mordnacht gereinigt und wieder freigegeben worden. Trotzdem scheuten sich ein paar der Knappen sichtlich davor, es zu betreten. Vielleicht hatten sie Angst, der Geist von Dominik Schneider würde sie mit kalten Händen und glühenden Augen heimsuchen, wenn sie sich zu lange darin aufhielten. Isa glaubte nicht an Gespenster oder zumindest ließ sie sich von ihnen nicht abschrecken. Ganz still und heimlich, ohne dass es jemand mitbekam, schlüpfte sie ins Zelt.

Drinnen war es dämmrig und ungewohnt aufgeräumt. Ein Geruch nach Metall und Rost lag in der Luft, der unangenehm an Blut erinnerte, aber ganz sicher nur von den Lanzen und anderen Waffen kam, die hier gelagert wurden.

Dom hatte sich mit Thijs in diesem Zelt getroffen, in der Hand die Andenken an das eine Ereignis, das die Träume und die Freundschaft der beiden Männer zerstört hatte. Warum? Thijs konnte es wohl kaum gewesen sein, der den schwarzen Oswald beim Turnier so aus dem Konzept gebracht hatte; zwar erinnerte sich die grüne Fee an Roos' Vermutung, dass Dom seinem früheren Geschäftspartner niemals ganz verziehen hatte, doch da sich die beiden schon vor einer ganzen Weile wieder vertragen hatten, konnte der Anblick des pausbäckigen Verkäufers den Ritter wohl kaum vor Erstaunen aus dem Sattel geworfen haben.

Kling, klang, kling, klang, machten die Schwerter draußen vor dem Zelt. *Ratter, ratter,* machten die Rädchen in Isas Kopf.

Wieder an der frischen Luft zog es sie zur nächsten Station ihrer kleinen Reise. Im Bereich vor der Kriemhildmühle waren besonders viele Marktbesucher unterwegs. Sie störten Isa nicht bei ihren Ermittlungen, im Gegenteil. Obwohl es noch taghell war, ließen ein paar der Händler an ihren Marktständen kleine Laternen und Kerzen brennen. Es war ihre Art, ein Zeichen für die Verstorbenen zu setzen. Auch Walburga hatte zwei kleine Talglichter angezündet. Die winzigen Flammen leckten nach den Filzrosen und herumliegenden Stoffbändchen, konnten sie aber nicht erreichen, und als der Drache der alten Zünftlerin einen schillernden Reigen Seifenblasen ausspie, konnte man auf den zarten Kugeln trotz des grellen Sonnenlichts erkennen, wie sich das Feuer hauchzart in ihnen spiegelte.

Am LARP-Stand brannten keine Lichter. Dafür entdeckte Isa Lennox, der aus dem Krankenhaus zurück war. Mit der geschwollenen, verpflasterten Nase und den dunklen Hämatomen unter den Augen sah sein Gesicht nicht mehr ganz so hübsch aus. Die Hand, mit der er nach Thijs' Schwert gegriffen hatte, war ebenfalls dick bandagiert. Isa wusste nicht genau, aus welchem Grund er ihr mehr leidtat: wegen der Verletzungen oder weil Kris – offenbar heilfroh, dass seinem Chef nicht noch Schlimmeres passiert war – durch die Bude flitzte und unaufhörlich quasselte. Gerade sortierte er kleine, mit Reis gefüllte Bälle aus gefärbtem roten Leder, die man beim Live Action Role Playing als Feuerbälle benutzt, in einen Korb und erzählte eine dazu passende Anekdote:

»… also wirft der Magier den Feuerball und trifft Tobi volle Kanne an der Schulter – an sich ja nicht schlimm, die tun ja nicht weh. Aber was macht Tobi? Hält sich den Arm und fängt an zu kreischen wie ein kleines Mädchen: ›Stopp! Stopp!‹ Alle hören auf zu kämpfen und ich so: ›Was ist denn jetzt schon wieder?‹ Und er nur total hysterisch: ›Der Scheiß-Feuerball ist mit Basmati gefüllt! Da gehört Milchreis rein, Basmati-Körner sind viel zu spitz! Jetzt kriege ich bestimmt einen blauen Fleck! So was versaut einem echt das ganze Wochenende!‹ Dann wirft der Idiot doch glatt sein Schwert weg und haut ab, bevor wir die Quest zu Ende gemacht haben …«

Amüsiert betrachtete die grüne Fee die beiden Männer. Lennox hatte an diesem Tag eine Geiselnahme durch einen Verrückten nur knapp überlebt, aber wenn das so weiterging, würde er an Ohrenblutungen sterben, noch bevor die Sonne unterging.

Ganz automatisch wanderte ihr Blick zur Mühle. Die großen Flügel standen nun still, und viel mehr Leute tummelten sich auf der Plattform als am Morgen, als sie Roos und Thijs bei ihrem Treffen belauscht hatte. Einige Menschen dort oben machten Fotos von der Umgebung und von sich selbst; andere beobachteten einfach das Geschehen unter sich. Genau wie Dom es getan hatte, als Isa ihn am Donnerstag von Walburgas Stand aus auf der Aussichtsplattform entdeckt hatte. Und genau wie Doms Freundin, Roos, als Thijs sie mit seinem letzten Atemzug vor aller Augen angeklagt hatte: *»S-sie ist an allem schuld.«*

Vielleicht hatte Thijs de Strycker die schöne Aslaug von Dänemark ja doch geliebt. Und vielleicht hatte er Dom deswegen umgebracht – um endlich nicht mehr im Schatten seines besten Freundes zu stehen, der nicht nur nach ihrem gemeinsamen beruflichen Scheitern viel schneller wieder auf die Beine gekommen war, sondern auch jede Frau haben konnte, die er wollte. Dom hatte eine fast animalische Anziehungskraft besessen. Ganz im Gegensatz zu Thijs, wie Alex es so treffend formuliert hatte: *»Ich sage nur, dass so eine Frau sich bestimmt nicht mit so einem Typen abgibt. Der sieht aus wie ein Hamster mit Affenarmen.«* Und hatte Roos nicht vermutet, dass Dom sogar schuld an Thijs' komischer Visage war, weil er ihm vor langer Zeit in einem Tobsuchtsanfall den Kiefer gebrochen hatte?

Zwei Männer. Der eine ein charmanter Überlebenskünstler, der andere ein Versager – und zwischen ihnen eine schöne, starke, unterkühlte Frau. Wenn das keine idealen Voraussetzungen für einen Mord aus Hass und Leidenschaft waren ... Und trotzdem konnte Isa diesen Fall nicht einfach so zu den Akten legen wie Kommissar Winkelmann. Einzelne Fakten und Vermutungen passten nicht richtig zusammen; sie rieben mit den Kanten aneinander wie falsch zusammengesteckte Puzzleteile. Isa hatte das Gefühl, ein Bild vor sich zu sehen, dem ein entscheidendes Stück fehlte. Nur wenn sie dieses Stück fand, würde sie das gesamte Motiv erkennen können.

Sie blickte auf das Gras zu ihren Füßen. Es schmiegte sich unschuldig an ihre nackten Zehen, so als wäre nicht vor ein paar Stunden ein Mörder auf genau diesem Stück Land gestorben. Genauso unbeteiligt hatte der verschrobene Pathologe geklungen, der Thijs nach seinem Tod untersucht hatte: *»Ganz klassischer Fall. Zu viel Stress, da macht die alte Pumpe nicht mit ... Mörder auf der Flucht, kein Ausweg mehr, da kann so was schon mal passieren ... schwupps, Zunge raus, aus die Maus.«*

Still und nachdenklich verharrte Isa an diesem besonderen Ort, während die Marktbesucher zu beiden Seiten an ihr vorbeiflanierten. Plötzlich blitzte etwas Helles in einiger Entfernung bei der Falknerei auf; Isa hielt es zunächst für eine Lichtreflexion auf einer Schwertklinge oder einem blank geputzten Schildbuckel, doch dann erkannte sie, dass es sich um sehr, sehr hellblondes Haar handelte, das in der Sonne glänzte. Und dem Blazer nach zu urteilen, in dem der Rest der Person steckte, war es nicht Daenerys Targaryen, die da wie ein gereizter Drache durch die Gegend stakste. Ebenso schnell wie sie aufgetaucht war, verschwand Bruni auch wieder, was allerdings nicht an ihr selbst lag: Hinter Isa raschelte es leise, und bevor sie wusste, wie ihr geschah, zog ihr jemand die Kapuze eines Gugels aus Wollfilz verkehrt herum über den Kopf, sodass das sonnige Siegfriedspektakel plötzlich verschwand. Ein Arm schlang sich um ihre Schultern, ein zweiter um ihre Taille, dann wurde sie ohne viel Federlesens rücklings fortgeschleift.

Vielleicht hätte Isa Angst haben sollen nach alldem, was in den letzten Tagen in Xanten passiert war. Doch unter der Kapuze des Gugels rollte sie nur genervt mit den Augen. Anstatt sich zu wehren, ließ sie sich einfach mitziehen und wartete ab, bis sie ein paar Meter weiter wieder losgelassen wurde. »Kevin? Wärst du so gütig, mit dem Quatsch aufzuhören?« In dem Gugel klang ihre Stimme ziemlich dumpf.

Ein Ruck, und grelles Tageslicht flutete wieder ihr Sichtfeld. Isa kniff die Augen zusammen; als die sich wieder an die Helligkeit gewöhnt hatten, erkannte sie wie erwartet ihren Bandkollegen, der sie verdutzt anstarrte. »Woher wusstest du, dass ich es bin? Ich habe mich extra angeschlichen.«

»Der Gugel ist von Lena, er riecht nach ihrer Lieblings-Räuchermischung. Die wäre aber weder stark noch bescheuert genug, um mich wie ein Entführungsopfer durch die Gegend zu schleifen, bloß weil da hinten meine Schwester herumläuft.«

»Verdammt. Gut kombiniert, Lady Marple ... Ich dachte, wenn ich dafür sorge, dass sie dich nicht sieht, tue ich dir einen Gefallen.«

»Das ist nett von dir. Aber versuch trotzdem das nächste Mal etwas weniger Auffälliges. Frauen am helllichten Tag und auf offenem Gelände zu verschleppen, steht auf der Liste der besten Methoden, nicht gesehen zu werden, nicht gerade in den Top Five.«

Herr Ludger der Verderbte schien sich nicht groß an ihrer Kritik zu stören. Überhaupt wirkte er fast schon erschreckend gut gelaunt. Isa musterte ihn prüfend. »Valentin hat dir und Lena seinen Segen gegeben, oder?« Sie lächelte.

»Woher weißt du das?«

»Weil du mich anstrahlst wie ein überdrehter Schlittenhund.«

»Ha! Wenigstens wedle ich nicht mit dem Schwanz.«

»Wofür ich dir zutiefst dankbar bin.«

Breit grinsend zog Kevin die grüne Fee mit sich zum Stand des Alchemisten, wo der Rest von Manus Furis herumhing. An diesem Abend war kein Auftritt der Band mehr vorgesehen, also konnten sie das Spektakel bis zum nächsten Morgen genauso genießen wie jeder einfache Besucher.

Lena nutzte die Zeit offensichtlich, um einzukaufen. Man konnte über den Alchemisten und seine Leidenschaft für Accessoires, die aussahen, als hätte er sie bei einer Schwarzen Messe mitgehen lassen, sagen, was man wollte: Was die Qualität seiner Räucherwaren anging, konnten ihm nur wenige das Wasser reichen. Die wilde Helena kramte gerade in einem Korb voller verkorkter Glasröhrchen, die mit Harzen wie Kampfer, Styrax oder Teufelsdreck gefüllt waren. Der Hausherr selbst hantierte hinter der Theke seines Standes mit einer ausgestopften Krähe. Offenbar suchte er einen Platz, an dem das possierliche Tierchen besonders gut zur Geltung kam. Mit bebender weißer Mähne ging er hin und her, stellte es mal hierhin, mal dorthin und murmelte dabei leise vor sich hin. Entweder sprach er mit sich selbst oder mit der Krähe; Isa war sich nicht sicher, welche von beiden Möglichkeiten sie schlimmer fand.

Die unsichtbare Katze des Alchemisten war anscheinend gerade auf der Jagd nach imaginären Mäusen, denn auf dem Scherenstuhl, der Felix am Tag zuvor noch verboten worden war, hockte nun Alex. Isas Herz setzte kurz aus, als sie ihn entdeckte. Für einen Moment war sie unsicher, wie sie sich verhalten sollte, und hasste sich gleichzeitig für dieses Teenagergehabe, doch als sie mit Kevin unter das Vordach des Standes trat, warf Alex ihr bloß einen Blick zu und lächelte zur Begrüßung. Ganz so, wie er es sonst auch tat. Das verwirrte die grüne Fee noch mehr. Sie hatte das Gefühl, plötzlich auf einem zugefrorenen See zu stehen, ohne zu wissen, ob das Eis ihre nächsten Schritte tragen konnte. Trotzdem lächelte sie zurück. Etwas Besseres fiel ihr einfach nicht ein.

Lena war zum Glück beschäftigt, sodass sie von alledem nichts mitbekam. Erst als Kevin von hinten an sie herantrat, die Arme um ihre Taille schlang und ihr einen Kuss auf den Nacken gab, bemerkte sie die beiden Neuankömmlinge. Gut gelaunt deutete ihr Freund an ihr vorbei auf ein großes Tongefäß, das auf einem zweiten Tischchen mit Kerzen und Räucherkegeln stand und vorne mit dem Wort »Theriak« beschriftet war. Vermutlich nur ein dekorativer Scherz des Alchemisten ohne echten Inhalt. In seinen Augen passte ein Gefäß mit dem vielleicht berühmtesten Zaubermittel der Antike, das durch schmackhafte Ingredienzien wie Vipernfleisch, Opium und Entenblut gegen fast jedes Gift immun machen sollte, sicher toll als Blickfang in jede Küche, gleich neben Zucker und Salz.

»Wie nennt man das japanische Gericht, bei dem man Hühnchen in dem Zeug da mariniert?«, fragte Kevin, noch immer auf das Gefäß deutend.

Isa stellten sich in Erwartung der Pointe die Nackenhaare auf. Sie wurde nicht enttäuscht.

»Chicken Theriaki!«, krähte Herr Ludger der Verderbte fröhlich und strahlte in die Runde wie ein Honigkuchenpferd.

Um Lenas Mundwinkel zuckte es leicht. Über Kevins Schulter hinweg warf sie Isa einen Blick zu, der so etwas sagte wie: »Ich weiß, er ist bescheuert, aber ich liebe ihn trotzdem«. Alex schüttelte auf seinem Scherenstuhl bloß resigniert den Kopf, stand auf und stapfte davon, wobei er etwas vor sich hin murmelte, das verdächtig nach »Brauche jetzt dringend eine Kippe« klang.

Die grüne Fee von Absinth freute sich darüber, dass Lena und Kevin ihre Frühlingsgefühle derart genossen, auch wenn sie ihre Sorglosigkeit nicht ganz teilen konnte. Zu viele Dinge gingen ihr im Kopf herum. Machten sie nervös. Als plötzlich ein schriller, durchdringender Pfiff ertönte, erwischte sie sich tatsächlich dabei, wie sie zusammenzuckte und sich ein ganz klein wenig duckte, als müsste sie einem tieffliegenden Bierkrug oder einem Schlag ausweichen. Eine völlig übertriebene Reaktion, und als ihr klar wurde, was sie da getan hatte, schämte sie sich ein bisschen. Mit geröteten Wangen hielt sie nach der Quelle des Geräuschs Ausschau und stellte seltsam erleichtert fest, dass es bloß ein kleiner Junge war, der auf der gegenüberliegenden Seite des Weges mit seinen Eltern an einer Bude mit Töpferwaren stand und in eine kleine Pfeife blies.

Die Pfeife war wie ein dickbäuchiger Vogel geformt, hatte einen blau lasierten Schnabel und hing an einer geflochtenen Schnur. Der Knirps blies noch einmal hinein und erzeugte den gleichen scheußlichen Ton, der an einen verhaltensgestörten Teekessel erinnerte. Der Verkäufer nahm ihm die Pfeife kurz ab, zauberte unter seinem Tresen einen winzigen Krug hervor und goss einen Schluck Wasser durch eine Öffnung in den kleinen Keramikvogel. Tropfen zeichneten dunkle Rinnsale auf den trockenen braunen Ton, und als das Kind diesmal hineinblies, brachte es das Wasser im Inneren der Pfeife mit seinem Atem zum Blubbern, und der Vogel stieß ein wildes Gezwitscher auf. Hellauf begeistert lachte der kleine Junge.

Und plötzlich ergab alles einen Sinn.

In Isas Kopf rastete ein Zahnrad ein. Dann noch eines und noch eines. Das, was sie mit diesem Bild, das sich ihr bot, assoziierte, war so schockierend und passte so perfekt in die Lücke in ihrem Bild, dass sie sich hastig an einer Zeltstange festklammern musste, weil die Erkenntnis sie sonst womöglich glatt umgeworfen hätte.

Ihr Herz hämmerte in ihrer Brust. Vielleicht war es bloß eine Schnapsidee. Ein dummer, völlig unlogischer Gedankengang, der auf nichts weiter beruhte als auf ihrer eigenen, überreizten Fantasie.

Und doch …

Schnell sah sie hinüber zu den Büschen, hinter denen verborgen die Turnierbahn lag. Überlegte krampfhaft. Konnte das wirklich sein? Natürlich, ja, sie hatte doch selbst … ein weiterer Blick, diesmal zur Mühle und zu der Stelle, an der Thijs de Strycker sein Leben ausgehaucht hatte. Auch das passte.

Isa stöhnte innerlich auf. Gesichter in der Menge. Der unerklärliche Sturz eines Ritters. Ein ominöses Treffen im Turnierzelt. Thijs' viel zu dramatische Art, zu töten – beinahe lachhaft, wenn die Tat selbst nicht so grauenvoll gewesen wäre. Eine zerbrochene Statue.

Und eine offene Rechnung.

Der grünen Fee lief trotz der Hitze ein kalter Schauer über den Rücken, als ihr klar wurde, wie blind sie die ganze Zeit gewesen war. Zu abgelenkt von ihren eigenen Problemen, um das große Ganze zu erkennen. Dabei war es doch so einfach!

Heimlich warf sie ihren Freunden über die Schulter einen Blick zu. Der Alchemist erzählte gerade eine Anekdote über irgendeinen mittelalterlichen Aberglauben, während er mit der ausgestopften Krähe herumfuchtelte, um seine Worte zu veranschaulichen. Kevin hielt die wilde Helena noch immer eng umschlungen, und Valentin hatte sich anstelle von Alex in den Scherenstuhl gesetzt. Die drei Gaukler hörten der Geschichte des verschrobenen alten Mannes amüsiert zu. Keiner von ihnen war sich bewusst, dass der Tod noch immer ungestraft zwischen ihnen wandelte.

Isa biss sich auf die Lippe. Zum ersten Mal seit Tagen hatte sie das Gefühl, wieder richtig klar denken zu können. Bei ihrem letzten Versuch, einen Mörder zu fangen, hatte sie ihr Vertrauen in den Falschen gesetzt und wäre deswegen beinahe auf dem kalten Straßenpflaster Siegburgs gestorben. Doch das würde ihr nicht noch einmal passieren.

Nein, dachte sie grimmig und wandte sich ab. Still und leise verließ sie das Zelt des Alchemisten. Niemand bemerkte, dass sie fortging.

Diesmal, dachte sie, werde ich es besser machen.

Ein paar Stunden später.

Wer in der Nähe der großen Marktbühne auf einer Bank an der Taverne saß und dort einen Krug Kirschbier genoss oder sich am Hanffladen-Laden den Bauch vollschlug und dabei zufällig den Blick über seine Umgebung schweifen ließ, konnte in der Menge eine junge, ganz in grün gekleidete Frau mit Dreadlocks entdecken, die mit entschlossener Miene auf einen Stand zumarschierte, an dem man allerlei Kram aus Leder kaufen konnte. Ihr Blick wanderte lange über die Auslage, als suchte sie etwas Bestimmtes. Schließlich sprach sie die Verkäuferin an und reichte ihr ein paar Münzen. Dafür nahm sie ein kleines Säckchen aus dunklem Leder entgegen und wog es einen Moment lang nachdenklich in der Hand, bevor sie sich bedankte und wieder ging.

Ein ganz normales Bild auf einem Mittelaltermarkt.

Der unbeteiligte Zuschauer konnte nicht wissen, wie wichtig dieser Beutel war und dass er genauso aussah wie der, den Dominik Schneider zum Zeitpunkt seines Todes in der Hand gehalten hatte.

Aber etwas fehlte noch, um die Illusion perfekt zu machen. Isa Bocholt drehte sich in der schmalen Lücke zwischen der Lederey und einem Stand, an dem teerschwarzer Lakritzschnaps verkauft wurde, mit dem Rücken zu dem Pfad, der zwischen den Buden verlief. Sie wollte nicht, dass jemand beobachten konnte, was sie tat. Flink holte sie ein paar kleine Gegenstände aus ihrer grünen Umhängetasche, um den Lederbeutel ein wenig zu beschweren: ein bisschen Kleingeld, eine Packung Kaugummi. Das reichte. Zufrieden ging sie weiter, um zum zweiten Mal an diesem Samstag auf die Aussichtsplattform der Kriemhildmühle zu steigen.

Die Luft dort oben war genauso fiebrig heiß wie unten zwischen den Buden und Zelten. Die grüne Fee ignorierte den wundervollen Ausblick und versuchte sich daran zu erinnern, an welcher Stelle Dom am Donnerstag gestanden hatte. Der Holzboden unter ihren Füßen knarzte leise, als sie an das Geländer trat und sich mit den Armen aufstützte. Dann ließ sie den Beutel an den Lederschnüren, mit denen man ihn zuziehen konnte, gut sichtbar herunterbaumeln.

Und wartete.

Obwohl Geduld nicht ihre Stärke war, blieb Isa fast zwanzig Minuten an der Stelle stehen und versuchte, auf nichts Bestimmtes zu schauen. Innerlich summte sie ein paar Lieder von Manus Furis, um sich die Zeit zu vertreiben, doch selbst im Kopf sang sie schiefer als eine Horde besoffener Barden, also ließ sie es bald bleiben. Schließlich beschloss sie, dass ihre Botschaft angekommen war, und verließ die Mühle wieder.

Die Falle war gestellt.

Kapitel 26

Noch sechzig Minuten bis zum Tod.

Die Luft im roten Turnierzelt war abgestanden und roch nach Metall, Lederfett und Rost. Hinter den dünn geschliffenen, trüben Hornplatten der mittelalterlichen Laterne brannte eine kleine Kerzenflamme und warf einen ruhigen Lichtschein auf ihre Umgebung. Draußen hatte sich Nacht wie tiefdunkler, fast schwarzer Wein über die Welt ergossen.

Der Mythos, dass Täter immer wieder an den Ort zurückkehren, an dem sie ein Verbrechen verübt haben, ist uralt. Isa hatte schon in unzähligen Kriminalromanen davon gelesen. Eigentlich ziemlich idiotisch, wenn man es genau betrachtete. Mörder unternahmen fast alles, um nicht gefasst zu werden, doch gegen diesen seltsamen Impuls schienen Logik und Kalkül jedes Mal den Kürzeren zu ziehen. Schon allein die Vorstellung, dass der Ort, an dem man einem Menschen das Leben genommen hat, eine so verhängnisvolle Faszination ausüben kann, jagte Isa insgeheim einen Schauer über den Rücken. Als würde der Mörder von seinem eigenen, unvermeidlichen Schicksal angezogen wie der Lemming vom Abgrund. Dabei hatte sie keine Ahnung, ob ein solcher Zwang wirklich existierte oder nur die Erfindung eines Schreiberlings war, dem sonst keine gute Wendung für das Ende seines Buches eingefallen war. Trotzdem erschien ihr das Zelt, in dem das Sterben in Xanten seinen Anfang genommen hatte, der einzig richtige Platz für das Kommende zu sein.

Eine Grimasse schneidend, rutschte sie auf der Equipment-Kiste, auf der sie nun schon eine ziemlich lange Zeit hockte, in eine bequemere Position und gönnte sich noch einen Schluck Honiglimonade aus dem Tonbecher, den sie sich mitgebracht hatte. Irgendwo summte eine Mücke.

Nicht zum ersten Mal an diesem Abend fragte Isa sich, ob ihr Plan überhaupt funktionieren würde. Unruhig stand sie auf, streckte den Rücken durch, der von der ganzen Warterei schon steif wurde, und ging ein paar Schritte im Zelt umher. Dabei stellte sie den halb vollen Tonbecher auf eine Truhe direkt neben dem Eingang. Gerade als sie sich wieder setzen wollte und dem Schlitz im Zelttuch den Rücken zukehrte, hörte sie ein Geräusch.

Die grüne Fee lächelte.

»Hallo, Walburga«, sagte sie, ohne sich umzudrehen.

Sie hätte den Duft nach Pfeifentabak, der plötzlich die stickige Luft würzte und die kleine, rundliche Silhouette, die sich im schwachen Lichtschein auf dem Boden neben ihr abzeichnete, nicht gebraucht, um zu wissen, wer hinter ihr eingetreten war. Als sich Isa ihrer Besucherin langsam zuwandte und sich an die Kiste lehnte, auf der sie vorher gesessen hatte, sah sie, dass die alte Zünftlerin wie immer auf ihren Wanderstab gestützt im Eingang stand. Das Zelttuch, das hinter ihr zugefallen und sie beide so vom Rest des Siegfriedspektakels abgeschnitten hatte, schwang noch leicht hin und her.

Walburga hatte ihre Pfeife nicht im Mund, doch die grauen Locken, die unter ihrem spitzen Filzhut hervorquollen, wirkten im flackernden Schein der Laterne ein bisschen wie Rauch. Ihr faltiges Gesicht war zu diesem allwissenden Lächeln verzogen, das Isa immer so sympathisch gefunden hatte. Doch nun glaubte sie, in den Augen der Frau, die ihr gegenüberstand, etwas zu erkennen, das sie vorher nicht wahrgenommen hatte. Ein seltsames Funkeln. Aber vielleicht war daran auch ihre veränderte, subjektive Wahrnehmung schuld.

Feuer und Rauch, lauernder Blick. Wie hatte Alex die Mutter Oberin an seiner Klosterschule noch gleich genannt?

Einen schrecklichen alten Drachen.

»Ich war mir nicht sicher, ob du kommst«, sagte die grüne Fee.

Das Lächeln auf Walburgas Lippen wurde breiter. Ein feines Geflecht, wie aus Spinnweben, zog sich über ihre Wangen und unter den Augen entlang. »Hast du mich denn erwartet, Schätzchen?«, fragte sie unschuldig.

»Natürlich.« Als keine Erwiderung kam, verschränkte Isa die Arme vor der Brust und schwieg. So einfach würde sie es ihr nicht machen.

Eine Weile waren das kaum hörbare Zischen der Kerzenflamme und das leise Atmen der beiden Frauen die einzigen Geräusche im Zelt. Alles andere klang von draußen und von weit, weit her zu ihnen herüber.Walburga ließ den Blick über das Gras und die umherstehenden Gegenstände schweifen, die Kisten und Truhen, die Säcke und aufgereihten Lanzen. Wie ein Suchscheinwerfer tasteten die von den dicken Brillengläsern vergrößerten Pupillen alles ab, auch Isa selbst, doch das Aufblitzen von Wiedererkennen oder Triumph blieb aus. Das, was die alte Dame suchte, war nicht zu entdecken.

»Warum treibst du dich hier drin herum?«, fragte sie schließlich. »Du bist jung und solltest vorne an der Bühne sein und mit deinen Freunden feiern.«

»Oh, das würde ich gerne, glaub mir. Aber ich schätze, Dom und Thijs haben sich ihren Samstag in Xanten auch anders vorgestellt.«

Isa drehte Walburga den Rücken zu und blickte zu der Stelle, an der der schlaffe, verstümmelte Körper des schwarzen Oswald gelegen hatte. »Dennoch sind sie beide tot.«

Hinter sich hörte sie ein lang gezogenes Seufzen. »Hör zu, Isa. Ich kann verstehen, dass dich das sehr mitnimmt. Du hast eine wilde Fantasie, und diese furchtbaren Bücher, die du immer liest, machen es nur noch schlimmer. Warum setzen wir zwei uns nicht ganz in Ruhe hin und trinken ein Gläschen, hm? Auf den jungen Ritter und auch auf den armen Teufel, der ihm das angetan hat. Vielleicht geht es dir dann besser.«

»Spar dir das Theater, Walburga.«

Isa drehte sich wieder um und sah in das makellose Ebenbild einer kleinen, harmlosen alten Dame, die nicht weiß, ob sie empört oder amüsiert sein soll. »Du bist hergekommen, weil du mich auf der Mühle gesehen hast. So wie du auch Dom dort oben gesehen hast, als er dich beobachtete. Von der Aussichtsplattform hat man einen fantastischen Blick auf deinen Stand, wusstest du das?«

Die Stimme der Zünftlerin kühlte um ein paar Grad ab. »Schätzchen, ich habe keine Ahnung, wovon du da redest.«

So wollte sie es also haben. Na schön, dachte Isa. Auch darauf war sie vorbereitet. Wenn Walburga nicht von selbst mit der Wahrheit herausrücken wollte, musste sie eben andere Saiten aufziehen. »Ach nein?« Trotzig schnappte sie sich ihren Tonbecher von der Truhe neben dem Zelteingang und prostete ihr demonstrativ zu. »Tut mir leid, ich würde ja gerne mit dir trinken, aber wie du siehst, habe ich nur einen Becher. Und außerdem teile ich Met und Fleisch nicht mit Mörderinnen«, zischte sie, bevor sie den Becher an die Lippen setzte. »Bei diesem Fall gab es so viele Aspekte, die für sich betrachtet ganz logisch klingen, aber zusammengenommen überhaupt keinen Sinn ergeben, weil zwischen ihnen das richtige *Bindeglied* fehlt. Nehmen wir als Beispiel den Sturz beim Turnier am Donnerstagmorgen. Dominik Schneider war in diesem Jahr zum ersten Mal beim Siegfriedspektakel in Xanten dabei«, fuhr Isa fort, nachdem sie geschluckt und den Becher neben sich wieder abgestellt hatte. »Und obwohl er ein guter Reiter und Kämpfer war und schon so manches Turnier hinter sich hatte, ist er direkt bei der ersten Show vom Pferd gefallen. Zuerst dachte ich, es wäre Thijs' Anblick gewesen, der ihn abgelenkt hatte. Der stand schließlich mit einigen seiner Kollegen bei den Zuschauern an den Tribünen. Kommissar Winkelmann hält das auch immer noch für die einzig plausible Theorie. Aber wieso eigentlich? Thijs und Dom waren Freunde. Zwar hatten sie sich eine Zeitlang voneinander entfremdet, das stimmt, aber das war lange vorbei. Beide wussten, dass der jeweils andere in Xanten war – warum also sollte Thijs der Grund für Doms gebrochenes Handgelenk gewesen sein?«

Isa wischte sich mit dem Handrücken ein wenig Limonade vom Mund. »Dann fiel mir ein, in welche Richtung Dom beim Losreiten sah. Nicht zu Thijs und den anderen Leuten vom ›Sau am Spieß‹-Stand, zu Emmy oder Kris und auch nicht zum Stand von Loreley. Nein, er schaute auf seinen Gegner Jasper und natürlich so auch auf das Publikum dahinter. Zu den Templern, Lena, mir – und dir.«

Die dicken silbernen Ringe mit den glänzend geschliffenen Steinen an Walburgas Hand, die den Wanderstab umfasst hielt, funkelten schwach in dem wenigen Licht, das die Laterne spendete. Die alte Frau selbst rührte sich keinen Zentimeter. Unbewegt stand sie da und taxierte Isa.

»Nur zu. Rede weiter«, sagte Walburga leise. In ihrer kratzigen Stimme lag Bedauern, als würden die Worte der Jüngeren ihr das Herz brechen. »Ich habe dich immer geschätzt, weil du klug bist und dir nicht alles gefallen lässt, Isa. Kein dummes kleines Mädchen, sondern eine starke junge Frau, die weiß, was sie will. Du hast mich wohl ein wenig an mich selbst erinnert, aber da habe ich mich anscheinend getäuscht. Genauso wie in der Annahme, dass wir Freundinnen wären.« Sie machte eine auffordernde Geste. »Bitte. Erzähl ruhig, wieso ich deiner Meinung nach so ein böses, altes Weib bin. Eine *Mörderin.*«

Ironisch deutete Isa eine Verbeugung an, wie sie es auf der Bühne nach dem Applaus für eine besonders gelungene Jonglage getan hätte. Sie hatte nicht vor, sich noch einmal von Walburgas Gehabe einlullen zu lassen.

Nie wieder.

»Dom hat dich beim Turnier gesehen und war so überrascht, dass er vom Pferd gefallen ist. Und später, als er aus dem Krankenhaus zurück war, stieg er auf die Kriemhildmühle und hat zufälligerweise von dort oben aus genau den Teil des Marktes betrachtet, auf dem auch deine Bude zu finden ist. Passt ziemlich gut, oder?«

In Isas Innerem raunten ihr all die Detektive, deren Abenteuer sie zwischen knisternden Buchseiten verfolgt hatte, die passenden Worte zu. Sie hatten recht: Wenn man erst einmal die kleinen grauen Zellen aktivierte und die einzig verbliebene Lösung akzeptierte – selbst wenn diese noch so unmöglich oder abwegig erschien –, ging alles wie von selbst.

»Das sind natürlich nur Indizien. Aber es gibt noch mehr Aspekte, handfestere Aspekte, die zeigen, dass du das fehlende Puzzleteil bist. Die Spinne, die ruhig darauf wartet, dass sich all die kleinen Fliegen in ihrem Netz verfangen, wenn du so willst. So machst du es doch auch mit den Kindern, nicht wahr? Du hockst in deinem Marktstand zwischen all den Morgenblütenträumen, und wenn die kleinen Quälgeister vorbeikommen, lässt du den Zauberdrachen Seifenblasen spucken, und sofort sind sie hin und weg.«

Es versetzte Isa einen kleinen Stich, als sie daran dachte, wie fasziniert sie selbst von Walburgas Wunderwerken gewesen war, als junges Mädchen und auch als Erwachsene.

Die alte Dame seufzte tief. Das Ende des Wanderstabs bohrte sich tief in die trockene Erde, als sie sich mit ihrem ganzen Gewicht daraufstützte und zu der Truhe ging, auf der Isa am Anfang ihren Becher abgestellt hatte. »Ich weiß wirklich nicht, wovon du redest«, sagte sie und ächzte leise, als sie sich hinsetzte, weil die Truhe eine Winzigkeit zu hoch für sie war.

»Du willst dieses Spielchen also wirklich bis zum bitteren Ende spielen?«, fragte die Gauklerin.

Da war es wieder, dieses seltsame Funkeln in den Augen. Es vereinigte sich mit dem Widerschein der Kerzenflamme auf ihren dicken Brillengläsern. Walburga schenkte Isa ein feines, ja kaum wahrnehmbares, listiges Lächeln. »Ich fürchte, du wirst mir schon erklären müssen, was du meinst.«

Die grüne Fee ließ sich ebenfalls auf einer Kiste nieder, nur um direkt wieder aufzustehen. Zum Sitzen war sie zu aufgeregt. Sie brauchte Bewegung beim Dozieren, das lag vermutlich in den Genen. »Gut, dann will ich dir eine Frage stellen. Wieso trug Dom später in eben diesem Zelt einen Lederbeutel mit sich herum, in dem Erinnerungsstücke an die schlimmste Zeit seines Leben waren – die Zeit, in der sein Traum von einer eigenen Kampfschule zerplatzte, weil sich sein bester Kumpel von Betrügern über den Tisch ziehen ließ? Nicht, dass wir uns falsch verstehen: Mit ›mit sich führen‹ meine ich nicht einfach an den Gürtel gebunden, sondern in der Faust, als wären der Beutel und sein Inhalt gerade in diesem Moment von großer Wichtigkeit für ihn gewesen.«

Walburga lachte. Es war ein meckerndes Lachen und klang keineswegs freundlich. »Oh Isa ... Du hast dir die Antwort längst selbst gegeben und bist bloß zu stur, um sie zu akzeptieren, weil es sonst kein großes Geheimnis gäbe, das du aufklären kannst. Menschen streiten sich, versöhnen sich und streiten sich wieder – das tun sie ständig. Und Männer vor allem. Wahrscheinlich hat der Ritter noch immer einen Groll gegen den anderen gehegt wegen dem ... na, dem was du gerade gesagt hast. Das mit der Schule. Er wollte ihn deshalb hier zur Rede stellen und hat den Beutel mitgebracht. Als Symbol sozusagen.«

»Symbol ... netter Versuch, Walburga. Aber nehmen wir mal an, nur für einen Moment, dass Thijs, mit dem er sich wieder vertragen hatte, *nicht* der Grund für Doms Sturz, seine schlechte Laune und das nächtliche Stelldichein hier drin war, ja? Nehmen wir doch einmal an, dass Dom an diesem Abend jemand anderen erwartet hat. Dann muss dieser andere, diese Person X, ebenfalls etwas mit dem Inhalt des Beutels zu tun haben. Denn dieser Lederbeutel und die Gegenstände darin sind zum Beispiel so wichtig, dass ich mich nur wie Dom auf die Plattform der Mühle stellen und damit herumwedeln musste, um dich hierher in dieses Zelt zu locken.« Isa lachte leise.

Der Gesichtsausdruck der alten Dame veränderte sich wieder, wurde kurz nachdenklich. Doch sie war zu schlau, um auf diese Provokation hereinzufallen. »Warum sollte ich den Beutel eines Toten denn so unbedingt haben wollen?«, fragte sie zurück.

Die grüne Fee konnte sich das Grinsen nicht verkneifen. Es hatte lange gedauert, bis sie auf die Lösung des Rätsels gekommen war, das sich um den Mord an Dominik Schneider und den Tod von Thijs de Strycker rankte. Dass sie ausgerechnet durch ein nerviges Kind mit einer blubbernden Vogelpfeife darauf stoßen würde, hätte sie nie vermutet.

»In dem Lederbeutel hat Dom einen Schlüssel zu dem Gebäude aufbewahrt, in dem er und Thijs die Kampfschule eröffnen wollten. Als Erinnerung. Viel interessanter ist aber der andere Gegenstand, eine zerbrochene Figur aus Stein. Rot-schwarzem Rhodonit, um genau zu sein. Roos meinte, er hat sie in einem Wutanfall zerschmissen. Ich habe lange herumgerätselt, was sie darstellen soll.«

Isa hatte noch immer die Stimme des Kommissars im Ohr, der sich die zersplitterten Stücke aus Halbedelstein angesehen und dabei ins Blaue geraten hatte: *»Ist das ein Hund? Nein … ein Elefant mit langem Schwanz? Und er hat irgendwas im Maul …«*

Doch Winkelmann war Polizist. Ein geradlinig denkender Bulle ohne viel Sinn für das Fantastische – im wahrsten Sinne des Wortes. Dabei kam er aus einer Stadt, in der das Tier, das Wesen, das sie so verzweifelt gesucht hatten, allgegenwärtig war.

»Es ist ein Drache«, sagte Isa. »Dein süßer, kleiner, Seifenblasen speiender Drache, um genau zu sein, nur eben im Miniformat. Und ohne richtige Special Effects.«

Für den Bruchteil einer Sekunde huschte etwas über Walburgas Gesicht wie der Schatten eines vorbeifliegenden Vogels. Isa war sich nicht sicher, was sie da gesehen hatte. Erstaunen vielleicht, gemischt mit … Anerkennung. Keine Angst oder Erschrecken, eher so etwas wie milde Überraschung darüber, dass Isa zu diesem Schluss gekommen war. Sie fragte sich, was das zu bedeuten hatte, und wischte sich unauffällig die schwitzigen Hände an der Seite ihres Rockes ab.

»Und was soll das nun heißen, Isa?«, fragte Walburga leise und ruhig. Sie klang wie eine Lehrerin, die ihre Lieblingsschülerin zu einer wichtigen Antwort hinführen will. »Was würde es bedeuten, wenn die Figur des Ritters –«

»Sein Name war Dominik Schneider. Hör mit dieser ›Vergessliche Großmutter‹-Nummer auf, die steht dir wirklich nicht.«

»Himmel ... also schön, wenn *Dominiks* Figur und meine Drachenstatue genau gleich aussähen?«

Die Kerzenflamme flackerte wie von einem Luftzug. Die Dunkelheit strich mit ihren schwarzen Schattenfingern über die beiden Frauen, die sich wie zwei Schachspielerinnen gegenüberstanden und einander belauerten, immer darauf hoffend, dass die andere als Erste einen Fehler beging.

»Nun, ich weiß, dass du all deine Kunstwerke selbst herstellst«, sagte Isa. »Die Blumengebinde, die Amulette und Figuren, alles. Das da sind geschickte Finger, so sehr du das unter all den Ringen und dem arthritischen Gehabe vielleicht zu verstecken versuchst. Solche Figuren wie deinen Drachen – ob groß oder klein – hast du allerdings meines Wissens nach nie auf irgendwelchen Märkten zum Verkauf angeboten. Also muss ich davon ausgehen, dass Doms Figur nicht nur von dir stammt – und nicht etwa von einem deiner Kunden –, sondern dass *du* die Betrügerin warst, die die Figur damals zusammen mit einer Notiz für Dom und Thijs in dem Haus zurückließ, das sie beide kaufen wollten. Das ist die einzige Schlussfolgerung, die zu all den anderen Hinweisen passt. Du hast die beiden damals reingelegt, und als Dom dich hier auf dem Markt wiedererkannte, hat es ihn glatt umgehauen. Aber er war ein Kämpfer. Seine alte Wut kehrte mit voller Wucht zurück. Er hat dich vermutlich zu einem Treffen in dieses Zelt bestellt und dir gesagt, dass er Beweise hat, mit denen er dich hinter Schloss und Riegel bringen könnte. Aber du bist nicht hingegangen, oder? Stattdessen hast du jemand anderen geschickt. Jemanden, den du schon mal mit falschen Versprechungen hereingelegt hast und der dumm genug war, sich noch mal hereinlegen zu lassen. Jemanden mit Geldsorgen, der zum Glück für dich so ungeschickt, so übertrieben dramatisch mordete, dass er jeglichen Verdacht allein auf sich zog.«

Die Worte fühlten sich auf Isas Zunge an wie bittere Galle, während sie sich vorstellte, wie sehr man jemanden manipulieren, wie sehr man ihn mental beeinflussen musste, damit er zu so einer Bluttat fähig war. »Ich vermute mal, du bist zu Thijs gegangen und hast ihm Geld dafür geboten, dass er dein Geheimnis wahrt und Dom für dich aus dem Weg räumt. Einen Haufen Geld, dass du ihm wahrscheinlich nie bezahlen wolltest. Du wolltest diesen Jungen, der sein Leben lang hinter dem großen Reichtum herjagte, nur so lange bei Laune halten, bis Dom beseitigt war – dann musste auch er dran glauben. Deswegen sagte Thijs auf der Mühle zu Roos, als sie Schweigegeld von ihm verlangte, dass sie seinen *Preis* auf keinen Fall bekommen würde. So hast du ihn dazu gebracht, sich tatsächlich noch ein zweites Mal von dir betrügen zu lassen und seinen besten Freund zu töten, nur damit du nicht für die Verbrechen geradestehen musst, die du in der Vergangenheit begangen hast. Du hast uns alle getäuscht mit deinem Kinderparadies und deiner liebenswerten, verschrobenen Art, aber das war bloß Fassade. Ach ja, und apropos Täuschung: Es war nicht besonders schlau von dir, dass du versucht hast, mich, Lena und Sunny in die Irre zu führen. Ich meine, als wir dich gefragt haben, wo Thijs hingegangen ist und du uns in die falsche Richtung geschickt hast. Was hast du dir dabei gedacht? Du bist der Inbegriff der stillen Beobachterin. Nichts entgeht dir – jedes Mal, wenn es irgendwo etwas zu sehen gibt, bist du als Erste da, genießt die Show. Aber wohin ein halb wahnsinniger, kurz vor einem Herzinfarkt stehender junger Kerl mit hochrotem Kopf und Hamsterbacken geht, der direkt vor deiner Nase an deinem Stand vorbeiläuft, das vergisst du plötzlich? Ich bitte dich. Du siehst, du bist die einzige Person, die in die Lücke in diesem Fall passt. Die große Unbekannte in der Gleichung, das fehlende Puzzleteil – nenn es, wie du willst. Aber du bist schuld an zwei Todesfällen. Das weiß ich. Und mit dem, was ich weiß, und mit dem Zeug in Doms Beutel werde ich dafür sorgen, dass du nicht ungestraft davonkommst. Das wollte ich dir sagen. Immerhin kennen wir uns jetzt schon lange, und auch wenn ich dich nun mit anderen Augen sehe und dich zutiefst verabscheue, gebe ich dir hiermit die Chance, deine Angelegenheiten zu regeln, bevor wir zusammen zum Kommissar gehen.«

Eine Weile herrschte Stille im Zelt. Isa hörte nichts weiter als ihr eigenes, klopfendes Herz. Dann legte sich Walburga langsam den Wanderstab quer über den Schoß, wie Hagen von Tronje es einst mit dem Schwert des toten Siegfried getan hatte, und hob die Hände. Der träge Applaus, den sie Isa spendete, war nichts als blanker Hohn. »Eine schöne kleine Geschichte, die du dir da ausgedacht hast«, krächzte sie, noch immer völlig ruhig.

Die grüne Fee wippte auf den Fußballen auf und ab, strich sich mit der Hand den Schweiß von der Stirn. Himmel, war es warm in dem verdammten Zelt. »Aber es fehlt noch ein Detail.«

»Und welches?«, fragte Walburga sanft.

»Ich will wissen, was genau du mit Thijs gemacht hast.«

Die alte Zünftlerin lachte. Sie lachte sie tatsächlich aus. Das glucksende Geräusch klang wie der Laut einer dicken, zufriedenen Kröte und stieß Isa dermaßen ab, dass es sie fast körperlich schmerzte. Wie eine Berührung, nach der man sich die Haut vom ganzen Körper scheuern will.

»Oh, der arme, dumme Junge? Ist er nicht an einem Herzinfarkt gestorben?«

»Unsinn. Thijs war jung und stark.«

Wieder dieses listige Schmunzeln. Vielleicht hatte Walburga nicht gelogen, als sie behauptete, sie würde etwas von sich selbst in Isa wiedererkennen. Sie schien sie zu locken, voranzutreiben, damit sie weitersprach. Als wollte sie herausfinden, ob die liebe Kleine auch die letzte Hürde nehmen konnte.

»Na gut – was habe ich also mit ihm gemacht?«, fragte sie. »Du hast doch sicher auch dazu eine Theorie.«

Erneut flackerte die Kerze, obwohl sich kein Lüftchen regte.

»Na ja. Das war auch ein Punkt, der mich zu dir geführt hat: In Krimis morden alle alte Damen, indem sie sich jemanden suchen, der die Drecksarbeit für sie erledigt. Oder …«

In diesem Moment gaben die Knie der grünen Fee ohne Vorwarnung nach. Ihrer Kehle entrang sich ein überraschtes Keuchen, und sie schaute in plötzlicher Panik auf, während sie krampfhaft versuchte, nicht an der Kiste entlang ins Gras zu rutschen. »… mit Gift.«

Walburga saß auf ihrer Truhe und wackelte fröhlich mit den Beinen, die so kurz waren, dass ihre Füße nicht ganz den Boden berührten.

»Wie war die Limonade?«, fragte sie.

Kapitel 27

Noch einundvierzig Minuten bis zum Tod.

Schwindel. Nebel vor den Augen. Ein Gefühl, als würde das Blut in den eigenen Adern gekocht.

Nicht gut.

»Was … was hast du mit mir gemacht?«

Walburga wirkte nicht gerade, als bedauerte sie es, Isa so zu sehen. Stattdessen betrachtete sie die grüne Fee wie ein Wissenschaftler, der gespannt darauf wartet, ob die Ratte an dem mit einem neuen Medikament versetzten Stück Käse krepiert oder nicht.

Isa knirschte mit den Zähnen, als sie sich zurück in eine halbwegs aufrechte Position kämpfte. Ihr Herz schlug ihr bis zum Hals.

Panik.

Todesangst.

Alles auf einmal.

Sie schaffte es, die große Kiste, an der sie sich bisher verzweifelt festgeklammert hatte wie eine Ertrinkende an einer umhertreibenden Planke, loszulassen. Schwankend machte sie ein paar Schritte auf Walburga zu und versuchte etwas zu sagen, doch es kam nur ein Stottern über ihre Lippen.

»Wie bitte?«, fragte das alte Weib und hielt sich demonstrativ eine Hand hinter das Ohr. »Ich verstehe dich nicht, Schätzchen. Ich bin alt, du musst schon etwas lauter sprechen.«

»Was … wie hast du …?«, keuchte Isa.

Das Zelt drehte sich. Ein Karussell; die flackernde Laterne flog vorbei, vorbei. Ein orangeroter Reigen aus einem einzelnen Tropfen Licht.

Zur Antwort streckte Walburga ihre Hand aus und wackelte mit den dick beringten Fingern. »Du hast mir doch bei dem Turnier ein Kompliment für den Wanderstab gemacht, erinnerst du dich? Und da habe ich dir gesagt, dass ich Gehhilfen und Pillendöschen abscheulich finde. Dass ich etwas mit mehr … Stil bevorzuge.«

Sie hielt ihre Hand in den schwachen Schein der Laterne, damit Isa auch trotz ihres Zustandes gut erkennen konnte, wie sie einen der Ringe, in dessen goldfarbenes Bett ein großer, ovaler Onyx eingelassen war, vorsichtig von oben mit spitzen Fingern umfasste – und aufklappte.

»Giftringe waren schon bei den Römern sehr beliebt, wusstest du das? Ich persönlich bewahre darin all die kleinen Pillen und Pülverchen auf, die meine Ärzte mir verschreiben. In diesem hier war Rohypnol, ein ziemlich starkes Schlafmittel. Du weißt ja, ich liege oft nachts wach. Aber das Zeug wirkt bei mir leider nicht. Du dagegen wirst bei der Menge, die ich dir gegeben habe, sicher sehr schnell einschlafen. Und vermutlich nie wieder aufwachen.«

Zufrieden musterte Walburga Isas Gesicht, auf dem sich Erstaunen mit nackter Angst vermischte wie die zusammenfließenden, dunklen Farben auf einer Malpalette.

Unter dem Stein, der von innen hohl war und an einem kaum sichtbaren Scharnier hing, war eine kleine, schalenförmige Höhlung verborgen, ähnlich denen in Medaillons, in die Verliebte Fotos oder Haar hineinzulegen pflegen. In Walburgas Ring jedoch war nichts, abgesehen von ein paar feinen, weißen Pulverrückständen.

Als die grüne Fee langsam, wie gegen einen Widerstand ankämpfend, zu dem Limonadenbecher blickte, der hinter ihr auf der Kiste stand, gluckste die alte Frau vergnügt. »Jaja … ein kurzer, unbemerkter Schwenk mit der Hand über den Weinkelch oder die Suppenschale, und schon war man damals seine Feinde los, auch wenn die Leute im alten Rom und im Mittelalter eher Schierling oder andere giftige Pflanzen in ihren Ringen mit sich führten. Wirklich, Schätzchen, du solltest deinen Becher nicht in Reichweite von jemandem stehen lassen, den du des Mordes verdächtigst. Also, wo ist dieser Lederbeutel? Ich muss zugeben, dass ich Thijs nicht geglaubt habe, als er behauptete, du hättest ihn immer noch. Ich dachte, er würde einfach die Nerven verlieren, und habe ihn noch gescholten, weil er nachts in deinem Zelt danach gesucht hat. Ein dummer Fehler meinerseits, das sehe ich jetzt ein. Hast du ihn dabei? Hoffentlich. Ich will später nicht lange suchen müssen.«

Bleierne Schwere in den Gliedern.

Das Gift wirkte schnell.

Isa schüttelte den Kopf wie ein Hund, der versucht, eine lästige Fliege loszuwerden. Fahrig ließ sie die Zeltstange los, um weiter auf Walburga zuzugehen.

Weitergehen. Gegen den Schlaf kämpfen.

»Aber …«, brachte sie mit schwerer Zunge hervor, »Thijs … der ist nicht … nicht betäubt worden …«

Als Isa schon fast bis zu der Truhe gewankt war, packte Walburga ihren Wanderstab, hakte den geschnitzten Rabenschnabel daran an Isas Knöchel fest und zog ihr mit einem Ruck das Bein weg. Die Gauklerin rutschte in einer grotesken Bewegung zu Boden, als wollte sie einen Spagat machen, und landete auf der Seite. Dumpfer Schmerz schoss ihr durch Schulter, Hüfte und Nacken. Das Gesicht halb ins trockene Gras gedrückt, blieb sie liegen. Ein paar ihrer Dreads hatten sich aus dem Dutt an ihrem Kopf gelöst und fielen ihr in die Augen, die wie Irrlichter umhertanzten und versuchten, irgendeinen Punkt zu fokussieren.

Ich schaffe es nicht, dachte Isa. Schaffe es nicht mehr, aufzustehen.

Schwarze, tanzende Flecken vor den Augen.

Müdigkeit, die sie in die Tiefe zerrte.

»Oh, Thijs habe ich etwas anderes in den Schnaps getan.« Walburga hatte offenbar beschlossen, sich die letzten Minuten im Leben der Isa Bocholt aus der Nähe anzusehen. Auch sie war eine sehr neugierige Frau, und ihr Mitleid hielt sich sichtlich in Grenzen.

»Meine Hausapotheke ist groß«, ächzte die Zünftlerin und ging, sich an dem Wanderstab festhaltend, neben Isa in die Knie. »Wenn der eigene Körper langsam zu einem verrottenden Wrack wird, sammeln sich die Medikamente, die man nehmen soll, nur so an. Und genauso das Wissen darüber.« Sie fummelte an einer der Ketten herum, die sie um den Hals trug. »Kannst du erkennen, was das ist? Hm?« Als Isa nicht reagierte, gab sie ihr einen festen Klaps auf die Wange. »Keines meiner üblichen Kunstwerke, aber durchaus ähnlich.«

Bloß ein ganz schwaches Brennen im Gesicht.

Kein richtiges Schmerzempfinden mehr.

Überhaupt nicht gut.

Isas gesamten Körper durchlief ein Zittern.

Die Pusteblumensamen, die sich scheinbar in dem winzigen, verkorkten Glasfläschchen befanden, das an der Kette hing, waren in Wahrheit nur aufgemalt. Das Innere war leer.

Walburga hielt den Anhänger zwischen ihren krummen Fingern. »Da waren Augentropfen drin, die mir einer dieser schwachsinnigen Ärzte mal verschrieben hat. Eigentlich nichts Besonderes, oder? Tja, aber wenn man jemandem eine Überdosis davon ins Essen oder in ein Getränk mit starkem Eigengeschmack mischt, dann sorgt ein interessanter kleiner Wirkstoff namens Tetryzolin dafür, dass derjenige nach ein paar Stunden an etwas stirbt, das jeder Doktor für einen Herzinfarkt halten wird. Du siehst, Schätzchen – in all den schlaflosen Nächten habe ich nicht nur die Liebesromane gelesen, die du so verabscheust.« Sie lachte wieder und sah dabei gar nicht mehr gütig oder schelmisch aus.

Isa schmeckte Erde auf der Zunge, als sie langsam die Lippen bewegte.

Kaum noch Kraft.

Kaum noch Atem.

Walburga beugte sich ein wenig hinunter, um sie besser verstehen zu können.

»Nenn … mich nicht … so …«, presste die grüne Fee zwischen zwei abgehackten Atemstößen hervor. Obwohl ihre Stimme schwach klang, schwang darin eine Spur Verachtung mit.

Walburga kicherte vergnügt. »Ah … endlich jemand, der es versteht, mit Anstand abzutreten. Ganz anders als Thijs, dieser Idiot. Gerade wegen seiner dramatischen Art war er eigentlich perfekt für die Rolle des Sündenbocks, aber am Ende musste ich ihn natürlich umbringen.«

Die grüne Fee machte einen halbherzigen Versuch, sich aus dem Staub hochzustemmen. Er misslang. Sie sackte wieder zurück. Blinzelte angestrengt.

»Thijs hat … für dich … gemordet … Ist … wegen dir … gestorben …« Ihre Worte waren kaum mehr als ein Flüstern.

Sie verhallten in der Stille im Zelt wie in einer tiefen, dunklen Grotte.

Walburga tätschelte ihr den Arm, als wollte sie sie beruhigen. Zumindest glaubte Isa das im ersten Moment. Doch als sie auch an Isas Gürtel nestelte und auf den schlaffen Falten ihres Rockes herumklopfte, erkannte die grüne Fee, dass sie sie nach dem Lederbeutel absuchte. Isa versuchte, ihre Hand zu heben, um die der alten Frau beiseitezuschieben. Vergeblich.

Zu schwer. Hände, Lider … viel zu schwer.

»Ja und?«, hörte sie Walburga leichthin sagen. »Glaubst du, ich wäre freiwillig für diese zwei Trottel ins Gefängnis gegangen? Ich bin alt und zu weit gekommen, um meinen Lebensabend hinter Gittern zu verbringen. Thijs hätte sich ja auch nicht auf mein Angebot einlassen müssen. Aber der blöde Hund war so verblendet von dem Geld, das ich ihm geboten habe … in all den Jahren hat er wirklich nicht das Geringste aus seinen Fehlern gelernt. Verdammt, wo ist das blöde Ding?« Sie zerrte an Isas schlaffem Körper herum. »Von den beiden war er der Schwache, also musste ich versuchen, über ihn den anderen aus dem Weg zu räumen. Wenn du jemanden umbringen willst, dann finde seine Schwäche, das ist der Trick. Bei Dominik Schneider war es seine Selbstsicherheit. Er hat geglaubt, mit einer kleinen alten Dame würde er schon fertig, aber da hat er sich geschnitten. Im wahrsten Sinne des Wortes.« Sie kicherte, amüsiert über ihren eigenen Scherz.

»Thijs' größte Schwäche war seine Einfältigkeit. Und bei dir müssen wir gar nicht lange überlegen, nicht wahr, *Schätzchen*? Ja, schau mich nicht so an. Du hältst dich für schrecklich schlau, willst immer alles besser wissen als der Rest der Welt. Also musste ich den Spieß umdrehen. Du wolltest mir eine Falle stellen, aber am Ende bist du es, die in der Grube landet.«

Während die alte Frau mit sanfter, fast hypnotischer Stimme weiter- und weiterredete, hatte Isa ihren Kampf langsam, aber sicher aufgegeben. Die Augenlider waren ihr zugefallen, ihre verkrampften Muskeln erschlafft.

Als die letzte Silbe im Zelt verklang, lag sie völlig reglos da.

Zumindest für etwa vier Sekunden.

Dann schlug die grüne Fee die Augen wieder auf. Ohne Mühe setzte sie sich auf und packte Walburgas Hand, die gerade nach ihrem Fußknöchel greifen wollte, so fest, dass die Zünftlerin entsetzt aufschrie.

Als Isa sich aufrichtete, breitete sich auf ihrem Gesicht ein diabolisches Grinsen aus. Während Walburga wie versteinert auf dem Boden kniete, stand Isa auf, ging zu der Kiste und griff nach dem Tonbecher. Als sie ihn mit der Öffnung nach vorne neigte, damit man hineinsehen konnte, reflektierte dunkle Flüssigkeit das Licht der Laterne. Er war noch immer halb voll, ganz wie zu Anfang, und enthielt nun außerdem eine juristisch ziemlich belastende, weil tödliche Menge Schlafmittel.

»Ich glaube, meine Falle hat doch ganz gut funktioniert«, sagte sie.

Obwohl ihre Schulter noch immer schmerzhaft pochte, so als hätte sie versucht, damit ein Burgtor aufzubrechen, genoss Isa den Schock, der Walburgas Falten glättete und ihre Haut aschfahl werden ließ, in vollen Zügen. Dabei wusste sie um ihr Riesenglück. Natürlich war sie ziemlich bald nach Thijs' unerwartetem Ableben darauf gekommen, dass Gift im Spiel gewesen sein musste. Ein so kräftiger junger Mann ohne passende Vorgeschichte fiel nicht einfach tot um. Als sie dann auch noch erkannt hatte, wer dafür verantwortlich war – und *wieso* – hatte die grüne Fee gewusst, dass Walburga versuchen würde, sie ebenfalls loszuwerden, wenn Isa sich als Mitwisserin zu erkennen gab und der alten Zünftlerin darüber hinaus noch eine günstige Gelegenheit bot. Zum Beispiel mit einem halb vollen Becher Limonade, der wie zufällig neben dem Eingang stand, durch den die Mörderin das Zelt betreten musste.

Doch eigentlich hatte Isa, passend zu Thijs' Symptomen, einen Herzinfarkt vortäuschen wollen. Komplett mit Stottern, Atemnot und hektischem An-die-Brust-Fassen. Dass Walburga ihr glücklicherweise unter die Nase gerieben hatte, was für ein Mittel sie ihr ins Getränk gemischt hatte – ein Schlafmittel mit völlig anderer Wirkung –, hatte ihr dramaturgisch den Arsch gerettet. Andernfalls wäre die alte Zünftlerin sicher nicht so leicht auf ihre kleine Showeinlage reingefallen.

Die grüne Fee hatte hoch gepokert. Doch am Ende war ihr Plan voll aufgegangen.

»Weißt du, um den Kommissar davon überzeugen zu können, dass du tatsächlich hinter alldem steckst, was hier in Xanten dieses Jahr so tot umgefallen ist, wollte ich mehr als nur meine schöne Theorie und die Beweise in Doms Beutel. Ich wollte ein richtiges Geständnis aus dir rausholen. Nicht nur, dass du das deinen Opfern und den Leuten, die du belogen hast, schuldig bist; es wäre andernfalls auch schwer geworden, dir den Mord an Thijs nachzuweisen. Der mit seinen letzten Worten übrigens auch nicht Roos meinte, sondern dich. *Dich* hat er angesehen. Aber da wir alle als Erstes die Frau auf der Mühle entdeckt haben, haben wir dich, die ebenfalls in seiner Blickrichtung stand, natürlich nicht bemerkt. Wie immer.«

Ohne den Blick von ihrer Gegenspielerin zu wenden, langte Isa hinter die Equipment-Kiste und tastete blind über die

Oberfläche einer zweiten, niedrigeren Kiste. Dort, wo jemand, der das Zelt durch den Eingang betrat, es nicht sehen konnte, lag ein dickes, ledernes Schellenband. Mit den Glöckchen daran hätte man ein kleines Pferd erschlagen können.

»Ach ja, und dass du versucht hast, mich mit der Limonade hier umzubringen, wird die Polizei bestimmt auch nicht gerade von deinem ›Ich bin eine liebe alte Frau und verbringe meine Zeit damit, Kätzchen zu füttern und Marmelade einzukochen‹-Image überzeugen.« Bei einer Killer-Oma lief das Ganze im Übrigen wahrscheinlich umgekehrt, dachte Isa. Marmelade futtern und Kätzchen einkochen.

Walburga funkelte sie durch ihre Brillengläser hindurch an. Die Emotion, die sich in ihrer Miene spiegelte, als bloße Wut zu bezeichnen, wäre stark untertrieben gewesen. Sie richtete sich ganz langsam auf, aber nicht wegen ihrer Rückenschmerzen. An ihren Bewegungen war plötzlich überhaupt nichts Gebrechliches mehr.

»Was soll das mit den Schellen?«, fragte sie mit fester, kalter Stimme und deutete auf das Band, das Isa hervorgeholt hatte.

»Sagen wir, ich rufe Verstärkung.« Da sie gewusst hatte, dass Winkelmann eher eine Nacht in einer Eisernen Jungfrau verbracht hätte, als sich mit ihr zusammen auf die Lauer zu legen, hatte Isa ihre eigene kleine Eingreiftruppe zusammengestellt. Immerhin liefen auf dem Siegfriedspektakel mehrere gelangweilte Ritter herum, seit die Turniere abgesagt worden waren. Die grüne Fee hob den Arm, um das verabredete Signal zu geben.

Dann geschahen mehrere Dinge gleichzeitig.

Flinker, als Isa es jemals für möglich gehalten hätte, schwang Walburga plötzlich ihren Stab in die Waagerechte und versuchte, Isa den Becher mit der vergifteten Limonade aus der anderen Hand zu schlagen.

»Hey!«, rief Isa und riss den Becher gerade noch so an sich. Dafür traf der Stab die Laterne, die mit einem lauten Klappern weggeschleudert wurde. Eine der milchigen Hornplatten fiel aus der Halterung. Der Rest prallte an der Zeltwand ab und kollerte genau zwischen den beiden Frauen auf den Boden. Die Kerzenflamme flackerte wie wild, erlosch aber nicht.

Isa hatte zwar nicht bemerkt, wie die alte Dame mit der freien Hand etwas aus den Tiefen ihres Gewandes gezogen hatte, doch dafür blitzte der Gegenstand im flimmernden Licht nun silbrig auf. Zuerst dachte die grüne Fee, es wäre bloß ein Messer. Damit wäre sie fertiggeworden, denn sie war jünger und schneller als ihre Gegnerin. Doch dann verarbeitete ihr Gehirn, was sie da sah, und ihre Augen weiteten sich vor Schreck.

Walburga hielt einen Revolver in der Hand.

Kapitel 28

Noch neunundzwanzig Minuten bis zum Tod.

Der erste Gedanke, der der grünen Fee in den Sinn kam, war komplett blödsinnig, doch der Schock war so groß, dass er ungefiltert aus ihrem Mund herauskam. »Eine Pistole auf einem Mittelaltermarkt?«, platzte es aus ihr heraus. »Ist das nicht ein bisschen unauthentisch?«

Ihr letztes bisschen Vernunft schlug sich mit der flachen Hand gegen die Stirn. Halt doch ein einziges Mal deine verdammte Klappe, schrie eine Stimme in ihrem Kopf. Sie gehörte zu dem Teil ihrer Wahrnehmung, der spürte, wie sich ihr Herzschlag um das Dreifache beschleunigte – diesmal wirklich –, und der nicht anders konnte, als unentwegt in die schwarze Mündung zu starren, aus der jede Sekunde eine Kugel kommen konnte.

»Ach, Isa ... vorlaut bis zum Schluss.« Es gab nun nichts mehr an Walburga, das an eine liebe alte Dame erinnerte, die Apfelkuchen für ihre Enkel backt oder dem Herrn Pfarrer sonntags bei der Blumendekoration in der Kirche hilft. Die Hand, in der sie die Waffe hielt, war völlig ruhig. Als hätte sie schon öfter auf Menschen gezielt und ja, vielleicht sogar auch abgedrückt. Vor Isa stand eine kaltblütige Frau, die um jeden

Preis verhindern wollte, dass sie ins Gefängnis kam. Dass sie bereit war, dafür über mehr als eine Leiche zu gehen, hatte sie bereits bewiesen.

Und ich könnte die Nächste sein, dachte die grüne Fee und versuchte zu schlucken, doch ihr Mund war plötzlich staubtrocken. »Ich nehme mal an, ich soll die Hände hochnehmen?«, fragte sie.

Der silberne Lauf des Revolvers ruckte in Richtung ihrer Hand. »Aber erst, nachdem du das Schellenband abgelegt hast. Aber schön langsam und leise, verstanden? Wenn du versuchen solltest zu klingeln oder dir das Ding auch einfach nur aus der Hand fällt, schieße ich dir ins Herz und du bist tot, bevor du auf dem Boden aufschlägst. Glaub mir, ich bin eine gute Schützin.«

Wie Miss Marple, dachte die grüne Fee unzusammenhängend – halt, nein. Die konnte fechten, nicht schießen.

Wieder flüchtete sich ein Teil ihrer selbst in sinnlose Feststellungen, während sie langsam, Zentimeter für Zentimeter, das Schellenband absenkte und die andere Hand in die Luft hielt. Dabei ließ sie Walburga und den Revolver keine Sekunde aus den Augen. In den kleinen Metallgehäusen der Glöckchen rollten die winzigen Kugeln, die die Schellen zum Klingeln brachten, sanft hin und her, was ein leises Rasseln erzeugte und in der zum Zerreißen gespannten Stille des Zelts ohrenbetäubend klang. Das Geräusch brachte Isas Puls zum Rasen. Die Luft, vorher schon zum Schneiden dick, schien immer stickiger zu werden. In ihrem Nacken prickelte die Haut.

Ganz, ganz vorsichtig ließ sie das Schellenband auf den Deckel der großen Kiste gleiten. Bis auf die zarte Ahnung eines Klingelns blieb alles totenstill. Trotzdem hob Walburga kurz die Waffe, und Isa schnappte erschrocken nach Luft, doch die alte Frau kicherte bloß und entspannte sich wieder. »Braves Mädchen«, sagte sie spöttisch. »Und jetzt auch die andere Hand in die Luft, wenn ich bitten darf.«

»Leute wie du sollten nicht mit Schusswaffen rumspielen«, fauchte Isa, obwohl sie wusste, dass es nicht besonders klug war, ihre Gegnerin zu provozieren. Doch in ihr vermischten sich Todesangst und Wut zu einem Cocktail, dessen explosive Wirkung sich einfach nicht stoppen ließ.

Die Zünftlerin zog eine gelangweilte Schnute und sah damit mehr denn je aus wie eine faltige Kröte. »Wie ich? Etwa alte Menschen? Diese Leier wird langsam öde, findest du nicht auch?«

»Ich meinte Arschlöcher.«

Während sie versuchte, gegen ihre Furcht anzureden, dachte Isa fieberhaft nach. Irgendwie musste sie die anderen verständigen, die nebenan im zweiten Turnierzelt auf ihr Signal warteten. Vielleicht machten sich die Jungs ja schon Sorgen, was denn da so lange dauerte …

Walburga musste bemerkt haben, wie ihr Blick auf der Suche nach Rettung durch das Zelt geirrt und schließlich unbewusst am Ausgang hängen geblieben war. »Sobald du versuchst zu schreien oder zu fliehen, bist du tot. Jeder, der hier reinkommt, ist sofort tot. Du hast den armen Dominik Schneider doch gesehen oder? Zumindest das, was Thijs von ihm übrig gelassen hat. Tja, dann weißt du, dass ich keine Scherze mache. Wer ist nebenan im Zelt?«

»Niemand.«

Walburga hob die Waffe ein wenig. »*Wer?*«

»Jasper, Sagi und Kevin«, presste Isa zwischen zusammengebissenen Zähnen hervor. »Aber du kannst uns nicht alle erschießen. Sobald es knallt, kommt der halbe Markt angelaufen, um zu sehen, was los ist.«

»Und niemand wird eine arme, alte Frau verdächtigen, die sich jammernd über eure toten Körper beugt.« In einer abscheulichen Parodie verzerrte sie das Gesicht zu einer Maske ohnmächtiger Trauer und greinte: »Er ist an mir vorbei aus dem Zelt gerannt, Herr Kommissar, und hat dabei seine Waffe verloren. Oh, die armen, armen Kinder …« Ihr falsches Weinen ging in ein Lachen über. Doch dann wurde sie plötzlich wieder ernst. Sie deutete auf den Tonbecher. »Die Limonade da. Gieß sie ins Gras.«

»Was?«

»Mach schon.« Es klickte metallisch, als die Zünftlerin den Hahn des Revolvers spannte.

Natürlich wollte sie, dass das Gebräu in der trockenen Erde versickerte. Das Rohypnol darin belastete Walburga, und genau deshalb sträubte sich alles in Isa, ihrem Befehl Folge zu leisten. Doch sie musste es tun. Ein Blick in das faltige Gesicht zeigte, dass jeder Widerspruch sinnlos war. Bebend vor Zorn darüber, wie machtlos sie war, zwang sich die grüne Fee dazu, den Tonbecher langsam mit der Öffnung nach unten zu drehen. Ein Schwall Flüssigkeit ergoss sich ins Gras und bildete eine kleine, traurige Pfütze aus nicht mehr verwendbarem Beweismittel.

»Nimm ein Büschel Gras und reib den Becher damit aus.«

»Wieso?«

»Ich will nicht, dass die bei der Polizei irgendwelche Rückstände darin feststellen können. Glaub mir, ich wäre nie so lange ungestraft davongekommen, wenn ich in meinem Leben etwas dem Zufall überlassen hätte. Los jetzt, mach schon.«

Der Schauer, der der grünen Fee über den Rücken jagte, als sie in die Knie ging und dabei den Blick von der Pistole lösen musste, fühlte sich an, als hätte man ihre Wirbelsäule unter

Strom gesetzt. Trotzdem tat sie, was von ihr verlangt wurde, und rupfte etwas Gras aus. Während sie die raue Innenseite des Tonbechers damit bearbeitete, schielte sie nach der beschädigten Laterne, die immer noch zwischen ihr und Walburga lag und flackerte, weil die Kerze nun schief stand und die Flamme eine Kerbe ins Wachs brannte. Werfen konnte sie damit nicht; zu groß war die Möglichkeit, dass sich ein Schuss löste, falls sie die Pistole traf. Außerdem dauerte es zu lange, sich gute anderthalb Meter nach vorne zu werfen, die Laterne hochzuheben, auszuholen und zu zielen. Bis sie damit fertig war, hatte sie mehr Löcher im Leib als eine Okarina.

»Und was jetzt?« Der trotzige Unterton in ihrer Stimme, die fester klang, als sie selbst geglaubt hatte, schien Walburga eher zu amüsieren als zu stören, was Isa nur noch fuchsiger machte. Obwohl sie wusste, dass sie wirklich sterben würde, sobald sie eine falsche Bewegung machte, schrie jede einzelne Faser ihres Körpers danach, sich auf das vermaledeite alte Weib zu stürzen und ihr die Waffe aus der Hand zu schlagen. Doch dieses eine Mal war Isas Überlebensinstinkt stärker als ihr Leichtsinn.

Kaum hatte sie die Frage laut ausgesprochen, als ihr die Antwort schon von selbst einfiel. Und die war entweder ihre Rettung – oder ihr sicherer Tod.

»Ich will Dominiks Lederbeutel«, sagte Walburga. »Wo ist er?«

Sicher verwahrt in einer nach Deospray und Kaffeesahne stinkenden Schublade von Kommissar Winkelmanns Schreibtisch, vermutete Isa. Was sie der Frau, die eine Waffe auf ihr wummerndes Herz richtete, natürlich nicht auf die Nase binden würde. Im Moment war Walburgas Irrglaube, dass die grüne Fee noch immer im Besitz der Beweise war, die sie belasteten, Isas einzige Lebensversicherung.

Die junge Gauklerin leckte sich über die trockenen Lippen. »Was wäre, wenn ich mich weigere, dir zu verraten, wo ich ihn versteckt habe?«, fragte sie, um Zeit zu gewinnen. »Du könntest mich natürlich erschießen, aber dann bekommst du deine Antwort nie.«

Walburgas Lächeln hatte etwas Zuckersüßes und gleichzeitig Grausames an sich. So grinsten Großmütter, die ihre Enkel zwangen, Glasscherben zu schlucken, weil ihnen die Haut auf Omas Kakao nicht geschmeckt hatte. »Oh, ich würde nicht *dich* erschießen, Schätzchen. Ich würde dich zuerst an einem Ort verstecken, an dem dich niemand findet, und dann nacheinander all deinen Freunden einen Besuch abstatten. Was meinst du, würde Felix ein Gläschen mit mir trinken? Er ist manchmal so naiv, kann kein Wässerchen trüben ... wäre doch schade, wenn er völlig unerwartet an Herzversagen sterben würde, oder? Oh, und dann wären da noch Lena und Alex ...«

»Schon gut, schon gut!«

Die grüne Fee wollte immun gegen diese Einflüsterungen sein, doch Walburgas Worte hatten sich wie ein zu greller Lichtstrahl in ihre Gedanken gebohrt und dort ungebetene Bilder heraufbeschworen. Sie hatte gesehen, wie Thijs in den Armen der Männer verreckt war: schwitzend, rotgesichtig, mit vor Schmerz und Panik verzerrtem Gesicht. Sich dieselbe Szene mit einem der Menschen vorzustellen, die ihr am meisten bedeuteten, war unerträglich. Und sie zweifelte keine Sekunde daran, dass Walburga alles, was sie ihr androhte, auch in die Tat umsetzen würde.

Der Pulsschlag, der in ihrem Ohren hämmerte, gab Isas Gedanken den Takt vor. »Der Beutel ist sicher verwahrt.«

»Wo?«

»In meinem Zelt.«

Das war eine gute Lüge. Um zu Isas kleinem Zelt zu gelangen, musste man fast das komplette Marktgelände der Länge nach überqueren. Falls Walburga sie dazu zwingen würde, mitzugehen, ergab sich vielleicht unterwegs eine Möglichkeit zur Flucht. Falls sie sich dazu entscheid, die grüne Fee gefesselt im Turnierzelt zu lassen, würden sich deren Freunde in spätestens fünf Minuten fragen, was denn da so lange dauerte und sie, sobald sie sie gefunden hatten, befreien.

Eine Weile musterte Walburga Isa mit diesem Blick, den sie bis auf die Knochen zu spüren glaubte. Dann schien sie einen Entschluss gefasst zu haben. »Keine falsche Bewegung«, brummte sie. Bevor Isa sich versah, war sie neben ihr und drückte ihr die Mündung des Revolvers fest zwischen die Rippen.

Ein Teil von Isas Gehirn weigerte sich noch immer, die Realität zu akzeptieren. Als wartete sie darauf, dass die alte Frau lachte und ihr zeigte, dass das, was sich da kalt und schmerzhaft in ihre Seite bohrte, in Wahrheit nur ein Stöckchen oder ein Finger war. Ein Scherz, wie bei einem Kinderspiel.

Hände hoch … peng! Haha, du bist tot …

Doch das hier war kein Spiel. Also stand sie ganz, ganz still.

Mit ihren Krallenfingern packte Walburga sie an der Schulter und zog sie so dicht an sich heran, dass Isa ihren warmen Atem im Nacken spüren konnte. So, wie sie nun stand, verdeckte die grüne Fee mit ihrem eigenen Körper die tödliche Waffe. Jeder Unbeteiligte, der vorbeikam, würde im Dunkeln nur zwei eng zusammengehende Frauen sehen und vielleicht sogar vermuten, dass die Jüngere die Ältere hilfsbereit stützte.

Wenn sie verlangt, dass ich mich zur Tarnung bei ihr unterhaken soll, ist sie fällig, schoss es Isa durch den Kopf. Da lasse ich mich lieber erschießen.

»Los jetzt, vorwärts.« Wie um ihre Worte zu unterstreichen, stieß Walburga sie mit der Pistole leicht nach vorne.

Isa marschierte los. Der Lauf der Waffe, der sicher bald einen Abdruck in einer ihrer Rippen hinterlassen würde, schob sie vorwärts, während sich die andere Hand der alten Zünftlerin schraubstockartig an ihre Schulter klammerte und so verhinderte, dass sie sich plötzlich zu Boden fallen ließ. Ein Fluchtversuch war absolut unmöglich.

Als Isa die Zeltwand zurückschlug, hielt sie kurz die Luft an – und ließ sie enttäuscht wieder aus ihren Lungen entweichen. Auf der Turnierbahn war niemand zu sehen. Und auch in dem zweiten Zelt, in dem ihre Verstärkung hockte, rührte sich nichts.

Automatisch wandte sie sich nach links, um den Weg ins Heerlager einzuschlagen, doch sie wurde unsanft zurückgerissen. »Mmh-mmh«, machte Walburga leise und presste ihr den Revolver in die Seite wie einem Pferd, das man mit den Sporen in eine andere Richtung dirigiert. In diesem Fall in die entgegengesetzte. »Wir gehen da entlang.«

Die grüne Fee war verwirrt. »Aber der Beutel –«

»*Da* entlang, Schätzchen.«

Walburga führte die grüne Fee vom Turnierzelt weg quer über die Bahn, sodass sie nicht zu dicht an den umliegenden Ständen vorbeikamen. Was hatte die Alte bloß vor?

Vermutlich spürte Walburga, wie sich ihre Muskeln vor Anspannung verkrampften, denn sie kicherte hinter ihr leise. »Weißt du, an dem, was jetzt kommt, bist du eigentlich selber schuld«, krächzte sie und ließ ihren Blick immer wieder prüfend über die Umgebung und über die Händler und Kramer gleiten, die herumliefen oder vor ihren Buden saßen.

So nah und doch unerreichbar.

»Erinnerst du dich daran, wie du gesagt hast, es gäbe so viele Methoden, jemanden in Xanten umzubringen? Also, das Herunterwerfen von der Mühle, das wäre ja nichts für mich. Leider komme ich diese furchtbar steilen Treppen nicht mehr hoch … na ja, und dich mitsamt der ganzen Pyrotechnik in die Luft zu jagen, ist mir doch ein bisschen zu auffällig. Aber ein Vorschlag, der hat mir wirklich gut gefallen.«

Langsam und unauffällig schob Walburga ihre Geisel an einer kleinen Taverne vorbei und zwischen dem Stand mit dem Edelstein-Glücksrad und einer kleinen Heerlager-Werkstatt hindurch. Dahinter ragte die Drachen-Hüpfburg in den Himmel, die vor nächtlicher Kulisse um einiges bedrohlicher wirkte als bei Tag. Wie ein lebendiges, atmendes Wesen, das nur darauf wartet, sich schnaufend zu erheben und seine riesigen Krallen in menschliches Fleisch zu schlagen.

Ein paar Meter weiter rechts stand das Badehaus.

In den letzten paar Sekunden hatte Isa fieberhaft überlegt, was zum Teufel Walburga eigentlich meinte. Doch nun fiel es ihr wieder ein.

»Man könnte jemanden beiläufig von der Aussichtsplattform der Mühle schubsen. Darüber haben Thijs und Roos ja schon gesprochen. Man könnte das Opfer aber auch im Zuber des Baders ertränken und es wie einen Unfall aussehen lassen …«

Hätte sie doch bloß den Mund gehalten.

Kapitel 29

Noch elf Minuten bis zum Tod.

Ihr Körper stoppte automatisch, als der Groschen fiel, doch die Mörderin hinter ihr zwang sie weiter und bohrte ihr die Pistole so fest zwischen die Rippen, dass sie unwillkürlich ächzte.

»Knack das Schloss«, raunte Walburga, als sie direkt vor der durch ein Vorhängeschloss gesicherten Holztür des Badehauses standen. Als die grüne Fee keinerlei Anstalten machte, sich zu rühren, gab sie ihr noch einen Stoß mit der Waffe. »Los jetzt. Ich weiß sehr wohl, dass du so etwas kannst.«

Auch bei Mördern gibt es qualitative Unterschiede. Einige von ihnen sind vergleichsweise gnädig und gewähren ihren Opfern einen schnellen, würdevollen Tod. Andere lassen sich Zeit und weiden sich an der Angst und den Qualen, die sie erzeugen. Doch die Ratte unter den Mördern ist der, der die Menschen, die er umbringt, dazu zwingt, sich ihr eigenes Grab zu schaufeln oder den eigenen Strick zu knüpfen.

Isa wollte diese Tür auf keinen Fall öffnen, doch der Revolver in ihrer Seite ließ ihr keine Wahl. So zog sie eine Haarnadel hervor, die sie für alle Fälle in den Falten ihrer Bluse verborgen hatte, und machte sich daran, das Schloss zu knacken.

Es erfüllte sie mit einem gewissen Stolz, dass ihre Hände dabei nicht zitterten.

Das Klicken, das kurze Zeit später ertönte, klang so endgültig und verheerend wie das Herabfallen eines Sargdeckels.

»Immer herein in die gute Stube«, sagte Walburga heiter und stieß sie nach vorne.

Drinnen war es dunkel und feucht. Das meiste Licht, das hereinfiel, drang durch den geöffneten Türspalt, doch als sie eingetreten waren, zog die alte Zünftlerin die leise quietschende Tür wieder ein wenig zu, sodass von außen nicht zu sehen war, dass sich jemand ungebeten im Badehaus herumtrieb. Der blumig-fruchtige Duft verschiedener Seifensorten, gemischt mit dem von sauberem feuchten Holz und einer feinen Note Wein hing in der Luft. Im Halbdunkeln erinnerten die großen Zuber, sonst Orte der Entspannung und Freude, an die eisernen Kessel, in denen auf mittelalterlichen Abbildungen der Hölle die schreienden Seelen der Sünder gekocht werden.

Über einem der Zuber – er stand ganz vorne und war bei Weitem der größte und tiefste – war schemenhaft eine Stoffschaukel zu erkennen, in der eine Person wie in einem Hängesessel Platz nehmen konnte und die mit einem hölzernen Mechanismus und einem Hebel verbunden war.

Der Witz des Baders. Sünder, die vor johlendem Publikum ins kalte Nass geworfen wurden. Dass er Isa und Lena scherzhaft vor dem Klever Tor zum Mitmachen aufgefordert hatte, schien Jahrzehnte her zu sein. Allerdings beunruhigte die grüne Fee in diesem Augenblick weniger ihr schlechtes Zeitgefühl. Sie sorgte sich vielmehr um die Tatsache, dass in den Badebottichen das Wasser noch bis obenhin stand.

»Walburga, hör mir zu«, begann sie, weil ihr außer Reden nichts anderes mehr einfiel. »Du hast bereits zwei Menschenleben auf dem Gewissen. Willst du wirklich, dass noch ein drittes hinzukommt?«

Die alte Frau schien ihr überhaupt nicht zuzuhören. »Habe ich's mir doch gedacht«, brummte sie zufrieden, nachdem sie Isa losgelassen und einen Blick in den nächstbesten Zuber geworfen hatte. »Ewald dreht noch eine Runde über den Markt, bevor er die Zuber für morgen vorbereitet. Das kann dauern, schließlich ist Samstag ... gut ... *he, wo wollen wir denn hin?*«

Isa, die zwar immer noch vor der Mündung einer geladenen Waffe stand, aber dafür nicht mehr festgehalten wurde, hatte versucht, sich vorsichtig zurück zur angelehnten Tür des Badehauses zu schieben. Doch Walburga musste trotz ihrer Brille die Augen einer Eule haben, denn sie drückte der jungen Gauklerin den kalten Stahl des Revolvers kurzerhand gegen die Stirn.

Isas Herz setzte kurz aus. Sie stellte sich unwillkürlich vor, was mit den hübschen Abbildungen mittelalterlicher Badehäuser an der Holzwand hinter ihr passieren würde, falls sich ein Schuss löste. Das Geräusch, das sie aus Filmen kannte, in denen jemandem in den Kopf geschossen wurde – ein Knall, gefolgt von prasselndem roten Regen –, hallte durch ihre Gedanken. So einen Badezusatz wünschte sich garantiert niemand.

»Warte, warte! Du wirst mir doch zugestehen, dass ich es versuchen musste, oder? Ich meine, wenn jemand mein Bedürfnis gutheißt, die eigene Haut um jeden Preis zu retten, dann doch sicher du.« Die grüne Fee versuchte, nicht nach oben in Richtung ihres Haaransatzes zu schielen.

Walburga grinste spöttisch. »Hat dir eigentlich schon einmal jemand gesagt, dass du ein ziemlich loses Mundwerk hast, Isa?« Sie trat einen Schritt zurück. Der Revolverlauf löste sich von Isas Haut und hinterließ dort ein Gefühl, als habe sich die Form der Mündung weiß glühend eingebrannt. »Aber keine Sorge, Schätzchen. Dem werden wir gleich Abhilfe schaffen.«

Mit der freien Hand deutete sie auf die Schaukel über dem Zuber, deren heller Stoff im Halbdunkel gespenstisch leuchtete. »Kletter da hoch.«

Ungläubig hob die grüne Fee die Augenbrauen. »Ist das dein Ernst?«

»Sehe ich aus, als würde ich scherzen? Oder mich auf Diskussionen einlassen wollen?«

Widerwillig ging Isa, stets verfolgt von der schussbereiten Waffe, um den großen, gefüllten Zuber herum. Ihr Blick tastete suchend ihre Umgebung nach etwas ab, womit sie sich wehren konnte – in diesem Moment hätte sie sogar versucht, die alte Zünftlerin mit einer Badebürste zu erschlagen –, doch es gab nichts in ihrer Reichweite, was sie hätte benutzen können. So bedachte sie Walburga nur mit einem wütenden Funkeln, packte den feuchten Jutestoff der Schaukel mit beiden Händen und stellte einen Fuß auf den Rand des Zubers. Das Holz fühlte sich klamm unter ihren nackten Zehen an.

Es dauerte einen Moment, weil sie kaum etwas erkennen konnte und die Schaukel nicht besonders gut als Haltegriff geeignet war, doch schließlich hing die grüne Fee von Absinth einen guten Meter über dem Zuber in der Luft.

»Kannst du nicht einfach meinen Kopf unter Wasser drücken wie jeder normale Mensch? Dann könnten wir uns dieses Theater hier sparen.«

»Oh, ich werde dich nicht umbringen«, krächzte Walburga heiter und griff nach einem Stück Seil, das zusammengerollt neben dem Eingang des Badehauses am Boden lag. Sonst diente es wohl zur Sicherung des Vordachs, das der Bader manchmal bei schönem Wetter aufstellte, doch sie hatte offensichtlich andere Pläne damit. »Jedenfalls noch nicht.« Sie warf Isa das Seil zu. »Hier. Binde deine Füße zusammen. Aber bitte schön fest, sonst … nun ja. Du weißt schon.«

Nun wusste die grüne Fee also endlich, dass alle Gerüchte stimmten. Alte Leute mordeten gerne mit Gift oder durch die Hand eines Helfers, weil sie den Rest einfach nicht mehr alleine hinbekamen. Sie kam sich unendlich albern vor, wie sie da auf dem gefährlich hin und her schwankenden Konstrukt hockte – unter sich tintenschwarzes Wasser, über sich die Halterung der Schaukel, die jedes Mal unangenehm knirschte, wenn sie sich bewegte – und sich selbst den rauen Strick um die Knöchel band.

»Was hast du dann vor? Ich meine, wenn du mich schon nicht umbringen willst, sondern mich dazu zwingst, mich hier in ein Postpaket zu verwandeln«, fragte sie, während sie den letzten Knoten machte. Leider war Isa Spielfrau, keine Entfesselungskünstlerin. Wenn sie nun fliehen wollte, würde sie hüpfen müssen.

Walburga schien mit ihrer Arbeit zufrieden zu sein. Die Kugeln blieben weiterhin in der Trommel des Revolvers.

»Gut«, sagte die Zünftlerin und ignorierte ihre Frage. »Jetzt nimm deinen Gürtel ab und mach eine Schlaufe um das Seil, das die Schaukel am einen Ende hält. Dann steck deine Hände durch und zieh den Gürtel auch noch mal unter dem Seil an deinen Beinen durch.«

»Erst will ich wissen, was das hier alles soll.«

»So?« Ein Lächeln blitzte auf. Walburga schien plötzlich etwas eingefallen zu sein, das sie ziemlich amüsierte. Noch einmal langte sie zur Seite, doch diesmal zog sie einen Gegenstand von einem nahe der Tür stehenden Schemel, den Isa erst nach einiger Zeit und mit zusammengekniffenen Augen identifizieren konnte. Es war ein alter Lappen aus grobem

Tuch, relativ sauber, wenn auch feucht. Er roch durchdringend nach Lavendel und Seife. Das zumindest nahm die grüne Fee wahr, als Walburga ihn ebenfalls zu ihr nach oben warf. »Das hätte ich beinahe vergessen … Ich habe dir doch vorhin versprochen, etwas gegen deine große Klappe zu unternehmen.«

Es dauerte ein paar Sekunden. Dann verstand Isa. »Oh nein.« Ihre Stimme war leise, aber fest. »Vergiss es. Ich werde mich ganz sicher nicht selbst knebeln.«

»Ich fürchte, dir bleibt gar nichts anderes übrig.« Wieder dieses Grinsen. Das Ganze schien dem alten Drachen einen Riesenspaß zu machen. »Sei ein braves Mädchen und tu, was man dir sagt. Dann verrate ich dir vielleicht, was als Nächstes kommt.«

Wütend knüllte Isa den Lappen zu einem Ball zusammen und schob ihn sich in den Mund. Sofort breitete sich dort ein Geschmack aus, als wäre ein Nagetier darin gestorben, und sie musste sich schwer zusammenreißen, um nicht zu würgen, als sie viel zu viel Stoff in Richtung Rachen drückte. Atmen konnte sie so zwar, aber nur flach. Ein irrationales Gefühl der Beklemmung legte sich wie eine Manschette um ihre Brust.

Ob die Jungs, die sie am Turnierzelt zurückgelassen hatte, sich mittlerweile endlich fragten, warum sie sich nicht meldete? Sie betete im Stillen, dass jemand sie und Walburga bei ihrem Gang zum Badehaus beobachtet hatte und den dreien den Weg weisen konnte.

Ihre Gürtelschnalle klirrte leise, als sie sie öffnete. Gelenk an Gelenk schob sie die Hände durch eine enge Schlaufe. Dann musste sie die Arme ausstrecken. Walburga langte mit der freien Hand nach oben und zog die Fessel so stramm, dass Isa scharf einatmete. Das sonst so flexible Leder schnürte ihr das Blut ab. Nicht lange, und ihre Fingerspitzen würden anfangen zu kribbeln.

Die alte Zünftlerin lachte leise in sich hinein. »So. Hast du es auch bequem, Schätzchen?«

Ihrer Worte beraubt, zeigte Isa der Frau mit dem Revolver stattdessen den Mittelfinger.

»Sehr schön. Du wirst hier nämlich eine ganze Weile ausharren müssen. Siehst du, das ist wirklich der einzige Ort, an dem ich dich lassen kann, ohne mir Sorgen darum machen zu müssen, dass du dich irgendwie befreien kannst und mir deine kleinen Freunde oder die Polizei auf den Hals hetzt. Ich werde dich jetzt allein lassen und nachsehen, ob du mir die Wahrheit gesagt hast und der Lederbeutel wirklich in deinem Zelt ist. Wenn ja, nehme ich ihn mit und verlasse Xanten in aller Seelenruhe. Bis deine Freunde dich gefunden haben, seid ihr mich längst los.« Ihre Stimme wurde leiser, ernster. Und eine Spur kälter. Obwohl sie ein gutes Stück von ihr entfernt war, schien es Isa, als wisperte sie ihr die Worte direkt ins Ohr.

»Aber falls du mich angelogen hast, suche ich mir jemanden, der dir so viel bedeutet wie mir meine Freiheit. Ich suche mir jemanden, den du liebst, und tue ihm weh. Dann komme ich wieder und frage dich noch einmal. Und das machen wir beide so lange, bis ich gefunden habe, was ich suche.«

Isas Puls raste. Ihre Hände ballten sich automatisch zu Fäusten und brachten das Leder des Gürtels zum Knirschen, doch in ihrer Lage – verschnürt wie eine Hübschlerin in einem zu engen Korsett, stumm und in einer wackelnden Schaukel über einem verdammten Wasserbottich baumelnd, aus dem sie vermutlich nicht mehr alleine herauskam, wenn sie erst einmal hineingefallen war – konnte sie weder sich selbst noch den anderen helfen. Sie hörte, wie das Blut vor Zorn und Verzweiflung in ihren Ohren rauschte.

Dann hörte sie plötzlich noch etwas anderes.

Vielleicht war es das Adrenalin, verbunden mit der eingeschränkten Sicht im dunklen Badehaus, das ihre anderen Sinne schärfte. Möglicherweise drückte der feste Knebel, der der Luft, die sie einatmete, einen bitteren, seifigen Beigeschmack verlieh, auch auf irgendeinen Nerv. Die grüne Fee hatte keine Ahnung; alles, was sie wusste, war, dass sich plötzlich aus der nächtlichen Geräuschkulisse des Siegfriedspektakels, die leise und wie aus schrecklich weiter Ferne durch die Ritzen der Bretterwände zu ihnen hereindrang, eine Stimme abhob. Sie klang genervt und überheblich und war Isa so vertraut, dass sie sich einen Weg direkt in ihr Bewusstsein bahnte und ihr dort einen Schlag versetzte, gegen den sich ein Treffer mit einem Rammbock wie ein sanfter Kuss angefühlt hätte. Isa wurde erst heiß, dann kalt.

Das darf doch nicht wahr sein, schoss es ihr durch den Kopf. Ich nehme drei bewaffnete Kerle mit zu einem Stelldichein mit einer Mörderin. Und wer ist am Ende die möglicherweise einzige Chance, dass ich nicht dabei draufgehe?

Meine verfluchte Schwester.

Man hörte ihre Stimme nur sehr schwach, doch es war eindeutig Bruni, die da irgendwo in der Nähe herumgeisterte und ab und zu etwas rief. Vermutlich Isas Namen, schließlich hatte sie schon seit dem Nachmittag versucht, die grüne Fee auf dem Marktgelände abzufangen. Wenn sie etwas wollte, konnte Brunhild Bocholt unheimlich hartnäckig sein.

Wie der Schrei eines Vogels in einem ansonsten totenstillen Waldgebiet drang der Ruf ins Badehaus hinein. Isa hörte ihn. Walburga hörte ihn. Beide erkannten, was plötzlich auf dem Spiel stand. Etwa einen Herzschlag lang begegneten sich ihre Blicke, dann schwang sich Isa mit der Schaukel nach vorne und streckte die Beine so weit aus, wie sie konnte. Obwohl der Gürtel, der mit ihrer Fußfessel verbunden war, bei dem Manöver in ihre Handgelenke schnitt wie blanker Stahl und sie vor Schmerz in den Knebel stöhnte, holte die Gauklerin mächtig Schwung und trat nach der Pistole, die Walburga noch immer auf sie gerichtet hielt. Die alte Frau keuchte überrascht, riss die Waffe aber im letzten Moment in die Höhe. Isa verfehlte sie um eine knappe Schwertbreite.

Walburga erholte sich viel zu schnell von ihrem Schrecken. Und zog den Hebel, mit der man die Schaukel losmachen und in den Zuber fallen lassen konnte.

Weil sie sich bei ihrem Tritt sehr weit nach vorn gelehnt hatte, glaubte die grüne Fee in dem Moment, als das Seil über ihrem Kopf schnappend aus der Halterung sprang, halb in Rückenlage in der Luft stehen zu bleiben. Zuerst sah sie noch die trüben Lichtreflexe auf der Brille in Walburgas Gesicht, dann kippte die Welt nach hinten, und die Decke des Badehauses, in der Dunkelheit scheinbar unendlich hoch, wirbelte in ihr Blickfeld. Der Schrei, den sie ausstieß, als ihr klar wurde, was passierte, wurde restlos von dem Knebel verschluckt.

Dann landete sie fast kopfüber im Wasser.

Kapitel 30

Noch 3 Minuten bis zum Tod.

Brunhild Bocholt verachtete jeden einzelnen Grashalm, jede Bodendelle, die ihre teuren Schuhe ruinierte, mit einer Inbrunst, wie sie sie sonst nur ihrer dilettantischen studentischen Hilfskraft an der Universität entgegenbrachte.

Schon seit Stunden suchte sie diesen schrecklichen Marktplatz nach ihrer Schwester ab, doch das kleine Biest war und blieb verschwunden. Typisch. Wenn es darum ging, Verantwortung zu übernehmen, drückte Isa sich doch jedes Mal. Dass es mittlerweile dunkel geworden war und sich – in Brunis Augen – dubiose Gestalten zwischen den Marktständen herumdrückten, machte die Situation nur noch prekärer.

Vermutlich würde sie früher oder später von einem Beutelschneider unbemerkt ins Gebüsch gezerrt werden oder, noch schlimmer, von einem dieser Spinner auf ein Getränk eingeladen. Bruni schüttelte sich bei dem Gedanken. Sie hatte schon erfolglos mit einem Schmied, einer Glasbläserin und sogar mit dem älteren Baretträger aus Isas Band gesprochen, um herauszufinden, wo ihre Schwester steckte; auf weiteren profanen Smalltalk konnte sie verzichten.

Missmutig stakste sie weiter und rief dabei ab und zu Isas Namen, auch wenn sie damit die Aufmerksamkeit des Pöbels auf sich zog. Einige Male benutzte sie sogar Isas richtigen Vornamen. Wenn sie sich in der Nähe befand, würde sie das sicherlich derart ärgern, dass sie ihre infantilen Spielchen aufgab und sich zeigte.

Dass das Gespräch am Nachmittag so desaströs verlaufen war, kreidete sie nicht sich selbst, sondern Isas übergroßer Sturheit an. Herrgott, dieses Kind hatte wissenschaftliches Denken quasi mit der Muttermilch aufgesogen – wieso verstand sie nicht, was der Ruf nach Münster für ihre Karriere bedeutet? Dieses juvenile Beharren auf Sinnlosigkeiten hatte die Ältere der beiden Bocholt-Schwestern noch nie verstanden. Sicher, ihre Eltern waren nie besonders überschwänglich gewesen. Doch das war eigentlich nur verständlich, wenn man bedachte, dass sie gleichzeitig Doktoranden betreuten, mit deren Gedanken und Fragen sie so viel mehr anfangen konnten als mit denen ihrer eigenen Kinder. Zumindest so lange, bis diese in der Lage waren, selbst in derartigen Größenordnungen zu denken.

Mit finsterer Miene vor sich hin grübelnd, marschierte die Professorin an einer Schneiderei vorbei, vor der sich eine Frau mit langem Haar und lächerlich lauter Stimme gerade mit einem jungen Mann unterhielt, der ein Wams mit einem aufgestickten roten Drachen trug. Bruni schnaubte, schüttelte den Kopf und eilte weiter. Bei jedem Schritt wirbelten Staub und kleine Kiesstücke auf. Wenn sie noch lange hier herumlaufen musste, würde sie Isa die Pumps in Rechnung stellen.

Als sie an der drachenförmigen Hüpfburg ankam, die bei ihr unangenehme Erinnerungen an Kindergeburtstage weckte, bei denen die anderen Mädchen nie gewollt hatten, dass sie mitspielte, blieb Bruni plötzlich stehen. Sie hatte etwas gehört, konnte aber nicht genau feststellen, was. Lauschend wartete sie ab und versuchte zu ignorieren, wie heiß ihr mittlerweile unter ihrem Blazer war. Als sich nichts rührte, rief sie noch einmal Isas Namen.

Nichts.

Bruni wollte schon wieder umdrehen, verharrte aber erneut mitten in der Bewegung. Das zweite Geräusch irritierte sie noch mehr als das erste. Langsam wandte sie sich um und ging ein paar Schritte in die Richtung, aus der es gekommen war. Über der Tür der Bretterbude, die schemenhaft vor ihr in der Dunkelheit auftauchte, hing ein großes hölzernes Schild mit der Aufschrift »Badehaus«.

Was sie gehört hatte, war eindeutig ein Platschen gewesen.

Wie eine Scheibe aus schwarzem Glas zerbrach die Wasseroberfläche unter Isas Rücken. Im ersten Moment hörte sie noch das laute Klatschen ihres eigenen Sturzes, dann wurde das Geräusch von gluckerndem Rauschen verschluckt, das plötzlich ihre Ohren füllte.

Unter normalen Umständen war die grüne Fee eine exzellente Schwimmerin. Doch als sich ihr durch den Knebel und den unterdrückten Schrei halb geöffneter Mund mit Wasser füllte, ihre wild umherstrampelnden Beine in dem ausladenden Zuber keinen Halt fanden und sie sich nicht aufrichten konnte, weil ihre Hände noch immer an ihre Knöchel gebunden waren, spürte sie zum ersten Mal im Leben echte Angst davor, zu ertrinken.

Beim Fallen hatte Isa vor Schreck eingeatmet. Nun brannte Wasser heiß und kalt zugleich in ihrer Nase, ihrer Kehle, ihrer Lunge. An dem Knebel würgend, tastete sie umher, spürte nichts als Wasser um sich her, als wäre sie in den Ozean gefallen statt in einen verfluchten Badezuber. In der Dunkelheit hatte sie sofort die Orientierung verloren.

Dann streifte plötzlich glattes Holz ihre Fingerspitzen. Instinktiv fuhr sie mit den Händen daran entlang, weiter und weiter, auf den Rand des Zubers hoffend, an dem sie sich vielleicht hochziehen konnte. Doch als der Gürtel keinen Zentimeter Spielraum mehr hergab, wurden ihre Füße nach vorne gerissen und ihre Finger lösten sich wieder von den dicht verfugten Brettern.

Voller Frust brüllte sie in den Knebel, was zwar einiges an Sauerstoff verbrauchte, aber trotzdem ihr Glück war: Durch den Druck beförderte sie den Lappen, den sie vorhin fest, aber nicht zu fest hineingeschoben hatte, aus ihrem Mund. Nur mit größter Willensanstrengung widerstand die grüne Fee dem Impuls, tief einzuatmen, als ihr Rachen endlich frei war.

Isa hatte keine Ahnung mehr, wo oben oder wo unten war, doch etwas in ihr verlangte, dass sie sich gefälligst umdrehen und versuchen sollte, auf die Knie zu kommen, damit sie die Fesseln nicht mehr so sehr behinderten und sie vielleicht, nur vielleicht, den Kopf über Wasser bringen konnte. Es war keine bewusste Entscheidung, sondern eher ein heller Lichtfleck, auf den sie ganz von alleine zusteuerte, während um sie herum alles langsam dunkel, kühl und taub wurde. Sie ignorierte ihre schmerzenden Lungen und wälzte sich im Wasser auf die Seite.

Sie hätte keine schlechtere Wahl treffen können.

Vermutlich hätte sie sich selbst mit diesem Manöver das Leben gerettet, wenn nicht die Schaukel, auf der sie gesessen hatte – ein Konstrukt aus Seil, Leder und grobem Jutetuch – ebenfalls in den Zuber gefallen und durch feste Knoten mit ihr verbunden gewesen wäre. So wickelte Isa sich bloß selbst ein, als sie versuchte, in Bauchlage zu kommen, um sich hochzustemmen.

Der Knebel war fort, doch dafür bauschte sich der dicke Jutestoff der Schaukel im Wasser zu voller Breite auf. Er schlang sich bei der Drehung fest um ihren Kopf und legte sich der grünen Fee wie eine Totenmaske aufs Gesicht.

Kapitel 31

Noch neunzig Sekunden bis zum Tod.

Entschuldigung? Ja, Sie da!«

Ungeduldig tippte Bruni mit dem Absatz auf, bis die kleine, gebeugte Gestalt, die aus der Tür des Badehauses kam, endlich auf sie aufmerksam geworden war. Weil sie auf einer Wiese stand, wurde das Geräusch, das der Schuh machte, ihrer schlechten Laune nicht annähernd gerecht.

Obwohl es dunkel war und das Licht vereinzelter Laternen oder noch hell erleuchteter Marktstände nur spärlich bis zu ihr vordrang, kam Bruni der spitze Filzhut, den sie vor sich sah, irgendwie bekannt vor. Sie musste jedoch warten, bis die Person die aus einfachen Brettern bestehende Tür mit einem Vorhängeschloss gesichert hatte. Aber als sie der Professorin dann das Gesicht zuwandte, erinnerte die sich wieder. Natürlich, dachte Bruni. Das skurrile alte Weib, mit dem sie Isa noch heute Nachmittag gesehen hatte. Ein blutjunger Kretin mit Brille war auch dabei gewesen.

»Seid gegrüßt«, krächzte die Alte und kam auf sie zu, wobei sie sich auf einen Stab stützte, der länger war als sie selbst samt Hut. Bevor sie weiterreden konnte, schnitt Bruni ihr mit einer ärgerlichen Geste das Wort ab. »Sparen Sie sich diese pseudohistorischen Floskeln, ich habe keine Zeit, sie alle zu korrigieren. Sie kennen doch meine Schwester, oder?«

Vielleicht lag es nur an den schwachen farbigen Lichtspuren, die die Strahler unter einigen entfernt stehenden Bäumen auf das Gesicht der Frau warfen, doch Bruni glaubte zu sehen, wie sich ein leichtes Lächeln auf ihre Lippen stahl. »Natürlich kenne ich Isa, wir sind alte Freundinnen. Nun ja, von uns beiden kann zumindest ich diesen Titel für mich beanspruchen.«

»Wissen Sie, wo sie jetzt ist? Wir haben dringende geschäftliche Angelegenheiten zu besprechen.«

Eine sanfte Brise – die erste seit Ewigkeiten, wie es schien – entlockte der Hüpfburg, die wie ein schwarz-roter Koloss neben ihnen aufragte, merkwürdige Geräusche. Das Gummi quietschte, und die Halteseile knarzten, so als würde der Drache im nächsten Augenblick mit glühenden Augen zum Leben erwachen.

Als sie antwortete, klang die Stimme der Frau beinahe verschwörerisch. Zu Brunis Empörung fasste sie sie mit ihren gekrümmten Altweiberfingern am Ellbogen und zog sie so mit sich, während sie gemächlichen Schrittes in die Richtung ging, aus der Bruni gerade eben erst gekommen war. »Ich habe Isa vorhin an der kleinen Marktbühne vor der Mühle gesehen.«

»Wirklich? Aber als ich eben dort vorbeiging –«

»Man kann einen Vorhang vor die Bühne ziehen. Haben Sie das nicht bemerkt? Dann sieht man von außen nicht, ob sich jemand im Inneren befindet. Manchmal geht sie abends zum Üben dorthin, Sie wissen schon. Gesangstraining für den nächsten Auftritt.« Der Griff der erstaunlich kräftigen Hand um Brunis Ellbogen verstärkte sich kurz. Eine Geste, die Verständnis und Trost zugleich ausdrückte. »Gehen Sie zu ihr, Kindchen. Auch wenn Sie wahrscheinlich nicht viel auf meinen Rat geben, nehmen Sie ihn bitte trotzdem an. Gehen Sie zur Bühne und sprechen Sie sich mit Isa aus. Ich weiß, dass sie sich auch gerne mit Ihnen unterhalten würde. Alles, was Sie ihr vorwerfen, mag Ihnen jetzt noch groß und bedeutend erscheinen, aber bedenken Sie eines: Falls Ihrer Schwester mal etwas zustoßen sollte, werden Sie bereuen, es nicht getan zu haben.« Als sie auf dem Weg in einem Lichtkegel stehen blieben, der aus einem Marktstand fiel, in dem ein älterer Mann gerade vielfarbige Likörflaschen verräumte, sah Bruni, wie die Alte ihr zuzwinkerte.

»Möglicherweise haben Sie recht.« Prüfend warf die Professorin einen Blick in Richtung der Kriemhildmühle, deren Flügel nur noch schemenhaft vor dem schwarzen Himmel zu erkennen waren. Dann machte sie sich von der Frau los und stakste ohne ein Wort des Dankes davon.

Allerdings nicht so weit, wie die alte Furie glaubte.

Professor Doktor Brunhild Bocholt war kaum fünfzehn, zwanzig Meter weit gegangen, als sie zur Seite huschte und sich im Schatten der Drachenboot-Schiffsschaukeln verbarg. Still wie eine Statue stand sie da und lauschte auf das Knirschen von Kies unter langsamen Tritten. Unbemerkt beobachtete sie, wie der spitze Filzhut an ihr vorbeiwackelte und schließlich außer Sicht verschwand.

Um zu wissen, dass etwas mit der Geschichte dieser Frau nicht stimmte, hatte Bruni nicht extra studieren müssen. Nicht nur die Behauptung, dass Isa sich gerne mit ihr, ihrer Nemesis seit Kindertagen, *unterhalten* wollte, war einfach lächerlich. Auch die Tatsache, dass ihre kleine Schwester Gesangsübungen betrieb, entbehrte jeglicher Logik. Isa war zwar musikalisch, traf aber beim Singen keinen Ton. Bruni hatte das kakophone Geträller noch allzu deutlich in Erinnerung.

Mit zu Schlitzen verengten Augen blickte sie der merkwürdigen alten Frau hinterher. Sie war so sehr in ihre Gedanken vertieft, dass sie fürchterlich zusammenschrak, als sie jemand von der Seite ansprach.

»Himmelherrgott!«, rutschte es ihr heraus, als sie herumfuhr und sich einem langhaarigen jungen Mann von hünenhafter Statur gegenübersah, der allen Ernstes einen Kilt trug.

»Haben Sie Isa gesehen?«, fragte Alex atemlos.

Die grüne Fee kämpfte.

Mit sich selbst, der Angst und dem Gewirr aus Stoff und dickem Seil, in das sie sich mehr und mehr verhedderte. Ihre Lungen fühlten sich an, als müssten sie jeden Augenblick bersten, und obwohl es stockfinster war, merkte sie, wie ihre Sehkraft nachließ. Flimmernde kleine Pünktchen umrahmten ihr Sichtfeld und breiteten sich mehr und mehr zur Mitte hin aus. Verzweifelt riss sie an dem Jutetuch, doch es lag ihr wie eine zweite Haut über Mund und Nase, raubte ihr die Sicht und erinnerte sie auf schreckliche Weise an den Albtraum, den sie vor einer gefühlten Ewigkeit gehabt hatte. Ihre Füße traten Wasser, schabten über Holzbohlen, fanden aber keinen Halt. Einmal glaubte sie frische, süße Luft an ihrer halb ausgestreckten Hand zu spüren, doch es gab nichts, woran sie sich festhalten und hochziehen konnte.

Langsam schwanden ihr die Kräfte.

Ein letztes Mal versuchte sie sich zu befreien. Vergeblich. Der Drang, endlich einzuatmen, war übermächtig, und bevor sie das Wasser ungehindert durch ihre Atemwege strömen ließ, schrie sie die letzten Partikel Sauerstoff, die noch in ihr waren, ungehört hinaus.

Als nur zwei Minuten später starke Arme die Wasseroberfläche durchbrachen und sie aus dem Zuber zerrten, war es bereits zu spät.

Kapitel 32

Alex konnte sich nicht daran erinnern, wann er je so voller Hass gewesen war. Das schelmische Grinsen, das er sonst zur Schau stellte, war verschwunden. Seine Miene spiegelte stattdessen die mörderischen Gefühle wider, die in ihm tobten. Andere historische Darsteller, die ihn vorbeigehen sahen und grüßen wollten, wichen erschrocken vor ihm zurück.

Sein Hemd, sein Kilt, alles an ihm war bis auf die Haut durchweicht. Er spürte es nicht. Weder die Rinnsale, die aus seinem Haar über die Stirn und in die Augen tropften, noch den stärker werdenden Wind, der die Feuchtigkeit an seinem Leib immer weiter abkühlte. Den Kopf leicht gesenkt, die Augen starr nach vorne auf sein Ziel gerichtet wie ein abgerichteter Pitbull, der Blut gewittert hat, lief er weiter. Seine Hand schloss sich fester um den soliden Schaft der Axt, die er und ein Freund benutzt hatten, um die Tür des Badehauses aufzubrechen. Nun brannte er darauf, das schartige Axtblatt in etwas anderem als Holz zu versenken. Tief, ganz tief.

Ihm war das Herz stehen geblieben, als er im Licht der Laterne, die er sich besorgt hatte, einen leblosen, gefesselten Körper im nächstgelegenen Zuber hatte schwimmen sehen.

Isas sonst so unterkühlte Schwester, die hinter ihm ins Badehaus gestürmt war, hatte bei dem Anblick einen spitzen Schrei ausgestoßen.

»Nein, nein, nein«, hatte er gemurmelt, so als könnte er den schrecklichen Verdacht, wer da im Wasser trieb, einfach so mit ein paar Worten aus der Welt schaffen.

Doch natürlich war sie es gewesen. Wer sonst. Alex' Faust ballte sich bei der Erinnerung daran so fest um den Schaft der Axt, dass die Fingerknöchel weiß hervortraten. Die Schritte seiner nackten Füße knallten auf den Weg, als hätte er schwere Reiterstiefel an. Dieses Bild, wie sie Isa zusammen nach draußen auf die Wiese geschleppt, dort ausgestreckt hatten und er mit fahrigen Fingern das große, vollgesogene Stück Tuch entfernt hatte, das sich zusammen mit ein paar Seilen fest um ihren Kopf geschlungen hatte, würde er niemals wieder loswerden. Genauso wenig wie den grauenvollen Moment, als ihm klar wurde, dass sie nicht atmete, obwohl er wieder und wieder auf ihren Brustkorb drückte und versuchte, das Wasser aus ihren Lungen zu pressen.

Unaufhaltsam stampfte er jetzt den Weg entlang Richtung Heerlager und verfiel schließlich in Trab. Der Zorn schien ihm ungeahnte Kräfte zu verleihen. Als er einen Wimpernschlag später um die Eulentürme rannte, waren seine Muskeln kein bisschen schwerer geworden. Im Gegenteil, jeder Zentimeter seines Körpers schien unter Strom zu stehen.

Er war der Jäger. Also blieb er stehen und lauschte. Ignorierte die Geräusche, die vom eigentlichen Marktplatz über die Brücke zwischen den Stadttoren herüberschwappten und die Ruhe, die bei den Heerlagerzelten eingetreten war, davonspülten. Warmer, nach Ozon riechender Wind zerrte an den Bäume und den Wimpeln, die einige Lagerleute an ihren Wohnstätten angebracht hatten.

Alex strich mit dem Daumen über die scharfe Schneide des Axtblattes. Dort, im schwachen Schein der Straßenlaterne, die von der Brücke her ihr Licht bis an die ersten Ausläufer des Heerlagers ergoss, stand Isas kleines Zelt. Dort *musste* sie sein. Falls nicht, hatte er vermutlich keine Chance mehr, sie zu finden. Xanten mochte klein sein, aber die vielen verborgenen Nischen und Winkel auf dem nächtlichen Marktgelände boten genügend Möglichkeiten, unbemerkt zu verschwinden, wenn man es geschickt anstellte. Genauso wie die kleinen historischen Gässchen innerhalb der Stadtmauern und die zahlreichen Wege, die aus der Innenstadt hinausführten.

Dass sie zumindest andere Leute verschwinden lassen konnte, hatte Walburga ja bereits unter Beweis gestellt.

Plötzlich raschelte etwas. Es klang wie das Scharren einer Maus, die leise und verstohlen im Unterholz des Waldes wühlt.

Keine Maus, dachte Alex grimmig. Eine feige, alte, dreckige Ratte.

Er sah, wie die im Dunkel der Nacht schwarz wirkende Zeltwand nach außen aufgeschlagen wurde. Als er den spitzen Filzhut erkannte, der sich ins Freie schob, konnte er nicht anders: Seiner Kehle entrang sich ein wütendes Knurren.

»*Bleib, wo du bist!*«, rief er.

Mit einer Schnelligkeit, die er der alten Frau niemals zugetraut hätte, wirbelte Walburga herum. Er wollte auf sie zustürmen, sie an der faltigen Kehle packen und sie dazu zwingen, genauso hoffnungslos nach Luft zu ringen, wie Isa es getan haben musste, doch bevor er sich versah, hatte sie einen silbern schimmernden Gegenstand in der Hand und zielte damit auf ihn. »Keine falsche Bewegung, Alex. Ich will dir nichts tun, aber glaub mir, wenn du noch näher kommst, schieße ich.«

An den Lichtflecken, die unregelmäßig über die Gläser ihrer mittelalterlichen Brille tanzten, erkannte er selbst auf die Entfernung, dass Walburga ihn von oben bis unten musterte. Aus seinen Kleidern tropfte es noch immer auf den Boden, und seine ganze Haltung war die eines Mannes, der zu allem bereit ist. »Du hast sie also gefunden.«

Mit der freien Hand fuhr Alex sich durch die langen, offenen Haare und strich sie nach hinten. Sein Atem ging schnell und flach. »Du widerliches altes Miststück … *du* … «, er spuckte die Anrede aus wie etwas Verdorbenes, »du hast sie umgebracht!«

Walburgas Stimme war süß wie Honig, als sie antwortete. So sanft. Wie die tröstende Berührung einer Mutter, die ihr Kind nach einem Albtraum leise in den Schlaf singt. »Alex, es tut mir so leid … ich dachte, ich könnte Isa dort festhalten, bis ich mit dem, was ich hier noch zu erledigen habe, fertig bin. Mir war klar, dass sie früher oder später jemand von euch finden würde, also habe ich sie dort gelassen und bin hierhergekommen. Sie sollte nur nicht weglaufen, das war alles, was ich wollte! Ich habe doch niemals gedacht, dass sie stirbt …«

»*Lüg. Mich. Nicht. An.*« Er zwang sich, leise zu sprechen. In der Faust hielt er immer noch die Axt und hätte sie zu gerne auch benutzt, doch gegen einen Revolver würde sie ihm wenig nützen. Außerdem waren im Heerlager noch andere Leute, unter anderem Frauen und Kinder. Die durfte er nicht in Gefahr bringen, indem er sie aus ihren Zelten scheuchte und damit in die Schusslinie des irren alten Drachen brachte. Walburgas Versuch, den eigenen Kopf um jeden Preis zu retten, hatte schon zu viele Opfer gefordert.

Noch einmal versuchte sie, in seine Gedanken einzudringen. »Bitte«, sagte sie und klang dabei flehend, fast weinerlich. »Bitte, du musst mir glauben, es bricht mir das Herz genauso sehr wie dir ... leg die Axt weg, Alex. Du bist zornig und voller Kummer, das verstehe ich, aber wenn du die Axt nicht weglegst, kann ich die Pistole nicht herunternehmen. Du bist nicht Herr deiner Sinne und tust sonst womöglich etwas Unüberlegtes. Bitte.«

So sanft. So verlockend. Was sie ihm einflüsterte, war wie pures Gift.

Langsam lockerte Alex den Griff um den Schaft der Axt. Finger um Finger löste sich von dem speckigen Holz, bis die Waffe mit einem leisen Klappern ins Gras fiel. Stumm und starr stand er da, lauschte und hörte bloß, wie das Blut in seinen Ohren rauschte.

Walburgas faltiges altes Krötengesicht verzog sich zu einem breiten Grinsen. Dann hob sie den Revolver und zielte genau auf seinen Kopf. »Damit werde ich zwar vermutlich ganz Xanten aufwecken«, sagte sie und spannte den Hahn, »aber das ist es mir wert.«

Klonk.

Statt eines ohrenbetäubenden Knalls ertönte plötzlich ein dumpfes, metallisches Geräusch, das klang, als hätte jemand mit einer filzumwickelten Keule auf eine erzene Glocke geschlagen. Walburgas Lächeln schmolz dahin wie eine Schneeflocke auf einem glühenden Stück Kohle. Dann verdrehte die alte Frau die Augen gen Himmel und sank bewusstlos in sich zusammen.

Hinter ihr kam eine kleine, tropfnasse Person zum Vorschein, die einen gusseisernen Suppenkessel in der Hand hielt und etwas wacklig auf den Beinen war, aber trotzdem ziemlich zufrieden mit sich wirkte.

»Ha!«, krächzte die grüne Fee. »Wie in der Geschichte vom Alchemisten: mit dem Kessel gerichtet.«

Als sie reglos und mit blauen Lippen auf der Wiese vor dem Badehaus gelegen hatte, musste irgendjemand in Isas Kopf nach einer gefühlten Ewigkeit den Lichtschalter wiedergefunden und kräftig draufgeschlagen haben.

Sie hatte Alex und ihre Schwester ziemlich lange auf die Folter gespannt. So lange, dass Alex' verzweifelte Reanimationsversuche bereits halbherzig und kraftlos geworden waren und Bruni das Telefon hatte sinken lassen, mit dem sie einen Notarzt rufen wollte. Doch dann war sie plötzlich wieder in die Realität zurückkatapultiert worden. Und die bestand aus einer ziemlichen Menge Wasser, die ihre Atemwege blockierte.

Würgend hatte Isa die Augen aufgerissen. Wie ihre Schwester einen erleichterten Fluch ausstieß, der selbst Wikingern wie Thorfinn »Schädelspalter« Einarsson die Schamesröte ins Gesicht getrieben hätte, hörte sie nicht; sie spürte bloß, dass jemand sie auf die Seite drehte, damit sie sich nicht verschluckte, während sie keuchend und hustend versuchte, Atem zu holen.

Als die flimmernden Pünktchen vor ihren Augen endlich halbwegs verschwunden waren und Luft durch ihre Kehle kam, die brannte, als hätte sie einen Krug Säure getrunken, erkannte die grüne Fee als Erstes Alex' Gesicht vor sich. Er war es, der sie an der Schulter festhielt, und er war totenbleich.

»Isa? Geht's dir gut? Kannst du mich hören?«, fragte er viel zu laut und rüttelte sie, als sie nicht schnell genug antwortete.

»Natürlich geht's mir gut, siehst du doch.« Obwohl sie gerade einmal flüsterte, kratzte jedes einzelne Wort wie Sandpapier im Hals. »Deine Abenteuer mit dem Mädchen haben mich inspiriert, da wollte ich auch ein Zuberbad im Mondschein nehmen.«

Seine Antwort, eine Mischung aus unterdrücktem Fluchen, Lachen und Seufzen, bekam Isa durch einen Hustenanfall, der bis in die hintersten Winkel ihres Schädels dröhnte, gar nicht mit. Seinen wütenden Ausbruch danach, der wohl so etwas wie Erleichterung zum Ausdruck bringen sollte, dagegen schon. »Wenn ich dich noch *einmal* retten muss, bringe ich dich eigenhändig um!«, knurrte er und half ihr ein wenig gröber als beabsichtigt dabei, sich aufzusetzen. Die grüne Fee wollte etwas erwidern, doch als sich plötzlich etwas Großes und Bleiches in ihr Sichtfeld schob, verschluckte sie sich vor Schreck fast noch einmal.

Ein riesiger, selbst bei Nacht käsig glänzender Bauch, viel zu enge, rote Hosen und ein ziemlich strenger Geruch, der ihr in die brennende Nase stieg ... Isa glaubte ernsthaft zu halluzinieren.

»Was ... was macht der denn hier?«, krächzte sie ungläubig, als sie an ihrem Nachbarn aus dem Heerlager, dem verschwitzten Bierfass mit der Axt, wie an einem Gebirgsmassiv hinaufschaute. Der Koloss grinste freundlich und entblößte eine Reihe schiefer Zähne.

»Das ist Iwan der Schöne«, erklärte Alex, der immer noch wütend klang und fast ebenso heiser war wie sie selbst. »Er hat uns geholfen, die Tür des Badehauses aufzubrechen.« Damit deutete er auf die Axt, auf die sich Iwan – seinen Beinamen konnte Isa nicht einmal in Gedanken aussprechen – so lässig stützte, als wäre es überhaupt nicht realistisch, dass der Schaft des Werkzeugs unter der erheblichen Belastung abknickte wie ein Strohhalm.

Verwirrt, atemlos und noch nicht wieder ganz bei sich, hatte Isa zur Seite gesehen, um sich einen Moment zu sammeln. Dabei war ihr Blick zum ersten Mal auf ihre Schwester gefallen, deren starre Silhouette sich gegen den Nachthimmel abzeichnete. Stumm stand sie da, das Handy noch immer in der Hand. Dieser Anblick erschreckte Isa fast noch mehr als der von Iwan, dem hilfreichen Bergtroll. Was sie sich allerdings auf keinen Fall anmerken lassen wollte.

»Vater hatte damals recht«, murmelte sie, während sie die Fäuste ins Gras stemmte und versuchte, genug Kraft aufzubringen, um auf die Füße zu kommen. »Ich hätte doch Bibliothekarin werden sollen …«

»Wenn du ihm das jetzt sagst, nimmt er dich vielleicht wieder ins Testament auf.« Im Gegensatz zu Bruni, die Isa mit verschränkten Armen und einem mehr als seltsamen Gesichtsausdruck anfunkelte, hatte der wütende Alex gewirkt wie ein niedlich miauendes Kätzchen. »Was, zum Teufel, hast du da drin gemacht? Du hättest sterben können – nein, du *warst* tot! Tot! Kann man dich nicht mal drei beschissene Sekunden aus den Augen lassen?«

Die grüne Fee machte den Mund auf, um ihr entgegenzuhalten, dass das alles ja überhaupt nicht ihre Schuld gewesen war und sich Brunis größter Wunsch – Isa, stumm und still in einem Sarg – nun leider doch nicht erfüllen würde, aber sie brachte kein Wort heraus. Die letzten paar Minuten war sie vollauf damit beschäftigt gewesen, nicht zu sterben und die skurrile Szenerie zu verdauen, die sich ihr im Diesseits bot, doch nun kamen die Erinnerungen mit aller Macht zurück.

Tropfnass kämpfte sie sich auf die Beine, obwohl sie beim Atmen noch immer wie ein Teekessel klang, und packte den verdutzten Alex am Arm. »Walburga!«, krächzte sie. »Die Pistole! Wo ist sie hin? Wir müssen sie finden!«

Alles, was sie erntete, waren verständnislose Blicke.

Also gab die grüne Fee ihren drei Rettern eine stark gekürzte Zusammenfassung der Ereignisse und drängte darauf, sofort etwas zu unternehmen, bevor sich die mörderische alte Lady aus dem Staub machen konnte.

Alex schlug vor, noch mehr Marktleute zu wecken, um die bewaffnete Walburga besser suchen und überwältigen zu können, doch Bruni stieß ein überreiztes Lachen aus. »Haben Sie nicht gehört, dass die Frau eine Schusswaffe besitzt? Wollen Sie ihr noch mehr wandelnde Zielscheiben bieten?«

Sie hatte recht, das wusste Isa. Doch die Art, wie sie es sagte, gefiel ihr überhaupt nicht. »Kann dir doch egal sein. Deiner Meinung nach wäre die Welt sowieso besser ohne uns alle hier dran.«

»Gott, jetzt sei nicht so melodramatisch. Ich will doch nur helfen, aber wenn ihr euch allesamt erschießen lassen wollt, bitte sehr. Ich jedenfalls plädiere dafür, auf die Polizei zu warten.«

»Hast du mir nicht zugehört? Wenn wir das tun, verschwindet Walburga in der Zwischenzeit oder tut noch jemandem etwas an!«

»Und? Ist das mein Problem?«

»Ladys, Ladys!«, ging Alex dazwischen, dem das Ganze sichtlich unangenehm wurde. Fast war die grüne Fee ihm dafür dankbar. Ihre Stimme war einem Wortgefecht mit ihrer Schwester noch nicht wieder gewachsen. »Hört auf damit, so kommen wir kein Stück weiter«, stellte er fest. »Hat denn eine von euch eine bessere Idee?«

Zum ersten Mal, seit sie von den Toten auferstanden war, lächelte Isa. »Zufälligerweise ja. Aber wenn der Plan funktionieren soll, müssen wir sofort loslegen.«

Ungläubig hob Alex die Brauen. »Moment mal. Wir? Du solltest besser auf den Arzt warten. Ich meine, du bist gerade fast ertrunken. Es wäre vernünftiger, sich durchchecken zu lassen.«

»Das mit der Vernunft habe ich schon mal versucht. Schrecklich öde.«

»Das ist nicht witzig! Muss ich dich erst wieder fesseln und an den nächsten Baum binden, damit du auf mich hörst?«

»Ist das eine Drohung oder ein Versprechen?«

Der Dudelsackspieler stieß einen resignierten Seufzer aus. »Okay, okay. Ich geb's auf.«

Mit leicht zittrigen Händen löste Isa das nasse grüne Filzband aus ihren Haaren, öffnete den verrutschten Dutt und machte sich daran, ihre Dreads auszuwringen. Obwohl der Frühlingswind, der leise an den Buden vorbei und durch die Bäume pfiff, warm war, fröstelte sie in ihrer vollgesogenen Kleidung. Doch das interessierte sie recht wenig. Es galt schließlich, eine Mörderin zu fangen.

»Wir brauchen eine Person, die die Leute vom Veranstalter-Team darüber informiert, was passiert ist«, erklärte sie und deutete auf Iwan. Der salutierte, ließ aber dabei die Axt nicht los und schlug sich so mit dem Ende des Schafts gegen den Dickschädel. Er schien ihn nicht zu stören. Der ausgestreckte Finger der grünen Fee wanderte widerwillig weiter, bis er auf ihre Schwester zeigte.

»Oh nein«, protestierte Bruni. Sie klang auf einmal nervös, fast ein wenig ängstlich. »Ich werde doch auf keinen Fall einer verrückten alten Verbrecherin hinterherjagen und mich umbringen lassen!«

»*Außerdem*«, fuhr Isa unbeirrt fort, »müssen wir die Polizei benachrichtigen.«

Alex schüttelte den Kopf. »Das machen Kevin, Jasper und Sagi schon. Die haben mir überhaupt erst gesagt, was ihr vorhattet und dass du verschwunden bist.«

»Es sollte aber jemand dabei sein, der seriös und gleichzeitig rabiat genug ist, um direkt zum Kommissar vorgelassen zu werden. Glaub mir, du und Winkelmann, ihr werdet euch wunderbar verstehen, Bruni. Er kann mich auch nicht leiden.«

Ohne ihre ältere Schwester eines weiteren Blickes zu würdigen, wandte sich die grüne Fee an Alex. Er sah immer noch besorgt aus, hörte ihr aber zumindest zu.

»Wir müssen Walburga außer Gefecht setzen, bevor sie noch jemandem schaden kann. Sie wird bei mir im Zelt oder zumindest in der Nähe sein, aber wir müssen uns beeilen, denn wenn sie merkt, dass Doms Lederbeutel nicht dort ist, schnappt sie sich vielleicht Lena oder Felix und tut ihnen etwas an ...«

»Was soll ich tun?«

»Sie ablenken. Spiel ihr vor, dass du sie stellen willst, und lass dich von ihr austricksen, damit sie denkt, sie hätte die Lage völlig unter Kontrolle. Du bist eine Gefahr, mit der sie rechnet.«

Er runzelte die Stirn. »Und dann?«

»Na, dann komme ich. Ich bin die Person, mit der sie *nicht* rechnet.«

Und so hatte sich die grüne Fee von Absinth heimlich einen Kessel von einer fremden Kochstelle geschnappt und sich im Schutz der Heerlagerzelte angeschlichen, während Walburga siegessicher den Revolver auf Alex gerichtet hatte. Ihr das schwere Küchenutensil über den Schädel zu ziehen, war Isa ein besonderes persönliches Vergnügen gewesen.

Im Schein der Straßenlaterne, die auf der Brücke stand, sah sie, wie Alec MacPipe vom Clan der MacPipes erleichtert ausatmete. Schnell hob er die Axt wieder auf, kam auf sie zu und kniete sich neben die alte Zünftlerin. Um keine Fingerabdrücke zu verwischen, wickelte er sich einen Zipfel seines

Kilts, der nicht tropfnass war, um die Finger und wand der Bewusstlosen den Revolver aus der schlaffen Hand. Vorsichtig legte er ihn ein Stück weiter weg ins Gras. Dort konnte ihn Walburga nicht erreichen, selbst wenn sie aufwachen sollte, bevor die Polizei eintraf.

Isa erinnerte sich an seine Schimpftirade vor dem Badehaus. »Siehst du, jetzt habe ich zur Abwechslung mal *dich* gerettet.«

»Das war aber abgesprochen. Das zählt nicht.«

»Ich habe dafür gegen alle Anstandsregeln verstoßen und eine alte Frau k.o. geschlagen!«

»Nichts da, keine Chance.«

Alex war vollgepumpt mit Adrenalin, wie Isa feststellte. Er wirkte fast ein bisschen berauscht: Die Freude darüber, nicht erschossen worden zu sein, stand ihm direkt ins Gesicht geschrieben. Mit einem beinahe kriminell selbstzufriedenen Lächeln auf den Lippen erhob er sich wieder und legte sich dabei lässig die Axt über die Schultern. »Und, wie war ich? So als wütender Rächer, meine ich?«

Sie grinste und verdrehte die Augen. »Super. Ich werde Martell bitten, dir einen Oscar zu schmieden.«

Sie selbst fühlte sich ähnlich aufgekratzt. Wenigstens *einer* ihrer Pläne an diesem Abend hatte funktioniert. Doch Isa spürte auch, dass sie sich mit ihrer Rolle als wandelnde Wasserleiche vielleicht etwas übernommen hatte: Sie war durchgefroren, und ihr Kopf fühlte sich langsam so an, als wäre er mit heißem Wackelpudding gefüllt, der ihr jede Sekunde aus den Ohren zu laufen drohte. Als die grüne Fee auf die Mörderin herunterblickte, die sie einst als Freundin bezeichnet hatte, drehte ihr Gleichgewichtssinn durch und brachte die Welt ins Wanken.

Als sie strauchelte, hielt Alex sie fest.

»Alles okay?«, fragte er.

»Ja. Nur ein bisschen schwindelig.« Sie atmete tief durch, stutzte dann aber. »Alex?«

»Ja?«

»Das ist nicht gerade die übliche Stelle, an der man eine Person abstützt, die eventuell gleich in Ohnmacht fällt.«

Er bemühte sich, unschuldig zu klingen. »Also, ich habe meine Hand ganz keusch an deiner Taille. Du bildest dir da was ein. Kommt bestimmt vom Sauerstoffmangel.«

»Jaha. Sicher.« Sie grinste.

Von fern ertönte der Klang sich nähernder Sirenen.

Epilog

SONNTAG

Langsam, aber stetig füllten sich die Luftsäcke aus dunklem Leder. Für einen kurzen Moment war es still. Dann gab Lena, die die Lippen bereits an die Spielpfeife gelegt hatte, ihrem Bandkollegen mit den Fingern ein Zeichen. Sie entlockte ihrem Dudelsack eine wunderbar wilde Melodie, die an regennasse schottische Krieger auf dem Schlachtfeld erinnerte. Inklusive Gebrüll, Gesichtsbemalung und zu viel Whisky nach dem Sieg.

Als sie fertig war, blies Alex, der ihr gegenüberstand, seinerseits in einen Dudelsack und spielte exakt nach, was die wilde Helena ihm vorgegeben hatte. So bereiteten sich die beiden auf den Auftritt vor, den Manus Furis bald auf der kleinen Bühne vor der Kriemhildmühle geben sollte. Es war einer der letzten, bevor das Siegfriedspektakel am Abend seine Pforten für dieses Jahr endgültig schließen würde.

Die grüne Fee bereitete sich auf die Show vor, indem sie neben Felix Falk im Gras lag, ihren Freunden bei der Arbeit zusah und ab und zu an einem Becher Met nippte. Der Alkohol vertrug sich vermutlich gar nicht gut mit der Kopfschmerztablette, die sie nach dem Aufstehen geschluckt hatte, trug aber ebenfalls dazu bei, den Krach der zweiten Band zu mildern, die direkt hinter ihren Schläfen spielte. Hauptsächlich auf sehr, sehr lauten Pauken.

Felix hatte sich zu einer verfrühten Mittagspause überreden lassen und kraulte Sandor, der auf seinem Schoss lag und abwechselnd schlief oder auf dem Jonglierball herumkaute, der einstmals Isa gehört hatte. Jedes Mal, wenn er seine kleinen Zähne in den durchweichten Filz bohrte, schenkte er der grünen Fee einen lauernden Blick, als wollte er sagen: »Der Gedanke, dieses vollgesabberte Spielzeug zu besitzen, mag sehr verlockend für dich sein. Aber mach dir keine Hoffnungen – es gehört jetzt *miiiir.*«

Die junge Gauklerin und ihr Freund ließen die zurückliegenden Geschehnisse gerade noch einmal Revue passieren. Wie viele der historischen Darsteller war Felix in der Nacht vom erneuten Eintreffen der Polizei auf dem Marktgelände aufgescheucht worden. Im Heerlager hatten er und die anderen mitverfolgen können, wie Kommissar Winkelmann persönlich die niedergestreckte Walburga aus ihrem Dornröschenschlaf geweckt hatte. Die alte Dame hatte natürlich zuerst versucht, sich mit der guten alten »Hilflose-Rentnerin-wird-von-jungen-Rowdys-überfallen«-Nummer als Opfer darzustellen. Doch als sich trotzdem die Handschellen mit einem Klicken um ihre Handgelenke geschlossen hatten, war ihr wahres Gesicht zum Vorschein gekommen.

Felix schüttelte es immer noch, wenn er daran zurückdachte. »Brrr ... Sie sah plötzlich aus wie der alte Bilbo Beutlin in der Szene, als er noch einmal den Einen Ring zu sehen kriegt ...« Er bleckte die Zähne, gab ein Fauchen von sich und streckte die Hände wie Klauen nach vorne.

Isa stieß ein schnaubendes Lachen aus und blinzelte in den Himmel. Dass sich die Sonne an diesem Vormittag immer wieder hinter ein paar schwarzen Wolken verbarg, war ihr mit ihrem Brummschädel nur recht.

Als sie träge den Kopf hob, um die Arme darunter zu einem Polster zu verschränken, entdeckte sie eine Gestalt, die sich rechts neben der Bühne im Hintergrund herumdrückte und absolut nicht ins Bild passte. Isa seufzte. Dann gab sie sich einen Ruck und stand auf. »Hältst du mir den Platz warm?«, fragte sie Felix. »Ich komme gleich wieder.«

»Müsstest du nicht langsam mal auf die Bühne?«

»Ist doch noch Zeit.«

Er grinste und zwinkerte. »Faule Nuss. Du machst aus Gauklerfleisch Gammelfleisch.«

»Das habe ich mir auch redlich verdient.« Sie lächelte noch immer, während sie rasch hinüber zu ihrer Schwester ging, die mit vor der Brust verschränkten Armen auf sie wartete.

»Was ist so lustig?«, fragte Bruni.

»Nichts, was dich interessieren würde«, gab Isa automatisch zurück und presste gleich darauf die Lippen zusammen. Genau so hatte sie dieses Gespräch nicht anfangen wollen. Doch alte Gewohnheiten ließen sich offenbar schwer ablegen, besonders wenn man mit einer Person sprach, die man den Großteil der Zeit, die man mit ihr verbracht hatte, hatte erwürgen wollen.

»Hör mal«, fing Isa von Neuem an. »Die anderen haben mir erzählt, dass du es warst, die sie überhaupt erst zum Badehaus und zu mir geführt hat. Dafür wollte ich mich eigentlich noch … na ja, also, bedanken. Aber da du gestern Nacht einfach verschwunden bist …«

»Ich hatte noch etwas zu erledigen.«

Die grüne Fee hatte erwartet, dass Bruni sich auf die Blöße, die sie sich mit dieser kleinen Rede gegeben hatte, stürzen würde wie ein ausgehungerter Habicht auf eine tote Maus.

Aber ihr Tonfall war, wenn schon nicht freundlich, so doch überraschend zahm. »Weißt du, der Kommissar war drauf und dran, dich wegen einer Vielzahl von Verstößen und Gesetzesübertretungen gleich mit zu verhaften.«

Isa verdrehte die Augen. »Natürlich. Ich liefere ihm unter Einsatz meines Lebens eine Mörderin, und er …« Sie hielt inne. »Moment. Was hat das damit zu tun?«

Zum ersten Mal schien Brunhild Bocholt um Worte verlegen zu sein. Sie scharrte mit der Spitze ihrer teuren, wenn auch schon etwas verstaubten Pumps im Gras und förderte einen Zigarettenstummel zutage, der wahrscheinlich von Alex stammte. »Erinnerst du dich daran, dass ich früher, als wir Kinder waren, jedes Jahr mit dir hierher zu diesem Spektakel fahren musste? Unsere Eltern meinten, ich müsste auf dich aufpassen, weil ich die Ältere bin und du sonst mit deinen Freunden allen möglichen Unsinn anstellen würdest.«

»Wie könnte ich das vergessen? Ich war die Einzige, die nur mit einem Babysitter herkommen durfte.«

»Dann weißt du sicherlich auch noch, dass ich dich manchmal einfach den Tag über hier alleine gelassen habe.«

»Weil wir uns meistens schon im Zug an die Gurgel gegangen sind und ich nach spätestens einer Stunde auf dem Markt sowieso versucht hätte, dich loszuwerden. Ja. Worauf willst du hinaus?«

Bruni rückte ihre Brille zurecht. »Nun ja, ich war damals jung, gerade siebzehn Jahre alt … es ist nicht so, dass ich die ganze Zeit, in der ich fort war, in Cafés oder Museen verbracht hätte.« Sie atmete tief durch, als wappnete sie sich für etwas. »Dein Kommissar, Harry Winkelmann, hat einen jüngeren Bruder. Lukas. Er war damals ungefähr zwanzig und seinem Schrank von Bruder überhaupt nicht ähnlich, im Gegenteil. Wir haben uns bei deinem ersten Ausflug hierher kennengelernt –«

»Was?« Mit einem Schlag waren Isas Kopfschmerzen wie weggeblasen. »Warte. *Du* kennst Winkelmanns Bruder? Du …« Sie unterbrach sich. Überlegte. Und ließ dann mit immer breiter werdendem Grinsen zu, dass ihr die Kinnlade herunterklappte. »Du hattest was mit dem, oder? Ist nicht wahr!«

»Ich bin nicht stolz darauf, glaub mir. Lukas war ohne Zweifel gut aussehend, hatte aber den Intellekt eines mittelmäßig ausgefegten Heuschobers.« Es gelang Bruni, etwas von ihrem Habitus als Moralapostel aufrechtzuerhalten, indem sie sich kerzengerade hinstellte, den Rücken durchdrückte und ihrer kleinen Schwester trotzig ins Gesicht blickte. »Allerdings war diese lang zurückliegende … *Sache* insofern nützlich, als dass ich gestern bei Lukas ein gutes Wort für dich eingelegt habe. Der hat wiederum mit seinem Bruder, dem Kommissar, gesprochen. Du hast jetzt kein juristisches Nachspiel mehr zu befürchten.«

Irgendwie konnte sich Isa nicht so ganz über diese Nachricht freuen. Vor der Bühne wiederholte Alex gerade eine ziemlich wehmütige Melodie, die Lena ihm auf dem Dudelsack vorgegeben hatte, doch daran lag es nicht. Etwas anderes spukte der grünen Fee im Kopf herum.

»Na ja, eine Schwester im Knast würde deiner Reputation bestimmt noch mehr schaden als eine Schwester in einer umherziehenden Mittelalterband.« Sie biss sich auf die Lippe, weil in ihrer Stimme eine Bitterkeit mitschwang, von der sie eigentlich nicht gewollt hatte, dass man sie heraushörte.

Bruni schob ihre Brille erneut nach oben, obwohl sie in der Zwischenzeit gar nicht weiter auf der Nase heruntergerutscht war. Irgendwie wirkte sie nervös. »Es war vielleicht nicht ganz … fair von mir, dich dazu überreden zu wollen, deinen

Lebensstil für meine Karriere von heute auf morgen zu ändern«, sagte sie schließlich gedehnt.

Nur mit größter Willensanstrengung konnte Isa gerade noch verhindern, dass ihr das Kinn zum zweiten Mal gen Boden sackte. Sie war überzeugt davon, sich verhört zu haben. »Woher der Sinneswandel?«, fragte sie mit der Vorsicht eines Bombenentschärfers.

»Sagen wir einfach, dass mich die Ereignisse der letzten Nacht gelehrt haben, unser Verhältnis mit etwas anderen Augen zu sehen.«

»Meinst du meine kleine Nahtoderfahrung?«

»Auch. Aber hauptsächlich hat mich überrascht, dass das, was du gestern getan hast, um zu verhindern, dass diese Frau davonkommt, recht … mutig war. Unfassbar dumm natürlich und leichtsinnig und schlecht geplant. Aber mutig.« Sie räusperte sich hastig. »Versteh mich aber nicht falsch. Ich erachte das, was du auf diesen Märkten tust, noch immer als lächerliche Verschwendung von Lebenszeit.«

Isa grinste. »Jetzt mach den schönen Moment nicht gleich wieder kaputt. Hörst du nicht die Geigen im Hintergrund? Sie spielen unser Lied, Schwesterherz.«

»Ach, halt den Mund.«

Eine verlegene Pause entstand. Familien, die den letzten Tag auf dem Siegfriedspektakel genossen, schoben schwatzend ihre Karren und Kinderwagen an den beiden Frauen vorbei. Einem jungen Recken wurde der Robin-Hood-Hut vom immer stärker werdenden Wind vom Kopf geweht.

Weil sie beim besten Willen nicht wusste, was sie sonst sagen sollte, deutete Isa auf Brunis rechte Hand, die unter ihren verschränkten Armen hervorguckte. »Glückwunsch übrigens.«

»Wieso?«

»Dein Ehering. Du hast geheiratet.«

Einen Moment lang sah es so aus, als würde ihre Schwester unter ihrem hellblonden Pagenschnitt tatsächlich erröten. »Oh ... danke.«

»Wer – oder nein, *was* ist denn der Glückliche? Schon Professor oder noch Doktor?«

»Sein Name ist Professor Doktor Stefan Molitor, wenn du es genau wissen willst.«

Anerkennend, aber auch mit einer Spur Sarkasmus schnalzte Isa mit der Zunge. »Sogar mit latinisiertem Nachnamen. Alle Achtung.«

Bruni wirkte bei diesem Gespräch genauso unsicher, wie Isa sich fühlte. Wieder scharrte sie mit der Schuhspitze im Gras. »Und wie heißt ... deiner?«, fragte sie schließlich und deutete mit einem Kopfnicken auf jemanden, den sie über Isas Schulter hinweg betrachtete. Die grüne Fee glaubte, dass ihr statt »deiner« fast ein »das da« herausgeplatzt wäre, und hielt ihr zugute, dass sie sich beherrscht hatte.

»Wen meinst du?« Verdutzt drehte sie sich um. Dort, ein paar Meter entfernt, stand Alex, der inzwischen sein Hemd ausgezogen hatte und durstig den Inhalt einer Wasserflasche hinunterstürzte. »Was, ihn? Oh nein, wir sind nicht zusammen. Wir sind nur Freunde.«

»Dann bist du tatsächlich noch beschränkter, als ich ohnehin schon angenommen hatte.« Brunis kritischer Blick wanderte zwischen ihrer Schwester und dem Dudelsackspieler hin und her. »Also, wie heißt er nun?«

Entnervt machte die grüne Fee den Mund auf, verstummte aber abrupt, als ihr etwas auffiel. Etwas so Banales und gleichzeitig so seltsam Bedeutsames, dass sie es eigentlich schon viel früher hätte merken müssen. In all den Jahren in Xanten, in Siegburg oder schon damals, als sie sich kennengelernt hatten.

»Grün«, sagte sie leise. »Er heißt Alexander Grün.«

Ein tiefes, dumpfes Grollen riss Isa aus ihren Gedanken. Sie und ihre Schwester blickten gleichzeitig zum Himmel hinauf. Um die spitzen Dächer der Eulentürme sammelten sich mehr und mehr bedrohlich aussehende Wolken in der Farbe von geschwärztem Stahl. Einige der Händler hatten das ebenfalls bemerkt und begannen, die Waren einzusammeln, die sie vor ihren Buden ungeschützt in Körben oder auf niedrigen Tischen verteilt hatten.

»Ich sollte gehen«, murmelte Bruni. »Ich muss morgen wieder zeitig in der Universität sein und heute noch einen Vortrag vorbereiten.«

Und dann, nach einem kurzen Zögern, geschah das nächste Weltwunder. Hätte Bruni sich zu einer Umarmung hinreißen lassen, wäre vermutlich das Raum-Zeit-Kontinuum implodiert und Isa vor lauter Schreck tot umgefallen. Doch dass sie ihrer Schwester zum Abschied die Hand hinhielt, war fast genauso unglaublich. Die Geste war gewiss nicht herzlich, aber eines drückte sie aus: Respekt. Und das reichte Isa vollkommen. »Mach's gut«, sagte sie und schlug ein.

»Ja. Mach's gut.«

Die grüne Fee lehnte noch an der Bühne, als ihre Schwester schon eine ganze Weile verschwunden war, und machte sich so ihre Gedanken. Dieses verlängerte Wochenende in Xanten hatte tatsächlich einige Überraschungen für sie parat gehabt. An diesem Sonntag konnte sie garantiert nichts mehr schocken.

Sie sah auf, als ein ohrenbetäubender Donnerschlag über das Marktgelände hinweggrollte. Es klang, als schlüge Thor mit seiner Hammerfaust auf einen Wikingerhelm aus Blech. Ein kleines Kind in der Nähe fing an zu weinen.

Wenigstens regnet es nicht, dachte Isa und schlenderte zurück zu ihren Freunden. Mittlerweile versuchten Alex und Kevin, eine Box, die die Musik während des Gewitters verstärken sollte, auf die Bühne zu wuchten, und zankten sich dabei.

»Du blöder Barde!«, hörte sie Alex ächzen, als Kevin auf seiner Seite losließ, weil er über seine eigenen Füße stolperte, und ihnen das teure Gerät fast herunterfiel.

Die wilde Helena stand ein wenig abseits und hielt sich etwas ans Ohr. Als sie Isa heranmarschieren sah, kam sie ihr schnell entgegen.

»Ja, warten Sie, sie kommt gerade …« Mit einer »Ich habe auch keine Ahnung, was das soll«-Geste streckte sie ihrer besten Freundin ihr Handy entgegen. »Hier, ist für dich. Aber der Empfang ist durch das blöde Gewitter miserabel. Man versteht kaum was.«

Verwirrt nahm die grüne Fee das Telefon in Empfang. Sie hatte nicht den leisesten Schimmer, wer sie da sprechen wollte.

»Hallo?«, fragte sie und hielt sich das andere Ohr zu, weil es im selben Moment wieder donnerte. Der Wind wehte ihr ein paar Haarsträhnen ins Gesicht.

Lena hatte recht gehabt, die Verbindung war miserabel. Es knackte und rauschte in der Leitung, als stände der Anrufer unter einem Wasserfall.

»Hallo? Spreche … mit … Bocholt?«

»Ja, hier ist Isa Bocholt.« Sie musste fast schreien, um das Gewitter und die Leute auf dem Markt, die nun langsam unruhig wurden, zu übertönen. Elektrizität lag in der Luft.

»Hier … kom… urg… Ihnen mitteilen, dass …«

»Was?« Sie wedelte hilflos mit der Hand, als Lena sie mit fragend hochgezogenen Augenbrauen ansah. »Hören Sie, hier gibt's ein Gewitter, und ich verstehe kein Wort. Würden Sie bitte noch einmal wiederholen, was Sie gerade gesagt haben?«

»Warten … bitte.« Eine Weile hörte die grüne Fee nichts als Rauschen. Dann ertönte ein Geräusch, das klang, als wäre jemandem von der Telefongesellschaft ein Knochen gebrochen worden. Danach war die Stimme am anderen Ende zwar immer noch undeutlich, aber Isa verstand nun besser, was sie sagte.

»Hier … Kommissar Pösch aus Siegburg. Ich muss … informieren, dass Ihr … Marek Koskov bei einem routinemäßigen … aus dem Gewahrsam entkommen konnte. Nach ihm … bundesweit gefahndet. Aber … aufpassen … eventuell auf der Suche nach Ihnen.«

Nein.

Nein, nein, nein, dachte Isa, während sie die Hand mit dem Handy sinken ließ, obwohl der Mann von der Kripo Siegburg immer noch redete.

Die Rose an ihrem Zelt, von der sie geglaubt hatte, sie käme von Lennox. Ihr auf mysteriöse Weise verschwundenes Handy.

Sie schauderte, als ihr klar wurde, dass der Albtraum von vorletzter Nacht schon längst Realität geworden war.

Nur ein paar Meter von der kleinen Bühne entfernt stand eine Gestalt in einem bodenlangen, dunkelroten Umhang vor der Rüstkammer und begutachtete fachmännisch die Messer und Dolche. Die tief in die Stirn gezogene Kapuze wirkte, als wollte sie sich vor einsetzendem Regen schützen. Doch das stimmte nicht.

Sie wollte nicht erkannt werden.

Lächelnd nahm Marek einen normannischen Dolch in die Hand und betrachtete ihn. Der sonst so kühle, aber nun durch die Gewitterluft leicht erhitzte Stahl fühlte sich gut an. Sanft tasteten seine Fingerspitzen über Knauf, Parierstange und Schneiden, fuhren über den mit Rindsleder umwickelten Griff. Im späten Mittelalter hatte man solche Dolche »Miséricorde« genannt, Barmherzigkeit. Weil sie ihren Opfern lang ersehnte Gnade brachten. Ihm gefiel dieser Gedanke.

Sachte schob er die Kapuze ein wenig zur Seite und sah hinüber zur Bühne. Zu ihr. Einst hatte sie ja versprochen, ihm einen Mittelaltermarkt zu zeigen, wenn es nicht schneite, sondern Frühling war. Wenn es warm war und die Sonne schien. Du wolltest mir doch deine Welt zeigen, dachte er. Jedenfalls, bevor du mich verraten hast. Aber weißt du was? Ich bin trotzdem hergekommen. Ganz allein für dich.

Zwischen den anderen Menschen hindurch, die vor seinen Augen zu einer Masse aus sich bewegenden, kaum unterscheidbaren Farbtupfern verschmolzen, betrachtete er ihr blasses, versteinertes Gesicht. Sie hielt etwas in der Hand. Kalter Zorn durchfuhr ihn, als er erkannte, dass es ein Telefon war. Er hatte ihres extra am ersten Tag aus ihrer Tasche genommen – Gott, wie leicht es gewesen war, im Schutz der Menge so nahe an sie heranzukommen – damit ihr niemand von seiner Flucht erzählen konnte. Doch im Grunde war das vermutlich unvermeidlich gewesen. Und wenn er ehrlich war, machte es die Jagd nur noch spannender.

Als er für einen Moment alleine vor der Rüstkammer stand und der Verkäufer sich mit einem Mann unterhielt, der die Lederschürze eines Schmieds trug, ließ Marek den Dolch heimlich unter seinem Umhang verschwinden.

Nein. Tu es noch nicht, bremste er seine eigene Ungeduld, als er sich umwandte und von dem Strom der Marktbesucher mitreißen ließ. Dabei hielt er den Blick die ganze Zeit auf sie gerichtet. Und lächelte in stiller Vorfreude.

Noch nicht, Isa. Aber bald.

KBV KRIMINALROMAN

Nina Röttger

DIE GRÜNE FEE UND DER KALTE TOD

Taschenbuch, 288 Seiten
ISBN 978-3-95441-325-6
10,95 EURO

Ein zünftiger Mord wie im Mittelalter

Met und Mord – Mittelaltermärkte ziehen die Gauklerin Isa magisch an. Ebenso wie die Leichen, die dort plötzlich auftauchen.

Alljährlich öffnet in Siegburg ein mittelalterlicher Weihnachtsmarkt seine Tore. Für die junge Gauklerin Isa Bocholt, die unter dem Namen »Die grüne Fee von Absinth« mit ihrer Band Manus Furis dort Touristengruppen und Einheimische unterhält, ist er ein zweites Zuhause.

Hinter den bunten, historischen Kulissen schwelt Streit, der von den Besuchern des Marktes unbemerkt bleibt. Die Spielleute liegen sich in den Haaren mit Meyster Hubertus, dem Apfelkringel-Bäcker, und das Ehepaar Drömer mit seiner Schenke ficht einen harten Konkurrenzkampf mit Oliver Katz, dem alkoholkranken Tavernenbesitzer aus.

Als dieser eines Morgens erfroren am Pranger des Marktes gefunden wird, geht die Kriminalpolizei von einem Unfall aus, da einige geleerte Metflaschen am Tatort gefunden wurden. Isa jedoch glaubt fest an einen Mord. Nicht zuletzt, weil sie am Vorabend einen erbitterten Streit mitbekommen hat, bei dem jemand Katz ein baldiges, unseliges Ende prophezeit hat. Isa wäre nicht Isa, wenn sie ihre Neugier im Zaum halten könnte, und so macht sie sich im Schein ihrer Pechfackel auf eigene Faust auf die Suche nach dem Mörder.